MW01709613

LES BATISSETTE
2. L'HABITANT

MICHELINE DALPÉ

Roman

Couverture et conception graphique : Audrey Lamoureux

www.boutiquegoelette.com
www.facebook.com/EditionsGoelette
www.facebook.com/MichelineDalpeAuteure

Dépôt légal : 3e trimestre 2019
Bibliothèque et Archives nationales du Québec
Bibliothèque et Archives Canada

Les Éditions Goélette bénéficient du soutien financier de la SODEC pour son programme d'aide à l'édition et à la promotion.

Nous remercions le gouvernement du Québec de l'aide financière accordée par l'entremise du Programme de crédit d'impôt pour l'édition de livres, administré par la SODEC.

Nous reconnaissons l'aide financière du gouvernement du Canada par l'entremise du Fonds du livre du Canada (FLC) pour nos activités d'édition.
We acknowledge the financial support of the Government of Canada through the Canada Book Fund (CBF) for our publishing activities.

Membre de l'Association nationale des éditeurs de livres

Imprimé au Canada

ISBN : 978-2-89690-968-1
(version originale : 978-2-98058-121-6)

Micheline Dalpé

Les Batissette

2. L'habitant

Les Éditions Goélette

Merci à :

Mes indispensables,

Irénée Brien,
Rachel Gagnon,
Estelle Gagnon,
Francine Brien,
Suzanne Dalpé,
Mme Guy Dupuis,
Raphaël Gagnon c.s.v.,
Normand Lanoue,
Jean Brien,
Monic Brière,
René Gareau,
Andrée Grenier.

À ma mère
Avec amour

Chapitre 1

1881.

Delphine, la petite servante, traversa à l'épicerie en vitesse.

– Monsieur, monsieur, venez vite ! C'est madame, madame est morte !

La phrase résonnait sur toute l'étendue du commerce et instantanément, la vie s'arrêta sur le plancher. Livreurs, bouchers, clients, figèrent et l'agitation coutumière fit place à un silence de mort. On n'entendait plus que le vent indifférent qui continuait de gronder.

La femme de l'épicier, morte ! Personne n'en croyait ses oreilles, même si depuis quelque temps, le bruit courait dans tout le quartier que madame Lamarche était bien faible.

Moïse, le souffle coupé, laissa tomber son couteau de boucherie sur l'étal et courut au logement attenant au commerce. Sur son passage, il bouscula une cliente qui attendait devant le tiroir-caisse qu'on lui rende sa monnaie. En tout autre temps, l'épicier se serait excusé poliment, mais cette fois, dans un état de nervosité inhabituelle, il ne se rendit même pas compte de sa maladresse.

Moïse se disait que la bonne, dans son énervement, devait avoir exagéré démesurément les faits. Depuis des mois,

Sophie s'époumonait ; elle devait encore tousser ou bien être incommodée par quelque crachat bloqué au fond de la gorge. Il n'aurait qu'à introduire son doigt au creux de sa bouche et elle allait aussitôt retrouver sa respiration normale.

En entrant dans la pièce, Moïse, frappé de stupeur, s'arrêta net. Sophie, encore plus rapetissée sous ses couvertures, reposait, le teint terreux, les yeux vides, la bouche mi-ouverte, les mains squelettiques étendues le long de son corps. Comme un fou, Moïse la saisit aux épaules, la secoua et l'appela d'une voix qui n'avait plus rien d'humain.

– Non, Sophie ! Non ! Mon Dieu, faites-moé pas ça. Vous pouvez pas me la prendre.

Le cri, arraché à son ventre, s'étouffait dans sa gorge. Suivit un long hurlement. Dans son esprit régnait un chaos indescriptible. Confus, il appelait sa mère, Claudia, le curé. Il ne savait plus à qui crier sa peine. Tout son corps était secoué de tremblements violents qui n'en finissaient plus. Cette terrible catastrophe, qui lui tombait dessus, allait le rendre fou. Finalement, ce n'est qu'à bout de nerfs qu'il cessa de résister.

Le médecin l'avait pourtant prévenu que sa femme ne passerait pas la semaine, et lui-même la voyait faiblir à vue d'œil. Ces derniers temps, Sophie ne trouvait plus la force de soulever sa tasse. Mais Moïse se bouchait les yeux et les oreilles et maintenant, il refusait de se rendre à l'évidence. La défaite l'écrasait au point qu'il en ressentait une extrême lassitude et sa tête bourdonnante retomba lourdement dans ses mains. « Pourquoi, mon Dieu, pourquoi ? »

Delphine, la bonniche, regardait autour d'elle. Il restait la vaisselle à laver, la cuisine du matin à nettoyer et pourtant, elle ne savait que faire maintenant que madame n'était plus là pour la commander. Elle détacha son tablier et le lança sur la rampe de l'escalier. La petite bonne, le visage allongé par deux lourdes tresses pendantes, se plaça en retrait, les bras croisés, les fesses appuyées sur le bord de la table ; de son poste, elle pouvait entrevoir ce qui se passait dans la chambre des patrons. Elle se tenait sur ses gardes, prête à s'éclipser au moindre regard. Si monsieur Moïse la voyait, il allait sûrement la chasser vu qu'elle ne faisait pas partie de la famille. De son vivant, madame Lamarche ne lui avait jamais permis l'accès à sa chambre, même si tous ses enfants, eux, y circulaient librement. Oh certes, elle n'irait pas jusqu'à lui en vouloir, loin de là, madame avait ses raisons. Après tout, elle n'était que la servante dans cette maison.

À quatorze ans, Delphine, au regard tout neuf, n'avait jamais vu la mort de près et un besoin de satisfaire sa curiosité la troublait et l'attirait à la fois.

Monsieur et ses enfants entouraient le lit. Dans la pièce, une lumière blafarde filtrait à travers le rideau et réfléchissait sur le visage serein de la morte. Dire que deux minutes plus tôt, madame pouvait voir, entendre et bouger. C'était donc ça, la mort ! L'espace d'un court instant et tout s'arrêtait pour l'éternité. L'adolescente ressentait un froid traverser tout son être. Elle n'aimait pas cette sensation désagréable. Toutefois, elle restait là à surveiller la réaction de chacun.

L'épicier sortit de sa poche un grand mouchoir bleu à carreaux qu'il ne prit pas la peine de déplier. Il essuya d'un geste brusque ses yeux et son nez et, quand il releva la tête, Delphine put voir comme sa douleur était profonde. Qui aurait pu prétendre qu'un homme puisse éprouver autant de chagrin pour une femme ? Avec ses idées toutes faites, la jeune fille prenait tous les hommes pour des insensibles et des grippe-sous. Monsieur Moïse, par exception, devait aimer sa femme très fort pour se trouver dans un état aussi lamentable.

Six petites figures muettes entouraient le lit. L'aînée, Véronique, était son amie. Elle aussi avait quatorze ans; suivaient Antonin, treize ans; Jean, douze; Benjamin, dix; Arthur, cinq et Élisa, trois. Il ne manquait que Charles, le petit dernier. À sa naissance, sa tante Claudia, venue aux relevailles de Sophie, était repartie avec le nouveau-né. Depuis, le bambin d'un an habitait au ruisseau Vacher, entouré de sa tante Claudia et de ses grands-parents.

Les pauvres orphelins savaient bien peu de la mort. Leur raisonnement d'enfants ne pouvait aller au-delà du palpable. Tout ce qu'ils comprenaient était que leur mère était partie pour de bon.

Véronique se tenait aux pieds de la morte, ses mains serraient le lit de bois. Elle ne pleurait pas. Sa peine, ça ne regardait qu'elle, mais elle affichait le regard rancunier de quelqu'un qui en veut au disparu de l'avoir abandonné. Déjà, elle sentait une lourde charge peser comme une menace sur ses frêles épaules. Elle savait bien qu'à l'avenir elle aurait l'entière responsabilité de ses frères et sœur, et qu'elle serait, en quelque sorte, leur mère. « Je pourrai pas, c'est trop lourd. Je serai jamais capable. J'aime mieux mourir avec vous, maman. »

Véronique ne laissait rien transparaître de ses sentiments. Delphine était surprise de la voir garder la tête froide devant un si grand malheur quand elle, qui n'était que la servante, avait toutes les peines du monde à retenir ses larmes. Son menton tremblait à la pensée que ç'aurait pu être sa mère à elle et, l'estomac noué, les épaules voûtées, elle enserrait son gilet brun où la tristesse cherchait à s'infiltrer par toutes les mailles. Mais qu'est-ce qui la retenait tant dans cette maison où flottait une odeur de mort ? Que gagnait-elle à rester là, si ce n'était de s'émouvoir jusqu'à l'envie de pleurer ? Elle se redressa et, souple comme un félin, quitta la maison endeuillée. La neige était grise sous un soleil en exil et, en dépit du temps glacial, le climat serait plus doux chez elle. Le froid pénétrait la jeune fille de toutes parts et elle devait lutter contre le vent qui la malmenait pour arriver à entrer chez elle. Delphine était perplexe. Dire que les Lamarche avaient tout : la beauté, l'abondance, le bonheur, et d'un coup, bang ! Tout s'écroulait. Chez les siens, la vie était plus modeste, mais bonne.

* * *

Moïse, dans un abattement total, ne semblait plus lutter contre l'implacable destin. Sophie, sa flamme, sa passion, sa vie, était partie. Elle l'abandonnait avec sept enfants. Moïse s'assit près de son corps et prit sa main froide dans la sienne. Derrière lui, Benjamin, caché contre l'armoire, le regardait à distance comme si la scène l'effrayait. Il ravalait. Antonin, appuyé dos à la penderie, gardait les yeux fixés sur sa mère et rongeait ses ongles. Arthur essayait de monter sur le lit et à chaque tentative, la couverture descendait un peu plus. Jean tirait sa main pour l'empêcher de monter. Moïse cherchait à éloigner les enfants, pensant que c'était mauvais pour eux d'assister au départ de leur mère. La petite Élisa entourait sa jambe de ses bras d'enfant. Moïse tenta de s'en dégager, mais elle s'accrochait plus fort en serrant les doigts. Il passa une main sur le petit front moite et détourna son regard du sien.

Tout était encore trop confus dans sa tête pour distinguer le trouble évident dans les yeux désespérés de l'enfant. Il la souleva pour la passer dans les bras de sa sœur, mais il la retient juste à temps ; Véronique n'était plus là. Incapable de contenir sa peine, elle était montée s'enfermer dans sa chambre. Moïse déposa la petite Élisa par terre.

– Allez m'attendre à la cuisine. Tantôt, j'irai vous reconduire chez votre tante Pierrine.

– Toé, Antonin, va chercher le prêtre pis le docteur. Dépêche-toé, pis ferme la porte en sortant.

Moïse ne désirait rien d'autre que se retrouver seul avec Sophie. Sa douleur était si intense qu'il lui fallait la laisser exploser, sinon il allait étouffer.

Jean quitta la pièce sur le bout des pieds, comme s'il craignait de réveiller sa mère. Il poussa les plus jeunes devant lui et referma sans bruit. Antonin sortit de la cuisine en coup de vent. Dehors, le cheval était toujours attaché au piquet. Dans le désordre, personne n'avait pensé à la pauvre bête qui, le nez au vent glacial, se tenait à la merci d'imprévisibles clients.

Pressé, Antonin ne prit pas le temps d'enlever les joyeuses clochettes, accrochées aux limons de la charrette. Il monta dans la voiture et debout, il fouetta la bête à tour de bras. C'était bien pour rien ; le presbytère n'était qu'à quelques rues plus bas.

* * *

D'une dernière douceur, Moïse ferma les paupières aux longs cils sur les joues décharnées de Sophie. Éperdu, il pleura tout bas, comme si ce n'était pas permis. Ce ne fut qu'à l'arrivée du prêtre et du médecin qu'il se ressaisit. Il se moucha et assista aux onctions des saintes huiles.

Le rituel terminé, le curé Archambault recula d'un pas et par mégarde, mit le pied sur le rebord du pot de chambre que dans la précipitation des événements, les enfants avaient oublié de vider. Les éclaboussures rejaillirent de toutes parts. Le prêtre perdit l'équilibre. De l'autre côté du lit, le docteur voyait le curé caracoler. Il se demanda s'il n'allait pas tomber sur la morte, mais non, après quelques pas incontrôlés, le prêtre appuya ses mains grandes ouvertes sur le matelas sans toucher la défunte. Il se redressa aussitôt comme un ressort et chercha à voir où il avait mis le pied. Sa chaussure était mouillée et le seau de granit blanc s'en allait, clopinant sur son anse, traversait la chambre, tout en répandant un reste d'excréments sur son chemin, et alla s'arrêter au pied de la commode. Le curé regardait le bas de sa soutane souillée. Le rouge lui monta au visage.

– Saprée cochonnerie ! A-t-on déjà vu !

Le prêtre fronçait ses sourcils broussailleux. Il allait encore s'emporter, mais il se ressaisit à temps. À quoi s'attendre d'autre quand il n'y a que des enfants pour entretenir la maison et soigner une grande malade ? Il n'était pas moins humilié pour autant. Moïse, témoin de la scène était honteux. Il se pressa de sortir le seau. De la porte de la cuisine qui donnait sur la cour, il le lança dans la neige.

Près du lit, le prêtre se pencha et enleva son soulier. En relevant la tête, il vit le docteur qui réprimait mal un sourire et ça l'offensa davantage. Il répétait :

– A-t-on déjà vu !

Le médecin s'en était sauvé de justesse. À son arrivée, lui aussi avait frôlé le récipient à l'odeur infecte, mais il l'avait aussitôt repoussé avec dédain vers la fenêtre. Il avait tenté d'ouvrir un tout petit peu, histoire d'aérer, mais sans réussir ; le bois des volets étant trop renflé. Cet incident portait le vieux médecin à rire, mais il ne voulait insulter ni le curé ni Moïse. Il arriva à se contrôler en mangeant ses lèvres. De toute sa vie, il n'avait rien vu d'aussi cocasse. Il signa l'attestation de décès, fit un pas de géant au-dessus des saletés et s'éclipsa avant que le curé lui demande de le ramener chez lui. Le docteur ne voulait pas souiller sa carriole.

Moïse, consterné et impuissant, accumulait épreuve sur épreuve. La honte rejaillissait sur sa maison et la crainte du ridicule l'oppressait, comme si la terre entière se refermait sur lui. Confus, il revint à la chambre. Il ne savait plus s'il devait laisser Sophie seule sur son lit de mort pour s'occuper du curé. « Ah bon, le dégât ! » Il retourna à la cuisine où il appela à l'aide. Le prêtre attendait, planté au beau milieu de la pièce. Il tenait sa soutane éloignée de son corps et, la bouche tordue en grimace, il répétait à qui voulait l'entendre :

– A-t-on déjà vu !

Moïse courut à la porte qui donnait sur le commerce et cria à corps perdu :

– Véronique ! Vé-ro-ni-que !

Heureusement que l'épicerie était déserte ; on l'aurait pris pour un fou. Moïse se demandait où les filles pouvaient bien être passées. Sans elles, il ne voyait pas le jour de s'en tirer.

Assise sur son lit, Véronique paniquait. Le seau à vider ; c'était sa responsabilité à elle. Trop bouleversée pour raisonner sagement, elle croyait son père fâché ; elle le sentait à sa manière de l'appeler en scandant les syllabes. Dépitée, elle ne savait plus que faire. Elle tendit l'oreille. Tout semblait se calmer en bas. Elle renifla deux bons coups et descendit en douce. Son père était à sa chambre et elle pouvait passer inaperçue du curé qu'elle voyait de dos. Elle enfila son manteau et se sauva de justesse par la porte condamnée du salon. Au même instant, madame Fontaine, venue faire la toilette du corps, entrait par le côté. À l'odeur qui empestait la maison, elle crut que la morte s'était vidée par haut et par bas. La femme était atterrée à la vue des petits orphelins. Toutes les figures espiègles avaient perdu leurs couleurs et étaient d'une pâleur maladive. Elle supportait difficilement l'ambiance de tristesse et d'abandon qui régnait dans la maison. Elle cherchait des paroles de réconfort, mais le spectacle désolant lui clouait le bec et aucun son ne sortait de sa bouche.

Moïse s'accrocha à elle, comme un noyé à une bouée.

– Vous, vous tombez à point. J'arrive pas à trouver les filles, pis monsieur le curé vient de mettre le pied dans le pot de chambre ; y s'est tout renversé. Regardez donc sa soutane. Si vous pouviez la nettoyer…

Le prêtre s'opposa et demanda qu'on aille plutôt lui chercher une soutane et des souliers de rechange au presbytère. Moïse se sentait soulagé d'un poids énorme.

– Antonin va s'occuper de ça.

Le curé ajouta plus bas :

– C'est qu'y en a aussi sur le mur.

Madame Fontaine étira le cou. Elle réprimait mal le geste insultant de se pincer les narines. Il y en avait partout. Le guéridon, le bas du mur, le pied du lit, le plancher, tout était souillé. Ça lui rappelait la chanson que ses neveux chantaient trois jours plus tôt, le premier de l'an.

Garrochez ça sur les murs. Ah oui, bien!
Disant que c'est de la peinture.
Ah, vous m'entendez bien!

Le fou rire la prit. Elle s'efforçait de penser aux événements poignants, mais c'était plus fort qu'elle, les saloperies la ramenaient au comique de l'histoire. Elle avait la certitude que le prêtre allait l'accabler de reproches. Tout le monde savait que le curé Archambault était un sanguin, un coléreux qui savait se servir de son pouvoir auprès de ses paroissiens. Il voyait bien les soubresauts que madame Fontaine réprimait difficilement. Ses yeux et sa bouche riaient contre son gré. Le prêtre s'offusquait davantage, mais il préférait se taire; il avait besoin de ses services. Elle l'entendait rouspéter.

– A-t-on déjà vu!

Madame Fontaine versa une bouilloire d'eau chaude dans un grand bol en granit pour laver le pied malencontreux, puis nettoya ensuite la chaussure avec soin. Elle baissait la tête afin de cacher son envie de rire qui ne passait pas. C'était un gros soulagement pour elle que Moïse soit retourné au chevet de sa femme. Près d'elle, Arthur et Élisa étaient assis dos à dos dans la berçante, les pieds sur les arceaux. Au bout de la table de cuisine, Benjamin tremblait et claquait des dents. L'enfant disait avoir la fièvre. Maintenant que sa mère n'était plus là, il voulait s'assurer qu'il y aurait quelqu'un pour s'occuper de le soigner. Jean se pencha au-dessus de lui et serra son bras avec chaleur. Son raisonnement semblait avancé pour un garçon de douze ans.

– Tu sais, Benjamin, ce qui se passe icitte, c'est ben dur à prendre, mais c'est correct de même. Si maman est partie c'est qu'elle en pouvait pus. Pis là, on l'entendra plus tousser à s'étouffer, pis cracher le sang. T'as vu comme elle est calme ? Elle a fini d'en arracher. Moé, je chus ben soulagé pour elle.

Antonin revenait avec une soutane propre qu'il jeta sur un dossier de chaise. Il enleva son manteau et flanqua dans sa manche sa tuque et ses mitaines rouges qui montaient jusqu'aux coudes. Il s'assit ensuite au bas de l'escalier. Il semblait étranger à la mort de sa mère. Son orgueil le bloquait, comme si c'était une honte de déverser sa peine. Toutefois, la mort apportait une confusion dans son esprit et, pour la première fois, il se posait des questions à ce sujet.

Madame Fontaine vint le tirer de sa perplexité.

– T'as de bons bras, toé ? J'ai justement besoin d'un homme fort pour charrier l'eau à bouillir. Aujourd'hui, y me faut beaucoup d'eau chaude, ça veut dire de tenir la bouillotte et le réservoir du poêle ben pleins. Je compte sur toé pour t'en occuper.

Empressé, Antonin se leva. Pour la première fois, il rendait des services dans la cuisine ; son travail routinier était la livraison. Il suivait madame Fontaine au pas et aidait au nettoyage de la chambre. Il se retira au moment où la femme fit la toilette de la morte. Pendant qu'on s'occupait du corps, Moïse conduisit les enfants chez Thomas. Pierrine devait les emmener dans un grand magasin acheter des vêtements de deuil. Antonin fut le seul qui refusa de suivre.

– Moi, je reste ! Madame Fontaine peut avoir besoin de mon aide.

Sans qu'on le lui demande, le garçon remplit le coin à bois, balaya les copeaux tombés sur le sol et chauffa le poêle.

Antonin travaillait pour engourdir son malaise et, quand madame Fontaine demanda à monsieur Germain de mettre le drapeau en berne et de fermer l'épicerie, Antonin s'avança.

– Je vais y aller, moé. Je sais le faire. Des fois, je m'amusais, juste pour le plaisir, à le monter pis à le descendre.

Madame Fontaine lui jeta un crêpe noir dans les mains.

– T'es ben de service, Antonin, mais va plutôt suspendre ça à la porte, pis écris sur la pancarte : fermé pour cause de décès. Je me demande comment j'arriverais à joindre les deux bouts si je t'avais pas.

Antonin se redressa, satisfait de la remarque flatteuse. Il se dit qu'il tenait la femme dans sa poche et qu'elle ne pourrait rien lui refuser. Elle était trop occupée pour voir qu'il attendait quelque chose d'elle. Il la conduisit à la gare du Canadien National télégraphier la pénible nouvelle aux deux familles du ruisseau Vacher. Au retour, lui et madame entreprirent le ménage. Le soir même, toutes les pièces seraient bondées de monde. Ils lavaient les planchers de la chambre, du salon et de la cuisine. Une odeur de détergent flottait dans l'air.

– Asteure, la bouffe, dit la dame, c'est pas tout que l'épicerie en soit remplie, y faut se donner la peine de la préparer.

Antonin, assis non loin de madame Fontaine, la dévisageait.

– Asteure que maman est morte, vous allez rester avec nous autres ?

– Pour quelques jours, oui.

– Pour toujours ! Vous pourriez marier p'pa ?

Madame Fontaine, une femme plutôt calme, eut un sursaut qui révélait son trouble ; la question était si inattendue.

– Oh, ça par exemple, non !

Au regard perplexe qu'il posait sur elle, Antonin avait l'air de lui en vouloir. Peut-être était-elle allée trop raide lorsqu'elle l'avait rabroué ? Ce n'était pas son intention et ça lui fendait le cœur. Elle posa son couteau sur la table un moment et tira sur le bras musclé du garçon.

– Approche ta chaise un peu. Tu sais, ton père a une grosse peine. Y faut pas y parler de remariage. Et, même là, je suis plus une jeunesse. J'ai soixante-six ans, presque le double de ton père.

– Ça me fait rien, je vous trouve ben comme y faut, pis je vous aime ben.

– Moé aussi, mais c'est pas suffisant. Oublie ça, mon grand.

La femme se mit en frais de rouler des tartes et, en peu de temps, l'odeur des pâtés aux pommes embaumait la pièce. « Cré Antonin ! se dit-elle. Moé, marier l'épicier ! On dirait que tout s'orchestre aujourd'hui pour me faire rire et pleurer. »

* * *

Sur le haut du jour, le glas se mit à sonner. Ses sept coups tombaient, déchirants, comme une suite de sanglots.

Au son grave de la cloche, à la vue du corps raide qu'on transportait au fond du salon, Antonin sentit sa gorge se serrer. Il s'occupa de plus belle. Il aida à tasser les fauteuils, la petite table et il demanda à madame Fontaine où poser la lampe à pétrole.

– Surtout, prends garde de pas trop la pencher. Mets-la sur le guéridon au coin de la pièce. Là, elle sera en sécurité.

La famille arrivait. Ils étaient plus de quarante à descendre du train de cinq heures et le lendemain, d'autres suivraient. Ils avaient tous laissé leurs enfants à la maison. Seule Claudia portait fièrement dans ses bras un bébé d'un an, emmitouflé dans un châle de laine blanc qui le couvrait au complet. C'était le petit Charles, le dernier-né de Sophie que Claudia élevait depuis sa naissance.

Jamais de son vivant, Sophie n'avait eu autant de visiteurs. La nouvelle de sa mort s'était répandue comme une rafale et avait jeté un voile sur la ville blanche. Il y avait bien sûr les clients. Ces derniers connaissaient la femme de l'épicier pour l'avoir vue régulièrement de la porte du commerce s'affairer dans sa cuisine. Et, à la messe du dimanche, ils ne pouvaient pas la manquer, elle était si jolie. Ses grands yeux expressifs, ronds comme des billes, donnaient des distractions, même aux âmes les plus dévotes. Dans les prochains jours, le faubourg au complet viendrait prier au corps et assister aux obsèques. Quand une figure connue meurt, tout le quartier meurt un peu.

À son arrivée, Claudia s'approcha de Moïse avec le petit Charles dans les bras. Elle embrassa son frère.

– Je suis avec toé, Moïse.

Près d'eux, le corps de Sophie n'était plus qu'une carcasse méconnaissable. Son visage de cire était étrangement émacié par la longue maladie.

Claudia sentit un frisson la parcourir jusqu'au cœur. Elle essayait de s'imaginer le déchirement d'une mère, de devoir laisser ses enfants. Elle faisait la comparaison avec Charles. Elle n'alla pas au bout de sa pensée que deux grosses larmes roulaient sur ses joues. C'était sur les petits orphelins qu'elle pleurait. Sophie, elle, ne souffrait plus. Claudia n'osait pas demander à Moïse comment il allait s'arranger avec eux. L'affaire la tracassait au plus haut point. Demain, elle lui parlerait ; demain, quand le calme se serait rétabli. Ce soir, son frère semblait hors d'état de prendre des décisions. Elle voyait bien le désintéressement marqué sur son visage défait. Il n'accordait aucune attention à son enfant, même quand le petit Charles lui donna un coup de bottine sur le bras. Claudia était terriblement déçue. Il fallait que Moïse soit très perturbé pour rester indifférent devant son propre fils. Elle s'approcha du cercueil et tint le bambin en suspens, au-dessus du corps de Sophie. Elle lui dit tout bas :

– Regarde, Charles. C'est ta maman.

L'enfant n'avait aucune réaction ; il était si jeune. Il tourna le visage vers elle. Claudia insista de nouveau, comme si elle voulait lui confirmer qu'il n'avait plus qu'elle maintenant. Que deviendrait-il sans elle ? Sa mère partie, son père désintéressé, il ne restait plus personne pour le lui enlever. Elle le possédait davantage. Elle n'irait pas jusqu'à dire que les événements jouaient en sa faveur ; elle avait trop de sympathie pour les siens.

Thomas entra. Il traînait sur lui une odeur de vent frais. Chez lui, personne n'avait vu Véronique. Il prétendit qu'elle était peut-être chez les Vézina.

– Avec ce froid, elle restera pas dehors longtemps.

– Antonin, va donc passer dans les ruelles. Des fois qu'elle s'amuserait à jaser.

– Y fait un temps de chien.

Antonin refusait d'y aller. Toutefois, il ne dit pas non. Il n'allait pas avouer qu'il avait peur à la noirceur. Il hésita et resta assis pour s'habiller avec la lenteur d'une tortue. Finalement, il ne sortit pas. Personne ne dit rien ; plus personne ne commandait dans cette maison. Claudia regardait l'heure. Le balancier doré scandait les secondes. Le petit Charles dans les bras, elle caressait sa petite tête ronde et surveillait discrètement la réaction de Moïse qu'elle pouvait voir du fond de la cuisine. Il avait l'air désintéressé du monde entier, même de Véronique. Dans chaque coin, des petits groupes parlaient bas. Et à tout moment, les conversations étaient interrompues par la récitation du chapelet. Chaque fois, tout le monde se levait pour répondre. L'horloge marquait maintenant dix heures. Le curé Archambault offrit l'hospitalité aux familles du ruisseau Vacher. Les Lamarche déclinèrent l'offre à l'avantage des Dufour. Après un dernier chapelet, ils s'entortillèrent dans des châles et des foulards interminables puis suivirent le prêtre. Un quart d'heure plus tard, un autre groupe se rendait chez Thomas. Pierrine invita Claudia, elle aimait bien causer avec elle. Les deux femmes partageaient la même appréhension au sujet des enfants de Moïse. Claudia refusa sous prétexte que l'enfant, bousculé par le voyage, pourrait être agité la nuit et déranger toute la maisonnée. Elle pensait qu'elle serait mieux chez Moïse. Elle ne le dirait pas, mais elle s'y sentait plus à l'aise. Et puis Véronique, disparue, ne cessait de l'inquiéter.

La nuit tombait sur Saint-Henri et la jeune fille n'était pas rentrée.

On chuchotait autour de la morte. « Son pauvre père en avait pas assez comme ça ? » On croyait à une fugue, mais venant de Véronique, c'était impensable ; elle, une fille si raisonnable. Ses frères disaient l'avoir vue enfiler son manteau vert et sortir. Plus tôt, on aurait pu la croire chez ses amies, mais à dix heures trente, les gens se couchaient ; Véronique serait revenue. Seule Claudia se doutait du drame poignant qui torturait sa nièce. Elle était furieuse.

– Qu'est-ce que vous attendez pour demander l'aide de la police ? Une petite fille de quatorze ans qui vient de perdre sa mère, seule en pleine nuit, par grand froid et tout le monde attend je me demande quoi.

Claudia, indignée, secouait les épaules. Moïse était inapte à prendre une décision. Les yeux noyés de chagrin, il surnageait comme une épave. Il restait debout près de Sophie, à la regarder pendant qu'elle était encore là. Thomas lui conseilla d'aller dormir, mais l'air offusqué, Moïse refusa net.

– Dormir ! Comme si c'était possible quand Sophie est sur les planches et Véronique disparue.

– Si tu te voyais ; tu tiens plus deboute.

Thomas lui approcha une chaise et pesa sur son épaule pour le forcer à s'asseoir. Moïse gardait les yeux sur le corps de Sophie comme s'il attendait d'elle un mouvement, un geste. Thomas le tira une seconde fois de sa fixité.

– Veux-tu boire ou manger quelque chose ?

– Non, rien. Essaie plutôt de retrouver Véronique.

Au fond de la cuisine, Claudia se tenait près du petit Charles, à le couver, à l'embrasser. Elle le déposa dans le ber et demanda à Marie-Anne de s'en occuper un moment.

– Si y pleure, berce-le en attendant que j'arrive ; moé, je vais aller avec Antonin au commissariat.

En peu de temps, les rues de Saint-Henri furent sillonnées, passées au peigne fin.

Minuit ! Il ne restait que les voisins immédiats et la proche parenté pour veiller au corps. Madame Fontaine sortit le rôti froid et le pâté de foie gras et prépara un café fort tout en gardant un œil vigilant sur le petit Charles qui dormait paisiblement.

Trois heures ! On frappait à la porte de côté. Claudia, à moitié endormie sur sa chaise, se redressa comme un ressort. Deux policiers qui faisaient la ronde dans le coin passaient s'informer si Véronique n'était pas rentrée. Ils connaissaient Moïse et l'encouragèrent à garder confiance. La rivière était gelée, ça leur enlevait une inquiétude. Ils disaient surveiller le moindre indice et ne demandaient qu'un peu de patience. S'ils ne retrouvaient pas Véronique à Saint-Henri, ils étendraient leurs recherches dans tout Montréal. On leur servit un café et des tartines, après quoi, Claudia les expédia :

– Asteure, allez-vous-en. Vous avez pus rien à faire icitte. C'est Véronique qui a besoin de vous autres.

Six heures ! Il faisait encore noir comme chez le diable quand la porte s'ouvrit sur Véronique. Elle était seule et frissonnait. L'adolescente entra comme si rien ne s'était passé. On la dévisageait et on surveillait la réaction de Moïse. Ce serait à lui de lui demander d'où elle venait et ce qu'elle avait fait. Mais le veuf ne réagissait plus aux coups du sort. Il ne faisait que regarder Véronique. Tous voulaient savoir, mais personne ne se mêlait de lui demander des comptes ; pourtant l'adolescente avait inquiété toute la famille. Elle retira son manteau vert, le suspendit au clou et, comme une somnambule, monta lentement à sa chambre. Claudia alluma une lampe en grès et la suivit dans l'escalier. À la petite flamme bleue, on pouvait voir l'ombre des colonnettes se déplacer sur le mur. En haut, les deux femmes parlèrent longuement et quand Claudia descendit, tous les regards s'attardaient sur elle.

Thomas s'habilla pour avertir la police de cesser les recherches. Sur le pas de la porte, il regarda Claudia.

– Au commissariat, y vont me demander des comptes. Qu'est-ce que je dois leur dire ?

– Rien. Dis-leur seulement merci.

* * *

Les cloches s'étaient tues. Depuis trois nuits, le corps de Sophie reposait au charnier. Trois nuits terribles pour Moïse à se retrouver seul avec le fantôme de sa femme, à s'entendre lui répondre « Y a l'épicerie », quand sur le point de mourir, Sophie ne demandait qu'à lui parler. Il se remémorait son ultime tentative du dernier jour. Certes, Sophie voulait lui faire ses adieux et, peut-être, placer ses enfants chez l'un et chez l'autre. Il avait refusé, repoussé comme chaque fois le moment de l'écouter. Et combien d'autres essais de sa part, pour chaque fois s'entendre lui répondre : l'épicerie, les clients, la clochette, toutes des excuses. Au fond, il se sentait incapable de l'écouter parler froidement de sa propre mort, comme si elle était hors de cause. Il avait préféré se cacher sous sa carapace. Qu'aurait-il trouvé à lui dire ? Il lui aurait fallu fabuler pour l'encourager. Il s'était ménagé lui et il s'en voulait. Il n'était même pas là pour tenir sa main à son dernier soupir. Comme elle avait dû se sentir abandonnée !

Ce soir-là, à la lueur jaune de la chandelle, Moïse gardait les yeux ouverts sur la photo de la disparue. La chambre était encore toute pleine de sa présence : son miroir brisé, son rire franc, ses cris d'accouchement, sa toux intermittente. Il refusait de croire que Sophie était partie pour de bon, que tout était fini. Il en avait vu autour de lui des gens, vivre et s'en aller, mais c'était bon pour les autres, pas pour Sophie. Ça le remplissait de dégoût et de colère de voir la mort venir faucher une jeune mère de famille quand, autour, il y avait des femmes sans mari, sans enfant, des infirmes, des découragées de la vie qui ne demandaient qu'à mourir. Il se sentait victime d'une terrible injustice et, dans un sursaut de révolte, il s'en prit à Sophie qui venait de mettre fin à quinze ans de bonheur. Elle les plantait là, brusquement, pour aller vivre au paradis, tandis que pour lui l'enfer commençait ici-bas.

Moïse glissa la main sur son côté de lit, comme au temps du bonheur. Rien ! Le lit était trop grand et la chambre vide. Il s'y sentait perdu comme s'il flottait dans un vêtement aux dimensions exagérées. Sans Sophie, c'était invivable. Si elle avait été là en ce moment, ils auraient bavardé jusqu'à très tard dans la nuit comme autrefois, au ruisseau Vacher, dans la chambrette sous les combles. Ils reprendraient le temps perdu. Il aurait eu un tas de choses à lui dire avant son départ. Il regrettait de ne pas y avoir pensé avant, alors que c'était encore possible. Maintenant, il était là, à se lamenter sur la course des ans et s'en voulait de ne pas avoir emprisonné au passage le moindre geste, le moindre regard, la moindre parole, et leur donner une importance majeure. Évidemment, il y avait les petites bouches à nourrir et il fallait trimer dur pour subvenir aux besoins de la famille, souvent sans avoir seulement le temps d'avaler une seule bouchée. Les clients et les enfants réclamaient toute l'attention et passaient avant les parents. Le soir venu, éreinté par le travail, la fatigue s'emparait de son être et l'emportait dans un sommeil écrasant. Ainsi, Sophie et lui remettaient à plus tard l'occasion de se parler. N'avaient-ils pas toute la vie devant eux ? La courte vie ! La stupide vie ! Moïse s'en voulait d'avoir brûlé tant d'années à se démener, à travailler comme un diable sans jamais s'arrêter à profiter d'être deux. Fallait-il absolument tout perdre pour comprendre ? Il posa sa joue sur l'oreiller blanc à la recherche de son odeur, de sa chaleur. Il sentait le tissu rêche et froid. Et il se retenait de crier sa solitude.

Chapitre 2

Dehors, le vent se levait brusquement et venait gémir aux carreaux. Moïse détestait la solitude de la nuit.

La vie reprenait son cours. Le travail à l'épicerie commandait et Moïse s'y rendait à reculons. Sans Sophie, sa vie n'avait plus aucune signification, plus rien n'était pareil ; les jours trop longs étaient insipides, monotones. Comme un automate, le veuf affrontait les clients et répondait machinalement à leurs questions. Elles étaient toujours les mêmes, toutes se rapportaient à sa famille. Moïse ne supportait plus les « au revoir » et les « ça va bien », quand tout allait mal et que sa vie tournait à la catastrophe. Il avait le goût de tout foutre en l'air. Pourquoi cet entêtement insensé à vouloir continuer de vivre à tout prix quand, ici-bas, plus rien ne le retenait ? Et ses enfants ? Moïse ne semblait pas les voir ; il ne voyait que son propre chagrin. Pour comble, depuis la mort de Sophie, toutes les tâches domestiques retombaient sur ses épaules. Maintenant, il s'accrochait à son aînée. Véronique était la seule sur qui il pouvait compter. Il la commandait continuellement, allant même jusqu'à l'humilier.

– Véronique, vois donc aux enfants. Je les ai dans les jambes à cœur de jour. Y viennent se montrer devant la clientèle, le bec sale pis les cheveux tout ébouriffés. Y auraient besoin d'un bon coup de peigne. Pis regarde donc la maison ! Une vraie soue à cochons. Bordel ! À quatorze ans, tu devrais être capable de faire le ménage. Quand ta mère était en santé, tout reluisait de propreté, pis elle gardait les enfants à la cuisine, elle. Vois-y parce que moé, si ça continue, je vais virer fou.

La vaisselle du dîner traînait sur la table et, au beau milieu de la pièce, une cuve en tôle galvanisée était juchée sur deux chaises. Des tas de vêtements aux teintes sombres encombraient la table et le sol. Au milieu de tout ce désordre, Véronique s'en faisait. Si son père allait mourir comme sa mère ? Son regard était chargé de pitié et elle essayait de se presser. Si au moins elle pouvait se débarrasser de la lessive ; elle n'en voyait jamais le bout avec Benjamin qui mouillait son lit. Brasser le linge à la main était une corvée longue et épuisante. Il était trois heures. Déjà, elle en avait plein le dos et le souper approchait.

– Jean pourrait peut-être m'aider ?

– Compte pas sur lui. Le ménage, c'est l'affaire des femmes.

Véronique se désespérait d'être née fille. Elle se rendait compte que les femmes n'avaient été créées que pour se tuer à la tâche. À l'âge où les jeunes filles rient et s'amusent en groupe, elle s'échinait à cœur de jour à la tâche de mère qui lui incombait. Le pire, c'était que les remarques de son père laissaient entendre qu'elle n'était pas à la hauteur et qu'elle n'en faisait jamais assez. Comment pouvait-il critiquer son travail ? Il était toujours à l'épicerie. Pour arriver à tenir le coup, il lui fallait oublier les reproches qu'elle venait d'entendre. Au même instant, Antonin, les joues rougies par le froid, entrait en trombe dans la cuisine,

– Galipette te fait dire de sortir après souper. Y va venir t'attendre devant le noyer.

Le gamin moqueur tenait de son grand-père Dufour la manie de tourner les noms en ridicule. Véronique s'adossa à la cuve et croisa les bras.

– Jacques Galipeau! Comment ça? Tu l'as vu où? C'est ben vrai, ce que tu me dis là?

– Ben sûr! Y est venu livrer des commandes avec moé aujourd'hui. Si tu me crois pas, demande au boucher.

– Qu'est-cé qu'y me veut?

– Y dit qui te trouve de son goût.

Antonin se tordait de rire pour se moquer d'elle.

– Y m'a dit: «Ta sœur, c'est moé qui va l'avoir.» J'y ai répondu: «Ben j'ai rien contre, si tu peux m'en débarrasser, elle pis moé, c'est le feu pis l'eau.»

– T'as pas été y dire ça? Asteure, on va passer pour des beaux devant le monde, hein!

– Ça pis ben d'autres choses sur toé.

Véronique se rembrunit.

– Tu sauras, Antonin Lamarche, que nos affaires de famille, ça regarde personne! Qu'est-cé que t'as encore été y raconter d'autre sur mon compte?

La tête haute, les mains dans les poches, Antonin fila à l'épicerie, en sifflant. Il avait réussi à tourmenter sa sœur. Il l'entendait lui crier après du passage qui donnait accès au commerce:

– Je te crois pas, Antonin Lamarche. Tu fais juste essayer de me faire marcher. J'en veux pas de ton Galipeau!

Au fond, Véronique se demandait ce que Jacques Galipeau pouvait bien lui trouver d'intéressant. Elle qui ne trouvait jamais le temps de s'occuper de sa personne.

Derrière elle, une chaise cogna contre le mur. Véronique sursauta. Son père était là qui avait tout écouté. Elle le pensait à l'épicerie. De son poste, la porte ouverte de la chambre le cachait à sa vue. Elle était sidérée; la clochette n'avait pas arrêté de sonner et son père n'avait pas bougé. Maintenant qu'il avait tout entendu, il allait la surveiller de près.

– Avant de penser aux garçons, tu ferais mieux d'apprendre à tenir maison.

– Vous saurez, p'pa, que je fais plus que mon gros possible.

Moïse retourna au commerce, un peu préoccupé par ce qu'il venait d'entendre. Sa grande avait toujours été bien sage.

Véronique reprit sa besogne. Une douleur traversait ses poignets délicats. Elle allait oublier les petits. Elle remit le lavage à plus tard, secoua ses mains trempées, les essuya sur son tablier et se rendit à l'épicerie chercher Arthur et Élisa. Une odeur de café moulu parfumait l'air. Pierrine était là, debout devant le comptoir, enveloppée dans un grand manteau de couleur sang de bœuf. Elle attendait qu'on taille ses viandes. Véronique lui sourit. Sa tante lui fit un léger salut de tête et se mit à converser avec une cliente. Véronique ravala son sourire et tira vivement les enfants par la main. Elle claqua la porte de la cuisine sur ses talons. Depuis la mort de sa mère, Pierrine ne traversait plus à la cuisine, le temps qu'on prépare sa commande. Elle agissait comme s'ils n'existaient plus, comme s'ils avaient la peste. Véronique fit asseoir Arthur et Élisa sur une chaise et secoua l'index en l'air pour donner plus de sérieux à sa réprimande.

– Que j'en voie un, mes petits chenapans, traverser à l'épicerie! J'ai autre chose à faire que de courir après vous deux. Vous faites juste me retarder dans mon ouvrage.

Les enfants se laissaient conduire sans se rebeller et Véronique se calma devant les petites mines déçues. En était-elle rendue à leur faire endosser sa propre rancœur envers sa tante ? La jeune fille jeta un œil discret aux carreaux qui donnaient vue sur le commerce. Sa tante, le portefeuille en main, vérifiait le montant de ses marchandises inscrit sur le papier d'emballage, vida le contenu de son porte-monnaie près de la caisse, paya et s'en retourna chez elle. Véronique en faisait son deuil. Elle se dit que Pierrine n'était presque plus sa tante et son amertume grandissait. Elle se pencha sur les enfants. Même turbulents, les petits étaient les seules affections qui lui restaient. Elle leur libéra un coin de table en tassant un amoncellement de vêtements mal lavés.

– Je vais vous donner des feuilles pour colorier pendant que je lave vos cheveux.

Elle entreprit aussitôt sa besogne en commençant par Arthur, le plus difficile. L'enfant hurlait et tournait sans cesse sa tête blonde. Il était toujours comme ça avec sa mère. Il n'endurait pas une seule goutte d'eau dans ses oreilles ; il avait une peur bleue de devenir sourd. De ce fait, Véronique se voyait forcée d'employer la force de son bras pour le retenir. Elle avait chaud et le devant de sa robe marine était tout mouillé. Elle n'avait pas terminé qu'elle entendit des petits pas trottiner vers la porte du commerce.

– Heille ! Icitte, Élisa Lamarche ! Compris ?

La petite sauvageonne s'arrêta net. Elle avançait une lippe boudeuse et baissait les yeux sur le bout de ses bottines. Elle était attendrissante. On reconnaissait chez elle les longs cils de Sophie qui battaient l'arc fin des sourcils. Sa mère aurait souri de la voir, mais Véronique était malheureusement trop occupée pour s'arrêter à des détails aussi subtils. Elle ne voyait que les taches grasses sur sa robe à carreaux et elle se dit que les reproches de son père étaient mérités. Élisa ne disait rien, mais elle attendait une distraction de sa grande sœur pour entrebâiller la porte. Toutefois, cette dernière n'était pas dupe, elle la connaissait bien ; depuis le départ de sa mère, Élisa ne recherchait que la présence de son père. Alors Véronique lui proposa un arrangement.

– Si tu me promets de pas aller plus loin, je vais te permettre de rester dans la porte, mais seulement quand tes cheveux seront lavés. J'ai ben dit, dans la porte, hein ? Pis, ose mettre un pied dans l'épicerie et je t'attache une patte à la table. Tu m'entends ?

– Je veux pas que tu te fâches.

Véronique s'attendrit devant tant de docilité.

– Ben non ! Chus pas fâchée. Je veux juste que tu m'écoutes.

Elle lui donna une tape affectueuse.

– Gripette, va !

Depuis, Élisa passait ses journées en sentinelle sur le pas de la porte, à regarder sagement son père qui allait et venait de l'étal à la caisse. Elle ne s'amusait plus. Elle subissait ce que la destinée lui imposait sans jamais un mot plus haut que l'autre. Plus personne ne l'embrassait. Sa mère était partie en emportant tout : sourires, caresses, consolations, et l'enfant supportait cette impression horrible de délaissement avec une tranquillité passive sans se rebeller.

Véronique repartait dans ses pensées sombres. À l'avenir, plus jamais son père n'aurait à la reprendre. Elle ne lui en donnerait pas l'occasion. Crispée, elle s'élança au pas de course, ramassa le linge qui paressait sur la table et l'étendit sur une ficelle qui traversait la cuisine sur toute sa longueur. Les vêtements aux couleurs ternes pendaient tout de travers, mais Véronique s'en contenta. Elle se mit en frais de préparer le repas. Oh ça, par exemple, pour la nourriture, elle ne savait pas aller vite. Cependant, elle se pressa de dresser la table. Elle s'empêtra sur Arthur et échappa deux tasses qui éclatèrent en miettes sur le plancher. Elle ramassa les débris avant que les enfants ne se blessent. La lessive qui traînait dans la cuve et les lits défaits la préoccupaient. Finalement, elle s'élança sur une chaise et, épuisée, se mit à pleurer. Elle avait horreur de montrer ses sentiments. Elle se moucha et reprit sa besogne. Dieu qu'elle s'ennuyait de sa mère. Elle ne savait pas s'y prendre depuis qu'elle n'était plus là pour la guider. Si au moins Delphine était là ; à deux, elles s'en sortaient pas trop mal, mais seule, comment joindre les deux bouts ? Delphine n'aurait jamais dû partir et l'abandonner avec la besogne. Véronique était d'humeur amère. « Une autre qui s'est éclipsée, comme maman, comme ma tante Pierrine. »

À la mort de Sophie, madame Vézina était venue chercher les gages de sa fille et par le fait, elle avait avisé Moïse que Delphine ne reviendrait plus, parce que ce serait inconvenant de la laisser chez lui maintenant qu'il était veuf.

De ce fait, la tenue de la maison était en souffrance. Même à courir, Véronique n'avait plus une minute à elle. Elle n'irait pas retrouver Jacques Galipeau, ni ce soir ni les autres soirs. Elle en ressentait un petit pincement au cœur. Tout en lavant la vaisselle, elle regardait le ciel gris à travers les branches d'un pommier tordu.

Chapitre 3

Moïse ne voyait plus personne en dehors de son travail. Il avait le sentiment que les siens le laissaient tomber au moment où il aurait eu le plus besoin d'eux. Il se rappelait les trois premiers jours, on l'entourait, on se l'arrachait, on sympathisait, pour ensuite le laisser complètement seul avec son chagrin.

Ce soir, Moïse sentait le besoin de parler avec les siens. Dans le silence de sa chambre, il pensait à Fabien, à Claudia, à Thomas, puis il se dit que personne ne pouvait comprendre le drame qu'il vivait intérieurement, étant donné que nul sur la terre n'avait subi une peine égale à la sienne et que, pour partager sa douleur, il faudrait d'abord l'avoir vécue.

C'était Claudia qui lui manquait le plus. Il se rappelait les deux mois qu'elle avait passés chez lui aux relevailles de Sophie. Tant de soirs merveilleux à causer familièrement tous les deux au bout de la table, jusqu'à en oublier l'heure, alors qu'elle écoutait avec attention ses plus insignifiants bavardages. Avec elle, la maison reluisait et sentait la propreté. Maintenant, il se retrouvait seul et la vie lui était insupportable. Claudia aurait dû rester après l'enterrement, le temps qu'il se remette. Se remettre, quelle supposition insensée ! Il secoua la tête comme pour replacer ses pensées disloquées dans leur cellule respective, mais elles ne voulaient pas s'emboîter. Une immense peine lui enserrait la gorge et l'étranglait. En pleine nuit, il se leva, s'habilla et sortit sans regarder l'heure. Peut-être respirerait-il mieux dehors, à l'air vif ?

Le bruit des coups de marteaux, l'activité des usines, les sorties de cabarets et de théâtres, tout avait cessé. La ville était endormie, la rue lui appartenait. Il marchait à grands pas, le visage enflammé, tourmenté, ne sentant pas le froid dévorer ses joues. Tout se heurtait dans son cerveau : confusion, panique, torpeur. Il frappa au presbytère. Certes, le curé allait le trouver fou, mais Moïse n'était plus maître de lui ; c'était le désespoir qui le menait.

Le prêtre vient lui ouvrir, en pyjama, à moitié réveillé.

– Moïse !

Pris d'une crise violente, Moïse se rua dans l'entrée. Sa figure était crispée. Il allait étouffer. Il se débattait, secoué de spasmes épouvantables. Le curé le soutient et le conduisit à son bureau. Comme un damné, le veuf hurlait sa rage en cris désespérés. Il ne savait plus s'il criait sa peine ou son ennui.

Réveillée par le tumulte, la servante se pointa à pas de souris et étira le nez dans la porte.

– Je peux faire quelque chose pour vous ?

Le prêtre lui fit signe de les laisser.

– Allez préparer un café fort.

Elle restait là, incapable de s'effacer. Le beau jeune homme enjoué qui, quinze ans plus tôt frappait à la porte du presbytère, n'était plus le même. Elle se souvenait que dans le temps, il sifflait des airs entraînants. Toutes les pièces s'égayaient sur son passage. La gorge serrée devant tant de détresse, elle aurait voulu lui venir en aide. Mais le curé secouait une main molle vers la porte pour la chasser. Elle comprit qu'elle devait retourner à la cuisine.

Déchiré, épuisé, Moïse laissa tomber sa tête sur ses bras et, le haut du corps couché sur le secrétaire, il fondit en larmes. Il pleura jusqu'à se vider de toute son eau. Le curé Archambault respirait de le voir enfin laisser sortir son chagrin. Il attendait. Il ne faisait que serrer son poignet. Ses battements de cœur étaient précipités.

– Tu veux qu'on aille voir le docteur, ensemble ? Il pourrait peut-être t'aider ?

– Ça servirait à rien ; y me ramènera pas ma femme. Je vous ai assez dérangé comme c'est là.

– Bon, bon ! Passons à la cuisine, le café doit être prêt.

Ils restèrent deux heures à la table, Moïse à parler, le curé à écouter.

* * *

Moïse, que tous ses clients intéressaient, répondait maintenant aux saluts d'un petit coup de tête. C'était l'obligation qui le poussait ; le cœur n'y était pas. Il ne supportait plus les histoires et les jérémiades de tout un chacun, la cloche, les portes qui claquaient, les traîne-pieds. Il partait souvent dans la lune.

– Votre change, madame !

– Vous faites erreur, je crois. Vous me vendez trois livres de bœuf, dix de sucre et deux de beurre pour moins de la moitié du prix.

Moïse recompta.

– Vous avez raison, madame. Je m'excuse.

– Bonjour, merci.

– C'est ça ! Bonjour.

Ce n'était pas la première fois. La veille encore, il avait chargé en trop au notaire. Il s'en voulait encore. Ce dernier s'était amusé de son erreur. Il lui avait dit en riant : « Si je vous connaissais pas si bien, je vous croirais profiteur. » Moïse ne l'avait pas trouvée drôle. Il n'avait rien ajouté. Tout allait si mal depuis le départ de Sophie. Autour de lui, tout n'était que dégradation. Lui, qui avait toujours aimé se faire voir sous son jour le plus favorable, se voyait obligé de supporter toutes les vexations.

* * *

Véronique, les joues rougies par la chaleur du feu, poussa le poêlon de beurre brûlé sur le bout du poêle. Elle se pressa de trancher deux gros oignons blancs sur une planchette de bois. La lame effilée risquait à tout coup de lui couper le bout du pouce. Elle retroussa le coin de son tablier, essuya ses yeux larmoyants et la sueur sur son front. Aujourd'hui, son père, qui avait toujours été contre le travail des hommes dans une cuisine, venait en personne lui apporter son aide. Peut-être voyait-il comme elle avait chaud ? Il dressa la table. Véronique s'assura que la marmite de soupe bouillait bien. Elle la tira par les oreilles, souleva le couvercle et, satisfaite, la poussa sur le bout du poêle.

La cloche retentissait dans l'épicerie.

Pour une fois que son père apportait son aide à la cuisine, il fallait qu'un client vienne le déranger. Véronique était fort contrariée.

– Pas besoin de tant courir, dit-elle. Y pourraient pas attendre un peu ? Quand je les vois rebondir à l'heure des repas ! Y soupe pas, ce monde-là ?

– Tu sais ben que j'aime pas laisser les gens sans surveillance dans mon commerce. Si on se fait voler, ça rogne et les profits et l'argent investi.

Véronique n'ajouta rien. Elle voyait bien que ça l'arrangeait de traverser à l'épicerie, que son père avait honte d'exécuter un travail de femme. Savait-il seulement à quoi servait un poêlon, un linge à vaisselle ? Elle était de nouveau seule avec le repas sur les bras.

Sitôt Moïse revenu, on frappa à la porte de côté, trois petits coups précipités, puis des pieds martelèrent le perron.

– Enfin de la visite !

Véronique se réjouit. À part les siens, elle ne voyait jamais personne. Moïse courut ouvrir. En apercevant le curé Archambault, il ne put cacher sa déception. C'était sa sœur Claudia qu'il espérait voir arriver avec son aide et son réconfort. Debout devant le prêtre, il recula et s'adossa au mur. Sa voix se brisait.

– Amenez-vous, Monsieur le Curé. Prenez vos aises.

Le prêtre enleva son paletot noir qui laissa tomber un peu de neige sur le plancher. Véronique courut au-devant, suspendit sa lévite au clou derrière la porte et s'effaça devant lui. Le visiteur traversa la pièce surchauffée par le feu du souper. Il s'approcha du poêle et frotta ses mains froides l'une sur l'autre dans un mouvement de rotation.

– Quelle bonne chaleur !

Sans cérémonie, il se dirigea vers la berçante, souleva Élisa, l'assit sur ses genoux et lui chantonna un cantique. Le prêtre était familier avec les Lamarche. L'épicier et lui étaient amis depuis quinze ans. De sa chaise, il pouvait considérer Moïse à loisir. Il le trouvait vieilli, l'air desséché, l'âme fermée. La morte devait encore obséder ses pensées. Lui-même était ému de l'absence de Sophie. Il trouvait bizarre une cuisine sans mère, mais il y avait les enfants et il fallait que la vie continue. Sa main légère glissa dans la chevelure soyeuse d'Élisa. Il regardait vivre la petite famille écimée dans leur cuisine en désordre qui exhalait une odeur de crasse, d'aigre lessive. Il n'allait pas leur dire, mais la scène navrante lui serrait le cœur. Il les aimait tous, ces enfants, comme s'ils étaient les siens. Depuis leur naissance, il les suivait et les voyait grandir. Il regardait le pauvre veuf tourner en rond dans la pièce comme un étranger et il se demandait s'il s'en remettrait. Comment réagirait-il à la proposition qu'il allait lui soumettre tantôt?

Moïse l'invita à partager son souper et, une heure plus tard, il se retrouvait assis à la table avec une place vide tout au bout.

– Dire que Sophie aurait préparé le même repas en un tournemain.

Véronique se serait bien passée de son commentaire. « Qu'est-ce son père voulait de plus? Le repas était arrivé dans les assiettes sans que personne n'ait eu à lever le petit doigt. » Et, quand enfin elle s'assit pour manger, toute la tablée avait eu le temps de se rassasier. Le ventre plein, le prêtre insista pour sortir prendre une bouffée d'air. Malgré le froid mordant et le surmenage que venait de lui occasionner l'abattage des animaux, Moïse accepta d'aller marcher.

Véronique était vexée; on la laissait seule avec la vaisselle et les enfants. Elle se retenait de maugréer par respect pour le curé. « C'est toujours comme ça, se dit-elle, au moment où p'pa commence à m'aider, y a toujours quelqu'un pour venir le déranger. » Et elle ? Qui l'invitait à sortir ? Est-ce qu'elle sortait marcher ? On ne lui demandait jamais son avis ; on ne l'écouterait pas. Elle n'avait jamais compté pour personne. Et c'était comme ça pour tout, jamais un mot d'encouragement, même pas un merci ou le moindre compliment de la part de son père. Pour sûr ! Elle n'arrivait jamais à joindre les deux bouts ; il n'allait pas lui dire : « Bravo Véronique ! T'as fait une belle moitié de travail. » Pourtant, elle se tuait à l'ouvrage et ne s'assoyait que pour manger.

Maintenant, elle se décourageait devant la cuisine en désordre. De la fenêtre de côté, elle voyait un groupe de filles et de garçons se former dans la rue. Ils étaient tous à peu près de son âge. Il y avait Delphine Vézina, Anthime Plouffe, le plus beau gars du coin, Cordélia Desrosiers qui faisait sa fraîche avec son manteau noir et sa tuque rouge. Elle exécutait des petits pas de danse devant les frères Béchard, deux bouffons attachants. Anthime Plouffe tirait le foulard de Delphine, celle-ci lui donna une poussée et le garçon tomba sur le banc de neige. Il restait là, étendu, les jambes et les bras en croix à rire, la bouche fendue jusqu'aux oreilles. Cordélia, pliée en deux, se tenait le ventre à deux mains. Son regard se tourna vers Jules Bouchard. Véronique se demandait ce qu'il pouvait bien avoir dit de drôle ; tout le monde s'esclaffait. Lentement, le cercle s'agrandit. S'ajoutaient les jumelles Blondin et Jacques Galipeau qui surveillait continuellement sa fenêtre des yeux. Ces jeunes avaient tous en commun des yeux pétillants qui reflétaient la jeunesse.

La porte claqua. Véronique sursauta. C'était Antonin qui sortait en coup de vent retrouver les jeunes de la rue. « Celui-là, qu'est-ce qu'il va aller raconter d'autre à Jacques

Galipeau ? » Les mains dans les poches, les jeunes piétinaient pour réchauffer leurs pieds. Véronique les voyait rire de la fenêtre. Il y avait belle lurette qu'elle ne riait plus, trop de tristesse refluait en elle. Une soif de distractions, de propos légers la prenait à la gorge. Comme toutes les filles, elle avait une sensibilité à fleur de peau. Elle aurait aimé se joindre au groupe, mais il y avait la vaisselle à laver et elle ne pouvait laisser les enfants sans surveillance ; ils pourraient faire un massacre dans la cuisine et peut-être se blesser. Il fallait toujours les suivre sur les talons et nettoyer derrière eux. Véronique n'avait plus droit aux plaisirs. À son âge, déjà plus de droits, que des responsabilités. Comment pouvait-il en être autrement ? Son rôle de mère lui prenait tout son temps et minait ses énergies. Elle remplit le plat à vaisselle d'eau chaude savonneuse et lava les gobelets en granit. Elle restait là, plantée devant sa cuvette, les mains dans l'eau jusqu'aux coudes à noyer sa jeunesse. Son regard envieux s'accrochait au groupe d'adolescents de la rue. Eux, ils avaient tous une mère à la maison et du temps libre pour s'amuser. Véronique en avait lourd sur le cœur, mais qui d'autre pourrait la remplacer ? La bouche amère, elle se mit à détonner tout bas ; elle n'avait jamais su fredonner avec justesse. Depuis la mort de sa mère, son père défendait aux enfants de chanter ; lui-même ne sifflait plus. Mais là, comme il ne pouvait l'entendre, Véronique allait désobéir et, chose certaine, sa mère ne lui en voudrait pas. C'était une question de vie ou de mort pour elle. Il lui fallait absolument laisser sortir quelque chose, n'importe quoi qui vienne de ses entrailles, sinon elle allait exploser. Ça lui ferait grand bien de pleurer mais pas devant les pauvres petits, ils se chagrineraient avec elle. Alors, elle chantonnait pour endormir son mal à l'âme et lentement son amertume s'engourdissait.

Le rêve bleu, léger mystérieux.
Comme un oiseau,
vole autour des berceaux.
Il fait son nid, bien près des tout-petits.
Pour approcher leur cœur,
de son aile porte-bonheur.

Demain, ce serait de nouveau la dégelée et tout recommencerait, comme la veille, comme les jours d'avant ; travailler sans espoir jusqu'à en avoir les pieds endoloris, les reins brisés, et comme récompense, dormir pour travailler encore et encore. Quelle drôle de vie Véronique menait ! Et ses ambitions ? Et cet éveil secret à l'amour ? Elle ne parlait jamais d'elle-même. Qui lui prêterait attention ? Peut-être sa tante Claudia. Elle était la seule qui avait su l'écouter sans la questionner, sans la blâmer à la mort de sa mère quand, effrayée de la colère de son père au sujet du pot de chambre, elle s'était sauvée de la maison pour ne rentrer qu'au petit matin. Elle avait passé une nuit complète à l'église où elle s'était endormie sur un banc ; à l'heure de la basse-messe, les cloches l'avaient réveillée.

De sa fenêtre, Véronique voyait le curé et Moïse marcher à longues enjambées. Les hommes frôlèrent le groupe de jeunes qui se calma en voyant le prêtre approcher. « Si monsieur le curé a le malheur de voir la neige foulée autour d'eux, il va les sermonner. » Véronique présumait que son père ne s'éloignerait pas, dans le but de la surveiller maintenant qu'il savait pour Jacques Galipeau. Elle se trompait. Moïse avait l'esprit ailleurs. Il se plaignait au curé, la voix vibrante de révolte.

– Le bon Dieu m'a joué un vilain tour, hein? Un tour insupportable.

– Le bon Dieu a ses vues qu'on ne comprend pas toujours ici-bas. Offre-Lui tes souffrances pour les pécheurs. Même si tu les crois, comme tu dis, insupportables, elles ne sont rien en regard des siennes. Et demande-Lui de t'aider à supporter ton épreuve en bon chrétien.

Moïse était un fervent catholique, mais à sa bouche crispée, on aurait cru qu'il accusait son Dieu de lui avoir ravi son épouse trop tôt. Il répétait:

– En bon chrétien! Pis tant qu'à y être, peut-être aussi, Le remercier?

– Voyons Moïse! Tu raisonnes comme un païen.

– Y a des petits à la maison qui ont encore besoin d'une mère.

– Véronique est là!

– Celle-là, elle arrive pas à abattre la besogne toute seule. Elle a à peine desserré les lèvres depuis que Sophie est partie. Elle a pas pleuré, même pas une larme! J'aime pas la voir tout garder en dedans comme ça. Je me demande si elle va pouvoir tenir le coup. Elle est la seule sur qui je peux compter.

– C'est là l'occasion de donner le bon exemple à tes enfants, de leur montrer qu'il faut accepter sans maugréer les afflictions que Dieu nous envoie.

– Y faudrait pas trop m'en demander. Vous pouvez pas comprendre, vous qui avez ni femme ni enfant. J'ai l'impression de devenir fou. Mes journées sont vides de sens, sans aucun projet.

– Ça reviendra, Moïse, ça reviendra.

– Jamais! Pour ça, y faudrait que Sophie ressuscite. Je sais ben ce que vous pensez; je connais la rengaine: avec le temps, Moïse oubliera, mais ça, jamais! Vous m'entendez? Jamais!

Suivit un silence pesant. Le curé sentait ses paroles impuissantes. Il voyait bien que Moïse ne voulait pas oublier. Il se tut un moment. Ils longeaient une rangée de mélèzes à peine visibles en ce soir sombre de janvier. Finalement, le curé sortit un porte-cigares de sa poche.

– Si on fumait? Personne ne l'interdit.

Moïse prenait conscience que se plaindre manquait de dignité. Il accepta le cigare.

– J'ai une drôle de manière de vous ennuyer avec mes histoires, hein? Tâchez de pas m'en tenir rigueur.

Le curé était visiblement démonté.

– T'as droit à tes humeurs, mon garçon.

– Je manque de courage. Sophie a passé pire que ça sans se lamenter, elle.

– Sophie est une âme exemplaire. C'est pourquoi Dieu l'a rappelée dans son paradis.

Moïse murmura entre les dents.

– Votre Dieu aurait mieux fait de l'oublier.

Si le curé pensait l'amener par ses ferventes paroles à se faire une raison, il se trompait. Moïse refusait de s'incliner devant cette fin brutale. Une rage impuissante le rongeait et il préférait s'écarter du sujet; le prêtre n'apprécierait pas sa façon désinvolte de parler du départ inacceptable de Sophie.

– Ma sœur Claudia veut garder le petit dernier. Elle veut l'adopter sans la loi. Pis, ma belle-sœur Marie-Louise parle d'amener Véronique à Saint-Paul. Elle a pour son dire que c'est pas à elle d'élever la famille. Moé, dans tout ça, je me vois mal rester seul avec les cinq autres. Vous avez vu le désordre dans la maison ? Le jour, j'ai mon travail et chaque mardi, je vais acheter dans le gros. Y a aussi l'abattage des bêtes qui apporte un surcroît de travail énorme. Le soir, y a le plancher de l'épicerie à laver, les étalages à remonter, la paperasse pis j'en passe. Je vois pus jour de m'en sortir. Tenez, avant, Sophie vidait et lavait les tripes pour la saucisse, asteure, c'est moé qui dois le faire seul. Véronique fournit pas à mettre de l'ordre dans la maison. J'ai même été jusqu'à l'aider au lavage. C'est un peu fort tout de même ! La lessive, c'est pas un travail d'homme.

Le curé se souciait davantage de la vertu de son paroissien. N'était-il pas entièrement responsable devant le Tout-Puissant de toutes ces âmes qu'on lui avait confiées ? Il s'inquiétait de savoir comment Moïse arriverait à pratiquer la continence si une fille bien en chair lui tournait autour à cœur de jour sans compter que, par la même occasion, la jeune Delphine Vézina s'exposait à vivre dans le péché. N'était-ce pas le but de sa visite aujourd'hui de tirer ces choses au clair ?

– Où en sont tes projets ?

– Des projets ? J'en ai pus. C'est passé ce temps-là.

– T'as une servante, Moïse, épouse-la.

Moïse le dévisageait stupéfait, interdit. Lui qui venait à peine d'élever un petit monument à la mémoire de sa femme.

– Vous y pensez pas, Monsieur le Curé ? Sophie vient tout juste de mourir. Ça fait même pas une semaine. Je me verrais mal…

Le curé enchaîna avant de lui laisser le temps de répliquer.

– Laisse les morts avec les morts.

– De toute façon, j'en ai pus, de servante ! Depuis que Sophie est pus là, madame Vézina trouve déplacé de laisser sa fille travailler icitte. Après la mort de ma femme, Delphine est jamais revenue.

Le curé respirait de soulagement.

– Et avec raison. Madame a le devoir de protéger la vertu de sa fille.

– Elle s'inquiète pour rien. On n'est jamais seuls dans la maison ; y a toujours les enfants.

– Réfléchis à ce que je viens de te dire. T'as absolument besoin d'une femme. C'est trop pour un homme de tenir épicerie et élever sept enfants. Surtout, ne traîne pas. C'est pas l'an prochain, mon garçon, que t'auras besoin d'aide, c'est tout de suite.

– Pour ça, vous avez ben raison, Monsieur le Curé, mais vous trouvez pas que ça regarderait mal ? Je suis en grand deuil, et en plus les gens nous accuseraient sans raison d'avoir eu une conduite douteuse. Des accusations injustifiées qu'on mérite pas.

– Laisse les gens à leurs rumeurs. Vous passerez au presbytère.

Son projet bien expliqué et bien reçu, le curé Archambault retourna chez lui, satisfait.

Chapitre 4

Tout se passa très vite. Les Vézina étaient enchantés de ce mariage. Ils connaissaient Moïse depuis des années comme étant un bon pratiquant et un homme d'honneur qui savait se montrer prodigue. Dans le quartier, bien rares étaient les clients qui ne connaissaient pas les largesses de l'épicier. Les parents de Delphine savaient que leur fille vivrait à l'aise et qu'elle pourrait dormir tranquille pour le reste de sa vie.

Trois jours avant le mariage, Moïse envoya chercher Delphine. L'adolescente accourut et s'immobilisa sur le seuil de la porte.

– Je peux pas entrer, monsieur ; ma mère me l'a défendu.

« Sa mère lui défend d'entrer. » Moïse, pris de court, restait abasourdi, presque amer. Il devait faire vite ; l'air froid courait sur le plancher et refroidissait toute la maison. Il fouilla dans sa poche, sortit un rouleau d'argent et le déposa dans sa main.

– Tiens, prends ça et va t'acheter des vêtements ou des babioles.

La jeune fille se demandait si c'était pour lui faire plaisir ou pour payer les dépenses que son mariage occasionnait.

– Je peux acheter ce que je veux, monsieur ?

– Ce que tu veux, pis cesse de m'appeler monsieur.

Les yeux de l'adolescente brillaient. Elle saisit la liasse.

– J'achèterai un manteau, une robe, pis si y reste de l'argent, un set de vaisselle à filet d'or.

Antonin, témoin de l'affaire, trouvait la chose scandaleuse. « De l'or ! » Sa mère, elle, s'était toujours contentée de la vieille vaisselle à gerbes de blé.

* * *

Le lendemain, Delphine, accompagnée de sa mère, se rendit chez Laffitte, une boutique de classe. Avant d'entrer, madame Vézina lui chuchota à l'oreille :

– Si tu trouves rien de ton goût, nous irons voir ailleurs. Si monsieur Moïse t'a donné tout cet argent, c'est qu'il s'attend à une certaine élégance. Tu te souviens comme madame était fière.

Sitôt qu'elles furent entrées, une commis s'approcha. La femme, le nez en l'air, croisa les bras sur son costume noir et toisa les deux clientes des pieds à la tête. Leur habillement était modeste. Leur manteau accusait une génération d'usure. Les manches étaient élimées aux poignets et les boutonnières égueulées échappaient les boutons. Ces femmes de bas étage risquaient de diminuer la réputation de son commerce. La vendeuse ignorait que madame Vézina, malgré sa pauvreté, possédait une grande finesse de goût en fait de mode et d'élégance.

– Madame désire ?

– Ma fille cherche un vêtement de bonne coupe, taillé dans un tissu de qualité.

– Notre maison a une bonne renommée madame. La preuve, tous nos vêtements sont de marques reconnues.

– Je sais ben. C'est pour ça qu'on est icitte.

La vendeuse l'invita à la suivre et lui vanta un lourd manteau gris, un peu cintré. Delphine tirait sur une manche, puis essayait de replacer l'épaule avec une moue dédaigneuse.

– Il serre un peu du buste. J'ai pas envie de m'étriquer comme ça, pis en plus, j'aime pas la coupe.

Madame Vézina se pressa d'intervenir.

– Y fait un peu fagoté. Comme ma fille va se marier, y lui faudrait un vêtement plus ample, peut-être une taille plus grande?

Elle pencha l'épaule vers la vendeuse et chuchota:

– Vous voyez ce que je veux dire.

– Si c'est en vue d'une grossesse, j'aurais une belle mante à capuche; si elle lui plaît évidemment. Lisa, allez chercher la mante marine.

Delphine l'arrêta aussitôt.

– Non, j'aime mieux un manteau. C'est plus chaud.

La vendeuse s'éloigna et revint, portant sur son bras un superbe vêtement de lainage beige. Elle était certaine que les clientes refuseraient de payer le prix exigé. Elle s'amusait inutilement à les mortifier en les dévisageant.

– Essayez celui-ci, mais je vous préviens, la facture sera un peu élevée.

On délaissa un moment les deux femmes pour s'occuper d'une nouvelle arrivante accompagnée d'un jeune homme d'à peine vingt ans. La dame tenait un tout petit chien dans son manchon. On ne voyait que le bout de son museau qui dépassait l'ouverture.

À en juger par les courbettes cérémonieuses qu'on lui accordait, la cliente semblait être un personnage très important. Près de la dame, appuyé dos au comptoir, le jeune homme indifférent à toutes ces politesses obséquieuses ne quittait pas Delphine des yeux.

Laissée en plan, madame Vézina tâtait le tissu de qualité et l'examinait sous toutes ses coutures. Aucun geste ne pouvait manifester mieux sa satisfaction que son regard attisé. Delphine coula doucement ses bras dans les manches et tourna lentement sur elle-même, gardant en vue un miroir ovale. Elle recula ensuite de quelques pas jusqu'à ce que la glace lui renvoie son image de la tête aux genoux. Le vêtement tombait bien. Au dos, l'ampleur retenue par une martingale donnait une allure charmante. Le manteau lui allait à ravir.

– Je le prends.

– Vous savez à combien il est détaillé ? C'est un vêtement de prix.

– Je le prends.

La vendeuse revint et déploya alors tout son talent pour satisfaire la jeune femme. Elle se rendit à l'arrière du magasin dans un réduit protégé, et revient sur ses longues jambes, les bras chargés de pelleteries. De par les choix de la cliente, elle reconnaissait maintenant que celle-ci pouvait faire partie d'une classe privilégiée. La commis l'entourait maintenant avec empressement et retrouva le sourire profiteur des gens qui recherchent une affaire avantageuse. Elle lui jeta sur les épaules une étole à poil roux qui se terminait en tête de renard aux yeux cristallins.

– J'ai aussi le chapeau et le manchon de même fourrure qui compléteraient bien l'ensemble. Si madame est prête à y mettre le prix, naturellement. Vous savez, quand on parle de fourrures…

– Je peux les essayer ?

– Certainement, Mademoiselle.

Delphine coiffa la toque au pelage fourni et la descendit bas sur son front. Elle releva l'étole de poil et glissa les mains dans le manchon. On ne voyait plus que deux beaux yeux brillants émerger des fourrures lustrées.

Madame Vézina s'émerveillait.

– T'as l'air d'une dame. Monsieur Lamarche sera ravi.

Au même instant, comme un éclair, le regard de Delphine rencontra celui du jeune homme, un garçon très séduisant, presque irrésistible. Son visage était mince, son front droit, ses narines dilatées; sa lèvre supérieure renflée laissait supposer que tout lui était égal. Un long foulard vert était noué lâchement autour de son col amidonné. Le pantalon aux jambes interminables se resserrait aux chevilles. Le bout de son pied bougeait comme s'il avait des fourmis dans ses souliers. Il lui adressa un sourire engageant. Aussitôt, la jeune fille ressentit cette espèce d'influence magique qui ensorcelle. Les joues rouges, elle baissa les yeux, tout à la fois troublée et charmée par ce regard d'admiration. C'était la première fois qu'un garçon lui faisait les yeux doux et son cœur était sur le point de chavirer.

Delphine reprit ses esprits, enleva les vêtements coûteux et revêtit les siens. Les mains dans les poches de son manteau, elle étranglait la liasse de dollars. La liasse, un fil fragile entre elle et Moïse qui lui rappelait son mariage prochain. Et si elle répondait quand même au sourire séduisant du garçon ? Il ne la lâchait pas des yeux, attendant qu'elle le remarque, qu'elle réagisse. Pendant un moment, elle fut tentée de foutre son mariage au diable et de se laisser courtiser. Mais sa raison prit aussitôt le dessus sur ses impulsions. Ce serait mal. Dans trois jours, elle serait mariée à l'épicier. Elle entendait d'une oreille distraite les commentaires élogieux de sa mère et ajouta.

– Oui, oui. Ça ira ! Asteure, y me faut une robe. Une belle robe rouge.

– Voyons donc, Delphine, pense un peu, monsieur est en grand deuil.

– Lui, oui, mais pas moé.

Sa mère tenta de la faire changer d'idée.

– Delphine, cesse donc de tenir tête. Cherche une couleur moins criarde.

– C'est mon argent ! Quand monsieur Moïse me l'a donné, y m'a dit : « T'achèteras ce que tu veux. » Pis ce que je veux, c'est une robe rouge.

– Chut ! Baisse de ton ; tout le monde nous regarde.

En fait, toutes les têtes étaient tournées vers elle. Madame Vézina tentait de convaincre discrètement sa fille. Toutefois, elle connaissait sa ténacité. Il n'y avait pas plus butée, plus enfoncée dans ses idées ; un vrai coq monté sur ses ergots. Quand Delphine croyait avoir raison, elle ne tenait compte de personne. Comme sa mère ne parvenait pas à la faire céder, elle chercha l'appui de la vendeuse.

L'élégante étrangère les observait depuis un bon moment. Elle s'approcha des deux femmes, l'air attendrissant.

– Mon enfant, madame votre mère a raison. Le rouge est une teinte dont vous vous lasserez en peu de temps. Une couleur neutre serait préférable. Si vous désirez être du plus chic, évidemment. Le rouge est bon à l'occasion, pour un chandail ou un accessoire. Voyez comme les tons naturels vont bien à votre teint clair. Vous n'avez qu'à regarder ce manteau.

Delphine lui adressa un regard menaçant. De quoi se mêlait cette étrangère ? Soudainement, sa manière de penser changea. Elle sentait qu'elle prenait une certaine importance. La dame aurait pu passer à côté d'elle sans la regarder. « Un accessoire ! Oui, un fichu, j'ai jamais eu de fichu. » Elle céda et son choix s'arrêta sur une robe de crêpe de Chine de teinte crème. La dame la salua d'un sourire approbateur et se retira, suivie du beau séducteur. Delphine s'informa aussitôt à la vendeuse.

– Qui sont ces gens ?

– Madame Salvail est la femme de monsieur le maire et le garçon est son fils.

– Ah bon !

* * *

Mère et fille revinrent à la maison, les bras chargés de sacs et de cartons. Delphine avait eu suffisamment d'argent pour ajouter à sa toilette des gants en peau de chevreau, des bottines de cuir à lacets et, naturellement, un fichu rouge. Il lui restait encore quelques pièces d'argent qu'elle conservait comme un trésor.

En entrant chez elle, madame Vézina laissa tomber les cartons par terre et s'assit sur la chaise la plus proche de l'entrée. De la fenêtre, le soleil pâle caressait sa figure fatiguée, cependant, la satisfaction se lisait sur son visage. Dans trois jours, tout le quartier serait en admiration devant sa fille. Ce mariage apportait une sécurité financière à sa grande et, de surcroît, elle n'avait pas besoin de trousseau. Elle connaissait Moïse comme étant un homme sévère, mais droit et généreux. Ne venait-il pas de le prouver ? Toutefois, ces derniers jours, une tracasserie lui revenait sans cesse en tête.

– Delphine, trouves-tu salubre de prendre la chambre d'une tuberculeuse ? Si j'étais toé, je demanderais à monsieur Moïse de déménager dans une pièce du haut.

– C'est déjà fait. Monsieur veut se servir de celle du bas pour y installer son bureau. En démolissant l'ancien, ça y donnera un peu plus d'espace pour l'épicerie. Tant qu'à moé, j'en fais pas de différence ; tant que je couche pas sur la paillasse de sa défunte.

Delphine était au comble du bonheur. Plongée dans une douce béatitude, la folie aveugle de la richesse l'empêchait d'évaluer la différence d'âge, de caractère et de classe entre elle et Moïse et de faire une nette distinction entre l'amour et l'appât du gain. Dans quelques jours, le beau Moïse serait son mari, un mari affectueux, aimant et doux. Il céderait sans doute à tous ses caprices de petite fille et veillerait sur elle comme un bon ange gardien. Il l'embrasserait, la cajolerait ; elle si sensible aux émotions et aux sentiments tendres.

La veille du mariage, Moïse, embarrassé, allait et venait à petits pas rapides dans la cuisine comme si un ennui le chicotait. Au bout d'un moment, il dit tout bonnement à Véronique, comme s'il s'agissait d'une chose banale :

– Je compte sur toé pour parler à tes frères. Dis-leur que si je marie Delphine, c'est pour vous autres que je le fais.

Véronique ne dit rien, mais elle ne cessait de regarder son père avec son visage de petite fille de quatorze ans. Moïse supportait mal les yeux intelligents qui fouillaient les siens. Il se retira. Et quand Véronique répéta les propos de son père aux enfants, eux non plus n'y comprirent rien. Ils semblaient aussi indifférents que si elle n'avait pas prononcé une seule parole. Pour eux, Delphine était là avant, elle y serait après, donc rien ne changerait.

Le soir même, sur la table de cuisine, en présence du notaire, Moïse rédigea un testament par lequel il instituait Delphine Vézina légataire de tous les biens qu'il laisserait en mourant. La lecture fut faite devant deux témoins : Thomas et le curé.

* * *

Treize jours après la mort de sa femme, soit le 17 janvier 1881, Moïse allait épouser Delphine Vézina. La jeune femme avait quatorze ans et lui, trente-cinq.

À l'époque, il était courant de marier des filles à peine formées, mais Delphine n'était pas de celles-là. C'était une grande blonde à la poitrine plantureuse, avec à l'intérieur, un cœur d'enfant.

Chapitre 5

Une bise venant du nord-est balayait une neige légère. L'air de Saint-Henri était aussi froid que le jour de l'enterrement.

Devant le marché d'alimentation, trois attelages étincelants attendaient, nez au vent. Moïse, en redingote et chapeau de castor, monta avec son père dans la première carriole. Installé sur le siège avant, Thomas les conduisait. Un froid vif le pénétrait jusqu'aux os. Il se serait bien passé de sortir en ce matin glacial. Les maisons, en bordure de la rue, transpiraient de chaleur. Leurs cheminées crachaient à pleins poumons leur fumée blanche. Thomas enviait les gens restés au chaud, sous leurs couvertures de laine du pays. Il grelottait. Il se demandait pourquoi son frère était si pressé de convoler. Peut-être trouvait-il le lit trop froid ? Il retint un sourire. Si Moïse entendait ses pensées ! Son frère n'avait pas toujours le sens du comique, surtout quand son orgueil et sa petite personne entraient en jeu. Thomas n'osait encore moins lui poser les questions obscures que Pierrine et lui avaient maintes fois tenté d'élucider. Ça pourrait donner lieu à des discussions qui tourneraient en disputes vives ou encore mettraient en péril leur belle complicité. Toute la famille se demandait si Moïse n'était pas dans un état de confusion extrême. Et dans son dos, la ville jasait autour de ce mariage précipité. Pour ménager sa susceptibilité, personne ne l'interrogeait directement ; il rugirait.

Le cou engoncé dans les épaules, Thomas s'occupait davantage à remonter la robe de carriole qu'à retenir les guides qui flottaient négligemment sur la croupe de la bête. Le froid mordait ses joues. Il baissa son feutre gris sur son nez et resserra son col de paletot. L'église avait beau être située à peine quelques rues plus bas que l'épicerie, le chemin était toujours plus long par temps froid. Sur la banquette arrière, Moïse égalisait les plis de la couverture de poil remontée sur ses genoux. Durant le court trajet, les trois hommes ne parlèrent pas. Des têtes apparaissaient aux fenêtres. À la porte de l'église, des curieux attendaient. Ce mariage était tout un cas pour la collectivité ; un veuf, père de sept enfants, qui épousait une adolescente. Moïse les salua froidement. Il sentait des accusations injustifiées flotter dans l'air. Lui, qui voulait se marier dans la plus stricte intimité, dut se résigner : le vestibule de l'église refoulait de badauds qui causaient et riaient. Les gens auraient beau dire, Moïse était exempt de tout blâme. Il suivait une ligne très droite et sa conduite était exemplaire.

Les deux témoins, Thomas, son père, leurs épouses, la famille de Delphine et six enfants vêtus de noir, dont aucun remis du départ de leur mère, assistaient à cette union qui ressemblait drôlement à un arrangement.

L'église était froide. Une buée blanche s'échappait des bouches. Le deuil était encore palpable. Il n'y avait ni fleurs ni chants dans le chœur.

Dans l'allée du centre, assise près d'Élisa, Véronique surveillait l'attitude du marié, qu'on disait séduisant. Comme c'était son père, elle ne retrouvait chez lui que l'autorité à travers ses traits. À ses côtés, Delphine était étonnante. Elle affichait son ravissement devant Moïse qu'elle jugeait supérieurement beau et grand. Transportée dans un monde où les événements n'étaient plus tout à fait à sa mesure, elle semblait faire face au mariage sans la moindre peur de l'inconnu. Véronique la trouvait idiote et la considérait déjà comme une ennemie. Les pieds gelés, les mains dans les poches, les bras collés au corps pour conserver un peu de chaleur, elle parlait à sa mère comme si elle était là : « Regardez maman, Delphine essaie de prendre votre place. Comment peut-elle épouser un homme qui fait plus de deux fois son âge ? Et lui, pourquoi a-t-il arrêté son choix sur une fille de quatorze ans plutôt que sur une veuve ? » Mille questions se pressaient dans son esprit et lui bourraient le crâne à tel point qu'elle en ressentait une douleur, un serrement au front. Elle avait froid aux pieds, mais sa pensée ne s'arrêtait pas pour autant. Elle-même, que deviendrait-elle ? Et ses frères ? Et sa sœur ? Son père avait-il pensé deux minutes à ses enfants ? Et le petit Charles, là-bas au fond des campagnes ? Il ne parlait jamais de le reprendre. Il n'en parlait pas tout court. Quelle histoire ! Dire qu'elle devrait les regarder vivre à cœur de jour ; c'était presque un contrat. Sa tante Marie-Louise, qui avait parlé de l'emmener vivre à Saint-Paul, était-elle sérieuse ?

Vint l'échange des anneaux. Delphine souriait à son mari, mais les yeux de Moïse ne répondaient pas. Ils ne savaient briller que pour Sophie. Véronique s'en réjouit. Seule sa mère cadrait avec son père. Même aux derniers temps de sa maladie, ses parents se souriaient. Que faisait Delphine avec lui ? Elle ne pouvait quand même pas aimer un homme de trente-cinq ans et de surcroît un père de famille. « Moé, je pourrais jamais. »

* * *

La réception avait lieu chez les Lamarche. Ainsi, de la cuisine, Moïse gardait la caisse enregistreuse en vue. La table était éblouissante. On étrennait la vaisselle à filet d'or qu'on avait déposée sur une nappe blanche que Sophie, jeune fille, avait brodée au point de Richelieu. Le vin coulait et déliait les langues. Moïse s'occupait de tout le monde sauf de Delphine. Au beau milieu du repas, il enleva son veston et déboutonna sans gêne son col empesé qui le faisait souffrir. Il n'y eut que Thomas pour le remarquer et il ne s'en offensait plus ; Moïse avait toujours fait fi des convenances et de tous ces petits détails qui faisaient partie de l'étiquette. Il n'y avait que le curé qui pourrait le remarquer, mais le nez dans son assiette le prêtre mangeait de bon appétit. Au premier coup de couteau, le rôti s'écrasa. Une fumée s'échappa de la chair rose et du jus clair. Le dîner était presque joyeux.

– Ta pièce de bœuf est digne d'un bon boucher, Moïse.

– J'ai coupé dans le meilleur, Monsieur le Curé, mais la touche de la cuisinière y est pour beaucoup. On dit que c'est la cuisson qui fait le plat, pis ma belle-mère a l'air de ben s'y connaître.

Pierrine approuva d'un signe de tête. Sa lenteur l'empêchait de suivre les événements, de faire le pas du cortège funèbre au cortège nuptial. Elle raisonnait comme si sa propre personne était en cause et mettait tous les hommes dans le même panier. « Mon Dieu qu'on est vite éclipsées, nous les femmes ! À peine deux semaines et une remplaçante saute dans notre lit. En plus, cette Delphine, presque une enfant, pourrait être sa fille. Si j'étais sa mère... »

Pierrine parla peu à la jeune épouse. Que dire à une adolescente qui se lance tête baissée dans un mariage précipité ? La pauvre n'avait pas idée de ce qui l'attendait avec sept enfants et un mari trop affairé pour la seconder. Elle n'osait pas s'informer de ce qu'il adviendra du petit Charles. Moïse tenterait-il de le reprendre ? Si oui, Claudia allait certainement mourir de chagrin.

Seuls les hommes causaient. Au bout de la table, Véronique se contentait de grignoter. Les autres enfants ne s'intéressaient qu'au contenu de leur assiette. Leur jeune âge leur enlevait tout souci. Après le dîner, la conversation tomba à plat. Et personne ne dansait, pour respecter le deuil. Les invités partis, Moïse saisit son tablier blanc, l'attacha sur ses reins et fila à l'épicerie.

Delphine le regardait, terriblement déçue. Son mari la plantait là, le jour même de son mariage. Elle qui s'attendait à ce qu'il soit plein d'attentions délicates à son endroit ; il ne lui accordait aucune importance. Peut-être était-il gêné devant sa famille et ses clients de la voir installée chez lui ? Elle essayait de cacher son humeur. Elle ne savait comment s'exprimer sur sa vie intérieure ; ses sentiments étaient si neufs et si confus que son esprit s'embrouillait et elle s'y perdait. Toutefois, sa fierté en prenait un coup et son silence en disait long. Elle passa le reste de l'après-midi à s'installer. Elle monta au deuxième.

Son mari avait choisi la plus grande des chambres, celle des garçons. Il avait fait peindre les murs de couleur sable et avait acheté un nouveau matelas. Ses effets personnels avaient été déposés près de la fenêtre où un soleil anémique traçait entre les volets clos de fines lignes jaunes sur le mur.

Delphine vida les tiroirs et déposa les vêtements de madame dans une boîte de carton. Elle s'arrêta devant une délicate nuisette de batiste brodée de minuscules fleurs bleues. Devant tant de joliesse, elle hésitait à s'en débarrasser, convaincue de lui trouver un petit espace parmi ses vêtements. Elle passa un chiffon humide dans le fond des petits compartiments, rangea un set de peigne et brosse dans celui du haut et y ajouta quelques effets personnels. Elle déposa ses camisoles, jupons et bas dans le deuxième tiroir et entassa chemisiers, chandails et jaquettes dans le dernier. Le tiroir fermait difficilement ; Delphine écrasa les lainages pour arriver à le fermer. Ensuite, elle descendit jouer aux cartes avec les garçons.

Pour le souper, Véronique réchauffa les restes du dîner. À la table, elle fit asseoir Élisa à la place attitrée de sa mère, pour qu'ainsi Delphine ne s'en accapare pas ; elle avait déjà trop pris dans cette maison : d'abord le mari et tantôt ce serait le lit. Véronique sentait que tout ce qui avait été Sophie avait tendance à disparaître. Elle qui cherchait tant à la retenir.

Le repas terminé, Véronique se pressa de desservir. Aujourd'hui, elle n'avait besoin de personne pour l'assister. Enfermée dans un mutisme opiniâtre, elle manipulait avec mille précautions la porcelaine de prix.

À l'heure où les garçons avaient l'habitude de se coucher, ils regagnèrent leur chambre, celle en haut à gauche du passage. Près des braises mourantes, il ne restait que Véronique clouée sur une chaise, les narines dilatées, les yeux agrandis par une volonté farouche de résister au sommeil. Moïse monta à son tour, le tiroir-caisse sous le bras et la lampe à la main.

– Hourra ! Véronique, monte. T'as pas idée de passer la nuit debout, en pleine noirceur ?

Les joues en feu, la pauvre ne répondit pas. Elle préférait se taire que de se montrer insolente. Son âme frissonnait, scandalisée de voir Delphine précéder son père dans l'escalier qui menait aux chambres. Son amie, une adolescente de son âge, allait coucher dans le lit de ses parents. Sur le côté même où couchait et où était décédée sa mère. Il n'y avait qu'un pas de Delphine à elle : même jeunesse, mêmes ambitions, mêmes secrets. Véronique se sentait violentée dans sa sensibilité. Comment pourrait-elle l'écouter parler de sa vie de ménage quand le mari était son propre père ? Un père qui ne lui accordait plus aucune attention depuis le départ de sa mère, ni à elle ni à ses frères et sœur. Eux qui ne demandaient qu'un peu d'attention.

Pour Véronique, ce remariage était une erreur abominable, une bassesse qui lui soulevait le cœur. Et sa tête pleine de suppositions accusait tantôt à tort, tantôt à raison. Elle entretenait un ressentiment envers son père. Il les rejetait et les abandonnait tous pour Delphine Vézina. Poussée par la révolte, d'un bond elle gagna l'escalier et telle une bête traquée, monta rapidement à sa chambre. Elle ne savait trop si c'était la rampe d'escalier ou sa main qui tremblait.

Véronique s'élança sur son lit, tout habillée. Un sentiment de mépris difficile à supporter l'empêchait de trouver le sommeil. Elle resta des heures éveillée à se creuser la tête, à jongler avec les derniers événements. Si elle pouvait mettre de l'ordre dans ses pensées et un peu de lumière dans sa tête. Elle entendait ses frères tousser. Leur toux ébranlait la mince cloison. Véronique s'en faisait pour eux. S'ils allaient mourir du même mal qui avait emporté leur mère ? Elle était la seule à s'inquiéter d'eux. Elle se sentait abandonnée, perdante : sa mère, son père, son amie. Tout ça en treize jours. Elle souffrait. La mort de sa mère était encore là toute fraîche, logée dans son estomac, petite boule dure qui laissait peu de place à la nourriture. Véronique n'était pas une braillarde ; devant la souffrance, elle gardait les yeux secs, la gorge bloquée.

* * *

De l'autre côté du mur, la jeune mariée éprouvait une certaine gêne. Pour la première fois, elle se retrouvait seule avec Moïse. Elle lambinait. Elle n'allait pas se presser d'aller au lit ; Moïse pourrait croire à un tempérament bouillant. Dos à son mari, occupé à se déchausser, elle se tenait très droite devant la glace balafrée. Elle baissa la lampe en veilleuse ; ce serait indécent de se montrer nue devant son homme. Elle peignait lentement ses cheveux blonds et prenait des airs de distinction. N'était-elle pas une dame depuis le matin ? La ligne brisée du miroir lui renvoyait deux nez, deux bouches, deux mentons. « Madame pis moé ! Je serai jamais à mon aise dans ses affaires. » Son visage prit une expression maussade. Tout ce qui l'entourait respirait Sophie. Pour la première fois, Delphine sentait qu'elle prenait sa place, une place encore toute chaude et ça lui faisait un drôle d'effet.

Moïse était silencieux. Comme chaque soir, par mesure de précaution, il glissa sous le lit la petite caisse qui contenait les recettes de la journée. Il déposa ensuite sa pipe et son tabac sur la chaise en bois dur placée à la tête du lit puis il se glissa sous les couvertures.

Delphine souffla la lampe, recula, s'éloigna de la disparue. Il faisait maintenant noir comme chez le loup. Elle enfila la nuisette de batiste blanche sur sa tête et, en dessous, enleva ses vêtements en mouvements contorsionnés, puis s'engouffra furtivement dans les draps. Même si sa pudeur lui faisait respecter une certaine distance, elle fut traversée d'un frisson en se couchant près de Moïse. L'homme dégageait une odeur fraîche. Il utilisait un savon délicat.

– Approche.

– Oui, monsieur.

– Asteure qu'on est mariés, tu peux m'appeler Moïse.

– Oui, monsieur. Même devant les enfants ?

– Pourquoi pas ?

– Ben avant, y faudrait me laisser un peu de temps pour m'y faire.

Il la prit comme on enfile un vêtement et, rassasié, il lui tourna le dos. Aussitôt il se trouva lâche et regretta. Sophie était là qui rôdait, qui l'accablait. Son silence le condamnait et le blessait plus encore que si elle l'accusait. Même pas deux semaines et déjà Moïse la trompait et la rejetait. Il se trouvait ignoble. Il était terriblement malheureux. La présence de Delphine l'empêchait de se laisser aller à pleurer comme un enfant. Il refoulait ses sentiments comme un navire à contre-courant. Il avait beau essayer de ne penser à rien, un flot de souvenirs lui revenaient, insistants. Sophie savait si bien devancer ses attentes.

* * *

Sitôt passée la porte de la chambre, hors de la présence des enfants, Sophie devenait espiègle. Lui revenait en mémoire cette fois où elle avait immobilisé ses deux mains dans les siennes, s'amusant à lui faire renouveler ses promesses de mariage. C'était sans doute sa façon d'attiser sa passion. Elle lui avait dit:

«Répète après moé: Je te jure assistance et fidélité jusqu'à ce que mort s'ensuive.» Et lui avait répondu, sérieux comme un pape: «Je te jure assistance et fidélité jusqu'à la semaine prochaine.» Elle l'avait trouvé si drôle qu'elle avait dû étouffer son rire sonnant dans l'oreiller. Moïse la calmait. «Plus bas, Sophie; tu vas réveiller les enfants.» Et quand ils s'aimaient, Sophie échafaudait une tente avec les draps; la tête de lit servait de mât. Elle disait toujours sentir un froid sur ses épaules. Moïse savait bien que c'était par pudeur à l'égard du petit dernier qui dormait dans la même pièce. Une couchette sur pieds à roulettes était installée en permanence tout près d'elle pour garder l'enfant à portée de main.

Jusqu'à la fin, même quand son corps desséché par la maladie ne répondait plus, elle savait épancher sa tendresse en glissant une main fiévreuse sur son cou. Les derniers mois, il respectait son côté de lit; la pauvre était si faible qu'il était impensable de lui demander plus que d'être là. Et même à ce régime sévère, il aimait Sophie profondément. Sophie, c'était plus qu'une femme; c'était la perfection incarnée. Il aurait tant voulu se retrouver dans ses bras.

* * *

Dieu qu'il était mêlé! Lui qui venait tout juste de se marier. Qu'avait-il fait? Que n'aurait-il pas donné pour recommencer sa vie avec Sophie? Trop de merveilleux souvenirs les unissaient encore pour qu'en l'espace de quelques heures, un bref «oui» suffise à faire une croix sur un amour qui n'en finirait jamais de s'éteindre. Delphine dérangeait sa communion d'esprit avec Sophie. Comment avait-il pu en arriver à ce remariage? Il se sentait perdu, égaré, comme dans un autre monde. Depuis la mort de Sophie, il n'avait pas eu le temps de recouvrer son état normal, sa raison. D'un coup, il se retrouvait avec une nouvelle femme dans son lit, sans prendre le temps de se retourner, d'atténuer l'image de Sophie. Qu'en avait-il à foutre de cette remplaçante? Dans la cuisine, ça pouvait aller, mais au lit… «Bordel! Y fallait y penser avant.» Pourtant Delphine était belle et jeune. Il espérait qu'elle équilibre sa vie. Comme il aurait eu besoin de se laisser aller à parler de Sophie et peut-être libérer ce qui l'enserrait à la hauteur de la poitrine. Moïse ne pouvait aimer deux femmes à la fois et sa franchise l'empêchait de jouer la comédie.

Sur son côté de lit, Delphine avait honte de ce court laps d'abandon. Elle était déçue du manque de sentiment de son mari; pas une caresse ni un mot gentil. Un affront! Monsieur dormait! Son regard se promenait dans la pièce sombre. Son mari ne l'aimait pas. Elle se sentait humiliée, piétinée, descendue au rang d'un objet, pire que s'il l'avait ignorée complètement. Elle traitait tous les hommes sur un pied d'égalité. «Y en a pas un plus sentimental que l'autre. Ce sont tous des brutes. Quelle race de monde!» Même si la journée avait été épuisante, Delphine n'arrivait pas à trouver le sommeil. Pour elle, le départ était raté. Est-ce que tout le reste de sa vie serait comme ça? Sa pensée s'égarait et l'image du jeune homme de la mercerie, avec son sourire engageant, se manifestait d'une netteté saisissante. Celui-là n'était pas comme les autres.

Ce jour-là, Delphine avait eu un moment d'incertitude, mais elle se sentait déjà engagée, bousculée par les événements. Et si elle avait dit non ? Il était encore temps. Et ses parents, là-dedans, quelle aurait été leur réaction ? Elle faisait des comparaisons à l'avantage de ce dernier et en déduisit que le garçon au regard tendre se serait mieux conduit que son grossier mari. Avait-elle fait le bon choix ? Avait-elle seulement fait un choix ? Elle se reprocha aussitôt sa mauvaise pensée ; elle n'avait plus le droit de songer à ce garçon maintenant qu'elle avait marié Moïse. C'était à elle d'y penser avant. Elle se cassait la tête inutilement à se rappeler, à chercher dans le regard de son mari, au mariage, au repas, au lit, les moindres sentiments qui auraient pu lui échapper. Rien ! Aucune fierté dans ses yeux, devant ses toilettes agrémentées de fourrures, comme si le chic allait de soi. Elle réalisait alors qu'il ne l'avait même pas demandée en mariage. Moïse avait accordé ses flûtes avec son père sur le conseil du curé. Elle, on la tenait à l'écart pendant qu'on décidait du sort de sa vie. Elle ne comprenait pas encore pourquoi les choses s'étaient passées de cette façon ni exactement comment c'était arrivé, mais elle était consciente qu'elle avait brûlé des étapes, qu'elle aurait mieux fait d'attendre. Cinq jours seulement, de la décision au mariage. C'était trop peu de temps pour bien se connaître et s'éprendre solidement. Cinq jours pour accoucher de six enfants et peut-être sept, si Claudia lui ramenait le petit Charles. Une affaire avantageuse, seulement une affaire. Et l'arrangement pris, tout avait coulé sans anicroche.

Elle accusait ses parents de l'avoir casée, puis se ravisa ; de quel droit pouvait-elle les blâmer ? Elle-même croyait à l'amour instantané, au prince charmant qui épouse la petite bergère. Moïse le prince, elle la princesse et les enfants les sujets. Quelle déconfiture ! Le monarque était tombé de son trône, anéanti, le cœur transpercé par l'autre femme et déchu, il ne lui restait qu'un souvenir d'outre-tombe. Et elle, la princesse, était tombée les pieds dans la fange. Sa couronne, trop grande pour sa tête, glissait dans son cou et comme un carcan l'emprisonnait. Elle qui croyait à la tendresse était sur le point de pleurer. Les larmes coulaient sur son oreiller, des larmes inutiles; Moïse s'en foutait. «Je me demande s'il était comme ça avec madame.» Delphine était certaine que non pour les avoir regardés vivre toute une année. «Monsieur et madame formaient un ménage très uni. Qu'est-ce que sa première femme pouvait bien avoir de plus que moé?» Elle comparait les âges et lentement commença une compétition. Le cœur serré, froide et lointaine, elle se tassa sur son côté de lit et cuva sa désillusion. À cette minute, elle détestait Moïse de tout son cœur.

«Y peut ben aller au diable! Je me lèverai pas demain matin pour préparer le déjeuner. Y s'arrangera tout seul, pis ce sera tant pis pour lui!»

Le soir même de son mariage, Delphine se mit à envier Véronique qui dormait seule. Si seulement elle avait pu se confier à son amie comme avant, aller pleurer dans ses bras. Elle était la seule de son âge à s'être avancée dans son intimité. Entre elles, il n'y avait jamais eu aucun secret. Elle était là, tout près; seule une mince cloison les séparait, mais malheureusement, Véronique n'était plus son amie, comme ça, sans cris, sans gros mots. Delphine l'avait compris à son regard méprisant, à son silence buté. Brutalement, c'était la fin de leur amitié avec cet anneau incommodant que Monsieur avait passé à son doigt et qu'elle ne cesserait de tourner autour de son annulaire jusqu'à ce qu'il se creuse une ornière. Si au moins elle pouvait fuir, se cacher, s'exiler. Inutile d'y penser; l'Église n'acceptait pas la séparation de corps.

À l'aube, les paupières boursouflées, Delphine chavira dans un sommeil agité pour ce qui restait de la nuit.

Le lendemain, Delphine se leva tard. Quand elle descendit, la maison était chaude. Véronique, debout depuis un bon moment, avait eu le temps de servir le déjeuner. Elle était là qui ramassait la vaisselle sale. Delphine, la tignasse sur les épaules, à moitié réveillée, déposa deux tranches de pain sur le rond du poêle quand, soudain, Véronique la saisit aux cheveux. Une bataille s'engagea. Les mains claquaient sur les joues. Delphine se défendait sans comprendre pourquoi Véronique l'attaquait aussi sauvagement. Les garçons les regardaient se battre comme des coqs, les yeux agrandis par la surprise. Sur sa chaise, Élisa sanglotait. Véronique, déchaînée, s'en prenait à la nuisette. Delphine appelait à l'aide, mais Moïse n'entendait rien ; la porte attenante au commerce était fermée. À bout de souffle, les filles s'arrêtèrent, les cheveux en bataille, les joues échauffées par les gifles. Elles se faisaient face. Delphine recula, l'œil méchant.

– Qu'est-ce qui te prend, Véronique Lamarche ?

– Que je te vois plus jamais porter les vêtements de m'man ! Va tout de suite enlever sa nuisette.

– Hein ! Rien que pour ça ?

Dans le feu de l'action, les rôties oubliées brûlaient et l'odeur de fumée prenait aux yeux. Véronique courut jeter le pain calciné dans le poêle.

Delphine regardait son accoutrement. Sa manche était déchirée et les petits boutons arrachés gisaient sur le plancher. De la jolie nuisette, il ne restait qu'un vieux lambeau qui n'arrivait pas à cacher son corps. Les bras croisés sur ses seins, Delphine monta à la course et d'en haut, elle lança au bas de l'escalier ce qui restait du vêtement. Véronique jeta la guenille au poêle et la poussa à l'aide du tisonnier entre les bûches embrasées. Le rond refermé, toute la scène était réduite en cendre. À compter de ce jour, les deux filles ne s'adressèrent plus la parole.

Chapitre 6

La vague de froid qui, hier encore, paralysait Saint-Henri laissait un peu de répit. Une brise douce caressait la neige, jouant à la séduire et à l'apprivoiser pour mieux la dévorer. Si on se fiait aux « ajets » de cette année, ce temps doux n'était qu'un bref avant-goût du printemps. L'hiver était loin d'être fini. Février faisait plein de promesses de tempêtes et de gros vents.

La tante Marie-Louise sauta de la charrette à livraisons que conduisait Antonin. Elle était descendue du train, seule; son mari Achille avait refusé de l'accompagner. Comme il était neutre dans cette décision de prendre Véronique, il se tenait en dehors de l'affaire. Sa femme lui avait répondu qu'elle connaissait le chemin et qu'elle était bien capable de se débrouiller sans lui dans la grande ville.

Pendant qu'Antonin attachait la bête au piquet, Marie-Louise sauta par terre et entra à la cuisine en coup de vent.

Véronique tournait le dos au poêle. Elle portait une robe orangée lisérée de galons de velours noir à demi cachée par un tablier. Véronique était grande et belle. Sa peau avait pris sa couleur entre le lis et la rose. Ses tresses remontées en couronne sur sa tête la faisaient ressembler étrangement à Claudia dans le temps.

– Je viens te chercher, lui dit Marie-Louise, t'es prête?

Moïse leva une main pondérée pour retenir sa belle-sœur.

– Minute, pas si vite, Marie-Louise. Tu tombes juste à l'heure du dîner. Tu vas prendre une bouchée avec nous autres avant de t'en retourner, pis viens pas me dire que t'as pas le temps, ton train part pas avant quatre heures.

– Toujours aussi recevant, le beau-frère, hein?

Marie-Louise s'était mis en tête de régler les choses rapidement, craignant qu'elles ne se gâtent, mais elle se voyait obligée d'accepter l'invitation pour ne pas déplaire à Moïse.

Véronique abandonna le poêlon sur le bout du poêle et prit la main d'Élisa, comme si elle craignait qu'on lui enlève sa petite sœur. Une ombre passa sur son visage. Elle lança un regard trouble à son père puis, pâle comme un drap, elle tourna les yeux vers sa tante. Les choses allaient plus vite que prévu. Plus tout à fait certaine de vouloir partir, Véronique se trouvait coincée et à court d'arguments. Une bataille se livrait au fond d'elle-même. Elle avait peine à se séparer de ses frères, mais le plus difficile restait le petit Arthur et Élisa, sa sœur de trois ans avec qui elle partageait le même lit. Elle laissa la main d'Élisa.

En quelques semaines, tout son monde avait basculé. Et voilà qu'elle ne se reconnaissait plus. Elle qui ne vivait que pour ce départ, hésitait. Si elle allait le regretter? Il lui semblait abandonner toutes ses responsabilités à une étrangère et impossible de compter sur son père; il n'avait pas une minute à consacrer à ses enfants.

– Je veux pas me séparer de mes frères et sœur.

Sa tante, aussi persuasive que possible, argumentait.

– C'est pas à toé de les prendre à charge, Véronique. T'as ta vie à t'occuper.

Véronique souffrait de devoir faire un choix. Si au moins c'était possible de les emmener tous. C'était impensable! Elle s'assit à la table et, le menton au creux de ses mains, elle resta un long moment silencieuse à regarder nulle part. Elle se posait l'ultime question: si sa mère avait été là, qu'attendrait-elle d'elle? L'adolescente redressa l'échine et choisit le plus difficile, le don de soi.

– Ma place est icitte avec mes frères et sœur. Je reste.

La tante protestait avec véhémence.

– Ma pauvre enfant, t'es un peu jeune pour savoir ce qui est bon ou mauvais pour toé. Je suis pas certaine que le devoir te commande de prendre une relève trop lourde pour ton jeune âge. Et pis, pense un peu: j'ai fait tout ce chemin exprès pour venir te chercher.

Dans son coin, Delphine les écoutait parlementer. Elle se demandait ce qu'ils avaient tous à se fendre en dix pour Véronique. Elle aussi n'avait que quatorze ans et est-ce qu'on se souciait d'elle? Delphine se retenait de parler vu qu'on la tenait à l'écart des décisions. Marie-Louise ne lui avait même pas été présentée à son arrivée. La tante n'en avait que pour Véronique.

En réalité, Marie-Louise avait une arrière-pensée. Elle s'était mis en tête de marier la belle Véronique à Donatien Malo, son neveu, mais elle se gardait bien d'en parler. Elle fit signe à Moïse de la suivre au salon.

La crainte d'une relation avec le jeune Galipeau inspirait des inquiétudes à Moïse qui craignait pour l'honneur de sa fille. Il la confiait à Marie-Louise uniquement pour qu'elle soit bien surveillée. Dès son retour dans la pièce, il ordonna à Véronique :

– Pars, pis t'en fais pas pour les autres. Si Delphine suffit pas à la tâche, j'engagerai une aide.

Véronique sentait que son père cherchait à se débarrasser d'elle.

– Pis les petits ?

– Les petits, les petits ! Delphine sera là pour s'en occuper.

Est-ce que Véronique pouvait faire confiance à son père ? Les aides ne couraient pas les rues ; chaque femme avait sa famille à s'occuper. Elle se souvenait à la naissance de Charles que son père avait placardé une demande bien en vue sur le mur derrière la caisse et personne ne s'était présenté.

Véronique avait l'impression d'abandonner ses propres enfants à une ennemie. Elle se consola un peu en écoutant sa tante lui débiter mille promesses. Là-bas, deux cousines de son âge l'attendaient avec impatience. Et elle aurait une chambre à elle seule. Les propositions ne faisaient que la tenter davantage, mais que deviendraient les autres, les petits ?

L'adolescente restait muette quand, autour d'elle, tout le monde cherchait à la convaincre. Elle monta s'enfermer un moment dans sa chambre. Dans la solitude, elle réfléchirait plus à l'aise. Elle trouvait le choix difficile. Là non plus elle n'arrivait pas à se décider.

Quand elle descendit, le repas était sur la table. Tout le monde mangeait avant que la soupe ne refroidisse. Véronique n'avala qu'une bouchée. Voyant son hésitation, Marie-Louise lui fit la promesse de l'emmener pour un mois, suite à quoi Véronique déciderait de son sort.

Ce départ, qui allait à l'encontre de sa conscience, lui nouait la gorge. Elle ramassa lentement ses effets, les tassa contre la porte et revint vers Élisa. Elle lui prit les mains, fixa gravement ses prunelles vides d'expression et embrassa ses joues pleines.

– Promets-moé d'être sage.

L'enfant était là, pétrifiée, qui la regardait de ses grands yeux. Elle ne savait pas exprimer ses craintes devant les départs répétés. Tout son petit monde s'écroulait.

– Quand-cé que maman va revenir?

– Elle reviendra pas, Élisa.

Véronique se sentait coincée. Si au moins ses frères la retenaient. Inconscients, les garçons bavardaient. C'était à qui ferait le plus rire par ses réflexions amusantes. Véronique rassembla ses bagages et, sur le point de partir, elle posa un regard soucieux sur sa jeune sœur. Un liquide coulait sur les jambes d'Élisa jusque dans ses bottines. La petite avait mouillé sa culotte.

La gorge serrée, Véronique suivit sa tante, embrassa ses frères, étreignit la petite Élisa et monta dans la voiture. Son père la reconduisit au train. Mais où donc était passé Antonin? Il n'était plus là. Véronique lui en voulait de ne pas venir la saluer. Elle s'en voulait aussi de ne penser qu'à sa petite personne dans toute cette affaire, mais elle n'en pouvait plus de la besogne écrasante, de Delphine, de tout. À Saint-Henri, elle était malheureuse.

* * *

Sur le débarcadère, des hommes chargeaient des marchandises dans le wagon de queue. Assise dans le train, Véronique attendait et regardait par la fenêtre pour ainsi éviter toute conversation avec sa tante. Elle sentait le besoin d'entrer en elle-même, de ressasser sa courte vie, d'assimiler les changements brusques. Tant de choses s'étaient passées depuis un mois qu'elle avait peine à suivre les événements.

Elle n'aimait pas alimenter ses humeurs sombres ; toutefois, elle accusait Delphine de prendre sa place dans la maison. Depuis que celle-ci partageait le lit de son père, les échanges étaient devenus inexistants entre les adolescentes. Un monde les séparait. Et le silence qui s'était installé était bien pire que des cris et des menaces. L'air de la maison était irrespirable. Encore chanceuse que sa tante lui tende une main charitable pour la sauver du découragement et lui redonner ses quatorze ans. Arriverait-elle à repartir en neuf là-bas, à se passer de ses frères et sœur ? Véronique pensait aux deux plus jeunes laissés derrière elle et à Jacques Galipeau, le garçon aux yeux clairs qui la surveillait de la rue. Avant le départ du train, elle regardait par la fenêtre la neige blanche qui tombait doucement. Soudain, elle reconnut la tête d'Antonin et son casque brun. Son frère frappait la vitre de sa main et lui faisait signe de descendre. En passant devant sa tante, cette dernière la tira par un poignet, mais plus rien ne pouvait l'arrêter.

– Attendez !

Elle s'arrêta sur le marchepied du wagon. Antonin, tout essoufflé, lui parlait par à-coups.

– J'ai couru aussi vite que j'ai pu. Je pensais te manquer.

Il colla la bouche à l'oreille de sa sœur pour n'être entendu de personne.

– Galipette te fait dire qu'y va t'écrire. Y veut ton adresse.

Un large sourire éclaira la figure de Véronique.

– Je te l'enverrai, mais je veux pas que ma tante Marie-Louise s'en aperçoive. Pis appelle-le donc par son nom, juste pour me faire plaisir.

Véronique lui suggéra de glisser ses lettres dans une nouvelle enveloppe et de la lui adresser. Ainsi, personne ne se douterait de rien.

– T'es ben fin, Antonin !

Elle l'embrassa sur les deux joues et remonta dans le train, toute palpitante sous sa robe orangée.

* * *

Moïse était soulagé. Il pensait que les choses seraient mieux ainsi. Sa grande serait bien surveillée chez Marie-Louise et tout le monde serait plus à l'aise chez lui. Dans la maison, ce n'était plus vivable. Il n'était pas sans voir Véronique et Delphine se marcher sur les pieds à cœur de jour sans s'adresser un mot. Toutefois, sa figure devint triste et renfrognée. Et si Véronique allait s'ennuyer tout comme Sophie au Manitoba ? En était-il rendu à se débarrasser de ses enfants pour pouvoir vivre en paix ? En fait, se souvenait-il seulement ce qu'était la paix ? Il revint de plus en plus en arrière, au temps où Sophie fredonnait dans la maison. Il faisait des comparaisons pour chaque fois déchanter et souffrir davantage. Était-ce une bonne idée que son mariage précipité qu'on pourrait qualifier de béquille et qui devait apporter toutes les solutions à son veuvage ? Moïse faisait face à une grande déception, mais la vie continuait, le travail le poussait et ne lui laissait que peu de temps pour s'apitoyer. Il ne se permettait plus d'être heureux. Il se cuirassait et se démenait comme un diable pour arriver à tenir l'épicerie impeccable et la maison passable. « Si seulement Delphine y mettait du sien », se dit-il.

* * *

L'oncle Achille avait tenu à venir lui-même chercher les deux femmes à la gare de L'Épiphanie et, de ce fait, il avait dû engager un aide pour le remplacer à la traite des vaches. Les cousines avaient insisté pour l'accompagner, mais leur père avait refusé, prétextant le souper à préparer.

L'élégante carriole noire glissait sur ses patins. À son arrivée à Saint-Paul, le jour baissait. Le ciel était enflammé et les arbres paraissaient noirs au soleil couchant.

Assise sur la banquette arrière, Véronique était silencieuse. Elle se cachait sous la lourde robe de carriole. Rien ne l'intéressait que ses pensées. L'oncle avait beau se tordre le cou pour la regarder, il ne la voyait pas. Il lui cria :

– Encore un peu pis on sera à la maison. Les filles ont ben hâte de te voir.

Véronique n'avait pas franchi le seuil de la maison que les cousines, fébriles, lui sautaient au cou. Elles la considéraient comme une nouvelle sœur qu'elles attendaient impatiemment. L'aînée, Sarah, une rousse aux yeux taillés en amande, avait seize ans. Anita, sa cadette d'un an, était une brunette aux reflets roux, aux joues légèrement poivrées. Elle avait le visage rond comme une balle et souriait tout le temps. Les filles avaient changé depuis la dernière fois que Véronique les avait vues. Elles étaient presque des femmes maintenant. Sarah parlait même de mariage pour l'été suivant.

Les deux filles accaparaient Véronique au point que Marie-Louise, voyant sa nièce silencieuse, intervint :

– Laissez-la respirer, celle-là. Vous allez l'effrayer. Approchez ; le souper est sur la table.

Marie-Louise souleva le couvercle du pot de fèves au lard et une fumée s'en échappa. Sarah déposa à côté un grand plat de faïence rempli de légumes allant du jaune à tous les tons de vert. Anita courut chercher deux petites bouteilles jumelles nichées au faîte du poêle : le sel et le poivre. Quand tout le monde fut assis, le père joignit les mains et récita le bénédicité. Véronique baissa les yeux. Elle n'ouvrit pas la bouche, pas plus qu'elle ne toucha à son assiette.

L'heure du coucher arrivée, les filles montèrent. La chambre de Véronique l'attendait. La pièce était étroite. Le lit était placé sous une petite tabatière à carreaux qui s'ouvrait sur le ciel. Là-haut, la lune jouait à cache-cache avec les nuages. Le plancher de bois était peint d'un vert plus soutenu que le mur. Derrière la porte en angle, un vieux fauteuil rembourré à capitons était recouvert d'un jeté. Anita, assise sur la courtepointe multicolore, le désignait de la main.

– Regarde ce fauteuil, y a une histoire ben triste. (Elle pouffa de rire.) Un jour, j'ai été en pénitence pendant une heure à réfléchir pour avoir été effrontée avec Philias Rivest, un garçon d'Église, un jociste que maman tenait en admiration. Y était venu me voir à deux reprises. Chaque fois, je me cachais dans le hangar, pis je surveillais son départ aux fentes des vieilles planches. J'ai dû abandonner les réunions de J.O.C. pour plus avoir à le rencontrer, ce qui m'a valu une claque sur la joue et une heure assise là-dessus. J'étais tellement en colère que j'ai arraché la bourre. Regarde.

Elle souleva le jeté et le fauteuil éventré exhiba ses entrailles grises. Puis, elle s'élança sur le lit et culbuta, robe et jupon par-dessus tête. Sarah et Véronique l'imitèrent et se mirent à se rouler sur la paillasse de maïs. Elles riaient aux larmes. Tout à coup, la figure de Véronique perdit toute expression.

– Je veux dormir.

Sitôt les cousines sorties, Véronique replaça le jeté, tira les volets et se glissa sous les couvertures. La pauvre s'en voulait de s'être laissée aller à s'exciter ce soir, comme si elle n'avait plus le droit de s'amuser depuis la mort de sa mère. Pourtant, rire lui faisait grand bien.

La nuit, Véronique n'entendait aucun bruit au-dehors. C'était le calme plat dans cette campagne où tout lui était étranger. Elle s'ennuyait déjà de la ville tapageuse.

Chapitre 7

L'angélus sonnait midi. Moïse abandonna brusquement son travail à l'abattoir et se précipita dans la cuisine. Il trouva la pièce vide et silencieuse. Seule l'horloge radotait son sempiternel tic-tac. Le dîner n'était pas prêt et la cuisine était tout en désordre. La vaisselle sale du déjeuner séchait sur la table. Moïse retenait sa rage et, désabusé, il chercha sa jeune femme de pièce en pièce. Il se défoulait en claquant les portes.

– Delphine!

« Bordel! Pas encore en train de s'amuser avec les enfants? » Il la surprit dans la cour arrière à se balancer, assise sur l'escarpolette, les jambes en l'air, la jupe gonflée par la force de l'envolée. Ce tableau le plaçait devant la réalité. Bien qu'elle ait atteint la taille d'une adulte, Delphine n'était qu'une enfant pas plus mature que les siens. Comme s'il n'en avait pas déjà assez! « Ma foi, elle est dix fois pire depuis que Véronique est partie. »

Quand Delphine n'était pas assise par terre à jouer aux billes avec les garçons, elle poussait à cloche-pied une petite pierre dans des cases tracées sur le sol. « Une femme mariée », se dit Moïse! Il s'en décourageait. « Je peux toujours pas revenir en arrière, se dit-il, ce qui est fait se défait pas; faut s'arranger avec. » Il se calma en se jurant que ça ne se produirait plus et que dès le lendemain, il engagerait une bonne. Cette idée le calma. Alors patiemment, il prit sa main.

– Viens en dedans, y a le dîner à préparer. Oui, viens m'aider un peu, bordel! Vous autres aussi, arrivez. Allez laver vos mains. Si chacun y met du sien, le dîner sera prêt plus vite.

Subitement les enfants sentirent leur faim. Ils criaient et se bousculaient. Trop c'était trop. Moïse perdit patience. Il saisit Antonin d'un bras autoritaire, le poussa brusquement devant la cuvette et lui tendit les tasses.

– Tiens, lave la vaisselle, Jean va l'essuyer pis que j'en entende pas un rouspéter. On mangera quand la cuisine sera en ordre.

Il fit asseoir les plus jeunes sur le banc derrière la table et exigea la paix.

– Que j'en voie pas un grouiller, sinon les fesses vont vous chauffer! Toé, Delphine, fais rôtir le boudin. Pour aujourd'hui, le pain remplacera les patates.

Il traversa à l'épicerie et revint les mains pleines de grosses tomates rouges. Tout en mangeant, Moïse crut avoir trouvé une idée géniale.

– Delphine, si un jour t'arrives à préparer le dîner pour midi, je te donnerai un cadeau.

Les garçons s'étonnèrent. La fourchette d'Antonin restait en suspens.

– Pis nous autres?

– Vous autres, mangez!

Il ajouta, comme pour lui-même:

– Tantôt, je vais placer une annonce ben en vue dans la vitrine pour demander une femme de ménage.

Delphine sursauta. Élevée avec un minimum de moyens, elle voyait la chose comme un gaspillage.

– Non, Moïse, pense un peu. Ce serait de pas regarder à la dépense. L'argent est si dur à gagner.

– Si tu trouves une meilleure idée…

Delphine ne dit rien. Elle n'était pas sotte. C'était facile à comprendre, ce que Moïse attendait d'elle, mais ça lui demandait un effort surhumain à son âge, de se rendre responsable de toute une famille qui lui tombait d'un coup sur les bras. En plus, Moïse était si exigeant; jamais elle ne pourrait le contenter. En fin de compte, elle se demandait quel avantage ça lui apportait de trimer du matin au soir au profit des autres.

– Dans le temps de madame, dit-elle, j'avais l'aide de Véronique, pis en plus, je recevais des gages.

– Tu voudrais que je te paie comme une bonne? Si tu manques d'argent, t'as qu'à en prendre dans le tiroir-caisse!

Elle n'ajouta rien, humiliée de s'être laissée aller à s'abaisser. Elle se leva et commença à desservir.

Moïse retourna à l'abattoir en recommandant:

– Arrangez-vous pour que la cuisine reste propre. Pis, bordel, dépêchez-vous de vieillir!

* * *

Ce jour-là, Delphine fit un saut chez sa mère. Il lui faisait toujours chaud de retrouver le nid douillet, l'odeur du logis des jours tranquilles. Elle monta à son ancienne chambre où elle se réserva jalousement quelques minutes de solitude. La pièce modeste avait un goût de bonheur. Elle aurait aimé y dormir encore. Les rideaux blancs volaient dans le courant d'air, les trois petits lits étaient recouverts d'une cretonne. Derrière la porte, elle retrouva le petit banc où elle couchait sa poupée de chiffon. Les souvenirs affluaient et son humeur se chagrinait. Dire qu'hier encore, c'étaient l'enfance, l'insouciance, la liberté. Maintenant mariée, elle sentait peser sur elle un flot d'obligations dont elle ne pouvait se départir. Dans sa pleine maison, Delphine était plus seule que jamais. Trop tard! Elle était et resterait prisonnière de ce mariage pour lequel elle se mordait les doigts.

Avec une lenteur qui ressemblait plutôt à un recul, elle descendit à la cuisine où les chauds rayons de soleil créaient une atmosphère propice pour discuter de sujets délicats. Sa mère déposa un café fumant sur la table.

– Viens, approche!

Delphine se mit à caresser la table blonde d'un geste embarrassé. Elle regardait l'horloge, cherchant pendant un moment ce qu'elle allait dire et comment le dire. Finalement, la bouche déformée de trop de tristesse retenue, elle se plaignit à sa mère. Elle ne trouvait aucune femme, mieux placée, sur qui elle pouvait épancher son secret. Elle lui raconta tout sans jamais blesser la pudeur. Malheureusement, sa mère la contraria davantage en prenant la part de Moïse.

– Qu'est-ce que tu racontes là? Toutes les femmes doivent être jalouses de toé.

La tasse tremblait dans les mains délicates de Delphine.

– Pas entre les quatre murs de ma chambre.

– Toutes les épouses doivent se soumettre à leur mari.

Delphine grimaçait de dépit. Si elle avait su! Que connaissait-elle de l'intimité conjugale? On ne lui avait jamais rien dit là-dessus.

– Tu vas pas te mettre à chiquer la guenille ? T'as marié un homme honnête qui te fait ben vivre, qu'est-ce que tu veux de plus ?

Delphine parlait si bas que sa mère l'entendait à peine.

– Je sais pas.

Elle fixait le crémier, sans la moindre apparence de vie. Une boule se formait dans sa gorge. Elle se sentait rejetée à l'avantage de Moïse. Sa mère, qui lui avait donné la vie, la seule à qui elle pouvait encore s'accrocher, semblait indifférente à son malheur. Aucune chaleur, aucune complicité. Son ton était tranchant. Peut-être craignait-elle que sa fille déserte son foyer et revienne à la maison ? Delphine s'attendait juste à ce qu'elle l'écoute ou lui accorde un peu de compréhension. La pauvre accumulait déception sur déception. Elle ne comptait ni pour sa mère, ni pour son mari. « Je m'en irai, n'importe où, mais je m'en irai », se dit-elle. Mais où pouvait-elle aller aboutir quand sa propre mère ne lui donnait pas son appui ? Une crampe la saisit au creux de l'estomac.

Delphine n'en reparlera plus et elle ne regardera plus jamais sa mère de la même façon.

Elle essaya ensuite d'alimenter la conversation dans l'espoir de combler le fossé qui les séparait, mais elle ne parvenait pas à se débarrasser du sentiment de tristesse mêlé de rancœur, lié à sa trop récente déception. L'air piteux, elle retourna chez son mari.

Des larmes glissaient sur ses joues fermes. Elle les écrasa du revers de la main. Même si elle ne demeurait qu'à la maison voisine, Delphine se sentait au bout du monde.

Autant la jeune femme se repliait et regrettait son mariage, autant elle cherchait à s'évader dans les jeux d'enfants. À s'amuser avec les garçons, Delphine recherchait l'insouciance de ses jeunes années. Si elle avait pu rester petite fille toute sa vie ! Elle redressa ses jeunes épaules que déjà un lourd fardeau écrasait. Malgré sa déception, elle n'arrivait pas à détester Moïse. Que lui trouvait-elle, à part cette beauté du diable ? Avait-il seulement déjà levé les yeux sur elle ? Du temps de madame, ce n'était pas permis, mais après sa mort il aurait été dans son bon droit.

Appuyée à la porte qui séparait le commerce de la maison, elle l'observait à travers les carreaux. Elle le regardait remettre le change aux clients entre les conversations qui allaient bon train. Une expression rieuse lui amenait un léger mouvement de la bouche. Sa bonne humeur était réservée exclusivement à la clientèle. À elle, jamais il n'accordait un sourire. Elle avait bien essayé de lui être agréable, mais comment arriver à affronter sa froideur ?

Quelquefois, derrière ce regard fermé, elle croyait percevoir une tendresse refoulée qu'elle ne pouvait s'expliquer. Était-ce pour elle ou pour l'autre ? S'il y mettait du sien, s'il la regardait en face, peut-être arriverait-il à lui trouver un attrait ?

Et venaient la confiance, l'attente, l'espérance. Elle mit en œuvre son art de plaire. Rien n'y fit. Pourtant, côté matériel, Moïse n'épargnait rien pour la combler. Comme si c'était suffisant. Peut-être aurait-elle été plus heureuse pauvre ?

* * *

Les enfants n'avaient pas le temps de s'habituer aux changements précipités. Pour eux, la servante était devenue belle-mère du jour au lendemain et elle n'avait pas à leur imposer son autorité. Si au moins Véronique avait été là ! Depuis son départ pour Saint-Paul, leur grande sœur leur manquait énormément. Avec elle, tout était si différent. Elle avait un don spécial pour les commander ; elle n'avait qu'à froncer les sourcils et ils obéissaient. Mais c'était trop tard, Véronique faisait maintenant partie d'une autre famille. Depuis la fameuse fois où la tante Marie-Louise était venue la chercher avec sa grosse malle noire aux coins ferrés, elle n'était jamais revenue à la maison, même pas en visite, comme si elle en voulait à son père, si ce n'était à tout le monde.

Moïse, absorbé par son travail, laissait de plus en plus de besogne à sa jeune femme. Un jour, en revenant des achats, il lui apporta un livre de recettes qu'il feuilleta un peu au hasard avant de le pousser devant elle.

– Tiens, v'là le cadeau que je t'avais promis !

Delphine le regardait, impassible. « Un cadeau ! Un cadeau pour lui, pour satisfaire la panse de monsieur. Un cadeau qui ressemble à mon mariage. En fin de compte, je n'ai épousé que la besogne. Pis moé, belle dinde, j'aime cet homme. Pauvre Moïse, avec lui, tout est calculé. »

Un défilé d'émotions passait dans sa tête.

– J'en veux pas ! dit-elle.

Le cadeau le plus apprécié serait de lui montrer un peu de considération, de lui prouver qu'elle existait et ça, jamais il ne l'avait fait. Si au moins, il essayait d'être tendre. Non ! Monsieur ne voulait pas trahir madame. Delphine le regardait, le nez plongé dans son journal, toujours à l'aise seul avec lui-même. Elle le trouvait beau même si ses yeux verts allaient s'éteindre ailleurs. Au bas de ses joues, deux fossettes se transformaient en rides amères. Il ne riait plus depuis la mort de madame, sauf quelquefois ; un rire mécanique réservé exclusivement aux clients. « A-t-on déjà vu un homme suivre sa femme jusque dans la tombe ? » se dit Delphine.

Delphine ne demandait qu'un geste tendre, un regard, une prévenance, un rien. Pourquoi s'acharnait-t-elle à se torturer ? Comment se faisait-il qu'elle cherchait encore à lui plaire ? Mais quel drôle de sentiment la commandait donc ?

À l'occasion, elle se postait dans la porte attenante au commerce et le regardait vivre à son insu pendant de longs moments. Chaque fois, son amour reprenait le dessus comme une locomotive qu'on remet sur ses rails et, la nuit venue, le train déraillait de nouveau. Delphine sentait la présence de l'autre.

Et si elle profitait de son humeur pour séduire son mari ? Elle s'imaginait que le jour où elle réussirait, sa vie serait tout autre.

Ce soir-là, elle y alla de toutes ses trouvailles pour l'enjôler. N'avait-elle pas la jeunesse à son avantage comme principal atout ? Et cette petite robe verte, froncée à la taille, qui lui allait à ravir, la remarquait-il ? Elle le précédait en sautillant dans l'escalier. « On verra ben si y peut avoir un brin de douceur pour moé. Y doit ben avoir un cœur dans la poitrine comme tout le monde ! » Derrière elle, Moïse tira la boucle de sa robe. Le geste enfantin la fit rire. Ça y est, elle allait réussir. Ce soir, elle lui dirait son secret. Delphine tourna la tête vers lui, un sourire triomphant sur les lèvres. Elle osa prendre sa main. Lui-même avait bien pris la sienne au retour de la balançoire. Cette fois, elle avait bien cru qu'il devenait tendre avec elle avant de réaliser que ce n'était que pour la faire aller plus vite. Et ce soir, comme il allait s'émouvoir, il se ressaisit, retira sa main brusquement et détourna la vue devant les yeux brillants qui quémandaient un peu de tendresse.

Delphine n'était pas si enfant qu'on le supposait. Peut-être venait-elle de prendre un coup de vieux, transportée dans un monde où l'action n'était plus tout à fait à sa mesure? Elle analysait les moindres réactions de son mari, jugeait et tirait ses propres conclusions. «Quelle maîtrise! Toujours l'ombre de sa chère épouse entre nous, au moment même où il allait flancher. Il n'en a que pour elle.»

Dans le lit, elle lui tourna le dos, le cœur plein de tristesse à déverser. Seul son oreiller partageait son mal à l'âme. Son trouble grandissait. «Y m'aime pas!» Elle soupira, mais aucun souffle n'émouvait le beau Moïse. Chaque fois qu'il la prenait, elle était assez naïve pour croire qu'il succombait à son charme et chaque fois, il arrivait à combler son désir sans affection aucune. Delphine présumait que c'était en pensant à l'autre que Moïse assouvissait son besoin. Elle avait envie de vomir et elle se mit à lui en vouloir. Elle avait de la difficulté à accepter qu'il ne veuille pas de ses sentiments et elle tombait toujours plus bas à se soumettre à son caprice avec une indifférence qui tenait du mépris. Chaque fois, il la meurtrissait un peu plus, pire que s'il la refusait. Elle se sentait déshonorée.

Delphine aurait tant voulu une déclaration d'amour, à tout le moins un témoignage d'affection. Quelle folle audace! Et ses parents avaient accepté l'idée de cette union comme un bienfait pour elle. Tout avait été manigancé dans son dos. Dire que, de la demande jusqu'au mariage, on lui avait défendu de retourner chez lui à cause de l'occasion de péché. Sa mère s'en faisait bien pour rien; Moïse ne représentait aucun risque. Le fantôme de madame était toujours là à hanter, chaperonner, interdire.

Maintenant, elle devait apprendre à Moïse qu'elle attendait un enfant. Et si avec la venue du bébé, Moïse allait s'attendrir? Elle éprouvait une joie indéfinissable de ce petit être qui se formait en elle. L'enfant serait sa consolation, une compensation. Tous ses sentiments se tournaient vers cette nouvelle vie qui s'annonçait. Souvent, au cours de la journée, elle posait les mains sur son ventre, comme un besoin chez elle de le toucher.

Plus mature, Delphine s'affairait maintenant dans la maison sans qu'on ait à la rappeler à l'ordre. Elle se donnait un mal de chien à préparer ses repas pour l'heure en dépit des nausées intermittentes qui la rendaient maussade. Elle n'endurait aucun vêtement qui enserrait sa taille. Son tablier flottant cachait l'épingle qui retenait sa jupe. Elle se versa une tasse d'eau bouillante qu'elle but lentement. Antonin riait.

– Seuls les vieux boivent ça.

Delphine soupira. Elle n'avait pas envie de se chicaner ; elle avait assez de tenir tête à ses nausées. Antonin avait raison, elle se trouvait vieille et déformée, mais elle n'aimait pas qu'on le souligne avec malice. Elle se fit cuire un œuf dur qu'elle mangea comme une pomme et desservit la table.

Antonin recula sa chaise.

– Tu viens jouer dehors, tantôt ?

– C'est fini ce temps-là ! J'ai trop d'ouvrage. Vas-y avec Jean pis Benjamin.

– Tu dis toujours non. À trois, on peut pas faire d'équipes.

Les enfants lui en voulaient. Ils la boudaient.

Au fil des jours, leur rancœur se transforma en diableries. Les garçons devinrent d'une turbulence terrible. Ils ne lui témoignaient que de la répugnance. En retour, Delphine les considérait hostilement et elle se mit à les détester au point qu'elle ne pouvait plus supporter leur présence tout comme elle ne pouvait plus souffrir le bruit et les cris. Elle les chassait dehors et leur interdisait la porte le jour.

Le mardi, Moïse s'absentait pour ses achats dans le gros.

Au retour de l'école, la porte était verrouillée. Les gamins frappaient et frappaient mais personne ne répondait. De son vivant, leur mère leur défendait de passer par l'épicerie et ils lui obéissaient encore, comme un respect dû à son repos éternel. Dehors, le froid était intense et Antonin criait à fendre l'âme.

– Ouvre ! On gèle.

Il patienta un peu et cria de nouveau.

– Heille, l'imbécile ! Vas-tu nous laisser poireauter encore ben longtemps dehors ? On gèle, je te dis !

Les garçons voyaient Delphine s'affairer dans la cuisine, tout en faisant la sourde oreille. Antonin frappa de nouveau de toutes ses forces. Toujours rien. Il fit reculer Jean et Benjamin et donna un violent coup de poing dans la vitre. Bang ! Elle vola en éclats. Il passa sa main à l'intérieur et retira la tige de métal que Delphine avait glissée au-dessus de la clenche.

D'une bourrade, Antonin écarta la jeune femme. Elle jetait les hauts cris. La cuisine refroidie devint l'épicentre d'engueulades et de bousculades. Les plus jeunes se cachaient : Arthur, sur la plus haute marche de l'escalier et Élisa, sous la table. À la fin, pour s'abriter du froid, Delphine se retira dans sa chambre. De l'escalier, elle leur cria :

– Gang de mal élevés ! Vous ramasserez vos dégâts pis comptez pas sur moé pour vous faire à souper.

Les garçons marchaient sur les débris de verre. Ils attendaient juste que Delphine disparaisse pour balayer le plancher et retirer les restes de vitre qui tenaient encore aux carreaux. Ils cherchaient à effacer toute trace de dégâts avant le retour de leur père. La maison était refroidie et, si ce n'était de la porte double, ils auraient été congelés.

Après le souper, Delphine attendit que les jeunes dorment pour s'en remettre à Moïse. Elle raconta une histoire inventée avec la plus incroyable facilité pour se tirer d'embarras et elle arrangea si bien les faits que Moïse était tenté de la croire.

– Tes enfants en sont rendus à briser les vitres. Y auraient besoin d'une bonne correction. Depuis que j'ai pris la place de leur mère, y sont jaloux pis y trouvent mille moyens de se venger. Je leur fais rien, moé !

– Mais non, voyons ! Va pas penser de même, pis cesse donc de répéter que tu prends la place de leur mère.

Delphine emprunta une voix cassante pour accabler Moïse de reproches.

– Je sais que je pourrai jamais remplacer ta défunte, ni pour eux ni pour toé. Le soir, au moins, tu pourrais t'occuper de tes enfants. Quand je te vois courir au bistrot !

Moïse avait besoin de s'évader et le bistrot était l'endroit privilégié, un cadre différent où les hommes parlaient entre eux des usines, des commerces, de la municipalité sans qu'une femme ou un enfant ne les bousculent ou ne viennent les interrompre. Certes, quelques hommes buvaient un peu, mais Moïse se contentait d'un café.

– Je fais rien de mal là. Je rencontre toujours le même monde. On parle affaires. Souvent, on joue une partie de dames, Marchand pis moé. On rigole un peu, c'est tout !

– Tu rigoles, hein ? Pis dans ce temps-là, tes enfants mènent le diable à la maison. J'aimerais ça, moé itou, m'évader quelquefois, rigoler comme tu dis.

Moïse était surpris de la voir lui tenir tête. Il tenta de la rappeler à l'ordre.

– La place des femmes est à la maison. Pis y a les enfants à t'occuper.

Delphine était rouge de dépit. Elle ajouta sèchement :

– Oui, on sait ben ! Y a les enfants, pis comme de raison, c'est à la mère de s'en occuper, à la belle-mère.

– Ce serait beau asteure de voir les femmes courir au bistrot. Y en a pas une.

– Les autres femmes se rencontrent au marché, elles. Moé, j'ai tout, icitte. Je peux quand même pas aller encourager nos compétiteurs.

– T'as qu'à traverser à l'épicerie.

– À l'épicerie, les clientes me regardent comme si je leur arrachais leur portefeuille.

Delphine avait raison. Elle ne se rendait au commerce qu'après les heures de fermeture. Elle en profitait alors pour s'approvisionner à son aise sans avoir à supporter les regards lourds de tout un chacun.

– T'as Pierrine !

– Pierrine ? Celle-là, j'ai rien à y dire.

Chapitre 8

Moïse savait tout au sujet de la vitre brisée. Il avait été mis au courant par son boucher qui avait vu le manège et lui avait rapporté les faits dans le détail. Ça l'agaçait de voir les étrangers mettre leur nez dans ses histoires de famille. Quand donc trouverait-il la paix ?

Les semaines suivantes furent tout aussi décevantes. Chaque mardi, la porte était de nouveau sous verrous et la vitre réparée, de nouveau brisée. Moïse ne disait rien ni ne corrigeait ses garçons ; les enfants ne pouvaient rester dehors par les grands froids. Se taire était ce qu'il avait trouvé de mieux pour décourager Delphine de verrouiller la porte. Toutefois, il interdisait toujours aux garçons d'entrer par l'épicerie. Il craignait que les deux parties en viennent à se prendre aux cheveux devant les clients.

Moïse en avait ras le bol de tous ces conflits. Depuis quelque temps, chaque soir lui ramenait des maux de tête. Les mardis qui suivirent, il se pressa de revenir des achats avant la fin des classes, ainsi, le problème de la vitre brisée devint chose du passé. Mais tout ne s'arrêtait pas là. L'école finie, les garçons entraient avec fracas. Delphine, de moins en moins patiente, ne se contrôlait plus.

– Ferme la porte moins fort, Antonin Lamarche, pis arrête de te traîner les pieds !

Le garçon insolent se tourna vers Jean.

– Tiens, ça recommence ! Je te gage qu'elle est grosse. On y demande ?

Les jeunes riaient aux éclats, le regard plein de sous-entendus. Delphine rageait pour ne pas pleurer. Elle était de plus en plus sensible ces derniers temps. Et ce qui la blessait davantage, c'était que les garçons connaissent son état quand elle avait tout fait pour le dissimuler.

– Qu'est-ce que vous mijotez encore vous deux ?

– De la soupe aux pois !

– Vous autres, mes effrontés ! Si j'appelle votre père, vous allez en manger toute une.

Depuis quelques semaines, Delphine accusait et Moïse n'en pouvait plus de cette situation tendue. Furieux à ses heures, violent même, il allait jusqu'à frapper les enfants pour les dresser.

Antonin s'amusait à répliquer.

– Ça me fait rien. Ses coups, je les sens plus.

– Nigaud, dit-elle.

Les rires reprenaient, taquins et tristes.

Le temps fuyait et n'améliorait en rien les relations entre les garçons et la belle-mère. Il ne se passait plus une journée sans que celle-ci ne rapporte à Moïse les répliques insolentes des gamins, quand ce n'étaient pas des coups pendables. Moïse devait traverser de plus en plus souvent à la cuisine pour rétablir la paix, une paix chargée de regards lourds, de dents serrées. C'était si différent avec Sophie. Il payait chèrement son remariage. Jamais plus le bonheur ne reviendrait comme dans le temps. Sophie était de celles qu'on ne remplace pas.

Finalement, l'idée du prêtre n'était pas si bonne. Et si Moïse avait suivi son conseil aveuglément, c'est que le bon curé l'avait toujours bien guidé. Il n'avait qu'à se rappeler son accueil chaleureux lors de son arrivée à Montréal et le prêt qui lui avait permis d'acheter son commerce. Pour le remariage, c'était une autre histoire. Toutefois, il reconnaissait que le curé n'était pas de mauvaise foi. Il s'efforça de ne plus y penser ; ça l'empêchait d'aller de l'avant.

* * *

Le lendemain, au réveil, le soleil tapait un clin d'œil à la déchirure d'un nuage. Moïse tendit quelques billets à Delphine pour l'amadouer.

– Tiens, prends ça pour tes petites dépenses.

Elle chaussa ses bas et se rendit à la commode où, dans le deuxième tiroir, elle cachait quelques billets verts sous une pile de jupons.

– C'est pas de l'argent que je veux, mais je le prends quand même ; comme ça, j'aurai pas à t'en quémander pour le bébé.

– Ah, parce que t'es comme ça ?

Delphine s'attristait. « Y a pas souri. Y a pas demandé pour quand. Y sait même pas que je file mal, que je vomis. Y se fiche de moé », se dit-elle.

* * *

Tout le jour, les garçons ne pouvaient s'éloigner de la maison ; Moïse tenait à ce qu'ils restent disponibles pour les livraisons. Il y avait avec eux les Gadouas, Lépine, Sourdif, Béliveau. Les pires déguenillés du quartier étaient leurs meilleurs amis. Les garnements au long cou et aux oreilles décollées attendaient, le plus souvent les doigts dans le nez, et cherchaient une distraction agréable. Antonin n'avait pas à se creuser la tête très fort pour trouver quelque manigance.

– Hé, les gars ! Venez, on va tirer à l'arc.

Les arcs, de fabrication artisanale, venaient des gamins de ruelles que Moïse leur défendait de fréquenter.

Ce jour-là, sa besogne terminée, Delphine put enfin respirer. La lessive séchait sur une longue corde qui reliait la maison à l'abattoir. Le soleil avait gagné la majeure partie du firmament et les garçons s'amusaient sans troubler la tranquillité de leur belle-mère. Pour une rare fois ils n'envahissent pas la maison, ils n'entraient pas, même pour un simple verre d'eau. Delphine considérait leur comportement comme presque anormal, mais elle était relativement sereine. « Si tous les jours pouvaient ressembler à aujourd'hui ! » se dit-elle. Assise sur la vieille berçante, la tête renversée sur son bras, elle souhaitait les voir partir tous et elle s'endormit sur ce rêve lointain.

Le souper se passa dans un calme inquiétant. Delphine sentait la catastrophe. Elle n'osait pas demander aux garçons ce qu'ils tramaient ni s'en plaindre à leur père ; elle ne saurait sur quel motif s'appuyer. Sitôt Moïse traversé au commerce, les trois espiègles pouffèrent de rire et disparurent en coup de vent par la porte arrière. Le temps de la vaisselle, Delphine les oublia. Elle sortit ensuite chercher le linge sec. Elle n'avait pas détaché deux chemises de la corde qu'elle constata que la plupart des vêtements étaient troués. Ils avaient servi de cible aux gamins. Delphine rageait devant un tel gaspillage. Les garçons faisaient preuve d'une audace insolente et ils avaient le toupet de croire que tout leur était permis. Et, en ce moment même, elle se doutait bien qu'ils la surveillaient. Elle promenait un regard froid autour de la cour. Rien ! Dégoûtée, elle entra dans la maison et se mit à pleurer.

Ce soir-là, ça ne dérougissait pas au magasin et, à l'heure où Moïse mit la clef dans la serrure, les trois garçons étaient déjà au lit. Contrairement à leur habitude, ils étaient montés avant que leur père les y oblige.

Delphine, restée seule avec Moïse, lui fit voir les dégâts. Cette fois, il ne pourrait pas prendre parti en leur faveur ni les couvrir ; ce serait les approuver, les encourager. Il allait sans doute les appeler et leur donner une bonne fessée. Enfin, les sacripants auraient ce qu'ils méritent. Elle se trompait. Moïse restait grave et silencieux. Il prenait le temps de penser. Delphine présumait qu'il devait encore réfléchir et chercher un moyen de les innocenter. De la main, il tournait et retournait une chemise en tous sens et ne cessait de l'examiner. Delphine savait au fond d'elle-même qu'il ne dirait rien et ça lui mettait les nerfs en boule. Si leur bêtise n'était pas si évidente, il prendrait encore une fois leur défense. Après mûre réflexion, Moïse glissa la main dans sa poche et en sortit une liasse de billets.

– Tiens, t'achèteras du neuf. Après tout, ce vieux butin-là a déjà pas mal servi, y est même un peu démodé.

Delphine savait que Moïse trouverait un bon alibi. Elle l'aurait juré. En l'absence des enfants, il les couvrait chaque fois. Elle ne répondit pas. Elle n'était pas aussi stupide qu'il le croyait. Elle prit l'argent mais son idée était toute faite. Elle n'allait certainement pas récompenser leur connerie.

Moïse ajouta, comme si c'était une punition suffisante :

– Je ferai disparaître les arcs.

Delphine leva le menton et prit un air dédaigneux.

– Tout ça pour les corriger ? Tu trouves pas que c'est trop pénible pour ces pauvres malheureux ?

Moïse sortit de la pièce, mécontent de sa pointe d'ironie.

* * *

Dès le lendemain, Delphine sortit le panier à reprisage qui moisissait au fond de la cave. Comme elle n'avait pas l'habitude du rapiéçage, elle ne s'arrêta pas sur la démesure de l'aiguille légèrement rouillée. Ce n'était qu'un détail sans importance. Elle brisa le fil noir entre ses dents, le lécha pour l'épointer et, du bout des doigts, l'enfila dans le chas, puis elle se mit en frais de raccommoder un à un les vêtements massacrés. Elle exécuta son travail à la hâte, puis toujours plus vite, comme si les jours n'avaient pas de lendemain. Toutefois, de bâcler son travail ne l'empêchait pas de réfléchir. Elle se rendait compte que l'argent donnait le pouvoir dans beaucoup de domaines, mais entre elle et Moïse, ça alors !

Delphine s'ennuyait du temps de madame, alors que Véronique et elle étaient amies. Tout le travail de maison se faisait à deux. Depuis le départ de madame, Delphine se sentait deux fois plus orpheline que Véronique.

* * *

À Saint-Paul de Joliette, Véronique passait ses journées couchée, pliée en deux, dans les larmes et le désespoir. Les cousines faisaient tout leur possible pour la consoler. Sarah lui apportait des friandises et Anita tentait de la faire rire, mais rien n'y faisait. Il y avait de ces jours où Véronique ne voulait voir personne, où elle détestait tout le monde. Elle s'ennuyait des siens, des bruits familiers de l'épicerie et refusait toute nourriture. Lentement, elle perdait du poids. Marie-Louise attendait patiemment qu'elle sèche ses beaux yeux pour lui présenter Donatien Malo. Finalement, en manque de moyens, elle fit connaître à Moïse l'état lamentable dans lequel se complaisait sa fille.

Deux jours passèrent. Moïse s'amena avec Élisa et dès son arrivée il remit à Véronique une missive d'Antonin. Le contenu était si compact que l'enveloppe bombait sous ses doigts.

– Tiens, prends ça avant que j'oublie. Tu vois l'épaisseur ; ton frère en a pas mal long à raconter. Toutes les nouvelles de la ville doivent être là-dedans.

À la vue de la lettre, l'humeur de Véronique changea. Elle sourit faiblement. Elle seule aurait pu expliquer l'épaisseur du pli mais elle ne le ferait pas. C'était comme si elle tenait le cœur de Jacques Galipeau dans sa main. Sans s'en douter, son père lui apportait un rayon de soleil. Elle cacha la missive dans son corsage. C'était son secret à elle, un secret qu'elle ne dévoilerait ni à sa tante ni à ses cousines. Elle n'en finissait plus d'entourer et d'embrasser Élisa. Elle la traînait à la cuisine, à la chambre, à l'étable. Pendant leur échappée, Marie-Louise versa une tasse de café à Moïse.

– Je pensais que Véronique se pendrait à ton cou pour que tu la ramènes.

– Chus pas encore parti ; c'est sans doute ce qui va arriver tantôt. J'ai rien contre une visite à la maison mais j'ai pas l'intention de la ramener pour de bon. Je saurais pas m'occuper d'une fille. La surveillance, les fréquentations, pis tout le tra-la-la, ça revient aux femmes. Pis je serais pas surpris que ce soit d'Élisa qu'elle s'ennuyait le plus ; elle la lâchait pas d'une semelle.

Moïse sentait sa fille distante : à peine un mot, un regard. Marie-Louise n'était pas dupe, elle avait remarqué que Véronique traitait son père en étranger.

– Ta fille refuse toute nourriture. Elle se laisse mourir. Tu vois comme elle a fondu ? Elle se perd dans ses robes.

– Je trouve pas, mais si tu le dis ! Tiens, je te laisse de l'argent ; tu verras à lui en acheter des neuves.

Marie-Louise avait beau lui dire que c'était trop, qu'il allait se ruiner, ce n'était que pour la forme. Au fond, elle craignait qu'il lui en redemande. Elle se tourna légèrement et se pressa d'enfouir les billets dans la poche de son jupon. Moïse se contenta de sourire.

– Tu t'arrangeras avec le surplus.

Au départ de son père, Véronique surprit tout le monde. Elle ne parla pas de retourner à Saint-Henri. La petite Élisa s'accrochait à elle et tirait sa main en rechignant. Véronique la souleva de terre. La petite passa ses bras autour de son cou et serra sa sœur à l'étouffer. Véronique revivait son départ de la maison, sa difficulté à quitter Élisa. Est-ce que ce serait chaque fois à recommencer ? Son menton tremblait. Elle se dégagea, remit l'enfant à son père et courut à sa chambre. Sa souffrance trop intense l'empêchait de dire bonjour aux siens.

Assise sur son lit, adossée à son oreiller, elle repassait en esprit les derniers événements. La lettre dans la main, elle se sentait incapable de passer brusquement des émotions bouleversantes aux émotions douces. Après un bon moment, elle descendit retrouver les cousines qui s'étaient effacées discrètement pour la laisser seule avec les siens. Elle entendait leurs voix qui venaient de la galerie.

* * *

Ce soir-là, Véronique profita de la solitude de sa mansarde pour décacheter l'enveloppe. Comme entendu, il y avait un double à l'intérieur. Elle lit le court mot d'Antonin. À peine trois mots. Dire que son père le supposait bavard, celui-là! Elle ouvrit la seconde enveloppe, celle qui l'intéressait davantage. En dépliant les feuilles, elle reconnut l'écriture d'Antonin. Dépitée, elle lut les mots gentils qui, venus de Jacques, auraient eu une signification, et au fur et à mesure, la colère montait en elle. «Le beau Antonin s'amuse à bon compte. Y doit prendre un malin plaisir à se moquer de moi, à me faire marcher. Y va avoir ma façon de penser, celui-là, et pas plus tard que tout de suite.» Véronique oublia aussitôt ses sentiments envers son frère, la distance et le temps qui les séparaient l'un de l'autre. Et, sans attendre une minute, elle répondit à sa lettre, la plume amère, presque désagréable.

* * *

Le lendemain, Véronique s'éveilla à l'heure où le soleil perçait à travers les arbres nus. Aveuglée par la lumière du matin, elle frotta ses yeux et resta un bon moment enroulée, serrée dans ses couvertures à penser à tête reposée. Elle n'en voulait presque plus à son frère de lui avoir joué un mauvais tour. Elle allait même jusqu'à le trouver drôle. «Sacré Antonin! Y m'a eue, du début à la fin. De toute façon, ce Jacques Galipeau, j'ai jamais eu de sentiments pour lui; enfin si peu, juste un peu de reconnaissance pour m'avoir fait savoir que je suis regardable.» Elle ne renonçait pas à poster sa lettre. Antonin méritait de savoir sa façon de penser.

* * *

Quinze jours plus tard, elle tirait d'une enveloppe une petite feuille pliée en quatre sur laquelle Antonin expliquait l'histoire de la lettre. Jacques Galipeau ne sachant pas écrire, il lui avait servi d'intermédiaire. Il ajoutait qu'il ne raffolait pas de ce rôle et qu'il méritait d'être remercié plutôt que condamné. Véronique resta hébétée. « Lui, pas savoir écrire ? » Elle réfléchit longuement et ne put s'imaginer qu'à l'avenir leurs sentiments, si chastes soient-ils, devraient passer par un tiers et bien pire, par Antonin, son moqueur de frère. Elle se donnait du temps.

Chapitre 9

Aujourd'hui, 30 mars 1882, c'était l'anniversaire de Benjamin. Drôle de coïncidence, le même jour Delphine accouchait d'une fille sur qui elle déversait toute sa tendresse.

Le dégel des derniers jours avait fait déborder la petite rivière Saint-Pierre et représentait un danger sérieux pour la population de Saint-Henri. Sans perdre de temps, Moïse abandonna les pouvoirs à son boucher et s'empressa d'aller chercher Pierrine et ses enfants qui demeuraient quelques rues plus bas. Si l'eau continuait de monter, leur maison risquait d'être menacée.

– Si j'étais toé, Pierrine, je resterais pas icitte une minute de plus. Viens attendre Thomas à la maison.

– Ta femme vient d'accoucher ; c'est pas le moment de la fatiguer. Tu me verrais arriver avec mes cinq enfants ? Non, non ! Y a rien qui presse, tantôt l'eau devra se retirer.

Moïse lui cacha son mécontentement. Sur le seuil de la porte, il insista une deuxième fois.

– Tu ferais mieux de m'écouter, Pierrine, mais fais comme tu l'entends. Je t'aurai avertie.

La rivière continuait de se gonfler et le niveau d'eau monta lentement jusque vers cinq heures. Aux alentours, on pouvait voir des barques amarrées aux perrons. Des familles sortaient inutilement leurs effets pour les épargner. Soudain, il se produisit un brusque débordement qui inquiéta la population. En l'espace d'une heure, l'eau gagna du terrain jusqu'à noyer trois autres rues. Les gens pris de panique quittèrent aussitôt leur maison, laissant tout derrière eux. Brusquement, le torrent se déchaîna et rien ne pouvait plus l'arrêter. Un gros vent se mit de la partie, s'amusant à secouer les arbres et à les déraciner. Le soir, presque tout le bas de Saint-Henri était inondé. Les trottoirs de bois se déplaçaient impétueusement au caprice du débit rapide. Évacués des égouts à ciel ouvert, les excréments surnageaient et exhalaient une odeur nauséabonde. Des badauds hasardeux se promenaient en canot dans les rues parmi les détritus. Le torrent tourbillonnait et traînait des branches et des troncs d'arbres qui fonçaient à toute allure sur les maisons et devenaient un danger pour les embarcations. C'était la débandade. Le nombre de fuyards augmentait. Les pauvres gens cherchaient asile plus haut. Des retardataires se réfugiaient chez des parents ou des étrangers charitables.

La famille de Thomas était encore sur place. Chez eux, l'eau boueuse était à la hauteur de la table de cuisine. Les vitres brisées et les beaux meubles qui flottaient dans le milieu de la place faisaient penser à la fin du monde. Pierrine, toujours aussi lente, avait attendu, confiante, que l'eau baisse. Maintenant, sa famille, prisonnière au deuxième, attendait qu'on lui porte du secours. Elle craignait maintenant pour sa vie et celle de ses enfants.

* * *

Devant l'ampleur du sinistre, Moïse ferma l'épicerie et se rendit de nouveau chez Thomas. Il espérait trouver la maison vide, mais allez savoir avec la Pierrine. Il voulait en avoir le cœur net, voir si la maison de son frère reposait toujours sur ses fondations. Moïse veillait sur Thomas comme un bon père sur son enfant et, en retour, Thomas ne ménageait pas ses efforts quand il s'agissait d'aider son frère. En chemin, Moïse se remémorait leur départ de la ferme et leur arrivée dans la place. Dans le temps, Thomas devait avoir dix-huit ans. Les deux frères cherchaient la paroisse Notre-Dame. Après s'être écartés, ils avaient abouti à Saint-Henri et sur l'invitation du curé Archambault, ils y étaient restés. Moïse se demandait à quoi aurait ressemblé leur vie à Notre-Dame. Là au moins, ils n'auraient pas été incommodés par l'inondation.

En dépit de la mauvaise odeur, tout le quartier d'en haut était descendu dans la rue. Les gens allaient et venaient en parlant fort. Ils ne s'intéressaient qu'au désastre. Moïse était de ceux-là. Il vit une chaloupe s'approcher. Il cria aux rameurs, mais ces derniers firent demi-tour et disparurent. Tout s'acharnait à lui faire obstacle ; d'abord, le manque de canots et de bras. Un individu au front dégarni, au crâne osseux, se tenait près d'une petite barque à cale sèche. Moïse allongea le pas pour lui demander assistance. Comme il ne voulait pas prendre le risque de le voir disparaître, il lui cria à distance :

– Monsieur ! Un moment ! Vous êtes justement l'homme qu'y me faut. Je m'inquiète un peu pour la famille de mon frère qui habite quelques rues plus bas. J'ai besoin d'une chaloupe.

Moïse reconnut l'horloger. Malheureusement, on avait déjà loué ses services, mais l'homme promit de revenir. Moïse patienta une bonne demi-heure avant le retour de monsieur Cardinal. À ses pieds, le courant rejetait une vieille chaise d'infirme. Un vieillard se tenait près de lui. Il serrait une lampe dans ses bras comme une mère serre son enfant sur son cœur ; peut-être un héritage de famille. Le pauvre avait l'air d'attendre que l'eau baisse.

Enfin, la barque de monsieur Cardinal s'amena et les deux hommes ramèrent jusque chez Thomas. Sur les lieux, le spectacle qui s'offrait à Moïse le saisit d'horreur. Les maisons, portes et fenêtres brisées, étaient mortes. Quelques-uns, avec leur certitude que tout était détruit, avaient laissé leurs demeures ouvertes au vent et à la marée. Elles étaient d'une tristesse affreuse. Les chats eux-mêmes s'étaient enfuis dans la peur de ce qui allait suivre. À chaque rue, le spectacle était désespérant. Chez Thomas, toutes les fenêtres du bas étaient défoncées. Soudain, comme un coup de fouet en plein visage, Moïse aperçut Pierrine à la lucarne ouverte. Elle s'évertuait à appeler en dessinant d'un bras de grands gestes lents. Moïse rageait. La famille de son frère était coincée au deuxième. Il était facile de prévoir que Pierrine, avec sa lenteur, traînerait jusqu'à la toute dernière minute. Maintenant, il se voyait obligé de tirer sa famille de là.

* * *

Thomas était retenu à la tannerie pour contrer les pertes de matériel. Dans sa hâte de trouver une chaloupe, il oublia de changer de vêtements. Il ne repéra aucune embarcation. Trop de monde était dans le besoin en même temps. Il s'en faisait pour les siens et essayait de se calmer en raisonnant à son avantage. Sa femme ne pouvait être restée là sans bouger, à attendre, à regarder l'eau monter. Et s'il se trompait ? Pierrine n'était pas une pressée. Il craignait de voir sa maison prendre le large. Ce qui signifierait alors la mort de tous les siens. Il se rendit chez Moïse avec l'espoir d'y trouver Pierrine et les enfants. Il entra, énervé, à bout de souffle, il se promenait de long en large de la pièce. La mère de Delphine essayait de calmer son inquiétude même si elle s'en faisait pour sa famille.

– Monsieur Moïse vient de partir en disant qu'il allait voir ce qui se passe chez vous. C'est la deuxième fois qui y va. La première fois, votre femme voulait pas sortir de sa maison. Vous auriez dû le voir. Quand y est revenu, y était de si mauvaise humeur…

– Faut que j'arrive à trouver une chaloupe sans faute, pis ce sera pas facile ; elles sont toutes prises.

La femme tenta de le rassurer.

– Voyons, monsieur Thomas, calmez-vous. Je viens de vous dire que votre frère est déjà sur les lieux. Et pis, y a pas que lui pour secourir les vôtres, dans le malheur, tout le monde s'entraide.

Thomas, indigné, répétait :

– « Calmez-vous ! Calmez-vous ! » On voit ben que ça vous touche pas, vous autres, les gens d'en haut. Ma famille est en péril pis vous trouvez pas autre chose à me dire que « calmez-vous ». C'est à venir fou, cette inondation. Et l'eau continue tout le temps de monter.

Au bord de la déprime, seul l'espoir de sauver les siens lui remontait le moral.

* * *

Chez son frère, Moïse grimpa comme un singe à une colonne de la galerie et s'accrocha solidement à un encorbellement. Il se donna trois élans avant que ses jambes se retrouvent sur le petit toit en saillie. Il rampa ensuite de côté jusqu'à la fenêtre du deuxième.

Une barque venait vers eux. On leur criait :

– Avez-vous besoin d'aide ?

Moïse reconnut le cordonnier accompagné d'un jeune homme.

– Si on a besoin d'aide ? C'est pas à demander ! Vous deux, c'est le bon Dieu qui vous envoie. Venez par icitte, y en a six en dedans pis même avec la meilleure volonté au monde, je pourrais rien faire tout seul.

– Vous pouvez compter sur nous autres.

– Quel soulagement ! Je savais pu comment m'en tirer. Faudrait que quelqu'un se place vis-à-vis moé, pour qu'on se passe les enfants de main en main, sinon, je me verrai obligé de les lâcher dans le vide, pis c'est un gros risque à prendre.

À la fenêtre, Pierrine s'évertuait à crier :

– Non, Moïse ! Ça aucun sens.

Enragé, Moïse débita entre ses dents une tirade de petits mots que Pierrine était mieux de ne pas entendre.

Le cordonnier proposa de passer par l'intérieur, mais Moïse s'opposa.

– Ce serait courir après notre mort. Avec le courant qui se déchaîne, si l'eau refoule on se fera engloutir.

– Si on trouvait plutôt une échelle ?

– Voyons donc ! Une échelle ! La barque est instable.

– D'abord, si y a pas moyen de faire autrement, que sa mère attache les enfants au moyen d'un drap.

– Avant, on va essayer de les passer de main en main.

Le cordonnier grimpa et croisa les jambes autour de la colonne. Par chance, il put faire un crochet en agrippant le bout d'un pied à la corde à linge qui entourait la longue galerie. Ainsi sa main resterait libre pour tenir l'enfant.

– O.K! Allez-y! Faites une prière pour que la corde tienne le coup.

Pierrine sortit prudemment Gabrielle, une fillette de quatre ans, terrifiée, qui criait sans arrêt. En même temps, elle éloignait ses autres filles pour ne pas les apeurer, mais ces dernières revenaient sans cesse regarder. « Si au moins, leur père était là! » Moïse repoussa l'enfant en dedans et exigea qu'on lui rende la petite en bras de chemise. Son manteau encombrant empêchait une prise solide. Tout était à recommencer. Cette fois Gabrielle se transportait mieux mais elle criait à fendre l'âme. Moïse la passa au cordonnier puis au secouriste et enfin au compagnon de barque. Pierrine, épouvantée bouchait sa vue de ses mains et implorait le ciel de protéger sa fille. Elle l'imaginait noyée et des larmes roulaient sur ses joues. Comme la petite grelottait, les vêtements chauds devaient suivre de près. On répéta les mêmes mesures draconiennes pour les quatre autres. Plus les filles étaient lourdes, plus la tâche devenait difficile. Les fillettes criaient de terreur. Moïse ordonnait sèchement à chacune de se taire. Les cris cessaient mais la peur leur sortait par les yeux. Vint le tour de Pierrine, le ventre bombé sous sa jupe en accordéon. Elle aussi avait une peur bleue. Elle en voulait à la rivière. Moïse, en colère, se retint de la noyer. « Bordel de tortue! Y a fallu qu'elle attende à la limite pour se décider de sortir de sa maison. » Les hommes se donnaient un mal de chien pour elle. Vu son poids et son état, ils n'y arrivaient pas. Finalement, on crut que la meilleure façon était de la glisser à des draps. Moïse brisa prudemment une vitre et attacha le premier drap au montant de la fenêtre ; ensuite il en noua deux autres bout à bout. Il surveillait d'en haut la solidité des nœuds. Pierrine se coucha à plat ventre sur le toit et, comme elle entreprenait sa descente, Moïse entendit un craquement. Le montant de la fenêtre allait se détacher, déjà la mortaise laissait entrevoir la cheville de bois. Il se précipita en dedans, appuya son pied au mur et tira à deux mains sur le nœud. Il cria à pleins poumons :

– Bordel ! Le châssis tient pas le coup. Plus vite, Pierrine ! Vous autres, en bas, soulevez ses pieds pour m'enlever du poids.

Pierrine étouffait des petits cris saccadés. Elle regrettait maintenant de ne pas être partie plus tôt. On pouvait voir son pouls battre violemment ses tempes. Finalement, la force des bras triompha. À l'étage du bas, les hommes la reçurent dans leurs bras. Sa jupe passée par-dessus sa tête montrait ses dessous et son ventre rebondi, mais en ce moment tout ce qui comptait était qu'elle soit sauve. En mettant le pied dans la barque, elle trébucha sur ses filles qui, au fond du chaland, se tenaient blotties les unes contre les autres. Elle s'assit et les larmes se mirent à couler, abondantes, silencieuses. Ses mains rougies étaient en feu d'avoir étranglé les draps. Il ne manquait que Moïse. Après tous ces risques, pour lui, descendre n'était qu'un jeu d'enfant.

– Jamais, même avec la meilleure volonté du monde on n'aurait pu les secourir à deux, dit-il.

Fort heureusement, le torrent se modérait un peu, la barque tanguait moins, ce qui n'empêchait pas d'user de prudence. Les hommes étaient soulagés. Non loin, un chien essoufflé venait vers eux en les suppliant de ses yeux chiasseux. Il allait se noyer. Les filles voulaient le prendre à bord ; elles n'avaient jamais eu de chien. La plateforme fit un détour et le chien se trouvait maintenant à proximité de la chaloupe pontée. Julianna n'eut qu'à tendre le bras pour l'attraper. En sortant de l'eau la petite bête s'ébroua et arrosa tout le monde. Moïse reçut l'eau puante en pleine figure.

– Ah ben, bordel !

En fait de sauvetage, il en avait assez. Il remit le chien à l'eau.

– D'autres le ramasseront.

Gabrielle pleurait. Moïse s'impatientait.

– Tais-toé ! Je veux pas t'entendre chialer.

Elle s'arrêta net et sa dernière grimace resta figée sur ses lèvres. Pierrine lui expliqua à voix basse que leur famille étant elle-même rescapée, elle en aurait déjà assez à s'occuper. Entre-temps, Thomas avait récupéré une chaloupe. Il arrivait le sauvetage terminé. Stupéfié, il ne reconnaissait plus les alentours. Ce qui restait de sa belle maison blanche à balcons le jetait dans l'abattement et la consternation. Moïse le voyait sur le point d'éclater en pleurs ; il se prenait la tête à deux mains. Il prit une attitude ferme et lui cria pour le ressaisir :

– Au diable ta maison, Thomas ! Les vies humaines d'abord. Tu sais qu'on a sauvé Pierrine pis tes filles de justesse ? Viens plutôt chercher ta femme, pis remercie le bon Dieu.

Thomas fit monter Pierrine et ses deux plus jeunes enfants à son bord et fit demi-tour. Pierrine éclata en sanglots et les petites enchaînèrent. La peur, l'énervement, les émotions s'évaporaient en larmes. Thomas ravalait. Sa famille maintenant sauve, la vue de sa maison l'obsédait.

Les embarcations s'attendaient par mesure de précaution. Sur le trajet, on se criait d'une barque à l'autre pour se garantir des obstacles. Les hommes devaient repousser des branches d'arbres, une chaloupe égarée, de longs morceaux de bois qui ressemblaient à des montants de balançoire et un débarcadère qui dérivaient.

Toute la famille de Thomas se retrouva à la salle paroissiale où on avait organisé aide et réconfort aux sinistrés. Des paillasses étaient empilées dans tous les coins et ce soir il en manquerait encore; de nouveaux venus s'ajoutaient sans cesse. Pierrine se demandait comment ils arriveraient à tous coucher là quand, debout, les gens se touchaient déjà du coude. Elle cherchait un endroit tranquille où s'asseoir. Ça parlait fort. Deux enfants qui couraient foncèrent sur elle, inconscients de son état, et se sauvèrent. Thomas les saisit par un bras et les fit s'excuser. Pierrine et Thomas ne se mêlaient pas aux gens; ils en avaient trop sur le cœur pour se mettre à jaser. Pierrine n'arrivait pas à contrôler un reste de tremblement qui l'agitait. Elle se demandait pendant combien de temps encore elle devrait subir les conséquences de l'inondation. Elle pensait aux siens au ruisseau Vacher. Elle hésitait à s'y rendre, même si chez ses parents, les chambres ne manquaient pas. C'était comme si à rester là, elle pouvait retenir sa demeure sur ses fondations. Deux inconnues la frôlèrent, les bras chargés de casseroles et de poêlons. Elles filaient au bout de la pièce où un petit poêle à bois ronflait. Les femmes venaient préparer la nourriture que Moïse fournissait gratuitement. Thomas ne parlait à personne et, pendant que sous ses yeux les hommes aboutaient de longs madriers sur des chevalets qui serviraient de tables, il resta assis dans son coin, appuyé dos au mur à serrer ses deux petites filles sur son cœur. En tout autre temps, il n'aurait pas hésité à donner un coup de main, mais aujourd'hui ses bras manquaient de nerfs. Là-bas, sa maison était à la merci du torrent. Il se retenait d'en parler à Pierrine pour ne pas l'inquiéter. Près de lui, elle se taisait pour la même raison.

Le curé arpentait la pièce. C'était lui qui menait le chantier. Il essayait de faire oublier un moment à ses ouailles qu'ils étaient tous des rescapés. Certains suspendaient des draps et des tentures pour procurer un peu d'intimité aux familles.

* * *

Le lendemain, le soleil brillait de tous ses feux. Le vent était tombé mais le danger n'était pas écarté. Dans tout Saint-Henri, on ne parlait que du sinistre. L'eau s'infiltrait partout. Plusieurs usines et ateliers avaient dû fermer leurs portes. Les gens surveillaient le débordement et se tenaient dans la rue à commenter les derniers événements, à sympathiser avec les sinistrés. Il y en avait bien sûr, des moins touchés que la situation amusait, mais même eux s'avançaient pour prêter main-forte.

* * *

Chez Moïse, on se préparait à baptiser la nouveau-née. On ne pouvait pas remettre: le clergé était très strict en ce qui avait regard à la religion et on ne risquerait pas qu'un enfant meure sans baptême.

Moïse défendit aux enfants de s'aventurer plus loin que la pâtisserie. Malgré les supplications des jeunes, il n'était pas question qu'ils assistent à la cérémonie. Le père demeurait intraitable là-dessus.

L'épicerie des Lamarche, bâtie dans le défaut du coteau, avait été épargnée du débordement. Plus bas, en dépit des eaux qui, plus calmes, commençaient à se retirer, tout le quartier était empesté. Après quelques enjambées, les invités embarquèrent dans une chaloupe pontée louée pour l'occasion. La plate-forme était ce que Moïse avait trouvé de plus stable pour l'occasion. Parmi eux il y avait Thomas et sa femme. Ils passèrent devant leur maison délabrée où les draps étaient restés suspendus comme des drapeaux à la lucarne. C'était encore pire que la veille où le feu de l'action les empêchait de mesurer l'étendue des dégâts. C'était la désolation même et Thomas sentit un coup le frapper en plein cœur. Il serra la main de Pierrine qui, désemparée, ne put réprimer un tremblement. Personne ne disait mot mais la consternation et la tristesse se lisaient sur leurs figures atterrées. Devant eux, les portes de l'église étaient ouvertes au caprice de la débâcle. Les rameurs repoussaient un bout de trottoir de bois qui leur barrait le passage. Ils avaient l'impression en entrant dans la maison de Dieu de s'engager sous un pont couvert. Les sièges étaient engloutis sous l'eau brune. L'équipage leva les rames pour ne pas les toucher et le chaland glissa lentement jusqu'aux fonts baptismaux. Le curé attendait, assis dans une embarcation branlante empruntée par le sacristain. Comme il allait se lever, le canot tangua et le prêtre, tenant le registre des baptêmes à la main, risqua de perdre l'équilibre. Madame Vézina, en voyant la scène, échappa un petit cri qu'elle réprima aussitôt; sous le coup, la surprise lui avait fait oublier les lieux saints. Les hommes retinrent solidement le canot et le curé traversa dans la péniche louée par les Lamarche où il resta assis pendant toute la cérémonie du baptême.

– Marie Aurore Marceline, je te baptise au nom du Père et du Fils et du Saint-Esprit.

Au retour les hommes semblaient s'amuser du nouveau moyen de locomotion. Les rues changées en canaux n'avaient jamais été aussi vastes. En s'aventurant plus loin, ils pourraient mesurer l'étendue des dégâts. Ils parlaient de faire un détour pour rentrer mais la mère de Delphine s'opposa.

– Ce serait la pire embardée à faire. Avec ces odeurs d'égouts qui empestent, ramenez-nous tout de suite à la maison, ce sera plus prudent pour le bébé.

Les rameurs reconduisirent les femmes et le nourrisson, puis filèrent à nouveau librement dans les rues.

Pendant ce temps, à la maison, Antonin invitait Jean et Benjamin à le suivre à la cave. L'adolescent tenait en main une chope vide.

– Venez les gars, on va fêter le baptême de la chose. Rien nous empêche de fêter ça de loin.

La chose, c'est ainsi que les garçons désignaient le charmant bébé à la frimousse rose.

Sous l'escalier, les barriques de vin étaient bien alignées. À leur suite venait la bière en fût. Les garçons s'y rendirent, faisant fi d'une flaque d'eau stagnante. Antonin ouvrit un petit robinet et la bière blonde jaillit. Il remplit aussitôt la chope, laissant déborder une belle mousse pétillante qui se diluait aussitôt à l'eau croupie du sol. Antonin leva sa tasse.

– Une gorgée pour moé, une pour toé, Benjamin, pis une autre pour toé, Jean.

Jean sourit tristement. Ses yeux fixaient le baril. Essayer d'empêcher ses frères de boire serait peine perdue, Antonin n'écoutait personne.

– Moé, j'en veux pas, j'aime pas ça ! Vous allez pas boire tout ça ?

Antonin dit oui, même s'il savait bien que non. Il vida la chope d'un trait, la remplit de nouveau et la passa à Benjamin. Il se rendit ensuite près du tonneau de vin où en bon garçon de bar il insista auprès de Jean :

– Monsieur veut du vin ?

Jean refusa une seconde fois.

– Ni bière ni vin.

Antonin ajouta :

– Quand le vin est tiré, faut le boire.

Et il vida le gobelet d'un trait puis le remplit de nouveau et, au pas de danse, il le tendit à Benjamin.

– À ton tour mon frère, on lève le coude pis on se serre les coudes.

La chope se promenait de Benjamin à Antonin. Ce dernier brandit le gobelet à bout de bras et en renversa la moitié sur le sol de terre. Antonin était porté à rire pour rien et Benjamin à pleurer. Soudain, la terre se mit à tourner à toute vitesse. Ils se retrouvaient ivres morts, étendus à plat ventre chacun sur son baril. Ils essayaient encore de lever la chope dans les airs, mais le bras devenu trop lourd s'arrêtait à mi-chemin. Antonin sentait battre son sang dans ses veines, de vrais coups de tambour : boum, boum, boum !

– À la chose, les gars, à Aurore ! Un nom à coucher dehors !

Une explosion de rires s'ensuivit. Jean, plein de pitié, regardait ses frères. « Si maman les voyait ; elle qu'a jamais pu sentir les gens qui boivent. » Sa pensée allait vers son père. Peut-être était-ce le fait de l'entendre parler en haut ? Le pas lourd de Moïse foulait les marches une à une. Jean prit peur. Comment soustraire ses frères à son regard quand Antonin était là qui chantait à tue-tête ? Il les avait mis dans de beaux draps. En apercevant les jambes de son père, Jean, ébranlé par les événements, se retira vivement derrière un tonneau de mélasse pour ne pas être en vue. Moïse remarqua les pupilles vitreuses et dilatées de ses fils. Il était fâché et quand Moïse était en colère sa force s'accentuait.

– Vous deux, arrivez !

Les garçons trébuchaient mollement. Moïse les attrapa par les cols de chemises. Un de chaque main, il les traîna à l'étage. Leurs jambes pendantes touchaient à peine les marches.

– Mes sacrés garnements !

Antonin lui rota au nez et lui dit, la bouche pâteuse :

– Y avait une fuite dans un tonneau.

Son père le remit sur ses pieds et lui administra une claque derrière la tête.

– Filez ! Sinon, c'est mon pied que vous aurez.

– Ho, ho ! chantait le gamin en titubant.

Benjamin se mit à pleurer et comme toujours, accusa son frère. Les lèvres molles, le gamin mangeait ses mots.

– Ch'est la faute à Ch'ean.

– Y est passé où, celui-là ?

Moïse cria d'une voix rauque :

– Jean ! Arrive icitte !

Jean se pointa à l'entrée de la cave. Effrayé par la carrure imposante de son père, il montait lentement. Le garçon affichait un air de chien battu.

– J'ai rien bu, moé, même pas une goutte.

– Rien bu ? Que le diable t'emporte !

Moïse lui expédia un coup de pied au derrière et sous le coup de la poussée, le misérable, léger comme une mouche, rebondit au fond de la cuisine. Sa tête heurta la berçante. Le père, rouge de colère, le frappa encore du pied, trois fois, coup sur coup.

– C'est toé qui les encourages à boire, t'es aussi coupable, même plus. Ça t'apprendra !

Jean cherchait un coin où se terrer et le commerce était devenu l'endroit le plus sûr pour les après-coups. Il traversa à l'épicerie et se faufila derrière un échafaudage de caisses de céréales. Il s'assit sur son fessier douloureux. Là, son père n'oserait pas le frapper ; Moïse essayait toujours de sauver la face devant les clients. Pourtant, cette fois les invités étaient témoins de son éducation sévère et il s'en voulait de se donner en spectacle. Il s'enferma un moment dans sa chambre pour décompresser. Toute la peine accumulée que son orgueil bloquait, de la mort de Sophie à l'échec de son remariage, ressurgissait et tournait à la colère. Il explosait à toujours faire semblant que ses sentiments étaient hors de cause. Et maintenant, il lui fallait descendre à la cuisine ; en bas les invités l'attendaient. Il craignait les jugements du curé, mais il se trompait. Le prêtre était d'accord, les garçons méritaient une bonne correction.

Le souffle rapide, Moïse restait assis sur le pied du lit à retrouver ses esprits. Près de lui, Delphine, alitée, gavait son bébé de caresses.

– Je me demande, dit-elle, ce qui te retient de les foutre dehors. Quand-cé que t'en auras assez ? Si j'étais toé…

Moïse lui lança un œil froid difficile à supporter. À la fin, son regard se détourna pour fixer le mur. Découragé de ses fils,

Moïse ne répondit pas. Leur comportement le dépassait. Dire qu'avec leur mère, il n'y avait aucun problème. Il regrettait aussitôt d'avoir cherché refuge auprès de Delphine comme si elle pouvait lui être utile. Elle qui passait le plus clair de son temps à se quereller avec eux. Elle considérait ses fils comme des causes d'embarras. Dans cette maison, ils étaient comme chiens et chats et essayer de ramener la paix entre eux prenait tout son change. Moïse sentait d'avance que tout était voué à l'échec et ça le rendait agressif et malheureux.

Il retourna au magasin où il aperçut Jean tapi dans son coin. Par la porte qui séparait la cuisine du magasin, la mère de Delphine le surveillait. Moïse se rendit au comptoir des dragées, plongea sa main dans le bocal en verre puis revint donner des pralines à son fils.

À l'heure du repas. Benjamin et Antonin, trop ivres pour se présenter à la table, se mirent au lit après s'être soulagés de vomissures sur le plancher de leur chambre.

Jean revint s'asseoir sur le bout du banc. Des ecchymoses au front témoignaient des coups de son père. Blessé dans son corps, le garçon avait encore une fois supporté sans maugréer la correction méritée par ses frères. Il parlait peu, pour se faire oublier. Il toisa sa tante Pierrine qui se pâmait d'admiration devant le poupon qui dormait sur son sein chaud.

– Quelle belle fille, Moïse! Pareille à ta mère.

Jean avait de l'affection pour sa grand-mère, même s'il ne la voyait que rarement. Il grimaça devant la comparaison comme si sa tante avait échappé un juron. Il ne put s'empêcher de répliquer à voix basse:

– Je vois rien de ça!

– C'est surtout le bas de la figure, le menton.

– Quelle affaire! C'est une Vézina toute crachée.

De la bouche amère de son neveu, Pierrine déduisit toute la haine que Jean vouait à Delphine. Elle déposa le nourrisson endormi dans un riche landau anglais à l'allure élégante suspendu sur quatre roues géantes, un cadeau-surprise que Moïse avait fait acheter par sa belle-mère. Elle leva la capote pour protéger les yeux tout neufs d'une clarté trop vive puis, de sa chaise, Pierrine balança le bébé d'un doux va-et-vient régulier.

Moïse et Thomas étaient préoccupés par l'inondation. Thomas surtout était conscient qu'il perdait beaucoup.

Vers la fin de l'après-midi, l'eau se retira un peu, mais restait à savoir ce que le lendemain réservait.

– Tout le monde a beau chercher un moyen de régler la situation, ajoutait Thomas, ça nous redonnera pas notre butin.

Chacun tirait ses propres conclusions.

– Y en a qui prétendent qu'y faudra élargir le canal, mais moé, je pense qu'y a rien à faire.

Pierrine, enceinte de six mois, s'efforçait de rester éveillée pendant le repas. La nuit précédente, elle avait dû dormir directement sur le sol. À son arrivée, tous les matelas de la salle étaient occupés et personne n'avait pensé à son état. Si, au moins, on lui avait apporté de la paille ou des branches de sapin. De temps à autre, ses paupières lourdes perdaient la partie.

– J'ai ben hâte de me retrouver à la maison. C'est pas rien que de se ramasser avec une vingtaine de familles dans une même salle. On vit entassés les uns par-dessus les autres. Y en a qui peuvent pas endurer les enfants pis chaque fois qu'un petit pleure, y se trouve toujours un homme mécontent qui grogne. Ça met les femmes dans la gêne.

Moïse en voulait encore à Pierrine. Il serrait les dents pour ne pas laisser passer les piques qui lui démangeaient la langue. Il versa généreusement du vin dans sa coupe, en pensant : « Si je peux l'endormir ! » Mais c'était pour rien : vu son état, Pierrine refusait de trinquer.

Le curé Archambault s'en voulait de ne pas avoir pensé à inviter la famille de Thomas à loger au presbytère.

L'heure du repas sonnée, le petit Arthur, affamé, prit son couteau et du manche de corne, le gamin frappa dur sur la table. La tête haute au bout d'un long cou fin, le garçon de cinq ans semblait se prendre pour le maître des lieux. Moïse serra son poignet tapageur.

– Continue, toé, pis tu iras manger dans l'escalier.

– Pourquoi, papa ?

Madame Vézina intervient en douceur.

– Attends ton tour, mon pitou !

Le petit garçon n'était pas un imbécile. Il prit un air de grand seigneur.

– Chus pas un chien.

Tout le monde éclata de rire. Puis les propos dévièrent sur la nouvelle loi qui venait de voter l'enseignement obligatoire dans les écoles. On se serait cru à une assemblée de conseil. Madame Vézina chevauchait les épaules des invités pour servir le gigot d'agneau et le rôti de porc. Pendant que la femme remplissait les assiettes, Moïse commentait les nouvelles du quartier.

– Plus d'animaux dans les rues, ça veut dire que les fermiers auront plus le droit de laisser leurs vaches et leurs moutons paître et boire sur les bords du canal Lachine ? J'en connais quelques-uns qui vont chialer.

– Moé, je trouve que c'est une bonne chose. C'est le meilleur moyen de garder les rues propres, pis de même on y circulera plus à l'aise.

– Des rues propres! Pour quoi faire? Tu parles à ton avantage, Thomas. Ce sont les usines et les tanneries qui amènent ces changements.

– C'est l'avancement. Tu te rappelles, y a cinq ans, quand y ont installé les becs de gaz aux coins des rues pis posé les numéros sur les maisons? Vu que ça facilitait les choses pour tes livraisons, tu t'en plaignais pas trop hein.

– Là, je t'arrête! Les numéros, y coûtaient rien, ou enfin presque. Écoute, je dis pas qu'y a pas place aux changements, mais faut payer pour ça, pis y en a qui se disent pas capables. Je me demande jusqu'où ça va aller toutes ces histoires de projets de loi... Comme si le monde avait juste ça à s'occuper.

Monsieur Vézina appuyait Thomas.

– Prends par exemple la brigade de pompiers, c'en est un autre. C'était devenu nécessaire avec la population qui augmente. L'an dernier, Saint-Henri comptait huit mille âmes. La société nous force à évoluer, Moïse.

– Moé, je dis que la ville va trop vite. En bout de ligne, y a toujours quelqu'un qui s'enrichit, et ce, souvent aux dépens des petits portefeuilles.

– Ou ben quelqu'un qui braille. Après tout, le travail fait vivre les ouvriers.

Thomas essuyait ses lèvres.

– Et les prochaines élections, c'est pour quand?

On parlait de tout, sauf de l'enfant. Madame Vézina bâillait.

– Ah, la politique! On n'entend que ça!

– Quoi ! Vous seriez pas enchantée, reprit Thomas, que votre fille devienne madame la mairesse ? Toé, Moïse, tu devrais poser ta candidature. Tu sais que Jobin retire la sienne ?

Moïse cachait sa déception de ne pas se porter candidat.

– Moé ? Oh non ! Veux-tu me dire où je prendrais le temps ? Pis j'aurais ben trop peur que ça mette la bisbille entre nous deux.

Sur ce, Moïse se leva en vitesse.

– La cloche ! Toujours la cloche !

Il traverse à l'épicerie et revient quelques minutes plus tard, un sourire amer sur les lèvres.

– Une cliente vient de me régler son crédit. Un arrérage de deux ans. Elle a osé me demander une quittance. Moé qui y a fait crédit pendant des années !

Thomas s'insultait pour son frère.

– J'espère que tu l'as remise à sa place ?

– Ben non ! Je l'ai contentée. Les clients ont toujours raison.

* * *

Dans sa chambre, Antonin se sentait comme dans un trou brumeux. Avec la mort de sa mère et le remariage de son père, le malheur était entré dans la maison. Il faisait le bilan de l'année et n'avait pas le souvenir d'une seule journée agréable. Chaque fois que Jean recevait des coups, Antonin éprouvait un violent ressentiment et ces derniers temps, un besoin de vengeance le travaillait. « À trois, se dit-il, on devrait venir à bout de p'pa ! » Plus il y réfléchissait, moins il se sentait appuyé. Il était le seul prêt à exercer sa révolte.

Ses frères n'étaient pas encore en mesure de braver l'autorité. Jean était un sensible qui préférait le ton doux à ses poings, et impossible de compter davantage sur Benjamin : c'était un peureux qui choisissait de se cacher derrière ses frères. Celui-là, il lui manquait encore quelques poils au menton. Antonin savait qu'il lui faudrait attendre encore quelques années avant de réussir à renverser le régime actuel et ça le décourageait ; le temps lui paraissait une éternité. Ses plans étaient diaboliques et il avait besoin de l'appui de ses frères pour les mener à terme.

Le lendemain, Antonin descendit à la cuisine en malmenant tout ce qui se trouvait sur son passage et Benjamin l'imitait comme un singe. Les portes claquaient au gré de leur mécontentement. La petite Aurore, apeurée, pleurait dans son berceau. Delphine accourut. Antonin la dévisagea d'un air qui contenait toute sa haine et son dédain. Il s'amusait à la vouvoyer pour mieux la distancier.

– Votre chose m'agace. Voyez à la faire taire.

– Que je vous entende appeler Aurore, « ma chose » ! Vous perdez rien pour attendre. Votre père va le savoir pis vous allez en manger toute une !

Delphine gardait son air offusqué. Elle faisait des mamours à sa fille afin de la sécuriser. Aussitôt les pleurs de l'enfant se changèrent en sourires.

– Votre mère vous a pas élevés.

Antonin prit aussitôt la défense de la disparue.

– Dites pas de mal de notre mère ; on n'a jamais rien eu à y reprocher, à elle.

Le visage de Delphine se gonfla de colère. D'irritable, elle passa à déchaînée. Elle rugit :

– Votre mère ? Tenez, vous y ressemblez tous quand…

En apercevant son mari appuyé sur le dormant de la porte qui séparait la cuisine du commerce, Delphine s'arrêta net de parler. Depuis quand Moïse les écoutait-il se quereller comme des enfants, lui qui supportait mal les interminables disputes où les deux parties ne manquaient pas d'arguments blessants ? Il ordonna d'une voix calme :

– Les garçons, passez au magasin. Antonin, tu sortiras des navets pis des bottes de carottes du caveau. Prends soin de refermer comme y faut pour pas que la lumière décolore les légumes. Toé, Benjamin, va préparer des commandes et commence par celle des Beaulieu, pis presse-toé, madame attend après. Jean, va recharger les étagères pis vois à ce que tout soit ben placé. Quand vous aurez fini, vous laverez vos mains pis vous me remplirez une centaine de sacs de biscuits cassés.

Antonin frappa le sol de son pied.

– Ah non ! Pas encore des sacs ! Écœuranteries de merde !

– Travaillez ! Ça vous occupera l'esprit.

C'était un nouvel engouement, ces biscuits cassés. Chaque dimanche après les messes, les gens faisaient la queue devant la caisse pour en acheter. Les garçons pestaient contre ces empaquetages. S'il y avait un travail qu'ils détestaient, c'était bien celui-là. Ça les obligeait à déplacer de lourds contenants de marchandises en vrac. Les garçons devaient s'y mettre à trois pour y arriver. L'emballage passait encore, mais ils devaient en plus peser et attacher chaque sac et marquer le prix. Le pire, c'était la monotonie. Ils savaient qu'ils en auraient pour des heures à répéter les mêmes gestes ennuyants.

Antonin rendait Delphine responsable de cette punition. Il sortit en traînant les pieds et bougonna, cherchant querelle.

– Ah, pas des sacs ! Ça m'écœure, les sacs ! Tout est de ta faute. Pis les critiques de maman, j'endurerai pas ça.

Moïse intervint.

– Ça suffit ! Cesse de répliquer.

– Je pensais que vous non plus.

L'heure était grave. Delphine attendait. Elle était sur des charbons ardents. La morte et elle étaient en compétition et Moïse allait devoir se prononcer en faveur de l'une ou de l'autre. Laquelle l'emporterait ? Moïse prendrait-il la défense de la disparue ? Delphine en était certaine et elle en souffrait déjà. Elle ravalait avec précaution pour qu'on ne voie pas sa détresse. Moïse ne dit rien ; il retourna compiler les factures impayées. Delphine lui cria, furieuse :

– Flanque-les dehors ! Qu'est ce que t'attends ?

Moïse ne répondit pas.

Delphine se laissa choir sur une chaise, aussi épuisée que si elle s'était battue.

Ce soir-là, au coucher, Delphine, assise sur le pied du lit, enlevait ses chaussures. Elle parlait lentement pour étirer le temps et ainsi défier Moïse. La bouche boudeuse, elle gardait les yeux à terre.

– Dans ta famille, on m'accuse d'être dure avec tes enfants.

– Arrête-toé pas à tout ce que les gens disent. Ce serait ben le comble asteure de voir les autres fourrer leur nez dans nos affaires.

– Si le monde savait comment cé qu'y sont ! Des voyous, des effrontés, des soûlards !

Moïse n'était disposé ni à se battre ni à se défendre.

– Demain, je mettrai les tonneaux de vin sous clé avant que les garçons fassent des bêtises. C'est pas la première fois que ça leur arrive, pis j'aimerais pas les voir prendre un mauvais pli.

Delphine se glissa entre les draps. Des sanglots l'étranglaient et secouaient le lit. Suivit une pluie de larmes. Son mari prit son poignet, le tapota et lui tourna le dos.

– Tu sais, dans tous les ménages y a des petites contrariétés.

Elle renifla.

– Tes garçons appellent notre petite Aurore « la chose », quand moé je fais tout pour eux. En plus de préparer les repas et de tenir maison, je nettoie leurs fonds de culotte et je reprise leurs bas, pis toé tu te places entre moé pis eux autres. Après le baptême d'Aurore, maman t'a vu donner des pralines à Jean au magasin. On dirait que t'es fier de leurs coups, tu les dorlotes, tu les récompenses. Après, dans tout ça, c'est moé qui passe pour une marâtre.

Moïse n'appréciait ni ses reproches ni son regard méfiant.

– T'as vu que Jean saignait ? Pis les deux autres ont eu leur leçon ; y ont été malades comme des chiens. Ah, pis ça sert à rien de parler, tu veux pas comprendre ; ça mérite pas que je discute. J'ai ma conscience, ça me suffit.

Delphine lâcha un long soupir.

– Thomas, lui, a marié son béguin. Pierrine est heureuse, elle, avec lui. Elle a des enfants ben élevés. Tu l'entendais pas au baptême quand y cherchait à la consoler ? Y disait : « La pauvre, elle est si malheureuse depuis l'inondation. Il lui faut laver la maison au complet avec ces égouts envahissants sans compter le risque de maladie. »

– Où c'est que tu veux en venir ?

– Si c'était à refaire, j'épouserais pas un veuf. Thomas a des sentiments pour sa femme, lui. Y court toujours au-devant d'elle. Qui tu penses qui va la nettoyer sa maison ?

La réplique finit par mettre Moïse hors de lui. Il se serait passé de ces comparaisons gratuites où il était toujours perdant.

– Bon ! Tu vas pas recommencer ton éternel refrain ?

– Je vois ben que tu regrettes ta Sophie.

Chaque fois qu'elle ramenait le sujet, Moïse finissait par se fâcher. Il n'acceptait plus sa jalousie sans montrer les dents, prêt à mordre, tout comme si le départ de Sophie datait de la veille.

– Le passé est le passé, y a pas à le remuer tous les jours.

– Je compte pas pour toé. Tu m'as mariée juste pour m'occuper de tes enfants.

– Arrête de me casser les oreilles avec tes histoires ! Tu manques de rien icitte ! J'ai beau plier à tous tes caprices, tu gardes toujours ton air maussade.

Moïse était excédé de ces scènes de ménage. Dire qu'avec Sophie tout se réglait à l'amiable sans besoin de lever le ton. Pourquoi fallait-il que Delphine le pousse à bout, sans terrain d'entente ?

Son mécontentement ne l'empêchait cependant pas de s'accoupler en égoïste. Chaque fois, Delphine se demandait s'il cherchait seulement à la dominer, à lui prouver sa supériorité. Elle ne pouvait discuter avec lui, sans se sentir rabrouée d'avance. Elle aurait voulu que les jours n'aient plus de nuits. À peine une année de mariage et déjà leur vie de couple se limitait à quelques grincements de sommier.

Chapitre 10

Mars, petit fripon libertin, était en train de flirter avec l'été. C'était la mouvance. Le ruisseau Vacher venait tout juste de briser sa couche de cristal et les aboiteaux dérivaient en toute liberté.

On était à la Mi-Carême, jour de mascarade. La chignole à Robichaud, attelée à un cheval fringant, traversait la paroisse au complet. Le vieux boghei, rempli de jeunes fêtards aux masques et déguisements ridicules, s'arrêtait à toutes les portes.

Assis dos à la fenêtre, Fabien, les mains et le menton appuyés sur sa canne, sentait le soleil lui chauffer la nuque. Il entendait, venant du rang voisin, un son de clochettes et des cris de joie. Il enfila un manteau puis hésita un moment à porter sa tuque. Finalement il l'enfonça sur ses oreilles, reprit sa canne et sortit. Quelques glaçons agrippés au toit dégoulinaient sur sa tête.

La journée s'annonçait belle en dépit de son humeur maussade. Fabien ne voulait pas être là quand les gais lurons feraient irruption dans la maison. Aujourd'hui, l'aveugle n'avait pas le cœur à rire. Ni tintamarre ni charabia n'arriveraient à alléger sa pénible situation. Lors de ses promenades quotidiennes, il en profitait pour réfléchir tout à son aise. Ces derniers temps, il ressassait sa vie et constatait à quel point elle manquait de sel. La vieille demeure autrefois si vivante n'était plus ce qu'elle était. Il avait vu les siens partir tour à tour et, aujourd'hui, la maison n'était plus qu'un refuge insipide. Il se sentait inutile et rendait sa cécité responsable de son malheur. Sans ce désavantage, il aurait pu mener une vie normale, trouver un travail intéressant et comme tout le monde fonder une famille. C'était peine perdue; avec ce voile devant les yeux, aucune créature n'aurait voulu s'embarrasser de lui.

Il en était là, au bout de ses pensées, quand il entendit l'attelage de gais lurons approcher au grand trot. Fabien s'arrêta sur le bord du chemin et écouta les roues ferrées crisser sur le gravier. « Pourvu que les jeunes ne me ménagent pas quelque sournoiserie. » Il avait appris à se méfier; à l'école, les garçons du rang s'étaient toujours servis de son handicap pour s'amuser à bon compte. Dans le temps, ses frères prenaient sa défense et, la plupart du temps, en se servant de leurs poings.

La voiture le frôlade si près que l'aveugle sentit l'air se déplacer sur son passage. Peu à peu, les rires s'éloignèrent et se perdirent.

« Y en a au moins qui savent s'amuser », se dit-il, lui n'avait pas connu ces joies.

Et combien d'autres lui manquaient. Il n'éprouverait jamais le plaisir de serrer une femme dans ses bras. Quelle stupide vie il menait! Et dire qu'aujourd'hui, il avait l'impression de vieillir de dix ans en une seule journée. Il y avait de ces jours plus difficiles à supporter. À chaque anniversaire, Fabien en avait pour trois lunes avant de s'en remettre, et bien pire était sa panique quand il s'agissait de décennies.

Il prenait tout son temps. Il ne savait pas se presser ; de toute façon ce serait bien pour rien, il n'avait plus qu'à attendre sa mort. Il avançait sans but, refaisait chaque jour le même trajet et posait toujours les mêmes gestes ennuyants. Il était esclave de ses sacro-saintes habitudes au point que même ses raisonnements sc répétaient comme une accoutumance.

Arrivé au raccourci, il chercha le ponceau de bois qui sautait le ruisseau, frappa le sol de sa canne et entendit la résonance sourde d'une roche. Mais était-ce la bonne, celle qui lui servait de repère ? Il avança d'une longueur de chaussure et chercha un peu à l'aide de son bâton. Il sentit les débris de vaisselle qui servaient de borne. Tout à côté, c'était la traverse. Sûr de lui, il avança de quelques pas et floc ! il se retrouva dans le ruisseau avec de l'eau glacée jusqu'aux aisselles. La froidure, comme un éclair, parcourut son corps tout entier et un son aigu s'échappa de sa bouche comme un sifflement de balle perdue.

Il cherchait sa canne, tâtait l'eau de sa main tremblante et ne rencontrait que des glaces flottantes. Le courant l'avait sûrement charriée. Comment arrivera-t-il à se déplacer sans son bâton sur lequel il appuyait l'incertitude de son pas. Il se trouvait en mauvaise posture, hésitant à avancer dans un sens ou dans l'autre. Comme il aurait besoin de ses yeux. Maintenant, comment arriverait-il à se déplacer dans la bonne direction ? Il essayait de s'orienter par le côté du vent. Il savait bien qu'il ne pouvait se noyer ; le ruisseau n'était pas plus profond autour, mais il se sentait prisonnier de l'eau glacée. Il tremblait comme une feuille et claquait des dents. Fabien avait l'impression que deux bracelets de métal serraient et étranglaient ses chevilles, ses jambes, ses cuisses. Une crampe le saisit au mollet et l'immobilisa.

Pris de panique, il appela à l'aide, même s'il était certain que personne ne pourrait l'entendre. Il allait mourir là, gelé, seul comme un chien. Et il gémit telle une femme en couches.

Il voyait sa vie misérable défiler comme un rouleau-devant ses yeux éteints et se mit à prier. Dans un effort surhumain, il arriva à avancer parmi les restes de glaces. Par chance il marchait dans le bon sens. Il remonta à quatre pattes la pente du ruisseau. Sur la fragile croûte de neige, son pas s'enfonçait. C'était donc qu'il n'était pas sur le chemin. Maintenant il ne savait plus dans quelle direction avancer.

Il lui était impossible de se déplacer sans sa canne ; il risquerait de se retrouver encore une fois dans le ruisseau. Et toujours cette crainte de mourir seul. On ne le retrouverait jamais. Transi, il grelottait autant de peur que de froid. Désespéré, il appelait à l'aide en dessinant dans l'air de grands signes des bras. En même temps, il piétinait pour s'empêcher de geler. Déjà il ne sentait plus ses pieds. Son pantalon raidi par le froid grinçait comme un essieu. Au-dessus de sa tête, des milliers de bernaches traversaient le ciel en babillant. Paralysé sur sa mince croûte de neige, l'aveugle leur en voulait de tant de liberté.

* * *

Quelques arpents plus loin, madame Parizeau, vêtue d'un simple gilet de laine, étendait sa lessive sur une ficelle attachée aux colonnes de la galerie.

Elle regrettait d'avoir abandonné l'enseignement et elle s'y serait adonnée à nouveau si ce n'était du médecin qui lui avait conseillé de renoncer. « Vous n'avez plus l'âge, qu'il lui avait dit, et comme vous n'êtes pas dans le besoin, profitez donc un peu de la vie avant de mourir, bon sang! »

Près d'elle le chien ne cessait de japper. Elle leva la vue du côté du Brûlé et au loin, aperçut une forme sombre qui bougeait, les bras écartés. On aurait dit un épouvantail à moineaux. Peut-être était-ce le mendiant de la veille? Elle regardait tout autour et ne voyait personne sur la route qui pourrait s'occuper du vagabond. Mais que mijotait-il à attendre comme ça au beau milieu d'un champ?

Autant Léonie Parizeau se sentait coupable de l'ignorer, autant elle craignait pour ses pauvres jambes variqueuses. Finalement, la charité lui dicta sa conduite. Elle remit son ouvrage à plus tard et entra à la cuisine recouvrir son plateau de biscuits d'un linge à vaisselle. C'était une manie avaricieuse chez elle de cacher ses gourmandises aux visiteurs.

Elle sortit ensuite accompagnée de son chien. Avec Baron, elle n'aurait rien à craindre.

Elle piqua à travers les champs et à chaque pas son pied s'enfonçait et pataugeait dans une boue brune. Madame Parizeau était tout essoufflée et il lui fallait encore enjamber au moins trois clôtures de perches avant d'atteindre les lieux. À la dernière travée, elle reconnut Fabien Lamarche, un de ses anciens élèves. Elle pressa le pas.

– Vous? Mais dites-moi donc ce qui vous arrive, vous êtes tout mouillé!

Le corps de l'aveugle était secoué de tremblements incontrôlables et ses lèvres étaient bleuies de froid. Malgré sa déveine, il souriait dans son malheur. Un sourire qui ressemblait davantage à une grimace.

– Je suis tombé dans le ruisseau, pis là, je sais plus m'orienter. Je suis congelé. Je vais mourir. Comme ma canne est à l'eau, je peux plus avancer d'un pas et pour comble j'ai le vertige. Je crois que je vais tomber.

– Venez ! Tenez mon bras que je vide vos bottes. Ensuite, je vous amène chez moi et je vous prépare une bonne tisane. S'il le faut j'irai chercher le médecin.

Léonie Parizeau le conduisait et, tout en le pressant, lui faisait éviter les obstacles. Fabien s'en remettait à son guide. Toutefois, il se sentait davantage invalide et il souffrait tellement que le trajet lui paraissait interminable. Madame Parizeau le forçait à parler pour l'aider à tenir le coup.

Finalement, ils entrèrent dans la maison par le bas-côté attenant à la cuisine.

À l'intérieur, une odeur de gingembre flottait dans l'air. La pièce était chaude mais pas suffisamment pour Fabien. Il se colla au poêle, mais cette chaleur ne lui suffisait pas. Si ce n'avait été de madame la maîtresse d'école, il aurait laissé tomber ses vêtements trempés. Peut-être aurait-il dû insister et se faire conduire directement à la maison ?

Il s'imaginait dans sa petite chambre, une partie du grenier autrefois aménagée pour Moïse et Sophie. Un vrai four cette pièce où toute la chaleur de la maison montait et s'engouffrait sous le toit. Pour une fois, il ne s'en plaindrait pas. Il aurait aimé se coucher, s'envelopper dans une bonne couverture de laine et se laisser aller à frissonner sans retenue jusqu'à ce qu'une chaleur agréable redonne à ses membres leur vigueur perdue. Cette pensée le réconfortait, juste d'y songer.

Il attendait sans dire le fond de sa pensée ; il ne l'avait jamais fait. Madame Parizeau décidait pour lui et, comme au temps de la petite école, il reconnaissait son autorité et s'en remettait complètement à elle.

Peu à peu ses vêtements se déglaçaient et l'eau dégouttait comme une pluie lambine sur le plancher. Ça le mettait mal à l'aise de se sentir une charge et pis encore de causer du trouble aux gens, lui toujours si effacé.

Il entendait madame Parizeau s'affairer bruyamment dans une autre pièce. Elle lui rapporta une combinaison, un pantalon et une chemise qui sentaient les boules à mites à plein nez et le faisaient éternuer.

– Arrivez ! Passez par ici.

Elle le conduisit à la chambre.

– Je vous ai trouvé quelques vêtements qui appartenaient à mon défunt mari. Avec ça au moins vous serez au sec. Moi qui pensais qu'ils ne serviraient plus.

La veuve déposa les vêtements dans ses mains.

– Je vous laisse vous changer. Soyez bien à l'aise et prenez tout votre temps.

Fabien reconnaissait le même ton autoritaire qu'à l'école et en plus, une vive sympathie.

La porte de la chambre claqua derrière elle. Fabien avait de la difficulté à se mouvoir, à changer de vêtements ; ses membres étaient gelés jusqu'aux os. Il entendait madame Parizeau dans la pièce d'à côté rôder et alimenter le feu de bois. Elle aurait beau mettre la maison en flamme que ce ne serait pas suffisant pour lui. Au sortir de la chambre, il ressentait un peu de vie dans ses jambes mais des milliers d'aiguilles le piquaient et le portaient à se frotter vigoureusement. En peu de temps, ses chairs devinrent si sensibles qu'il dut cesser de se frictionner.

Léonie Parizeau conduisit Fabien près du poêle généreusement gavé et l'enroula dans une couverture qu'elle avait pris soin de réchauffer au préalable sur la porte du four.

Il sentait ses mains à travers le lainage masser ses épaules comme une caresse. Et voilà que le frisson gagnait son cœur. Un frisson infiniment agréable.

La femme parlait sans cesse.

– Manquer la traverse, c'est impensable ! Vous, un homme qui conduit les autres les nuits sans lune ! On dit de vous que vous voyez à la noirceur.

– C'est que je me fie à mes autres sens.

Il devint grave.

– La traverse était pas là ; quelqu'un l'a déplacée et c'est pas un homme seul qui peut le faire, croyez-moé !

– Peut-être la gang de la mascarade ? dit-elle. En groupe, les jeunes font souvent les fanfarons, quand ils n'ont pas en plus un petit coup dans le nez.

– Pas de la boisson en temps de carême ?

– Oh si ! rétorqua la femme. En cachette des parents naturellement. Ils ne vont pas le faire au grand jour. Pensez donc ! On leur mettrait le holà.

– Vous en savez des choses, vous !

– Il n'est pas rare de les voir se réunir dans les cabanes à sucre, autour d'une bonne bouteille de vin de gadelles et d'une partie de cartes. C'est comme un besoin pour eux de faire partie d'une gang. Vous savez, si ce n'était de Baron vous seriez encore là.

En entendant son nom le gros chien, couché le museau sur ses pattes, ouvrit un œil vigilant.

– Je sais ben ! Je vous dois la vie, à vous deux. Si seulement je pouvais le remercier.

– Cette bête m'est indispensable. Sans elle, j'aurais peur la nuit.

– Vous, peur ? Vous donnez pourtant l'impression d'avoir peur de rien, d'être une des rares femmes qui prennent les décisions, une femme énergique.

– Depuis la mort de mon mari, je suis bien forcée de tout mener sur la ferme. La même chose que devant une classe. Au fond, je suis tout le contraire de l'image que je projette.

Léonie réchauffait son café et le questionnait à son tour. Causer empêchait Fabien de se plaindre. Elle tournait autour de lui et soulevait ses pieds qu'elle juchait avec douceur sur la porte du four. Chaque geste était mesuré et prenait une importance significative pour l'aveugle.

– Vous avez faim ?

Il sourit d'un drôle d'air.

– Certes, j'ai faim !

– J'ajoute une patate à mes fèves au lard. Vous souperez avec moi.

L'aveugle continuait de sourire et dessinait un geste évasé de la main.

– Non, non ! Je mangerai pas icitte ! Je me sentirais doublement en dette envers vous qui venez tout juste de me sauver la vie.

– Pour vous laisser mourir de faim ensuite ?

– À la maison, y vont s'inquiéter si je rentre pas, pis là, je me vois ben mal reprendre la route à pied sans ma canne. Vous auriez pas un quelconque bâton ? Ça suffirait pour me guider.

Léonie Parizeau refusa ; au fond, elle ne cherchait qu'à le retenir. Elle voyait bien qu'il n'en finissait plus de se réchauffer. Soudain, il redressa la tête et plissa les yeux comme s'il voyait quelque chose d'étonnant.

– Vous entendez ?

– Non, j'entends rien.

– Les clochettes au loin, je gage que c'est le boghei de tantôt qui revient.

Aussitôt, la porte claqua. Madame Parizeau sortit sans un mot, sans prendre le temps de s'habiller et se rendit au chemin où elle se planta bien droite au beau milieu de la route. Elle attendit. « Ils ne vont quand même pas me passer sur le corps, se dit-elle. Jusqu'à aujourd'hui, les jeunes m'ont toujours respectée. »

La charrette s'arrêta. Surpris, les fêtards se regardaient et s'interrogeaient du regard. Ils s'attendaient à quelque chose de grave pour que leur ancienne maîtresse sorte de sa maison à l'épouvante, sans manteau.

Elle leur ordonna d'entrer et les obligea à s'asseoir sur des chaises alignées le long du mur.

– Maintenant, enlevez-moi ces masques qui vous rendent si laids.

Elle les dévisagea les uns après les autres pour imprimer dans sa mémoire la figure et le nom de chacun. Ils venaient de tous les rangs.

– Regardez ce pauvre homme comme il est mal en point. Êtes-vous conscients de la gravité de votre geste ? Monsieur Fabien risque d'attraper son coup de mort par votre propre faute.

L'aveugle, pâle comme un mort, frissonnait et éternuait sans arrêt. Assis dans la berçante, enseveli sous sa couverture il ressemblait davantage à une momie qu'à un humain.

– Quel geste ? Nous autres, on n'a rien fait de mal.

– Taisez-vous, monsieur Joseph ! Si vous n'allez pas remettre la traverse en place immédiatement, j'avertis vos parents et monsieur le curé. Et ça vaut pour tout le monde. Comme ça, si les remontrances peuvent atteindre votre orgueil, ça vous remettra peut-être du plomb dans la tête. C'est pas tout! Quand la traverse sera en place, vous reviendrez chercher monsieur Fabien et vous le ramènerez chez lui en voiture. S'il ne s'en remet pas vous serez tous accusés d'homicide. Maintenant, excusez-vous.

Joseph prit la parole:

– C'était juste une farce. On se disait qu'y voyait quand même un petit peu. Si on avait pu prévoir... On s'excuse.

Aussitôt les jeunes sortis, Léonie les entendit chuchoter, l'air grave: « Y voit vraiment pas! »

* * *

Dans la cuisine des Lamarche, Justine glissait quatre gâteaux sur la grille du four. Quatre, ce ne serait pas trop: ce soir, la maison serait pleine. Elle les étagerait et les couvrirait d'une glace au chocolat.

Plus l'heure avançait, plus Justine s'inquiétait de Fabien. L'aveugle n'avait pas l'habitude de s'absenter longtemps de la maison et aujourd'hui il n'arrivait plus.

Claudia voyait sa mère qui ne tenait plus en place, qui ne lâchait pas la fenêtre des yeux.

– Maman, arrêtez de vous tourner les sangs pour mon oncle Fabien, y est quand même pus un bébé! Tant qu'à moé, j'aime ben mieux qui soit dehors, le temps qu'on prépare sa fête.

Justine ne répondit pas; Claudia ne comprendrait pas. Elle verrait bien que l'âge n'y est pour rien, quand viendrait son tour de s'inquiéter de Charles. Justine lavait ses ustensiles et sa pensée errait autour de Fabien qu'elle prenait en pitié. Peut-être était-ce dû au fait qu'il avait cinquante ans aujourd'hui ? Elle en avait toujours pris soin comme de ses propres enfants. Elle sortit vider ses eaux sales au bout du perron où le liquide brûlant laissait paraître une grande plaque de terre boueuse sur la neige granuleuse. Après avoir plissé les yeux du côté de la traverse, Justine reprit sa besogne. Une odeur de pâte cuite s'échappait du fourneau et embaumait toute la pièce. Justine piqua les gâteaux, les retira du four et les laissa refroidir sur la huche à pain.

* * *

Avant d'arriver chez les Lamarche, tous les fêtards remontèrent leur masque sur leur figure pour ainsi cacher leur honte et ne pas risquer d'être reconnus. Joseph conduisit l'attelage le plus près possible du perron et aida l'aveugle à descendre. Sur le pas de la porte, il lui remit son sac de vêtements trempés et disparut aussitôt.

Justine vit Fabien qui arrivait. Il aurait dû l'avertir de sa randonnée avec les jeunes. Elle était là qui s'inquiétait à son sujet pendant que lui s'amusait, insouciant. Il lui prit une idée bête de le sermonner mais elle se ravisa aussitôt. Le pauvre menait une vie si médiocre. Pour une fois qu'il traînait un peu !

Ce n'était plus le même Fabien qui rentrait chez lui. Parti miséreux, il revenait l'air triomphant. Il ramenait de chez Léonie Parizeau un sourire de complaisance. Sa pensée restait suspendue à la chaleur humaine que madame Parizeau dégageait, à l'odeur de gingembre qui embaumait sa maison, à la chatte qui, le dos arrondi, caressait et réchauffait sa jambe. À cinquante ans, il se sentait un cœur d'adolescent.

Justine remarqua un changement dans ses yeux, comme une brillance au fond des prunelles. Le gris sans flamme prenait l'éclat d'une petite pierre bleue. Est-ce qu'elle devenait folle ? Un aveugle de naissance ne peut retrouver la vue comme ça, à moins d'un miracle. Elle s'approcha pour mieux voir. Elle allait le questionner quand, subitement, une odeur de naphtaline lui prit au nez et les vêtements trop grands lui sautèrent aux yeux.

D'une voix enrouée, Fabien lui expliqua sa mésaventure. Et si Justine ne dit rien, c'est que sa voix était paralysée, que la colère grondait en elle. « Tout l'après-midi chez une veuve. Quel scandale ! Pour comble, il avait changé de vêtements chez cette femme, peut-être même sous ses yeux. »

Fabien entendait ses pensées. Son blâme était palpable. Normalement, Justine lui aurait dit d'un ton maternel : « Des plans pour attraper ton coup de mort ! » Cette fois, elle ne parlait pas et il aurait préféré des représailles à son silence buté. Justine pouvait bien insinuer ce que bon lui semblait, pour la première fois de sa vie il était heureux. Mais bien sûr, il lui en voulait un peu de ne pas partager sa joie.

Le temps lui permettait de réfléchir tout à son aise aux sentiments qu'il portait à madame Léonie. Il se mit à tousser et retomba dans sa rêverie. Madame la maîtresse l'avait réinvité à prendre un café ; c'était bien un signe qu'elle voulait le revoir. Il présumait que Justine s'y opposerait. Il la connaissait. Elle imaginait déjà un scandale dans la place. Qu'elle le blâme passe encore, mais il ne voulait pas se faire prendre en grippe par sa belle-sœur.

L'aveugle, qui n'avait jamais fait de vagues, tiendrait tête comme un adolescent. Il s'y rendrait envers et contre tous, quitte à jouer l'innocent, à répondre « je ne sais pas » à chacune des questions de Justine. Après tout, il n'avait pas commis de faute. Pourquoi aurait-il des permissions à demander ? Il n'était plus un enfant.

Il restait collé au poêle qui occupait le fond de la cuisine. Depuis sa plongée, il n'en finissait plus de se réchauffer, ses pieds restaient insensibles. L'œil absent, il écoutait mijoter la soupe dans la marmite. Il avait toujours aimé entendre le frémissement d'un consommé qui bouillonnait. Peut-être à cause de l'odeur qui s'y rattachait. Mais ça ne suffirait pas à le retenir. Maintenant il voyait son bonheur ailleurs, chez Léonie Parizeau, et il tenterait d'y retourner par tous les moyens. Il sentait encore ses mains frictionner son dos à travers la couverture de laine et les mêmes sensations lui revenaient aussi intenses que si ses mains se promenaient sur sa chair nue. « Quelle douceur dans ses gestes ! » Il se voyait encore, ému, tremblant, palpitant, à débiter des banalités pour que la caresse ne s'arrête jamais. Il ne se souvenait pas qu'on l'ait touché depuis sa petite enfance. Sans doute avait-il reçu sa part d'affection comme toutes les mères savent en donner, mais dans le temps il n'était qu'un bébé.

Dans quelques jours, il irait rendre les vêtements prêtés et, d'ici là, il ne vivrait que pour ce moment de prédilection. Après n'avoir connu que de rares amitiés, Fabien découvrait l'émotion, le désir, la complaisance, et c'était extraordinaire, unique. Léonie Parizeau l'attirait comme un aimant.

Il songeait à ce que pourrait être sa vie avec une femme. Il lui semblait que son handicap disparaîtrait sur le coup, qu'il serait un homme comme les autres. Mais le bon sens le ramenait sur terre. Il n'arrivait pas à imaginer madame Parizeau dans sa petite mansarde torride du troisième étage. Il devait renoncer à ses fantasmes pour la dure réalité, mais sa résolution ne durait pas. Il se demandait si Madame la maîtresse avait une arrière-pensée quand elle lui parlait de sa peur, la nuit. Puis sans raison, Fabien revenait sur terre. Lui, un aveugle ; il n'avait rien à offrir à personne. Il ne devait pas avoir été créé pour être heureux. « Je vais tout garder dans ma tête et y penser tout le temps. Personne n'en saura rien. J'ai quand même le droit de rêver et ça, personne ne peut me l'enlever. »

* * *

Fabien revêtit son habit du dimanche avec jabot de mousseline et souliers à boucles d'argent. Il déserta la maison en riant tout seul. S'il s'était vu ! Il ne dit à personne où il allait. Il marchait, le bâton devant, à pas courts et rapides, pressé comme un possédé. Le vent balayait ses cheveux fins qui fouettaient sa figure.

Quant à Justine, elle étouffait d'indignation. Elle n'avait pas besoin d'explications, juste à voir son accoutrement, elle devinait où il allait. Elle le trouvait simplement ridicule de s'attifer de la sorte en pleine semaine, mais elle ne le lui dit pas. Elle était bien consciente que le pauvre sot s'était amouraché et elle se demandait jusqu'où ses émotions pourraient le conduire. Elle s'en faisait pour lui et le prenait en pitié. Quand il reviendrait à la raison, le réveil serait brutal. Il ferait face à une grosse désillusion et, avec sa cécité, il ne pourrait compter sur aucune autre créature pour le consoler. Le regard plein d'amertume, elle le regardait aller avec son paquet sous le bras.

La veille, Justine avait supplié Médéric d'aller rendre les vêtements à la veuve, mais il n'avait pas répondu. « Ce traîne-semelles, allez lui demander un service ! »

Sa famille élevée, ses enfants partis, Justine comptait sur une tranquillité d'esprit. Qui aurait pensé que Fabien lui causerait de telles inquiétudes ? Elle ne serait donc jamais au bout de ses peines. À vrai dire, c'est à madame Parizeau que Justine en voulait davantage.

– Je ferai cesser ces rendez-vous. Cette femme va l'embobiner. Après deux mariages, une veuve devrait être capable de se tenir tranquille. Pour comble, cette femme doit ben avoir un bon dix ans de plus que Fabien. Je suis sûre que c'est elle qui l'attire dans ses filets, qui se pend à son cou et ce pauvre Fabien ne sait pas s'en sortir.

Claudia soupirait.

– Voyons, m'man !

– Tu vas pas me dire que tu trouves ça correct, toé, Claudia ?

– Pourquoi pas ? Mon oncle Fabien a l'âge de décider ce qui est bon ou mauvais pour lui. Depuis qu'y est au monde, y mène une vie de chien au bout de son bâton.

Médéric l'approuva d'un hochement de tête.

Justine s'indignait. Elle en voulait à ce gendre de prendre parti, lui que le moindre effort tuait.

– Asteure, vous allez pas vous mettre à deux pour prendre sa défense ? Tiens ! Vous voudriez vous en débarrasser que je serais pas surprise. Et la pudeur, le péché, le scandale, qu'est-ce que vous en faites ? Je sais que ces petites visites cachent quelque chose de pas très joli. Un couple qui n'est pas mari et femme, seul dans une même maison… Qui peut assurer que ça revirera pas en coucheries ? J'en glisserai un mot à monsieur le curé. Lui, y saura ben mettre le holà à leurs fredaines.

Claudia ne reconnaissait pas sa mère ; elle qui ne s'était jamais permis de juger qui que ce soit. Il faut dire qu'elle était à cheval sur les principes.

– Ma foi, vous voyez le mal partout, maman. Madame la maîtresse a toujours été une femme droite et honnête. Elle mérite pas de pareilles accusations.

– Je l'accuse pas. Je veux juste lui épargner les mauvais jugements et les occasions de péché. Comme c'est là, sa réputation et celle de Fabien sont en jeu. Nous, on a la responsabilité de ton oncle. C'est écrit dans le testament. T'as qu'à le lire, tu verras ben.

– Je vous trouve ben sévère, m'man. Ça me rappelle comme vous jugiez mal les Bastien avant l'histoire des guérets.

– Ma parole ! Je me demande ben de quel droit tu fais la morale à ta mère.

Claudia ne répondit pas mais l'histoire resterait toujours gravée dans sa mémoire.

* * *

C'était deux ans plus tôt, alors que Jean-Baptiste s'était fracturé un bras en sautant de la cartelle de foin. Après lui avoir posé une attelle, le médecin lui avait recommandé le repos. L'automne avançait et, avec Jean-Baptiste immobilisé, le bois de corde et les labours devaient être remis à plus tard. Justine s'en faisait. Il fallait labourer au plus tôt. Elle demanda l'aide de ses fils Azarie et Amédée, mais les garçons remettaient, étant déjà sur un travail important, soit le redressement de l'étable qui penchait dangereusement du côté de la soue.

Mais avec Justine, c'était tout de suite ou jamais. Elle pinçait la bouche et prenait un air contrarié.

– Laissez faire ! Votre père mourrait que votre étable passerait avant !

Les garçons eurent beau lui expliquer qu'ils avaient dû embaucher un charpentier, rien n'y fit. Justine secoua les épaules. Elle les traitait toujours comme des enfants.

– C'est ça ! L'hiver prochain, on jeûnera par votre faute.

Azarie prit mal l'accusation. Il s'approcha du poêle où le rôtissage couvrait sa voix. Il leva le menton vers Médéric.

– Y peut pas les faire les guérets, lui ?

– Celui-là, y est ben juste quand y a le derrière collé à sa chaise.

Le dimanche suivant, au sortir de l'église, Justine rencontra les Bastien. Comme ils étaient ses voisins immédiats, elle leur adressa un petit signe de tête sec qui ressemblait plus à un coup de cornes qu'à un salut et elle fila son chemin.

L'incompatibilité due aux différences entre les deux familles tournait souvent au ressentiment.

Au retour de la messe, Justine s'affairait au déjeuner quand elle aperçut dans son propre champ une charrue tirée par deux bœufs, deux vieilles bêtes lambines à l'effort soutenu et, derrière les chevaux, un petit homme au toupet échevelé, presque chauve, les mains accrochées aux mancherons, qui se tuait à la tâche. Elle fronça les sourcils.

– Qui c'est qui laboure nos terres ?

Claudia courut à la fenêtre.

– Ah ben ! Dieu du ciel ! On dirait les bœufs des Bastien. Je reconnais les touffes de poils au-dessus des sabots.

Si Justine posait la question, c'était juste pour prendre le temps de se remettre de sa surprise. Elle l'avait bien reconnu, ce voisin aux jambes torses. Le dévouement de monsieur Bastien lui cloua le bec. Elle s'attendait si peu à celle-là. Il était là, à faire l'ouvrage que ses propres fils remettaient sans qu'elle ait eu à quémander son aide. À partir de ce jour, le petit homme mal bâti grandit dans son estime.

Elle était toute remuée. Monsieur Stanislas Bastien profitait du dimanche, de son seul jour de repos, pour atteler ses bêtes et labourer leurs champs. Il avait laissé tomber les différends pour aider ses semblables.

Près de Claudia, Justine ne disait mot. Touchée de tant de bonté, elle se trouvait honteuse. Les Bastien venaient de lui donner une bonne leçon de charité chrétienne. Elle s'attendrit et étouffa un soupir. Elle regrettait de les avoir si mal jugés. Être capable de passer par-dessus toutes dissensions devait demander un courage à toute épreuve. Justine avait honte d'elle, très honte. « Jean-Baptiste aurait été malade juste pour voir ça que c'en aurait valu la peine. »

– Claudia ! Va inviter toute la famille des Bastien à venir dîner à notre table.

Ce jour-là, la reconnaissance mêlée de remords la prit et Justine versa quelques larmes dans sa cuisine.

Depuis cette histoire, elle estimait les Bastien à leur juste valeur.

* * *

Chez la veuve Parizeau, Fabien sirotait un café. Il ne le dirait pas tout haut mais lui aussi se demandait ce qu'il venait foutre dans cette maison. Était-il en train de se préparer une grosse déception, de se causer une peine incurable ? Madame la maîtresse devait le considérer comme tout visiteur banal.

C'était lui qui s'emballait, qui créait tout un émoi autour d'un simple geste et il se demandait comment il en était rendu là. Il savait très bien que ses sentiments ne pouvaient s'appuyer sur du solide. S'il partait sur-le-champ, la question serait réglée. Mais non, il était incapable de résister à l'attrait de la veuve. Quelle force d'attraction avait donc cette femme? En plus de le recevoir avec une politesse marquée, elle entretenait chez lui un désir de continuité, une douce illusion.

Assise à l'autre bout de la table, madame Léonie n'était que gentillesse. Et Fabien n'était-il pas le seul qui avait droit à ses biscuits?

– À l'école, vous étiez un élève timide.

– Je le suis toujours. Je suis un solitaire. Ma mère m'obligeait à aller en classe. Elle tenait à ce que je mène une vie normale. Je l'ai déjà entendue dire: «Même s'il n'apprend jamais à lire, il fréquente au moins les jeunes de son âge.» Les jeunes de mon âge, ils m'en ont fait des crocs en jambe pis ben d'autres vacheries du genre. Je peux vous dire, madame, que j'en ai eu plus qu'à mon tour. J'ai pas appris à lire mais j'ai appris à me taire pis à endurer. Par contre, je devrais pas me plaindre, j'ai eu une bonne vie.

– Les jeunes sont durs quelquefois. Quel enfant n'a pas son petit fond de méchanceté? Mais vous faire ça, à vous, franchement!

– Je veux pas de pitié; j'aime mieux de l'amitié.

Il l'entendit rire. À l'école elle ne riait jamais. Il l'imaginait assise à sa tribune. Autoritaire, elle ne supportait aucune distraction. Dans sa classe, on pouvait entendre une mouche voler.

– Vous pouvez me tutoyer, m'appeler Léonie.

– J'oserais pas, madame la maîtresse, mais je vous invite à venir faire un tour à la maison.

La phrase était partie d'un coup, comme ça, sans penser à Justine qui ne voyait pas les choses du même œil.

– Moi ? Vous me verriez arriver comme ça chez votre frère ?

– C'est pas chez mon frère, c'est ma maison, celle où je suis né, celle où je vais mourir.

– Vous avez jamais pensé à vous faire une vie à vous ? Je veux dire vous marier ?

Il se sentait idiot. Il était bien sûr tombé quelquefois en amour, épris en silence d'une belle voix, mais ça n'allait jamais plus loin. D'ailleurs, aucune fille ne l'avait su et c'était bien ainsi ; aucune n'aurait voulu de lui. Comment aurait-il pu faire vivre une famille ?

– Si, j'y ai pensé pas moins de cent fois, mais qui voudrait d'un aveugle ?

– C'est vrai que vous avez un gros manque, mais combien de qualités pour compenser ? Croyez-moi, votre bonté, votre résignation, votre sagesse méritent de la considération. Et vous n'êtes pas laid, ce qui ne gâche rien. Quelle femme dédaignerait un bel homme à ses côtés ?

Elle touchait sa corde sensible. Son cœur fit un bond. Il buvait ses paroles et s'en régalait. Lui, Fabien Lamarche, pas laid. Peut-être ! Personne avant Léonie ne le lui avait signifié et il ne s'était jamais vu. Il fut tenté de la croire.

– C'est trop d'honneur ! Je me connaissais pas tant de qualités.

– Je fais juste répéter ce que tout le monde dit de vous.

Fabien ne parlait plus. Il ne faisait que penser. Nul n'est insensible aux louanges et il voulait prolonger la douce satisfaction de ces propos flatteurs, lui qui se jugeait insignifiant et sans intérêt. Toutes ces agréables confidences coinçaient sa gorge et il lui fallait le temps de quelques respirations pour en faciliter le passage.

Subitement, l'idée de partir le commanda. Il se leva. Même s'il était bien chez Léonie, il sentait le besoin de se retrouver seul, peut-être pour mieux assimiler les compliments qu'on venait de lui faire, les savourer en douceur et sans doute, les ressasser pour les fixer dans sa mémoire. On lui en faisait si peu.

Léonie le reconduisit à la porte. Un parfum émanant de sa personne montait à la tête de Fabien et échauffait ses sens. Il y avait aussi le rappel de ses mains sur lui qui se faisait de plus en plus insistant. Il ne pensait qu'à ça depuis sa trempette.

Toutefois, il éprouvait un terrible malaise chaque fois qu'il était sur le point de parler de ses sentiments. Il aurait voulu la prendre dans ses bras, la serrer sur son cœur, mais comment y arriver ? Non, ce serait un geste insensé. Elle le repousserait, elle, une institutrice. Il était complètement fou, fou de dépit, fou de désir.

Sur le point de renoncer, quelque chose lui dit de regarder en avant, de ne pas laisser passer sa chance. Il hésita un instant et un peu d'audace lui revint. Tant pis pour lui. Il chercha la main de Léonie qu'il porta à ses lèvres et qu'il embrassa tendrement. Que de mots exprimés dans ce tendre geste ! Elle ne la retira pas. Elle ne disait rien. Était-elle offensée de son culot ? Avait-elle envie de rire ? Était-elle émue ? Il ne décelait rien dans sa manière de respirer. Si au moins il pouvait voir son visage. Il hésitait maintenant à partir et aurait voulu qu'elle le retienne, qu'elle le réinvite à souper. Cette fois, il ne se ferait pas prier. Pourquoi ce revirement ?

Savait-il seulement ce qu'il voulait ? Il s'en retourna à la maison, triomphant ; madame Léonie ne l'avait pas repoussé.

Sur le chemin du retour, il entendait le clapotis de l'eau qui s'amusait à rire et à courir en écervelée dans les rigoles d'écoulement.

Il ne se reconnaissait plus, lui, Fabien Lamarche, pris d'une grande passion pour sa maîtresse d'école. Si elle avait entendu ses pensées, elle le traiterait de vieil adolescent et le trouverait sûrement fou à lier. Pour lui la vie s'éveillait, neuve, merveilleuse, fascinante. Il serait prêt à se jeter à l'eau de nouveau pour revivre ces moments intenses.

Chapitre 11

Le mercredi était jour d'abattage. Les bouchers commençaient par saigner les agneaux; suivraient les bœufs et les porcs. La tâche était lourde. Toute la journée, les hommes devaient traîner de grosses pièces de viande de l'abattoir à l'épicerie.

Les voisines, les deux orphelines Falardeau, étaient attirées par les plaintes des agnelets qui ressemblaient étrangement à des gémissements de nouveau-né. Les fillettes se mettaient en peine pour les petites bêtes innocentes. L'œil collé aux trous de nœuds de la clôture, elles regardaient les hommes tirer les brebis rétives vers l'abattoir.

De leur poste, Benjamin, Jean et Antonin aperçurent un œil puis un deuxième dans les trous des planches. Ils ressentaient un attrait, une invitation à la querelle, comme un plaisir irraisonné, un jouet qu'on leur tendait.

Les Lamarche lancèrent des roches aux filles. Elles protégeaient leur tête de leurs bras, criaient et couraient à la maison se plaindre à leur mère pour revenir aussitôt.

Depuis l'arrivée des Falardeau dans le voisinage, les enfants ne pouvaient se souffrir. Ils se guettaient comme chiens et chats. Les nouvelles voisines faisaient clan avec les Vézina et passaient leur temps à se chicaner avec les Lamarche. Chaque fois, ils se lançaient dans un train d'enfer à une fanfaronnade impressionnante. Si les affrontements ne tournaient pas au ridicule, le spectacle par son éloquence aurait pu être digne d'une scène de théâtre tant les deux parties y mettaient un brio endiablé.

Les gamins laissèrent à Moïse le temps de disparaître dans l'abattoir où les plaintes des agneaux couvriraient leurs engueulades. Ils avancèrent en levant des poings menaçants vers les filles. Au début, les garçons avaient l'avantage, mais depuis l'installation de la clôture, les petites voisines se sentaient mieux protégées et bravaient de plus en plus les jeunes Lamarche. Ces derniers temps, les Falardeau ne rataient pas une occasion de les provoquer. Elles se mirent à imiter les gémissements des agneaux.

Antonin s'approcha, furieux.

– Heille, les faces de rat, vous voulez que je vous écrase comme des punaises ?

Les Falardeau reculèrent d'un pas et attendirent pour mieux rappliquer. La veuve sortit étendre sa lessive sur une corde qui ceinturait la galerie. Ce fut la trêve pour les deux clans. Dès que la voisine retourna à ses chaudrons, Antonin cria :

– Notre père a fait une clôture juste pour vous autres, pour que vous mettiez plus le nez dans notre cour, les fades.

Les Falardeau avaient les cheveux blonds, les cils plus pâles encore et un teint de lait.

– Votre clôture, on s'en fiche pas mal !

Les filles gardaient l'œil vis-à-vis les trous de nœuds. Les garçons s'approchaient et les bouchaient d'un doigt. Les gamins riaient. N'avaient-ils pas toujours la force et la chance de leur côté ? Les filles reculèrent. Soudain une idée malsaine passa par la tête d'Antonin.

À voix basse il murmura un secret à Benjamin mais ce dernier, offensé, protestait et jetait les hauts cris.

– Non, je veux pas. T'as qu'à le faire toé-même !

– Arrête donc de faire le gêné. Grimpe sur la petite caisse en bois, Jean pis moé on va la tenir pour pas qu'elle bouge. Je veux juste que tu bouches le trou où les filles regardent. C'est pas la fin du monde ce qu'on te demande là ! Jean pis moé on va se placer à côté de toé pour te cacher de la maison. Comme ça, si papa sort, y pourra pas te voir.

Les filles collaient l'oreille aux trous de nœuds pour écouter leur secret et les garçons se tordaient de rire.

Benjamin fit un mouvement de côté, prêt à s'échapper, mais Antonin le rattrapa aussitôt et le retint solidement par les poignets. Bien en face, il lui parlait dans le blanc des yeux.

– Si tu veux encore faire partie de notre clan, le jeune, fais ce que je te dis ou ben on te traite comme les Vézina pis les Falardeau. On te jette de l'autre côté de la clôture pis tu reviens pus jamais icitte. Nous autres on n'endure pas les pissous.

Jean hésitait devant l'idée malsaine. Son avis ne pesait pas lourd ; c'était Antonin le meneur et rien ne servait de protester.

Benjamin avait la frousse, il craignait qu'Antonin mette ses menaces à exécution et, par peur de passer pour un peureux, il monta et s'approcha, hésitant. Collé contre la clôture, pour ne pas se montrer devant ses frères, il déboutonna sa culotte et s'exécuta à contrecœur. Aussitôt une réaction fortuite en résulta et coinça le gamin dans la clôture. Pris au piège, Benjamin paniquait et criait à tue-tête.

– Je suis pris ! Au secours ! Aidez-moé !

Antonin lui plaqua aussitôt une main sur la bouche afin d'étouffer ses cris alarmants.

– Arrête de crier ! Y a rien de grave là. Tu vas juste réussir à alerter les voisins pis faire sortir papa de l'abattoir. Commence par te calmer. Jean pis moé on demande pas mieux que de t'aider. Attends un peu, je vais aller chercher la scie.

La scie ! Benjamin, affolé, secouait la tête de tous côtés et hurlait comme un perdu.

– Non. Pas la scie ! Non. J'ai peur ! Je suis pris ! C'est de votre faute. Au secours ! Au secours !

Antonin, décontenancé, donna trois bons coups de pied sur la clôture.

– Toé, Jean, traverse de l'autre côté, pis essaie d'effaroucher les fades pour les faire déguerpir.

Jean escalada la clôture et retomba d'un bond agile dans la cour voisine.

Les fillettes reculaient lentement vers la maison.

Alertée par les cris désespérés de Benjamin, la veuve Falardeau s'amena à pas de géant, un linge à vaisselle à la main. Elle était estomaquée. D'un coup de torchon elle frappa les filles derrière la tête.

– Vous deux, en dedans, compris ? Pis que j'en vois pas une se montrer le nez ! Vous sortirez de là juste quand je vous le dirai.

Jean, le dos appuyé aux planches, dissimulait le spectacle. Si au moins il arrivait à calmer Benjamin. Mais non, le garçon terrifié hurlait de toutes ses forces. Les passants, la plupart des enfants, s'attroupaient rapidement. La veuve n'en finissait plus de traiter les Lamarche de tous les noms.

À la fin, en manque de qualificatifs venimeux, elle se tourna vers Jean.

– Si ça du bon sens ! Toé, le grand esquelette, va chercher ton père tout de suite.

Jean ne bougeait pas. Il restait vis-à-vis son frère pour le soustraire à la vue des curieux. Madame Falardeau lui donna une violente poussée mais il revint aussi vite.

– Fais ce que je te dis ou j'irai moé-même. Ton père va trouver ça moins drôle si je raconte l'histoire devant ses clients.

Madame Vézina arrivait à son tour et, désemparée, elle leva les bras au ciel.

– Dieu d'un nom ! Mais c'est pas vrai !

Elle entra en vitesse avertir Moïse et retourna chez elle ; elle n'aimait pas laisser ses enfants sans surveillance dans la maison. Postée sous le rideau de porte, elle suivait discrètement le cours des événements.

Pendant ce temps la veuve courut à la maison et rapporta un chaudron d'eau chaude qu'elle versa d'une traite. Aucun effet.

Moïse s'approcha à grands pas, convaincu d'une nouvelle bisbille entre enfants et voisins. Il en avait assez de ces chamailleries. En plus, un jour de boucherie où il se crevait à abattre à deux le travail de trois hommes. Tous les yeux étaient rivés sur lui à attendre sa réaction. L'air mécontent, il dévisagea madame Falardeau.

– Qu'est-ce qui se passe de si urgent pour qu'on me dérange en plein travail comme si j'avais rien que ça à faire ?

Soudain, le regard de Moïse s'arrêta net sur la scène navrante. Non ! Pas son propre fils qui... Ça dépassait les bornes. Ses yeux sortaient de leurs orbites et dans l'aveuglement de la colère, il se mit à crier plus fort que Benjamin.

– Bordel de dévergondé ! Veux-tu me dire ce qui te prend ?

Devant le grossier spectacle, la foule de badauds rigolait. Moïse les aperçut qui formaient une longue ligne. Rouge de colère, il s'en prit à eux.

– Vous autres, foutez-moé le camp d'icitte !

La masse, attisée par la curiosité, recula un peu et s'attarda à nouveau. Moïse s'adressa ensuite à la veuve Falardeau.

– Laissez-moé m'arranger avec lui. Retournez chez vous !

– Mais comment osez-vous ? Je suis chez moé !

– C'est de l'eau froide que ça prend. Jean, va en chercher.

Au-dessus des longues quenouilles qui bordaient le fossé, les locataires du deuxième accoudés aux balcons, étiraient le cou et suivaient la scène avec intérêt. Moïse leva des yeux contrariés. De quel droit pourrait-il leur commander de rentrer quand ils étaient chez eux ? Il se sentait ridiculisé, attaqué, jugé devant les gens du quartier, pour la plupart des clients. Tout ça à cause de son chenapan de fils. Il voyait déjà le scandale l'éclabousser et sa fureur ne faisait que prendre de l'ampleur.

Jean revient. L'eau froide ne fut pas plus efficace. Moïse hésita un instant ; il voulait en finir de cet ignoble spectacle. Debout derrière son garçon, il le saisit par les épaules et d'un coup sec l'arracha à la clôture. L'enfant se roula par terre en hurlant de douleur. Après un moment, il se dirigea lentement vers la maison, plié en deux. Derrière lui, la palissade saignait.

Ses frères le suivaient la tête basse dans l'attente du jugement qui, ils le savaient, ne serait pas tendre.

Pour ajouter au malheur de Moïse, la voisine s'en prenait à lui qui n'y était pour rien, le rendant responsable des embêtements de son cabotin de fils.

– Bande d'effrontés, ils auraient besoin d'une bonne correction ; se montrer comme ça, devant mes filles !

– En effet ! C'est un manque gravc de délicatesse. Vous m'en voyez navré, madame !

– Finirez-vous par nous ficher la paix ?

– Oui, madame. Pour ça, comptez sur moé. Ça se reproduira plus. Plus jamais !

* * *

Trop, c'était trop. Sitôt à la cuisine, Moïse, poussé à la révolte, ferma les fenêtres et les portes, y compris celle attenante à l'épicerie, afin que personne n'entende ce qui allait suivre. Arthur et Élisa, effrayés, se rangèrent sur son passage et se cachèrent sous la table. Moïse laissait aller sa colère et ne cessait de répéter à Benjamin :

– C'est une honte, pareil scandale ! C'est dégoûtant ce que t'as fait là, t'abaisser de la sorte aux pires saletés. T'es un vaurien ! Je donne pas une journée que tout le quartier va le savoir.

Benjamin sanglotait sur un ton continu. Tout à sa douleur physique, il ne réagissait point aux paroles de son père qui le lapidait de tous les adjectifs les plus vils.

– Tu fais le déshonneur de la famille, la risée du coin.

Moïse, dont la conduite avait toujours été irréprochable et le scrupule excessif, craignait le ridicule et l'abaissement. Il s'inquiétait surtout que l'affaire vienne aux oreilles du curé à qui il vouait une grande admiration. Le prêtre lui faisait la morale régulièrement et la même phrase revenait souvent : « Un homme dans ta situation se doit de donner le bon exemple. » Moïse se vexait de supporter tant d'avanies de la part de ses enfants. Ces derniers temps, ils s'amusaient à le mettre en colère.

Son cœur battait à tout fendre, telle une bombe prête à exploser. Tout en manifestant son mécontentement sur un ton enragé, Moïse roula ses manches de chemise jusqu'aux coudes et enleva sa ceinture avec l'intention bien arrêtée de s'en servir comme sangle pour frapper. Ses yeux furieux visaient Benjamin à qui les coups étaient destinés. Une peur terrible saisit l'enfant, ses jambes se mirent à flageoler au point qu'il s'écrasa derrière la table. Moïse le saisit d'une main furieuse et, avant de le frapper, il fit siffler la lanière dans l'air dans le but de donner de l'envergure à son geste. Les pleurs de l'enfant firent place à un tremblement incontrôlable, et quand Benjamin tremblait, il claquait des dents. L'enfant se recroquevilla et ramena ses bras sur lui comme des ailes de poulet. Il se sentait déjà écrabouillé d'avance.

– Ça t'apprendra !

Comme Moïse allait frapper Benjamin, la sangle resta coincée.

Le père, en proie à une sourde colère, se retourna et fit face à Jean. Le garçon, maître de la situation, retenait la bande de cuir d'une main et Delphine de l'autre, prêt à se venger sur elle.

Antonin était surpris de l'audace de Jean. Il ne s'attendait pas à pareille réaction, venant de son frère à l'esprit si pacifique. L'heure était enfin venue de montrer leurs forces. Pour la première fois depuis le départ de sa mère, Antonin ressentait une grande satisfaction. C'était plus fort que lui, ce besoin d'assouvir sa vengeance. Par le passé il avait subi le droit du plus fort et, aujourd'hui, les rôles étaient inversés. Fini de se laisser mener ! Le temps était venu de regimber, de renverser le régime, de prendre leurs places et ce serait la rançon du remariage de son père. Il se rangea tout contre Jean pour l'encourager de son appui.

Même si les deux hors-la-loi faisaient clan et que sa femme enceinte était sous l'emprise des garçons, Moïse n'acceptait pas d'être vaincu. Dans sa tête, il mijotait d'autres moyens plus efficaces que la force. Il laissa tomber la ceinture que Jean enroula autour de sa main. Le garçon se croyait maintenant maître de la situation, mais il se trompait. Son père ne parlait pas, mais de la façon dont il dévisageait Benjamin, le petit prit peur et se remit à pleurer.

– C'est eux autres qui m'ont forcé.

Moïse s'égosillait. Sa colère changea de front. Il s'en prit à Jean qui n'eut pas le temps de réagir et, pour assouvir sa haine, il lui arracha la ceinture et lui tordit un poignet.

– Je te reconnais ben ! Vous êtes tous du même calibre. Toé, surtout, t'es derrière tous les mauvais coups.

D'un coup d'épaule, Moïse projeta Jean au fond de la cuisine. Le garçon grimaçait de douleur. Moïse criait. Depuis son remariage, il ne savait plus parler sans crier.

– J'en ai plein le dos, vous m'entendez ?

Jean, terrorisé, se tapit dans le coin le plus éloigné. Il leva les deux bras en paravent pour se protéger au cas où son père rappliquerait. Si celui-ci persistait, il irait se réfugier à l'épicerie et il emmènerait Benjamin pour le soustraire à sa fureur.

Un calme inquiétant gagnait la cuisine. Plus personne ne bougeait. Élisa, apeurée, mal dissimulée sous la table, se roula en boule sur elle-même. Elle pleurait si bas qu'on l'entendait à peine. Moïse, le visage rouge et gonflé, respirait par à-coups; sa fureur s'accentuait. Il sortit un mouchoir et essuya la sueur sur son front. Le pire, c'était cette crainte qu'à l'avenir les garçons prennent l'avantage sur lui. Jean ne venait-il pas de marquer un point? Lui, son gringalet, son souffre-douleur, en était rendu à le braver. «Je vais leur montrer qui est le maître icitte», se dit-il! Et il ordonna à Jean:

– Toé, ramasse tes affaires pis fiche le camp d'icitte!

Cette mesure prise au dépourvu paralysait Jean. Le garçon attendait, assuré que son père allait revenir sur sa décision. «Ç'est pas possible! Papa pense pas ce qu'y dit. Y va changer d'idée.» Moïse était survolté. Jean voyait bien qu'il n'était pas dans son état normal. L'œil noir, le souffle court, la salive au coin de la bouche, il criait comme un perdu:

– Décampe, t'as compris? Je t'ai assez vu!

Jean ravalait, sa peine était grande. Jamais il n'aurait cru que son père pouvait pousser les choses aussi loin. Il murmura:

– Où c'est que vous voulez que j'aille?

– T'as ben des plans quand c'est pour me faire damner; tu te serviras de tes machinations pour te débrouiller.

En entendant la sentence, Antonin surveillait la réaction de Jean et finit par avouer d'un ton repentant:

– Non, papa! Vous y allez un peu fort! Tout est de ma faute.

– Toé, ferme-la! Personne va me dire quoi faire dans ma propre maison.

Jean, lui, n'essayait pas de se disculper. Aucune expression ne passait sur son visage. Il aurait préféré une fessée. Pour le moment, sa plus grande préoccupation était de savoir qui, à l'avenir, couvrirait ses frères.

Devant son hésitation à partir, son père, les veines gonflées par son emportement, asséna un violent coup de poing sur la table et pointa la porte du doigt.

– Débarrasse!

Jean finit par comprendre qu'il n'était plus chez lui, qu'il devait bouger. Son père ne revenait jamais sur sa parole.

Il monta lentement pour afficher une indifférence empruntée. À la lourdeur de son pas, on aurait cru que le maigrichon pesait une tonne. Sa main droite frictionnait son poignet gauche, mais la vraie douleur était logée au plus profond de son âme. Quand il descendit, sa chemise rouge à carreaux avait pris l'allure d'un baluchon qui ne contenait que très peu d'effets. Il passa lentement devant son père, la tête haute sans le regarder et franchit le seuil de la porte.

Depuis la mort de Sophie, Moïse ne s'était jamais senti aussi atterré, aussi diminué, lui qui se croyait inattaquable. Atteint dans son orgueil, il craignait de servir de cible aux railleries, de perdre le respect et l'admiration de tout le monde. Jean le connaissait bien, il savait ce qui le préoccupait le plus: c'était le public, les clients, le curé; en un mot, les gens et leurs qu'en-dira-t-on. Et lui, là-dedans? Son père s'inquiétait-il pour lui, à savoir où il passerait la nuit et ce qui se passait dans sa tête d'enfant?

* * *

Moïse se retira seul dans son bureau pour reprendre ses esprits. Tout était si renversant que sa respiration et son pouls n'arrivaient pas à s'accorder. Il savait très bien qu'il était allé trop loin, mais comme les Lamarche, il n'était pas du genre à plier. Il se donnait même raison en se disant que c'était le seul moyen pour rester maître chez lui.

Restée en plan, Delphine monta à sa chambre pour se soustraire au regard méchant d'Antonin. Dans la cuisine restaient les enfants, muets, déroutés, traqués. Qui aurait cru que des enfantillages de petits voisins prendraient une telle envergure ? Un silence de mort suivait le drame. Les enfants se regardaient, le souffle coupé, jusqu'à ce que subitement, le bébé se mette à hurler. Delphine pointa le nez en haut de l'escalier.

– Qu'est-ce qui se passe en bas ?

Antonin, le cœur gros, prêt à exploser, cherchait vengeance pour son frère. Il employa son ton arrogant.

– C'est ta chose qui hurle. Elle aime pas qu'on y donne la fessée. Je vois pas pourquoi on la ménagerait plus que Jean.

Delphine descendit en trombe, croyant les garçons capables d'en arriver là. Elle souleva l'enfant en pleurs. Personne ne l'avait touchée. Toutefois Delphine les prévint :

– Mes grands escogriffes ! Touchez à un seul de ses cheveux pis vous allez voir de quel bois je me chauffe.

Antonin donna libre cours à sa rancœur.

– Pour Jean, tu l'emporteras pas au paradis, dit-il. Tu vas payer pour. Crois-moé !

Chapitre 12

Dehors, Jean ne savait que penser, que faire, où aller. L'espace d'une petite phrase et sa vie d'enfant venait d'être transformée en vagabondage. Le pire à supporter, c'était cette impression d'être détesté, rejeté de son propre père. Il se sentait plus bas que l'égout qui dégorgeait dans la rivière.

Désemparé, il s'éloigna lentement de la maison avec la nette impression d'aller vers nulle part. Les deux mains sur son paquet d'effets, le cou rentré dans les épaules, il regardait le bout de ses souliers. Il ne fit pas long que des coliques le saisirent et le plièrent en deux. Toute sa souffrance morale se ramassait et formait un nœud dans ses tripes. Il mordait ses lèvres qui tremblaient. Des calamités, il en avait plus qu'assez. Si au moins il pouvait crier, pleurer. Non ! Il gardait tout en dedans. À quoi bon alerter les gens de la rue ? La douleur infligée par son père mériterait pourtant un scandale sur la voie publique.

Misérable comme un chien perdu, il s'assit sur le trottoir de planches à l'ombre d'une manufacture de couture et, les mains sur son ventre, il se balançait d'avant en arrière, attendant que ses crampes au ventre disparaissent.

Pour soulager son mal, il essayait de ne plus penser, d'oublier un moment la scène du départ. Mais la colère sur le visage de son père, toujours présente dans son esprit et dans son ventre, ne voulait pas s'effacer.

De l'autre côté de la rue, un homme traînait une vache noire attachée à une corde. La bête s'entêtait à ne pas avancer. Deux garçons s'en approchèrent et essayèrent d'aider en poussant sur l'animal.

Jean n'avait pas le courage de les aider, même si ses crampes avaient diminué d'intensité. Il se leva avec précaution, craignant de raviver son mal. Il traversa la rue Notre-Dame et marcha vers de la Montagne où il se laissa pousser par la pente. Les yeux tournés du côté de sa maison, il hésitait à s'éloigner. Passé le bureau de poste, il revient sur ses pas et marcha sans trop savoir où le hasard le menait. Il gardait l'espoir que son père le rappelle, lui qui n'avait jamais enduré que ses fils traînent dehors après le coucher du soleil.

Les heures passaient, décevantes. Jean errait toujours, sans espoir, sans attendre de réconfort de qui que ce soit. Après quelques rues désespérantes, il sentit son courage faiblir. Son père ne lui donnait aucun signe d'inquiétude. Peut-être le surveillait-il de loin en cachette ? Peut-être même marchait-il derrière lui ? Il était téméraire de penser ainsi. Jean n'avait qu'à se rappeler son air courroucé et son index sévère lui montrer la porte pour revenir à la triste réalité.

Il avançait d'un pas incertain. Il marcha et s'aventura si loin qu'à la fin il se perdit dans la foule. Il n'était jamais venu dans ce quartier. La rue était ensoleillée sur une vaste place entourée d'arbres aux feuilles verdoyantes. Des gens étaient assis à la terrasse autour de petites tables à parasols aux couleurs criardes. Ils jasaient et riaient en sirotant un breuvage. Jean se tenait là, gauchement, comme un spectateur qui n'a pas payé sa place, n'osant pas s'en aller et quand même un peu honteux de rester là, immobile. À deux pas de lui passèrent un cercueil et des gens en habits de deuil. Un prêtre suivait à grands pas. Il tenait dans ses mains un encensoir qu'il secouait au bout d'une chaînette. Les gens s'agenouillaient et se signaient sur son passage. Sa chasuble frôla Jean. Le garçon s'éloigna le plus rapidement possible. Il craignait les tombes. Elles lui rappelaient le malheur.

Plus le jour avançait, plus Jean redoutait que son père le laisse passer une nuit à la belle étoile, histoire de lui donner une sévère leçon. Jean regardait son petit baluchon. C'était tout ce qui lui restait de la vie. « J'ai même plus de maison ! » Il frissonnait, la tête en feu, le dos glacé. Il n'avait plus de solutions, plus de force, plus d'idées, que deux jambes flageolantes pour le porter et des dents qui ne cessaient de claquer. Il pensa à se réfugier chez son oncle Thomas puis, après un moment de réflexion, il y renonça. Il était trop proche de son père, celui-là. Le reste du jour, il battit le pavé. De tous côtés, les promeneurs déambulaient. Eux avaient un but, une raison de marcher. Le garçon scrutait la réaction des passants, les battements de cœur de la foule face à sa détresse. Il se désespérait. Aujourd'hui il n'essuyait que reproches et dédains.

Les gens circulaient sans le remarquer. Jean cherchait parmi eux une bonne personne à qui il pourrait raconter sa vie. Il aurait été prêt à s'accrocher, à accorder sa confiance à n'importe quelle femme qui aurait un cœur de mère. Il en vit une qui lui plaisait : une petite personne un peu rondelette sous sa robe de coton. Elle avait une bonté dans le regard et il se sentait attiré par sa nature simple. Elle promenait un petit chien jaune qui flairait chaque passant comme si c'était un gibier. Jean la regardait tirer sur la laisse et caresser la bête. Il la supplia d'un œil inquiet mais c'était bien pour rien. Pas un regard de compassion, aucun empressement à lui être d'un certain soutien devant sa souffrance et sa solitude. Personne ne pouvait imaginer les effrayants bouleversements qu'il vivait.

Il déplorait l'indifférence des gens à son égard. S'il criait à l'aide, au secours, plutôt que faire figure de sourd-muet, peut-être quelqu'un l'inviterait-il à entrer ? À bien y penser, ça l'obligerait à tout avouer et il avait honte. Il mourait de dégoût de lui-même et enviait le chien qui, lui, avait droit aux caresses.

Il voyait tout en gris à travers ses yeux embués. Il marchait en silence et luttait, obstiné, sur cette vieille terre où personne ne voulait de lui.

Il se mit à tourner dans le même périmètre jusqu'à reconnaître les visages. À la fin, il craignit de passer pour un idiot à toujours sabler le même trottoir. Il marcha plus vite devant le poste de police pour démontrer l'assurance de son pas. L'envie le prit de leur demander assistance, puis il changea d'idée. Ou bien on le ramènerait chez son père ou bien on l'accuserait de graves méfaits et on le mettrait sous les verrous.

Il décida plutôt de s'éloigner. L'heure avançait et lentement les rues s'assombrissaient jusqu'à ressembler à de longs couloirs qui l'avalaient. La peur l'oppressait au point de l'étrangler, mais le pire c'était le sentiment de se retrouver seul, abandonné des siens et de devoir marcher sans cesse, sans but.

Les lampes s'allumaient aux fenêtres et, à l'intérieur des maisons, Jean voyait rôder des enfants de son âge, des enfants confiants, heureux. Et sa peine n'en était que plus lourde. Il se mit à en vouloir à son père.

Puis il pensa à sa mère, cette femme admirable qu'il aimait par-dessus tout. Il se remémorait ses convictions, sa fidélité, sa piété et le calme de la cuisine où il causait souvent avec elle. Il pensait aussi à ses frères et à Véronique. Si sa sœur ne demeurait pas si loin, il irait la retrouver. Il se demandait ce qu'elle penserait de tout ça. Peut-être viendrait-elle le chercher ? Si au moins il pouvait lui écrire ! Il n'avait ni papier ni timbre.

Le plus pressant était de trouver un abri pour la nuit, peut-être en poussant un peu plus loin. Il chemina d'un pas découragé jusqu'à une petite rue mal famée. Tout au bout le soleil agonisait. Quelques ivrognes sans domicile et des filles de petite vertu se partageaient le même secteur. Et voilà qu'ils se mettaient à s'engueuler pour un bout de trottoir. Jean les croisa et fit mine de ne rien entendre. Comme il allait s'éloigner, une prostituée le siffla. Il ne fit aucun cas de son attitude provocante, mais il sentait des frissons parcourir son dos.

Des filles comme elles, il en avait entendu parler par les policiers qui passaient boire une chope de bière à l'épicerie. Chaque fois que le sujet revenait sur le tapis, son père chassait les enfants à la cuisine pour ménager les petites oreilles chastes, mais souvent trop tard : les enfants en avaient entendu assez pour se renseigner.

Jean s'effaça en douce. Il n'aimait pas le coin. Il remonta la ruelle douteuse.

Après quelques rues, le garçon, fatigué, vidé, s'assit à l'indienne dans l'entrée d'une confiserie. Là, il revivait pour la centième fois la scène du départ et toujours, il s'arrêtait aux plus petits détails, analysait, épluchait chaque geste, chaque parole. Il avait tellement de temps à lui pour réfléchir et essayer de comprendre : comment se faisait-il qu'il n'y arrivait pas ?

Comme si ce n'était pas assez, il se mit à se tourmenter. Sa conduite condamnable attirait le châtiment sur lui. Sa mère lui disait de s'abstenir de tout ce qui ne se faisait pas au grand jour. Il aurait dû l'écouter. Maintenant la gravité de sa faute l'écrasait et sa propre accusation était sans pardon possible. Il était un enfant méchant, seul responsable de son malheur. Il se laissait torturer par ses pensées affligeantes.

Jean se demandait pourquoi son père avait choisi de le mettre à la porte, lui, de préférence aux autres. C'était toujours lui qui écopait et seul. Il ne pouvait démêler la raison de ce blâme qui lui incombait. Certes, il y était pour quelque chose ; n'avait-il pas retenu la ceinture ? Il n'aurait peut-être pas dû. Maintenant, il devait payer la note. Son père le méprisait donc à ce point ? Et ses frères, est-ce qu'il les détestait autant ? Il avait toujours eu un faible pour Antonin. C'était pourtant lui qui avait déclenché le chahut. Jean en voulait presque à son père de ne pas l'avoir mis à la porte comme lui. Ce n'était pas qu'il en voulait à Antonin, mais plutôt qu'il aurait tant besoin de l'avoir à ses côtés. Antonin, c'était le plus fort. Il aurait trouvé à lui parler, à l'encourager. Avec lui, il n'aurait plus eu peur. Après mûre réflexion, Jean s'en voulait de penser ainsi. C'était correct de même ; qui se serait occupé des petits à la maison ?

La noirceur effrayait Jean. Elle assombrissait les choses et les êtres jusqu'à les confondre. Jean n'avait pas l'habitude de rester dehors la nuit ; sa mère était intransigeante sur les heures d'entrée. Où trouver un coin sûr pour dormir ?

Jean aurait été prêt à se contenter de n'importe quel bâtiment. Demain il retournerait dans son quartier pour que son père le retrouve. À la nuit tombante, le pauvre n'avait encore rien trouvé. Comme un clochard, il apprenait à explorer les fonds de cour, à sonder les portes des hangars. Malheureusement, toutes étaient cadenassées. Il reprit sa marche. Après deux heures de route, la plante des pieds brûlante, il enleva ses souliers. Il sentit aussitôt un soulagement physique. Il trouva enfin un banc de parc qui ferait l'affaire ; toutefois, il se désolait à la pensée que son lit était vide à la maison. Le feuillage était secoué par une brise légère et au moindre bruissement, Jean sursautait. Comme un ressort, il bondit sur ses pieds et repartit. Poursuivi par une ombre imaginaire qui le suivait de près, il gagna une ruelle sombre et se sauva aussitôt comme si quelque vision le terrifiait. Il n'y avait donc pas de place pour les rejetés ? À la fin, il ne trouva que l'arche du pont où un couple enlacé lui lança un regard dédaigneux pour aussitôt ignorer sa présence, comme s'il ne méritait aucune considération. Il se terra près d'un pilier dans un fouillis de broussailles et, la tête appuyée sur son balluchon, il gardait les tourtereaux en vue comme une garantie contre l'horrible crainte d'être assassiné. Quand les amoureux s'éloignèrent, il trembla de peur. Il ne restait que la rivière assombrie et quelques légères ondulations à la surface de l'eau. Il savait que sous ce pont un crime avait déjà été commis.

Un an plus tôt, une jeune fille avait été trouvée étranglée, apparemment sans motif. Son corps avait été retrouvé flottant sur les eaux de la rivière Saint-Pierre. Et le meurtrier courait toujours.

Une vive inquiétude envahit Jean. Au moindre mouvement, il craignait pour sa vie. Il ne pouvait imaginer son avenir à se cacher et à voler sa nourriture. Il déplia ses jambes engourdies. « Personne s'inquiète à mon sujet. Et si je retournais à la maison ? » Jean s'ennuyait de sa paillasse de maïs. Si ce n'était de cette peur de se faire égorger…

Au-dessus de sa tête, la lune cornue et laide se ramassait sur elle-même comme un embryon sur le point d'avorter.

Jean n'arrivait plus à dormir. Le mal de la famille le saisissait aux tripes.

* * *

Chez son père, ses frères s'inquiétaient pour lui. La nuit était chaude et humide et le thermomètre ne cessait de monter.

Dans la chambre des garçons, trois lits de fer étaient alignés au mur et, entre chacun, une commode à dessus de marbre, composée de quatre tiroirs, servait à ranger les vêtements. De son vivant, Sophie avait peint la pièce d'un beau beige et avait confectionné des courtepointes de tons ocre et blanc. Un crucifix noir était cloué au haut de la porte.

Antonin gardait les yeux ouverts. Jean parti, un vide mortel s'était installé. Mille pensées se bousculaient dans son esprit et toutes suscitaient des idées affligeantes. Il rabâchait les derniers événements. Tout avait tellement changé depuis la mort de sa mère ; la joie de vivre de la maisonnée s'était changée en calamité. Et ça ne s'arrêtait jamais. Si sa mère avait été là, son père n'aurait pas mis Jean à la porte. Où son frère pouvait-il être en ce moment ? Au moindre bruit, Antonin espérait le voir surgir. Son père allait sûrement aller le chercher pour le ramener durement dans son lit. Pourquoi, lui autrefois si tolérant et bienveillant, était-il devenu si sévère ? Avant son remariage, il supportait toutes leurs petites espiègleries sans lever le ton. « C'est curieux, se dit Antonin, comme la bonne a de l'emprise pour changer p'pa de la sorte. Ce soir, la Delphine s'est pressée de faire coucher le petit Arthur dans le lit de Jean pour donner sa chambre à Aurore, comme si Jean n'avait plus droit à sa place dans la maison. Quand il reviendra, on devra coucher quatre dans une même chambre. »

Antonin avait beau décharger sa hargne sur Delphine, il en voulait mortellement à son père ; mais jeter le blâme sur qui que ce soit ne lui ramenait pas son frère. Les poings sur les yeux, il suppliait sa mère de leur venir en aide.

Dans le lit d'à côté, Benjamin se plaignait. Il souffrait tant qu'il était incapable de dormir.

– Je peux aller coucher avec toé. Antonin ?

– Non, Benjamin, je pourrais te faire mal en bougeant.

– Je vais te tourner le dos.

Les garçons croyaient le petit Arthur endormi mais ils se trompaient. L'enfant gardait les yeux grands ouverts. Pour lui aussi la journée avait été éprouvante.

– Moé itou, je veux y aller.

– Non, reste dans ton lit.

En réalité, Antonin voulait un peu de tranquillité pour ruminer en silence le départ de Jean qui venait s'ajouter à ceux de Véronique et de sa mère.

À la mort de Sophie, Antonin n'avait pas vidé l'abcès. Un homme ne pleurnichait pas ; c'était bon juste pour les filles. Toutefois, ce soir, étendu sur sa couverture, la mesure débordait. Il se servait du coin du drap pour essuyer ses yeux.

Il entendait encore la voix tranchante de son père prononcer son verdict.

Il se rendit à la fenêtre sur le bout des pieds, évitant le moindre choc. Où Jean pouvait-il bien être passé ? Rien ! Même pas une silhouette ou le pas d'un passant. Il s'attendait pourtant à le voir revenir rôder aux alentours. Son frère ne pourrait jamais se débrouiller seul ; il était trop dépendant, trop bonasse. À la fin, il se désola. Jean allait-il passer la nuit dans la rue ? C'est impensable ! Antonin regrettait de ne pas être parti avec lui. Si seulement il avait su où le trouver.

Il revint à son lit en contournant celui de son frère qui ne cessait de se lamenter. Ses bras retombèrent, impuissants. Il s'assit sur son lit. Étant l'aîné des garçons, Antonin se sentait responsable de ses frères.

– O.K. Benjamin, tu peux venir coucher avec moé si tu y tiens.

Arthur était placé au mauvais rang dans la famille. Ni petit ni grand, sans ses crises, tous auraient été portés à l'oublier. Toutefois il savait prendre sa place. Tous les trucs étaient bons pour arriver à ses fins. Il se mit à brailler sans égard pour le reste de la maisonnée.

– Pourquoi lui, pis pas moé ?

– Y a pas de place pour trois dans mon lit. Si tu restes tranquille, demain ce sera ton tour.

Benjamin se leva péniblement. Se déplacer, déplier ses jambes et se rendre auprès de son frère lui imposait une douleur atroce. Il pourrait simplement rester dans son lit sans bouger plutôt que de s'infliger un surcroît de douleurs physiques. Mais non, inconsciemment il recherchait une sécurité, une consolation, une oreille attentive et tout son être qui se débattait dans un abîme retrouvait un certain calme à se coller contre son frère.

Si Antonin était l'auteur incontestable des événements de la journée, il n'en restait pas moins qu'il était le seul consolateur sur qui les petits pouvaient compter. Leur père ? Ils avaient tous la même opinion de lui. Il les rejetait, les abandonnait, les corrigeait.

Arthur pestait tant qu'à la fin Moïse, mécontent, se leva et se dirigea vers leur chambre.

Les garçons entendirent son pas appesanti venir vers eux et Benjamin n'eut pas le temps de retourner sur sa paillasse. Par mesure de précaution, Antonin remonta la couverture sur la tête de son frère. Après les derniers événements de la journée, il préférait que son père ignore que Benjamin partageait son lit. « Y va nous tuer ! »

Dans le noir, Moïse ne les voyait pas.

– Voulez-vous que je vous chauffe les fesses ?

Impressionné par le ton tranchant de son père, Arthur se tut net. Les garçons retenaient leur souffle. Plus un son. Ils laissèrent le temps à leur père de disparaître et, à voix basse, ils reprirent leur conversation. Finalement, Antonin accepta qu'Arthur vienne les retrouver mais à la condition qu'il ne dise pas un mot. Ils se retrouvaient trois dans un lit à une place.

Le petit se sentait protégé. Il ne dit rien. Il enroula son bras rond autour du cou d'Antonin et s'endormit comme si rien désormais ne pouvait lui arriver.

Benjamin reniflait et chuchotait :

– La Delphine, on va l'endurer encore combien de temps chez nous ?

La réponse d'Antonin fusa, désespérante :

– Tout le temps !

– Elle a sa maison pis ses parents à côté; pourquoi elle s'en va pas chez elle?

– Asteure qu'elle a marié p'pa, elle est chez elle, icitte.

– Je veux qu'elle parte. Je l'aime pas.

– Moé non plus. Dors, pis arrête de penser à elle.

– Jean, y va-t-y revenir?

– Je pense que oui. Peut-être demain. Y doit être chez mon oncle Thomas.

– Pis Véronique? Pourquoi elle est partie?

– Je sais pas trop. Véronique a un chum. Elle va se marier.

– J'ai envie, pis je peux pas y aller, ça me fait trop mal.

– Demain, on ira voir le docteur en livrant les commandes. Quand je te dirai embarque, va pas tenir tête. Pis pas un mot à papa là-dessus, tu m'entends?

– J'ai peur du docteur.

Antonin le rassura en lui laissant croire qu'un simple comprimé allait faire disparaître sa douleur.

– Pis là, colle-toé pas trop sur moé, je pourrais bouger pis te faire mal.

– Tu vas partir de la maison, toé aussi, hein?

– Ben non! Crains pas!

– Tout le monde part.

Les deux frères donnaient libre cours à leurs impulsions et se consolaient mutuellement en se racontant leurs impressions.

* * *

Le lendemain, dans la salle d'attente, les garçons faisaient la queue à la suite de cinq patients. Benjamin, vert de peur, serrait la main de son frère et claquait des dents, comme la veille devant la colère de son père. Il entendit tousser dans le cabinet du médecin

Une assistante en sarrau de toile ouvrit la porte sur une pièce d'une blancheur immaculée. Une odeur de désinfectant saisit Benjamin à la gorge. Il pinça ses narines. De son poste, le médecin voyait le garçon grimacer. Il se leva et avança vers lui d'un pas décidé, faisant fi des clients qui s'étonnaient de le voir passer leur tour. Antonin, embarrassé, lui expliqua:

– C'est pour lui. Y s'est blessé en quelque part. Je vais vous payer, craignez pas.

– Je vous connais, vous deux. Vous êtes les fils de l'épicier Lamarche? Qui vous a envoyés ici?

– Personne.

– Et votre père?

– Y sait rien.

Une contraction incommodait Benjamin.

– Ça me fait mal.

Le vieux médecin releva le petit menton agrémenté d'une fossette et planta ses yeux verts dans les prunelles apeurées de l'enfant. Le petit serra davantage la main d'Antonin. Le docteur l'invita à le suivre dans son cabinet.

– Viens me montrer ça. T'es un brave petit homme, toi!

Benjamin était un craintif. Vert de peur, il se retenait de pleurer. Il avança de deux pas et se tourna vers son frère.

– Antonin, viens avec moé.

Le docteur le fit asseoir sur un lit étroit et dur. À la vue du dégât, le médecin fut complètement abasourdi. Il demanda à son assistante le chlorure d'éthyle qui servirait d'anesthésique et choisit un bistouri qui ressemblait à un poignard. À la vue de la lame luisante et effilée dans la main du soigneur, Benjamin pâlit et s'évanouit.

– Maria, faites-lui respirer les sels.

Le petit garçon reprit ses esprits mais il redoutait toujours l'arme dans la main du médecin. Terrifié, il cherchait à se sauver. Antonin le retint fermement et lui conseilla d'écouter ce que lui disait le médecin.

– Juste ciel ! Comment t'es-tu estropié de la sorte ?

Les garçons se regardaient. C'était à qui des deux ne parlerait pas. Finalement, Antonin, embarrassé, chercha les mots pour le dire décemment. L'homme écoutait attentivement les explications.

– Ton frère a eu plus que sa leçon.

– Détends-toi, mon petit, et prends une longue respiration. Je vais te faire une petite incisure, mais avant, tu vas sentir ce liquide et me dire si tu reconnais l'odeur. Je te ferai aucun mal.

Son frère endormi, Antonin abandonna sa main et détourna la vue. Quelques minutes plus tard le chirurgien l'invita à le suivre.

– Toi, le grand, au réveil de ton frère, tu le conduiras à la maison sans faire de détour, tu m'entends bien ? Là, tu demanderas qu'on le couche et qu'il ne remue pas. Y a bien quelqu'un qui s'occupe de lui à la maison ?

– Oui… moé.

Antonin tendit un peu de monnaie que le médecin hésita à accepter. Le coup d'œil connaisseur de l'homme savait dépister non seulement les malaises du corps mais aussi ceux de l'esprit.

– Qui t'a donné cet argent ?

– C'est le mien. Je l'ai pas volé, je vous le jure. Ce sont mes pourboires.

Le regard chargé de colère contre l'épicier, le docteur griffonna quelque chose sur un bout de papier.

– Garde ton argent. Tu remettras ce mot à ton père.

– Si mon père apprend qu'on est venu icitte, on va en manger toute une !

– Ne craignez rien. Votre père ne vous touchera pas.

Le praticien réveilla le petit, le porta dans ses bras et l'étendit avec mille précautions à l'arrière de la charrette. Puis il regarda l'heure à sa montre de poche.

– Allez ! Filez ! Je suis pressé. Dis à ton père que s'il ne peut venir dans le courant de la journée, je passerai chez lui dans la soirée.

Chapitre 13

Jean recueillit un peu d'eau dans le creux de ses mains, en aspergea sa figure et frictionna sa nuque. Si sa mère le voyait, elle lui dirait: «Tu te laves comme la chatte.» Les cloches de Saint-Henri tintaient au loin. Jean reprit sa route et allongea le pas. En se pressant un peu, il espérait arriver assez tôt pour entendre la messe. Enfin une vraie raison de marcher. Il arriva à la fin de l'office, s'agenouilla dans l'avant-dernier banc et posa son humble paquet par terre. Incapable de prier, il resta assis pendant deux bonnes heures et repartit à l'aventure.

Des enfants plein la rue s'amusaient. Une femme chantonnait sur le pas de sa porte. Elle reflétait la joie de sa maisonnée. En face, une ménagère échevelée ouvrait ses volets. Plus loin, Jean rencontra un couple d'amoureux qui se promenait main dans la main. Tous ces gens avaient en commun un foyer où rentrer. Jean se prit à les détester tous.

Pour la première fois, la faim se faisait sentir. Le baluchon battant sur son dos, il se rendit au marché central et promena sa détresse entre les comptoirs à ciel ouvert où les marchands étalaient leurs denrées. Quelques auvents en toile rayée donnaient à la rue un air de kermesse. Près des tombereaux, les femmes ouvraient de grands parasols pour se protéger du soleil. Puis vint la vente aux enchères. Les intéressés commençaient à s'attrouper. Jean se mêla à la foule. On commença par deux brouettées d'oignons rouges pesés dans de petites chaudières à anses mobiles. Un radin s'entêtait à faire baisser la mesure à un prix dérisoire. Jean surveillait à savoir qui l'emporterait, puis aussitôt il reprit sa marche.

Plus loin, deux adolescentes au long cou et aux fesses rebondies attendaient les clients sous les auvents effrangés des pâtisseries. Il faisait une chaleur étouffante. Les filles agitaient un éventail pour produire un peu de fraîcheur. Elles adressèrent un sourire intéressé à Jean. Le petit accordéon de papier déployé devant la bouche, elles parlaient bas en gardant les yeux rivés sur le garçon. Jean n'avait pas de sourire à rembourser. Un léger mouvement du sourcil démontrait son refus de badiner. Les vendeuses ne voyaient donc pas son désarroi ! Il n'était rien qu'un vagabond, un vaurien que le père venait de mettre à la porte, un clochard qui dormait sous les ponts quand tous les jeunes de son âge avaient un lit. Il n'avait rien à offrir à personne ; d'ailleurs, qui voudrait de l'amitié d'un traîne-semelles ? Le garçon se retenait de crier : « Je suis seul, tout seul, et j'ai faim ! » Il ne voulait qu'un pain quand les filles en avaient des centaines devant elles. La plus grande des deux en avança un sous son nez, comme si elle avait entendu ses pensées.

– Vous en voulez ?

– Non, merci !

Il ne pouvait accepter ; il lui faudrait en retour le payer ou fournir des raisons.

– Vous partez déjà ?

– Oui.

– Vous allez revenir ?

– Je pense que non.

La fille semblait l'effrayer. Il s'éloigna à regret avant d'avoir pu connaître leurs noms. Et sitôt sur le trottoir, il reprit sa vie de chien errant.

À vrai dire il était à la merci du hasard le plus banal. L'avenir lui semblait un entonnoir où il se sentait aspiré. S'il pouvait en finir ! Il longea le comptoir des légumes où deux hommes se disputaient une vente intéressante. Les poings en l'air ils se menaçaient de coups. Plus loin une femme essayait de vendre à prix exorbitants des courtepointes piquées à la main. Tout près, une clochette annonçait la criée des prix : un rabais sur les tomates qui lui mettaient l'eau à la bouche. Jean s'éloigna avant de succomber à la tentation de voler. Le jeûne allait le tuer. Il ne pouvait se dégraisser ; il avait déjà la peau collée aux os du temps où il était bien nourri.

Marcher, toujours marcher ! Sans demeure, comment peut-on rester sur place ?

Lorsqu'il passa devant la boulangerie, la vitrine lui renvoya un visage défait, un air différent qu'il ne reconnaissait pas. Il renifla l'odeur de cannelle émanant des brioches. Il se serait contenté de n'importe quoi. Il devrait voler pour manger quand, chez les siens, l'épicerie pouvait nourrir tout le faubourg. Si plutôt il volait son père ? Après un moment de réflexion, la chose lui sembla un sacrilège aussi grave que de voler dans une église.

D'une honnêteté à outrance, Jean se demandait combien de temps encore il pourrait tenir tête à ce jeûne forcé. Il se voyait mendiant et se comparait à ceux qui venaient chez son père, les cheveux hirsutes, souvent infestés de poux, et il frissonnait d'horreur. Qui sait si, plus jeunes, ces malheureux n'avaient pas été, comme lui, chassés de leur maison. Déjà leur ressemblait un peu. Comme eux, il traînait son baluchon, et ses cheveux, il n'avait nulle part où les laver ni peigne pour les démêler. Quelques semaines encore et les gens les confondraient. Non, il n'avait jamais cherché à devenir un déguenillé, lui. Plutôt mourir.

– Salut, Jean !

Jean se retourna, heureux qu'on le retrouve. « Ah non, pas lui ! » Il fit semblant de sourire à Élie, un garçon du quartier à peine plus âgé que lui. Il savait qu'il ne rirait plus jamais pour de vrai. Le garçon l'invita.

– Viens avec moé au marché central, on va jouer à cache-cache entre les comptoirs.

Jean dissimula aussitôt son baluchon derrière son dos. Il voulait qu'on le laisse tranquille avec sa misère. La réplique fusa d'une voix qu'il s'efforçait de souffler sans affectation.

– Non ! À la maison, mon père m'attend pour des livraisons. Je suis déjà en retard.

– Je peux t'accompagner ?

– Non ! Veux-tu ben t'en aller ? Y me reste des commissions pis je tiens à les faire seul.

Jean s'en alla en surveillant Élie. Pourquoi fallait-il qu'il soit là, au mauvais moment ? Dépaysé, Jean promenait le regard angoissé de quelqu'un qui se dérobe. Il longea le chemin de fer et, les bras étendus pour mieux tenir l'équilibre, marcha sur les rails. Il posait un pied à toutes les quatre pièces de bois qui maintenaient l'écartement des rails en les comptant à haute voix. Là, enfin, il se sentait à l'abri des regards. Ce n'était pas pour s'amuser, c'était l'obligation de bouger et de parler qui le poussait. Où pourrait-il s'asseoir ? Les barres d'acier étaient brûlantes.

Jean décida de se faire une maison tout contre le ballast. Il ramassa des pierres à gauche et à droite et les aligna les unes sur les autres. Mais sans mortier pour les lier, les roches déboulaient et le petit maçon, épuisé, abandonna son projet. Il reprit sa marche sur la voie ferrée. Ses tripes criaient famine. Le mercredi, à la maison, ils mangeaient du boudin et des saucisses rôties pour souper. Jean savait que chez lui, il y aurait du manger plein la table.

Le train venait au loin. Sa pensée retourna au ruisseau Vacher, chez ses grands-parents. Il se rappelait l'odeur des foins frais fauchés et il lui prit une envie folle d'y retourner, de cueillir des quenouilles près de la traverse. S'ils ne demeuraient pas si loin…

Par prudence, Jean s'écarta un peu de la voie ferrée, quand il aperçut un crapaud qui allait se faire écrabouiller. Comme il allait le secourir, le train fonçait sur lui et hurlait de toutes ses forces. Inconscient du danger qui le guettait, Jean risqua sa vie. Il prit la petite bête dans sa main et recula d'un pas. Il était si près que le déplacement d'air de la locomotive l'attirait. Il s'en foutait. Tout ce qui comptait c'était que le crapaud devienne son ami et qu'il ne soit plus seul. Ne venait-il pas de lui sauver la vie? Il caressa sa tête large, sa peau verruqueuse et, au moment où il allait le flanquer dans sa poche, le batracien bava. Pris d'une répulsion insurmontable, Jean le lança à bout de bras en criant: «Va traîner ailleurs, le laid.» Il se retrouvait de nouveau seul.

Comme sa vie avait changé! C'était impensable! Si on lui avait dit ça trois jours plus tôt, il aurait tenu tête. Il ne s'habituerait donc jamais à la solitude? Il n'était lui-même qu'un crapaud que son père avait rejeté.

Accablé par le jeûne et le soleil qui lui tapait sur la tête, il suait à grosses gouttes de faiblesse. Il se rendit à la gare. Ses poches remplies de cailloux aux formes et couleurs originales formaient deux énormes bosses sur ses hanches efflanquées. Arrivait l'heure du repas. Les gens couraient à la soupe. Jean s'allongea sur un banc en fer verdi, installé sous la voussure du toit à l'intention des voyageurs. Un court somme lui ferait peut-être oublier son jeûne forcé.

À peine croyait-il avoir trouvé un coin où dormir que les voyageurs affluaient et se bousculaient. Jean se leva avant qu'on le chasse. Il se détacha de la foule. La gare n'était pas l'endroit idéal. Mais où était l'endroit idéal? « Si m'man vivait, ce serait ben différent! Je sais pas ce qu'elle penserait de me voir traîner les rues. »

À la pensée de sa mère, ses pas le menèrent directement au cimetière. Chemin faisant, Jean la revoyait avant sa maladie. Elle se déplaçait avec une telle agilité que le bas de sa robe suivait son mouvement quand elle disparaissait derrière une porte, sans même toucher le cadre. Si mince, si légère, elle semblait voler. Avec elle, c'était la paix. Elle chantonnait à cœur de jour et personne n'élevait la voix dans la maison; elle n'aurait pas enduré ça. Dans le temps, son père sifflait. Il avait l'air de les aimer. La vie était bonne. Et paf! d'un coup, la famille avait croulé. Pourquoi fallait-il que le bonheur s'arrête pour se changer en grand malheur?

Au cimetière, où quelquefois il avait joué à cache-cache avec ses frères, Jean faisait le tour des pierres tombales. Il s'agenouilla devant celle de sa mère et, le visage noir de douleur, il pleura à chaudes larmes. Il resta là, des heures, à gémir sur son sort puis, vidé, le corps asséché, il sentit une présence. Peut-être était-ce sa mère? Il ne pouvait s'empêcher de se plaindre à elle. « P'pa m'a jeté à la rue. Depuis le temps que la Delphine y conseillait ! Avant, y l'écoutait pas, mais elle a assez insisté qu'à la fin elle a gagné son boutte. C'est pus pareil pantoute à la maison. Si vous voyiez ça, m'man ! C'est l'enfer depuis que vous êtes plus là. Votre petite Élisa qui portait toujours des rubans dans les cheveux, ben vous la reconnaîtriez pas tellement elle est tout échevelée, pis elle rit pus. Antonin pis Benjamin se font crier par la tête à cœur de jour par la Delphine. Vous, dans le temps, vous manquiez pas une occasion de caresser nos têtes. Pis votre soupe, m'man ! La Delphine en fait jamais ; elle dit qu'elle sait pas cuisiner. P'pa lui, y dit rien ; y est de ceux qui se plaignent pas. Quand y parle c'est pour nous punir. Des fois c'est à se demander si y a un cœur… Oh, pardon, m'man ! Je me rappelle que vous teniez mordicus au respect des parents, mais vous savez, là, comme je me sens tout seul pis que je sais pus où aller, ça me rend malade ; c'est pour ça que je déraille un peu. Où voulez-vous que j'aille comme ça, sans maison, sans manger, à dormir à la belle étoile ? De grâce, m'man, répondez-moé que je me sente un peu moins seul. »

À la fin, Jean avait l'impression de parler à un bloc de pierre. Au bord du désespoir, il perdait confiance. Quand il se releva, il ne restait rien que la main d'un fantôme qui effleura une mèche de ses cheveux pour s'envoler aussitôt. « Ça y est, je deviens fou ! »

L'heure du souper passée, Jean ne sentait presque plus la faim le tirailler. Heureusement pour lui, le soir était calme, l'air était doux.

Le soleil s'agenouillait comme pour une prière avant de se coucher.

Deux jours et son père n'avait pas donné signe de vie. Jean réalisait qu'il s'était débarrassé de lui pour de bon, qu'il voulait l'oublier. Son père ne l'aimait pas, c'était évident. Maintenant, il n'attendait plus rien de personne et il sentait comme un grand trou dans sa tête. D'une main rageuse, il étranglait son baluchon. Ce soir, son cœur se faisait vieux. Jean souhaitait mourir. Qu'avait-il à attendre de cette terre de misère ? Un trop-plein de souffrance allait le faire exploser et ce serait bien ainsi ; la mort ne pouvait être pire que cette sensation affreuse de solitude, d'indigence, de disgrâce. Au bord du désespoir, il adressa une prière à sa mère, la suppliant de venir le chercher.

Sur le point de sombrer dans la ville endormie, une force inconnue l'animait ; sans doute que la vie, toujours en lutte contre la mort, cherchait à prendre le dessus.

Jean reprit sa marche en cachant aux passants son visage ravagé par les larmes. « Si je me rendais au ruisseau Vacher ? Là-bas, y a mémère qui garde le petit Charles ; peut-être qu'un de plus… La maison est grande. » Jean, ne connaissant pas le chemin, renonça à s'aventurer au hasard. Il se désolait quand une idée lui traversa l'esprit. « Y a ma tante Dina qui pourrait peut-être m'aider. Celle-là, si elle pouvait me loger pour une nuit, une seule nuit. Le jour, je pourrais aller marcher sur les rails. Là, y a personne qui peut me chasser. J'y dirai pas à ma tante que p'pa m'a mis à la porte. Elle dirait que j'ai rien qu'à obéir. » Sur le parcours, Jean cherchait un moyen convenable pour masquer la vérité. « Si j'y ferais croire que je me suis écarté ? »

* * *

À soixante-dix ans, Édouardina passait pour veuve et sans revenus, elle avait à peine de quoi subsister. Son neveu Moïse lui faisait régulièrement don des surplus de denrées périssables, souvent des légumes défraîchis et quelques rares fois de la viande.

Ces derniers temps, Antonin ou Jean se relayaient aux livraisons à domicile. Jean se souvenait de la modeste maison de bois. Avec sa vigne qui couvrait entièrement la façade, il ne pourrait pas la manquer. Il marcha encore les trois rues qui longeaient la voie ferrée puis tourna à gauche. Arrivé chez sa tante, il hésita un peu avant de frapper. « Si papa me trouve, pis qu'y apprend que j'ai rebondi icitte, y va voir noir, mais moé j'en peux pus de dormir dehors. » Il frappa. La réponse se fit attendre. À son âge, Édouardina ralentissait. Elle mit du temps avant de réaliser qu'on frappait en bas et il lui fallait rassembler chandelle et allumettes. Jean patientait sur le perron. Qu'importait le temps, plus rien ne le pressait. Finalement, la vieille apparut, tenant un bout de cierge allumé dans sa main. Elle reconnut Jean à travers les carreaux.

– Jean ? Toé, à cette heure ? Entre un peu !

– Je vous réveille ?

– Ben sûr ! Je vois pas pourquoi je resterais deboutte à brûler des chandelles juste pour le plaisir de veiller tout seule. Ce serait un luxe, une extravagance, et je suis pas assez riche pour me payer ça. Pis toé, tu te promènes en pleine nuit asteure ? Ton père doit s'inquiéter sans bon sens !

Jean ne parlait plus. Un cri monta en lui et avorta, bloqué par une grosse boule dans sa gorge. Il fit non de la tête. La vieille tante devinait que quelque chose de grave tracassait le garçon. Elle leva la petite flamme à la hauteur de son visage et remarqua ses yeux pleins de filets rouges et ses paupières gonflées. Elle avait l'air de deviner ses pensées.

– T'as mauvaise mine, mon garçon.

Jean ne savait pas mentir.

– Papa m'a jeté dehors. Ça fait deux jours que je traîne les rues à pus savoir où aller. J'ai dû coucher sous le pont. J'ai eu assez peur que j'ai pas fermé l'œil de la nuit.

– Qu'est-ce que tu me racontes là ? Moïse aurait fait ça ? C'est impensable, lui un homme si bon !

– Si ! Je vous jure que c'est vrai.

La peine reprit Jean. Des sanglots secouaient ses frêles épaules. Il se laissa aller à pleurer sans honte devant sa tante, soulagé de n'avoir pas menti. Édouardina le poussa du bras jusqu'à la cuisine où elle l'invita à s'asseoir. L'indulgence dans sa voix le mettait en confiance.

Édouardina avait assez souffert dans sa vie suite à un manque de compréhension qu'elle savait s'ouvrir aux problèmes des autres. Elle aussi avait connu l'éloignement et le rejet. Tout bas, elle le consola.

– Tu sais, Jean, chaque problème a sa solution. À deux on devrait arriver à trouver un moyen de t'en sortir.

Il se moucha et, entre ses hoquets, il raconta tout, en insistant davantage sur la triste vie de ses frères.

– Mon père m'accuse de tous les péchés du monde, pis moé, pour protéger mes frères, je me tais pis j'attrape les coups.

– Quelle idée aussi de marier une fille de l'âge de ses enfants ! Mais là, on changera rien à en parler. Je pense qu'y est temps que tu t'occupes seulement de toé, Jean. C'est à ton père de prendre ses responsabilités vis-à-vis des autres.

– Je sais, mais y a aussi la petite Élisa. Si vous la voyiez! Elle dépérit. Elle passe toutes ses journées, tantôt debout dans la porte qui donne sur l'épicerie tantôt dans la chaise berçante, sans un mot. Je suis sûr qu'elle attend maman.

– T'es trop bon, Jean!

Depuis quand son nom n'avait-il pas été prononcé avec une telle douceur? Depuis la mort de sa mère sans doute.

Attentive, les sourcils froncés, Édouardina l'écoutait. Finalement, elle lui coupa la parole.

– Dis-moé d'abord ce que tu penses faire. As-tu trouvé une idée à force de te promener comme ça?

– Je sais pas, mais là je voudrais dormir, juste dormir. Peut-être sur votre perron.

– Sur mon perron? Pense donc!

– Demain j'irai me trouver un travail.

– T'as rien que treize ans, Jean, t'es en pleine croissance.

– J'ai pas le choix.

– Attends encore un peu. Prends le temps de te retourner.

– Ce sera plus facile quand j'aurai des sous. Asteure, faut que je compte sur moé tout seul pour vivre. Je peux pas toujours coucher dehors pis jeûner.

– Depuis quand t'as pas mangé?

– Deux jours, mais là, ma faim s'est calmée.

– Je vais te réchauffer un reste de soupe aux pois.

– Non, ce serait pour rien; ça passerait pas.

– Même si tu te forçais un peu?

– Même là!

– As-tu pensé à parler au curé? Ça lui arrive à l'occasion d'aider des gens dans le besoin.

La tristesse voilait ses beaux yeux.

– J'aime mieux pas. Comme y est ami avec papa, y ferait juste me sermonner. Vous savez que c'est lui qui lui a conseillé de marier la servante ?

Édouardina secoua les épaules. Son indignation était justifiée, toutefois sa dévotion ne lui permettait pas de juger un prêtre.

– Si j'étais pas si pauvre... Tiens, pour cette nuit tu coucheras icitte.

– Si vous alliez voir mon père, vous pourriez essayer de le raisonner ?

La tante réfléchit un moment.

– Non, Jean. N'y retourne pas, ce serait à recommencer.

Elle lui jeta une couverture dans les bras.

– Monte pis essaie de dormir ; quand y fera jour on reparlera de tout ça à tête reposée. Là, on fait juste gaspiller des chandelles.

Enfin une main se tendait. Jean était soulagé d'avoir parlé. Il était presque bien chez la tante. Il ruminait ses paroles : « T'es trop bon, Jean ! » M'man aussi me disait ça. Moé, je me trouve méchant. Je sais pas qui des trois a raison. »

Déjà la chaleur de l'accueil faisait relâcher la pression qui pesait sur ses jeunes épaules. Jean voyait sa tante d'une tout autre façon. Comme il la connaissait mal ! Lui qui craignait en entrant chez elle qu'elle l'accuse et le blâme comme les adultes savaient le faire. Même sa mère qu'il aimait tant n'était pas tolérante comme elle. Sophie visait la perfection. Elle supportait tout aussi mal les petits manquements que les gros péchés.

Jean en était là de ses réflexions quand sa tante Édouardina lui apprit qu'il valait la peine qu'on s'occupe de lui. « Chère tante ! » La bonté et la douceur transpiraient derrière ses lunettes mal ajustées. Elle le considérait comme un enfant quand tous les autres attendaient de lui des comportements d'adulte. Toutefois, elle y trouvait son compte. En accueillant son neveu, c'était comme si elle ouvrait sa porte close à toute la race des Lamarche. Et si la vie l'avait coupée des siens, aujourd'hui elle lui faisait le plus beau des cadeaux. Elle n'était plus seule. Certes Jean était jeune, mais la plupart du temps Édouardina parlait pour parler, pour s'empêcher de mourir d'ennui comme avant.

Elle portait Jean sur la main. Il devenait son centre d'intérêt.

Édouardina en avait pitié ; toutefois, elle ne connaissait pas toute l'ampleur de son drame. C'était au-delà de l'imagination.

La chambre était grande mais modeste. Près de la porte, un petit bénitier à sec démontrait que les visiteurs se faisaient rares. L'ameublement ne comprenait qu'un lit de plumes tout nu. Sur le mur, un crucifix penchait vers la droite. Jean le redressa, jeta une couverture sur le plumard et s'y vautra mollement. Il n'aurait pas trop d'une bonne nuit de repos pour se purger de deux jours de marche. Chose curieuse, il n'arrivait pas à dormir ; il pensait trop. Sa tante était bien bonne de l'inviter pour la nuit, mais il ne voulait pas s'incruster. Que lui réservaient les lendemains ? Il se consola en pensant que, peut-être, elle ne le laisserait pas à lui-même. Demain serait sans doute différent. Déjà que ce soir il avait trouvé un bon lit ! La chandelle soufflée, il faisait noir comme chez le diable. Épuisé de penser, Jean tenta de se consoler dans la prière mais il s'endormit aux premiers Ave.

Le matin, le soleil de juillet étirait ses bras aux carreaux nus et s'attardait sur le lit de Jean. Au coucher, le garçon avait oublié de fermer les persiennes ; ses idées trottaient bien au-delà de ce détail et il en résultait maintenant une chaleur insupportable dans la pièce. Le garçon descendit à la cuisine juste au moment où sa tante se préparait à sortir.

– Bouge pas d'icitte avant que je revienne. Tiens, y a un bol à mains sur le bout du poêle ; fais-toé une toilette pis sers-toé à déjeuner, ça t'occupera.

– Pis vous ?

– Moé, ça peut attendre. Je mangerai à mon retour.

Elle ramassait ses cheveux et en arrangeait une toque qu'elle fixait sur sa nuque. Ses bras serraient une veste de laine usée mais propre. Jean la regarda s'éloigner d'un pas allongé en direction de chez lui. Il supposait qu'elle allait rencontrer son père pour intervenir en sa faveur. Il restait là, soudé à la fenêtre

C'était l'heure où les commerces ouvraient. Les enfants prenaient les rues d'assaut. Sur un balcon, une femme un peu grassouillette secouait son tapis et une autre en robe de chambre rose balayait son devant de porte. À la ville, les gens vivaient sur leur seuil.

* * *

Édouardina regardait droit devant elle. Qu'allait-elle dire à Moïse ? Elle en avait gros sur le cœur ; par contre, elle ne voulait pas se le mettre à dos : il était le seul lien qui la reliait à sa famille. Moïse avait aussi de bonnes qualités. Combien de fois elle aurait jeûné sans sa charité ? Toutefois elle ne se voyait pas abandonner Jean à son sort. « Si Moïse ne fait rien, je me charge d'aller moé-même voir le curé et si ce dernier lui refuse son aide, je trouverai autre chose. »

À l'épicerie, quelques clientes contournaient les étalages. Au comptoir des fruits, la femme du bijoutier tâtait une orange juteuse en causant avec la postière. Le marché d'alimentation était le seul lieu où les ménagères du quartier pouvaient s'exprimer en dehors de leur cuisine.

Édouardina se rendit directement au comptoir des viandes où une dame étranglait à deux mains son porte-monnaie. Sur l'étal crevassé de fines fissures, Moïse s'affairait à tailler des tranches de veau. Son tablier était déjà maculé de quelques taches grasses.

– Parce que c'est pour vous, madame Prévost, je taille dans la plus belle partie.

Le boucher prit soudain conscience de l'arrivée d'Édouardina. «Tiens, tante Dina qui se pointe, se dit-il. C'est ben elle, enveloppée dans la laine en plein cœur d'été!»

– Bonjour! Vous êtes de bonne heure sur le piton à matin, ma tante. Un peu plus pis vous vous cogniez le nez à la vitrine.

Édouardina se surprenait de voir Moïse de si bonne humeur après le drame des derniers jours.

– Je veux te parler, seule à seul.

– On vous aurait mal servie?

– Ça va, ça va! J'ai jamais eu à me plaindre de tes services, tu le sais ben. Je viens pour autre chose.

– Ben, passez donc au bureau.

Moïse protégea sa viande rosée d'un papier ciré et devança sa tante entre les rangées étroites. Tout au fond du magasin, il déverrouilla une porte.

– Quels changements! s'exclama Édouardina. C'est tout nouveau cette pièce?

– Oui, j'ai dû prendre la chambre du bas comme bureau. Je peux pas laisser traîner la paperasse dans la cuisine ; vous comprenez, avec les enfants. Ç'a été une affaire de rien, j'ai eu juste à percer une porte sur le commerce et refaire un bout de cloison. À vrai dire, même si ça me donne un peu d'espace, c'est pas suffisant ; y faudrait que je défonce le mur extérieur pis que j'empiète sur la cour. C'est toujours le temps qui manque. En attendant je me contente de ce recoin.

– Bon, moé, ça me dérange pas d'être à l'étroit. Je veux juste qu'on soit tranquille pis que personne nous entende. J'irai pas par quatre chemins, Moïse. Ton Jean est chez moé, pis si chus venue icitte à matin, c'est pas pour faire son procès, mais je le loge pis je le nourris. Tu sais que j'ai à peine de quoi m'acheter à manger, donc je me sus dit : comme Moïse est encore son père, si y peut me fournir sa nourriture, je serais ben prête à la cuire mais pas à la payer. Chus gênée de venir quêter, après tout ce que tu fais pour moé, mais ton Jean, en pleine croissance, a besoin de viande, pis je peux pas y payer ça, tu le sais !

– Vous avez rien qu'à passer prendre ce qu'y faut. Je ferai face à mes responsabilités.

– Ça va ! C'est tout ce que j'attendais de toé, Moïse. Je veux que tu saches que j'oublierai jamais tes bontés envers moé, pis que si j'avais des sous je te demanderais rien pour ton Jean.

Moïse reconduisit poliment Édouardina à la porte.

Chapitre 14

Les mois passaient. La voix de Jean changeait de timbre. Le garçon, installé dans la chambre du haut, ne s'habituait pas à coucher seul dans un grand lit. La nostalgie le ramenait sans cesse chez son père où il ne se passait pas un soir sans qu'il parle avec ses frères et où toutes les nuits, il entendait la respiration d'Antonin et de Benjamin monter et descendre au rythme de la sienne. Dormir à trois lui apportait une entière sécurité. Ici, les bruits familiers lui manquaient. En réalité, il ne se faisait pas à cette pièce. Tout était blanc: le mur, le lit, le chiffonnier. Il se perdait dans cet espace. Sa tante avait beau faire tout son possible, elle n'arriverait jamais à remplacer les siens.

Jean rêvait sans cesse de voir son père lui ouvrir les bras en disant: «Reviens, mon fils!» Comme l'enfant prodigue de l'Histoire sainte. Pour la centième fois, il revivait la scène de son départ et remettait en question le rejet de son père. C'était mauvais pour lui de rester couché à rêvasser.

Le lendemain, il se leva avec l'intention de se rendre sur la tombe de sa mère où il s'était déjà réfugié, et où maintes fois, face aux contraintes, aux laideurs du monde, il aurait voulu reposer près d'elle ; mais comme son père, la mort, ne voulait pas de lui.

* * *

Ce jour-là, Jean se recueillit longuement devant la pierre tombale où le nom de Sophie Lamarche était gravé.

Sur le point de se retirer, il entendit une voix humaine, claire et sonnante.

– Ouille, ouille, ouille !

Jean, qui se pensait seul, sursauta.

Une fille vêtue de noir était assise par terre. Elle tenait son pied droit dans sa main et se lamentait faiblement. Non loin, une mantille noire traînait sur l'herbe près des pissenlits desséchés.

D'un bond, Jean se retrouva près d'elle.

– Vous souffrez ?

– Un peu, oui. C'est mon pied. J'ai mal tombé.

– Laissez-moé regarder.

Jean tâta le pied, l'examina. Il n'y voyait aucune rougeur. Soudain, la fille leva les yeux sur Jean et lui fit le plus beau sourire au monde. Jean s'émeut agréablement. Il réalisa qu'elle n'était pas blessée, qu'elle lui faisait du charme. Elle s'amusait à bon compte. Il joua le jeu.

– Je vais chercher un médecin.

– Non, non ! J'ai peur des docteurs ! Si vous voulez, vous pouvez me guérir. De grâce, faites-le !

– Chus pas médecin, moé. Je pourrais pas.

– Quand j'étais enfant, ma mère guérissait tous mes bobos par de simples bécots.

Elle inclina la tête, la bouche arrondie en une petite moue, les yeux suppliants.

– Essayez, je vous en prie.

Jean la trouvait drôle. La fille s'était jetée par terre pour un simple bécot. Il s'agenouilla et posa ses lèvres sur le pied complice.

– Maintenant, aidez-moé à me relever.

Il ramassa sa mantille et prit son bras.

– Merci. Vous êtes un bon soigneur, comme l'était ma mère. Aujourd'hui elle est plus là. Elle est morte.

– Si votre mère est aussi morte que votre pied est blessé…

Angélique regardait à terre, désolée que le garçon découvre son petit manège. Elle qui avait mis des veilles à trouver un truc pour le séduire; tout ça pour en arriver là. Il l'humiliait et se moquait d'elle. Certaine que tout était fichu, elle essuya une larme et cacha sa figure dans ses mains.

Devant sa détresse, Jean fut décontenancé.

– Je suis maladroit, dit-il, je m'en excuse.

Il attendait, ému. Il craignait qu'elle parte. Une intuition soudaine lui disait qu'il ne serait plus jamais seul. Il prit doucement ses mains, les retira de son visage et les garda prisonnières des siennes.

Le garçon n'était pas importuné par sa présence comme ça avait été le cas avec les filles sous les auvents des pâtisseries. Au contraire, elle était belle comme un ange. Son teint était frais et ses lèvres vermeilles avaient un contour parfait; son nez était fin, son cou long et gracieux. Elle soupirait. Son regard bleu encore humide pénétrait celui de Jean jusqu'au fond de l'âme.

– Je vous ai vu ici quelquefois. J'osais pas vous distraire, mais je bouillais de le faire. Je cherchais un moyen de me faire remarquer de vous, pis j'ai pas trouvé autre chose.

– C'était pas si bête votre petit coup de théâtre.

Angélique retira sa main et repoussa ses cheveux derrière ses oreilles.

– Et vous, c'est votre mère que vous avez perdue?

Jean piétinait le sol de son pied droit et regardait par terre avant de lever les yeux sur elle.

– Oui!

– Y a longtemps?

– Un an et demi.

Il la regardait et la trouvait séduisante et fragile dans sa robe de crêpe noire. «Enfin, quelqu'un va me comprendre!» se dit-il. Sa mère plaçait un ange sur son chemin juste au moment où il allait sombrer dans le désespoir.

– Vous êtes seul?

Il mentit pour taire son drame.

– Non, j'ai des frères et sœurs. Avec eux, j'en parle jamais pour pas les attrister, mais en dedans de moé j'étouffe. Pis vous?

– Y me reste juste mon père, mais s'y fallait qu'y meure lui aussi, je sais pas ce qui m'arriverait. J'ai peur; c'est pas disable!

– Un père c'est pas pareil.

Jean se tut net, pensant en avoir trop dit, mais Angélique ne s'arrêta pas à sa réplique.

– Si au moins j'avais comme vous des frères et sœurs.

Ses lèvres tremblaient quand elle parlait. Jean prit sa main et la retint comme il y avait peu de temps encore il retenait celle de sa mère. Mais celle de la fille dégageait une chaleur inconnue, si douce. Jean se tut. Il admirait le beau visage. Puis ils se mirent à marcher entre les pierres tombales en se racontant leurs vies que le destin malmenait. Avec Angélique tout devenait facile. Elle savait écouter et Jean ressentait un grand bien de pouvoir causer de sa mère. Il ne l'avait encore fait avec personne.

– Si je vous racontais quelque chose que j'ose pas dire, que je cache en dedans de moé? Et pis non, je sais trop ben que vous allez me trouver fou. J'aime mieux garder ça pour moé tout seul.

– Dites toujours. Asteure que le coup est parti, aussi ben continuer.

– Je sais que vous me croirez pas; surtout je veux pas que vous pensiez du mal de moé. C'était un soir brumeux, j'étais à genoux devant sa tombe…

Jean, surexcité, se mit à parler vite.

– Je suis certain d'avoir senti une caresse dans mes cheveux. Pis comme j'allais poser ma main sur la sienne, plus rien.

Il regardait Angélique en face, surpris qu'elle ne se moque pas de lui.

– Vous me croyez pas?

– Oui, je vous crois parce que moé aussi j'ai vu ma mère. C'était le jour de mes quatorze ans. Elle était appuyée sur le rebord de la fenêtre et elle regardait dehors. Le temps d'y dire « m'man », elle était disparue. J'en ai pas soufflé un mot à papa, y m'aurait cru folle. Même moé, je me croyais détraquée. Vous êtes le premier à qui j'en parle.

Deux prunelles rondes et vivantes se levaient sur lui.

Avec Angélique, la vie de Jean semblait suspendue, sans heures apparentes. Dans son désœuvrement, la présence de la jeune fille, d'une douceur infinie, lui remettait le cœur au chaud. Quel délicieux réconfort de se sentir un humain ! Il se laissait conduire pour ne pas qu'elle abandonne son pas. Lui qui, depuis la somme des catastrophes, se croyait sans-cœur ! Ils élaboraient des rencontres qui embellissaient leurs vies. À deux, ils se tireraient de ce couloir sombre et suffocant.

Les jours suivants, ils se promenèrent sans besoin de se parler, se contentant d'échanger de longs regards de sympathie. Jean apprenait toute l'importance de la chaleur d'une main. Il se sentait revivre.

Un de ces jours, au cours d'une promenade, Jean repensait à leur première rencontre et l'envie de s'avancer le prit.

– Je sais ben, Angélique, que je pourrai jamais vous ramener votre mère, mais si vous voulez je peux guérir votre cœur.

– Et comment ?

– Comme je l'ai fait avec votre pied.

Jean n'attendit pas la réponse. Il écrasa ses lèvres sur les siennes et l'embrassa passionnément. Ils restèrent soudés un bon moment à écouter battre le cœur de l'autre.

Depuis ce baiser, l'attente entre les rencontres ressemblait à un rêve. Jean flottait dans une seconde vie. Pour la première fois depuis la mort de sa mère, il entrevoyait un peu de soleil. L'allure plus désinvolte, il retourna à sa pension. Devant lui, la rue s'exhibait, souriante. Maintenant qu'il n'était plus seul, sa vie prenait un sens nouveau, et quand Angélique n'était plus là, elle était sa raison de vivre. Lentement, une grande amitié se nouait entre les deux adolescents. Pourtant, Jean refoulait ses sentiments devant ce grand miracle. S'il allait se blesser à nouveau, il ne pourrait le supporter. Il n'y avait plus de place dans son âme pour la souffrance.

Pendant que les jeunes de leur âge s'amusaient sans penser à l'avenir, Angélique et Jean se retrouvaient au cimetière. Si les deux orphelins aimaient la tranquillité, c'était que le malheur les avait vieillis et mûris prématurément. Ils savouraient chaque moment passé ensemble. Ce soir-là, ils prolongèrent la promenade le long du canal et s'engagèrent sur le pont où ils s'accoudèrent un bon moment au parapet peint en rouge à regarder sur l'eau la mince traînée lumineuse du soleil couchant qui venait vers eux. Jean se rapprocha. Leurs corps se touchaient. Le moment était féerique. Il sentait le visage d'Angélique effleurer sa joue. Il l'enlaça. Et s'il l'embrassait ? Devant eux un canot descendait sur le canal. On pourrait les voir. Jean renonça. Toutefois, il fit comprendre à Angélique que son bonheur dépendait du sien. Il n'avait qu'elle. Ils se promirent une amitié durable. Et les jours passaient. Ils ne prenaient plus la peine de se soustraire aux curieux. Ces derniers temps, Jean allait retrouver Angélique au cimetière, les bras chargés de fleurs sauvages.

Chapitre 15

Chez sa tante Édouardina, Jean s'enroulait dans son édredon. Le temps brumeux assombrissait sa chambre. Il avait le goût de flâner au lit comme chez lui les jours de pluie. Depuis quelque temps, la paresse le gagnait, il se sentait lâche. Ses pensées allaient vers Angélique. Il la revoyait, belle, douce, parfaite. Aujourd'hui, elle devait accompagner la bonne. Elle irait choisir des patrons de broderie dans une échoppe du bas de la ville. Peut-être préparait-elle son trousseau comme le faisaient les jeunes filles ? Il imaginait d'avance les taies d'oreillers brodées comme celles que sa mère réservait exclusivement à la grande visite. « Qu'il serait doux de dormir avec elle ! » Il s'étira. En bas, les ustensiles se heurtaient. Tante Dina allait sûrement l'appeler ; elle n'endurait pas la mollesse. Ce matin, Jean ne se sentait pas en mesure de sonder son impatience. Il se leva. Il voulait profiter de l'avant-midi pour se présenter aux Tanneries Flamand où, la veille, sur la façade, une demande d'emploi était affichée. Son oncle Thomas travaillait déjà à une de leurs succursales et il était bien rémunéré.

Après un bon déjeuner, Jean marchait d'un pas incertain. Se présenter à ce poste lui semblait une montagne insurmontable. Et pourtant, Dieu sait comme il avait besoin d'un revenu.

Le soleil avait fini par avaler toute la brume. Le long du chemin, Jean se préparait mentalement. Ses jambes flageolaient. Il fit deux fois le tour du quadrilatère pour leur donner du tonus. Il marchait lentement ; son ombre s'étirait et se baladait sur les murs des commerces. Il se répétait : « Me tenir droit, paraître sûr de moé, et ne pas revenir sans l'emploi… Je pourrai jamais ; c'est tout le contraire de moé. » À force de reprendre le même refrain, Jean arrivait à se convaincre. Devant l'établissement, un homme à l'air étrange se tenait appuyé dos au mur. Il dévisagea le garçon et retira une bouteille de l'intérieur de son veston. Il la décapsula, avala une gorgée généreuse à s'en étouffer puis il en offrit à Jean.

– Non, merci ! En dedans, on m'attend.

Le type avait une longue balafre sur la joue. Jean se demandait si c'était une entaille de rasoir. Il n'osa pas lui demander un renseignement. Il opta plutôt pour l'ouvrier qui poussait un chariot.

– Monsieur, je viens pour l'emploi et je me demande où frapper.

– Là, à la première porte à droite. Y a toujours quelqu'un au bureau.

De la façon dont l'homme avait hoché la tête en souriant, Jean se sentait déjà jugé. Il se redressa et répéta intérieurement : « Me tenir droit. Sûr de moé. Décrocher l'emploi à tout prix. »

L'usine était vaste et sombre comme une caserne. À travers la porte vitrée, une jeune femme, sans doute une secrétaire, se tenait debout devant une étagère. Jean la voyait de dos. Elle portait un veston gris et une jupe qui tombait sur ses chevilles. Ses cheveux noirs étaient retenus sur sa nuque par un petit nœud de ruban blanc. Au bruit frappé au carreau, elle se retourna. Elle devait bien avoir vingt ans. Elle avait le regard arrogant et déterminé d'une personne responsable.

– Entrez et refermez la porte, s'il vous plaît. Avec tout ce bruit, on ne s'entend pas.

Dans l'étroite pièce en bois verni parvenaient en sourdine les cris des ouvriers et le bruit des chariots sur roulettes de métal qu'on déplaçait sans précaution sur les quais de bois. La puanteur qui prenait au nez ne semblait pas incommoder la secrétaire. Cette dernière ignorait Jean. Il sentait qu'il dérangeait. Il attendait, immobile. L'enfant fragile en mal de se développer gardait la tête haute et le corps bien droit. « Ce n'est pas elle, se dit-il, qui va avoir raison de moé. » Il se surprenait d'être à l'aise, de croire en lui. Avant, il aurait rampé humblement devant tout adulte ou se serait sauvé en courant à la maison.

– Je voudrais parler au grand patron.

Les yeux de la fille s'arrêtèrent sur les bras noueux du garçon. « Encore un qui lui fera perdre du temps », pensait-elle.

– Monsieur Flamand est occupé. C'est à quel sujet ?

– C'est à lui que je veux parler. Si vous voulez me donner un rendez-vous, je repasserai.

– Suivez-moi.

Elle le conduisit à un autre bureau beaucoup plus vaste, celui-là. Le patron, un homme sérieux, fit signe à la secrétaire de les laisser.

– Assieds-toi, mon petit, je t'écoute. Fais ça vite ! Je suis attendu ; donc mes minutes sont comptées.

L'homme sortit de la poche de son gilet une montre mécanique retenue par une chaînette en or. Il jeta un œil sur le boîtier et l'enfonça de nouveau dans sa cachette. Jean se sentait rapetisser devant ce grand monsieur à la tenue impeccable. Il remarqua la boucle blanche à son col de chemise comme son père en portait le dimanche. Jamais un geste inutile ou démesuré. Sous le pupitre s'accouplaient de délicats souliers de cuir lacés. Pour se donner une certaine assurance, Jean s'efforçait d'imaginer son frère Antonin à la place du patron. L'homme, un peu penché sur son bureau, le suivait des yeux, attentif, comme s'il donnait une importance capitale à chaque mot. Jean jouait le jeu avec des réparties franches et vivantes, sans hésiter une seconde.

– Je viens pour l'emploi annoncé.

– L'emploi ? Hum ! T'es pas un peu jeune ?

– J'ai treize ans ben sonnés.

– Ton père est au courant de cette démarche ?

Jean fit un effort pour redresser son épine dorsale qui avait tendance à plier. Il mentit en soutenant le regard du patron. Sa vie, jusque-là si droite, devenait crochue. Il n'allait pas lui raconter que son vieux l'avait mis à la porte, il passerait pour un mauvais fils.

– Mon père est mort. Je suis seul pis je cherche à survivre. Chus prêt à accepter n'importe quel travail au prix que vous voudrez ben me donner.

De par son regard amusé, Jean sentait que l'employeur doutait de sa parole.

– En attendant de me débrouiller seul, j'habite chez une vieille tante. Elle est trop pauvre pour me nourrir. Si vous en doutez, elle peut venir en personne vous dire que je mens pas.

Le patron se cala au fond de son fauteuil. Il semblait avoir oublié son rendez-vous.

– Bon, ça va ! Tu sais quelle sorte de travail t'attend ici ?

– Non, mais je demande pas mieux que d'apprendre. J'ai deux bons bras pis d'habitude je comprends du premier coup.

– Suis-moi ! On va faire un tour rapide des lieux. Ici, les employés travaillent dix heures par jour, six jours par semaine. Les débutants commencent au bas de l'échelle et le bas de l'échelle, c'est le confitage. C'est une opération qui sert à neutraliser l'effet de la chaux.

L'homme parlait tout en marchant.

– On doit faire tremper les peaux dans un mélange d'eau bouillante et de fiente de poule qui produit une sorte d'ammoniaque. Elles doivent y rester toute une journée. Ensuite, le tanneur les retire du confit et là, il lui faut les gratter pour enlever toutes les impuretés.

– J'ai jamais vu tant de cuves ! s'exclama Jean.

– T'as encore rien vu ! Le tannage demande une attention constante ; la moindre erreur peut faire perdre toute une cuvée de peaux. Le métier demande également une grande endurance. Regarde les hommes là-bas qui déplacent des peaux mouillées. Elles pèsent parfois jusqu'à cinquante livres. Tu crois que tu pourras ?

– Je m'y ferai.

Tout au long de la visite des lieux, Jean ne perdait pas un mot des explications. Il portait à l'homme un grand intérêt.

– Quelques-uns ont le nez trop fin pour supporter la puanteur. Ceux-là, ils ne peuvent tenir le coup plus d'un jour ou deux, mais si les employés persistent, ils s'habituent à l'odeur. L'été, on peut aérer mais l'hiver c'est plus compliqué. Il y en a toujours pour se plaindre du froid.

Le grand patron était convaincu d'avoir découragé l'enfant.

– Ça t'intéresse encore, mon garçon ?

Il ne l'appelait plus mon petit.

– Oui, répondit Jean sans hésiter.

– T'es prêt à commencer ?

– Quand vous voudrez.

– Bon, disons demain à six heures. Maintenant suis-moi.

L'homme le conduisit à travers plusieurs bâtiments très vastes, occupés surtout par des cuves en bois dans lesquelles trempaient des peaux. Le patron pataugeait dans des flaques d'eau, sans égard pour ses beaux souliers de cuir. Jean le talonnait. Dans le coin d'une bâtisse, un artisan déposait l'écorce de pruche.

– Tu vois, il doit broyer lui-même l'écorce à l'aide d'un moulin à tan jusqu'à obtenir une poudre de tanin indispensable à la préparation des solutions qui serviront au tannage.

Il lui expliqua ensuite le salage, le dessalage, le débourrage, le glaçage et le repassage. Des employés le dévisageaient, d'autres parlaient bas. Jean surprit quelques réflexions que monsieur Flamand devait sûrement avoir entendues lui aussi : « C'est un enfant ! » « Voyons, c'est sûrement un parent ! » « Qu'est-ce que c'est que ce jeune gringalet ? » Jean gardait la tête froide devant les suppositions de tous ces hommes qui se permettaient de le juger, mais leurs remarques insolentes lui faisaient dresser les quelques poils naissants sur le dos de ses mains. Bientôt il leur clouera le bec à tous. N'était-il pas sur le point de décrocher l'emploi ? Le contremaître réservait un petit salut à chacun et continuait d'expliquer :

– Si le tanneur est consciencieux, il monte lentement en grade. Si tu te crois toujours capable, reviens demain et présente-toi directement à mon bureau. Si jamais tu changes d'avis, je t'en voudrai pas.

– J'y serai. À demain, monsieur.

Le regard attendri de pitié, le patron regardait s'en retourner le squelette de Jean Lamarche. Ce garçon sympathique l'étonnait. « Quel entêtement de fer dans ce corps fragile ! »

* * *

Le petit gars du faubourg courut à la maison annoncer la nouvelle à sa tante.

Il la surprit qui chantait en travaillant. C'était peut-être pour ne pas parler toute seule ; elle vivait si séparée du monde.

Jean se frottait les mains de manière à mieux exhiber sa chance.

– Voilà ! J'ai obtenu ce que je voulais. Un travail aux Tanneries Flamand. C'est fameux !

Nerveux, Jean parlait vite.

– J'ai cru que l'employeur essayait de me décourager, mais je me suis pas laissé avoir. Je commence demain. Comme ça, je vivrai plus aux crochets de mon père pis je vais pouvoir vous payer ma pension.

Jean remarqua les sourcils froncés de sa tante.

– Ça va, dit-elle.

C'était son mot de passe quand ça allait bien, mal ou qu'elle était indifférente. Allez savoir ce qu'elle pensait ! Jean ravalait. Son entrain tomba subitement.

– Ça vous étonne ?

La tante le voyait au bord des larmes, lui, si heureux de sa veine. Elle était la seule personne sur qui Jean pouvait s'appuyer et elle le décevait en doutant de ses capacités. Elle avait peine à s'imaginer qu'un gérant embauche un enfant de treize ans, presque rachitique. « Ou ben Jean vaudra pas tripette, ou ben y va y laisser sa peau. Au pis aller, y travaillera un jour ou deux tout au plus, ensuite y flanchera. » Édouardina jugea bon de lui laisser ses illusions.

– Aux tanneries, les salaires sont intéressants à ce qu'on dit, mais presse-toé pas trop de couper l'aide de ton père, pis dis-toé ben que c'est pas du vol. Je me vois mal aller m'humilier à lui quémander des vivres une autre fois.

Jean s'assit au bout de la table et, le menton dans les mains, il réfléchit un moment. Il n'avait pas pensé une minute à l'humiliation que sa tante avait dû s'imposer pour le tirer d'embarras. Il leva des yeux attendris sur elle.

– Merci ben, ma tante. Merci pour tout ce que vous faites pour moé.

* * *

Le lendemain à six heures, Jean était au poste. Il commença au service des employés. Son travail consistait à fournir le tanin et la pruche nécessaires aux ouvriers. Sa journée passa à parcourir le trajet de l'entrepôt à l'usine en poussant des chariots sur les quais de bois.

Au retour, il lui suffit d'entrer dans la maison pour l'empester au complet. La tante ne put retenir une grimace. Jean l'entendait pousser des « pouah ! » qui confirmaient son dégoût.

– C'est toé qui pues comme ça ? On te sent venir à deux coins de rue.

Il s'excusa.

– Vous avez pas à supporter mes odeurs de fumier.

– Tout de même, tu vas pas laisser tomber ton travail pour ça ? T'auras qu'à te laver et changer de vêtements dans le hangar avant d'entrer. La cuve sera là.

La fatigue et la pression du premier jour de travail lui enlevaient toute envie de badiner et de mettre en péril son raisonnement docile. Jean était d'un sérieux touchant. Pour comble, un mal de reins le tenaillait. Il se fit une toilette et se frictionna avec du camphre. Tout le temps de ses ablutions, il ruminait, amplifiait et exagérait la remarque de sa tante Édouardina. L'épuisement et la crainte qu'elle le mette à la porte lui faisaient voir tout en noir. Il n'ouvrait la bouche que pour l'indispensable.

– Si je suis trop encombrant, vous avez rien qu'à me le dire.

La tante finit par rire.

– Comme tu prends feu facilement!

Malgré ces désagréments, Jean persista au travail et son mal de reins ne tarda pas à disparaître.

La secrétaire était devenue agréable dans ses rapports avec lui. À l'occasion, elle le chargeait de commissions à travers l'usine. Monsieur Flamand, qui s'était pris d'affection pour le garçon, veillait à ce que personne n'ambitionne sur ses forces.

À la sortie de l'usine, Jean remarqua près de la fenêtre la demande d'employé toujours placardée. Il en déduisit que monsieur Flamand ne lui avait pas donné l'emploi affiché, ou qu'il le croyait incapable de tenir le coup.

La fin de semaine arriva enfin. Jean revint à la maison aussi heureux que si on l'avait gradé de galons. Il tendit sa paie complète à sa tante.

– Je veux payer ma pension jusqu'à aujourd'hui. Pis si vous voulez pus me garder, je chercherai une chambre ailleurs. Vous savez, je vous en tiendrais pas rancune. Vous vous souvenez, au début, je venais juste pour une nuit. J'étais prêt à me contenter de votre perron. Mais je peux vous dire que je suis ben icitte avec vous. Si vous voulez encore m'endurer, ça m'arrangerait ben.

La tante comptait et additionnait tout: la nourriture, le logement, l'entretien, et elle lui chargea une pension minime. Jean trouvait le montant ridicule. Avec l'argent de la pension, Édouardina grossit la commande.

* * *

Quelques jours plus tard, Édouardina se rendit à l'épicerie avec une idée derrière la tête. Elle commanda ses marchandises en double et passa à la caisse.

– Moïse, je viens chercher de la nourriture pour une semaine complète. Comme j'ai pas assez de mes deux bras pour tout emporter, j'aimerais que tu me fasses livrer tout ça à la maison. Ça presse pas, hein! Je serai là juste à l'heure du souper.

La tante espérait que Moïse ne devine pas son manège. C'était le seul moyen qu'elle avait trouvé pour que Jean rencontre ses frères.

Avant le repas, Antonin frappa et entra les bras chargés.

Sa tante le retint.

– Pose ça sur la table pis attends un peu. Si t'es pas trop pressé, tu vas rencontrer Jean. Y devrait arriver d'une minute à l'autre. Ça y fera sûrement plaisir de te revoir.

– Comment? Jean? Vous pensez qu'y pourrait venir icitte?

– Oui, à l'heure qu'y est, y devrait avoir fini de travailler. Chez vous, comment ça va?

– Autant me taire, vous allez me trouver méchant. À la maison, ce sera pus jamais comme avant. La Delphine, je vais la tuer.

– Tut, tut! Si ta mère t'entendait…
– M'man est mieux de pas voir ça.
– Ton père, y parle-t-y de Jean, des fois?
– Jamais! Vous le voyez souvent?
– Jean reste icitte. Si tu sais tenir ta langue, tu pourras revenir.
– Oui? Ça veut dire que je pourrai venir le voir chaque fois que je passerai dans le coin? Y est ben chanceux d'être avec vous, lui!
– Chanceux? Tu sais, y s'ennuie ben gros de sa famille.
– Moé, mon rêve, c'est de travailler pis de m'occuper des jeunes chez nous. Si on pouvait vivre tous ensemble dans un logement.
– Toé qui parles de même? Je te pensais pas si sérieux! Laisse-toé vieillir un peu; tu sais ben qu'y a pas un propriétaire qui louerait à un jeune de ton âge.

Antonin faisait les cent pas. Que pouvait-elle savoir d'eux? Jean lui avait-il tout raconté?

– Vous savez, si on s'amuse à mener le diable, c'est pour pas brailler. Là, depuis que Jean est parti, on se tient pas mal plus tranquilles. Le père a réussi à nous faire une bonne frousse.

De loin, Jean reconnut Fripouille. Une rancœur était logée dans son arrière-gorge. C'était devenu presque de l'indifférence, ce sentiment qui s'était installé en lui. « Le vieux doit venir me reprendre », se dit-il. Il ne ressentait ni crainte, ni plaisir, ni douleur, ni désir. Depuis son départ, le mot « papa » l'étranglait. Il appelait son père « le vieux » en dépit du respect et de l'obéissance qui avaient pour lui un sens aigu. « Moé qui a tant espéré ce moment, pis v'là qu'aujourd'hui je sais plus si je veux retourner vivre chez nous. Le vieux arrive comme ça, bang ! au moment où je viens tout juste de trouver un travail intéressant. »

Déterminé à rester le libre arbitre de ses choix, Jean ouvrit la porte. Il ne put retenir sa surprise.

– Antonin ! s'écria-t-il. Toé, icitte ?

Les deux frères, dans un élan fraternel se frappaient la paume de la main droite puis celle de la gauche, comme ils le faisaient dans le temps après chaque bon coup. Mais cette fois, Jean recula prestement.

– Prends une chaise pis raconte-moé ce qui se passe à la maison.

Antonin baissa le ton, gêné que sa tante entende leurs bêtises crasses.

– Ben… Benjamin a dû aller chez le médecin, tu sais, pour son affaire ; ça guérissait pus. J'ai voulu donner l'argent de mes pourboires pour payer sa visite au docteur, mais y a refusé. En voyant les dégâts, le docteur a vu noir ; y a demandé à voir papa sans faute. Ça m'a rassuré de voir le docteur de notre bord. Arrivé à la maison, j'ai débarqué Benjamin dans mes bras. Y était encore à moitié endormi. Papa m'a ouvert la porte. Y l'a regardé sans dire un mot. Le soir, y est allé chez le docteur pis au retour, y a tout raconté à la Delphine. J'aurais donné ben cher pour comprendre ce qui s'est dit dans leur chambre. Je sais juste qui se sont chicanés à cause du ton qui montait pis qui baissait.

– Pis là, Benjamin est-y guéri ?

– Oui, mais ça a pris ben du temps. Heille ! Pourquoi tu viendrais pas faire les livraisons avec moé, on pourrait jaser tout en travaillant ? De même, je retarderais pas mes livraisons pis papa se doutera de rien. Y a juste que tu sens un peu le fumier.

Jean frémit d'excitation.

– Je peux, ma tante?

– Vas-y donc, t'en as tellement envie. Quand tu reviendras, le souper sera sur la table.

En voiture, les frères se laissaient aller aux confidences. Antonin raconta ce qu'il n'aurait jamais osé dire devant la tante Édouardina.

– La Delphine a commencé à nous donner le fouet. Comme elle rapporte tout ce qu'on fait à p'pa, y nous frappe à son tour, sans discuter. Tu vois ça, les raclées viennent en double; chacun doit se défouler. Asteure, je brave pus p'pa. On se venge sur elle. C'est à notre tour de la dompter. Quand p'pa va acheter dans le gros, pis qu'on est ben certain qu'y reviendra pas avant le souper, Benjamin pis moé, on en profite pour y remettre tous ses coups. Tu te rappelles la grande verge à mesurer? Elle me la passait devant la face pour me menacer. Je lui ai arrachée des mains pis je l'ai cassée en deux, comme ça, d'un coup sec sur ma cuisse. J'y ai dit: « C'est fini cette histoire-là de bûcher sur nous autres! Tu touches plus à personne, compris? Ou ben je règle ton cas autrement. » Si tu l'avais entendue: « Tu vas voir ton père quand y va apprendre tes menaces! » J'y ai dit: « Tu seras plus là pour te plaindre. À côté, y a des couteaux de boucherie, je saurai m'en servir au besoin. »

– C'est effrayant ce que tu racontes là, Antonin! J'espère que t'es pas sérieux?

– T'es fou! C'est rien que pour y faire peur. N'empêche que ça prend ça pour la calmer.

Antonin tira les guides et sauta de la charrette. Fripouille, résignée, ne bougeait pas d'un poil. Le garçon livra une commande, revint en courant.

– La Delphine commence à reconnaître notre force. On y donne des raclées. Après ça, on exige d'elle qu'elle nous porte respect. Tu vois ça ? Elle nous dit « vous » pendant deux jours. C'est une forme de compensation. Tantôt on la mènera au doigt et à l'œil. (Les garçons éclatèrent de rire.) Si le père apprend ça, y va voir noir.

– Le vieux va vous jeter dehors, vous autres aussi.

– De toute façon, pour ce que c'est intéressant de rester chez nous… Papa, y parle pus, y crie. C'est ta chance qu'y t'ait mis à la porte.

– Ç'a pas été si facile que tu penses ! Les premiers temps, c'était l'enfer. J'étais désespéré. Je traînassais sur les rails à cœur de jour. Y a pas un train qui passait sans que l'idée me prenne de me jeter devant. Promets-moé que, si un jour, y vous arrive quelque chose, tu me le feras savoir, t'entends ? Tu sais où me trouver asteure. Je veux pas en voir un dehors à pas savoir où dormir. Pis là, je vais ramasser assez d'argent pour qu'on en vienne à rester tous ensemble.

– Après ton départ de la maison, je dormais pus. Je me demandais où t'étais pis si tu couchais dehors, pis y avait toujours Benjamin qui se lamentait sans bon sens dans le lit d'à côté. Tous les deux on parlait de toé. J'aurais voulu te retrouver mais papa nous lâchait pas avec l'ouvrage. En plus, y nous surveillait tout le temps.

– Moé qui croyais que personne pensait à moé ! Je sais pas ce que le vieux dirait, hein, s'il savait que j'ai un bon travail ?

Antonin mordait ses lèvres.

– Décroche, Jean. À t'entendre, on te croirait attaché à lui par un gros élastique. Essaie de t'en ficher, oublie-le ! Tu connais pas ta chance.

– J'y arrive pas. Pourtant, je sais que je suis rien pour lui, qu'un rebut, qu'une vomissure. T'as ben raison, je devrais arrêter de m'en faire, pour arriver à survivre. Parle-moé donc de la petite Élisa.

– Elle est ben tranquille, jamais un mot plus haut que l'autre.

– La Delphine y touche pas?

– Je voudrais ben voir ça!

– Je m'en faisais pour elle. Ça me soulage. Pis pas de nouvelles de Véronique?

– Celle-là, on la voit pus. Ma tante veut y présenter un certain Louis Malo. C'est elle la plus chanceuse!

Jean sauta par terre.

– Bon, nous v'là rendus. T'es ben fin d'être venu, Antonin.

– Si tu veux, je peux revenir. Mais je peux pas te dire quand. Ça dépendra des clients.

– Tu sais, j'en aurais encore long à te raconter.

À son tour, Antonin descendit de voiture.

– Attends une minute, le frère, viens mesurer ta force.

Subitement, Antonin se rua sur Jean et les garçons roulèrent par terre où ils luttèrent corps à corps jusqu'à épuisement. Quand ils se relevèrent, essoufflés, Jean arriva à s'accrocher au collet d'Antonin et à le jeter à ses pieds. C'était la première fois qu'il avait le dessus sur lui. Il lui retint les mains dans le dos et le colla au sol.

– Cette fois, je t'ai eu, hein!

Antonin détourna la tête.

– C'est parce que tu pues trop. Tu sens le fumier de poule à plein nez.

– C'est de même à cœur de jour à la tannerie. On s'y fait.

– Ben, pas moé!

Jean lâcha prise et les garçons, vidés de toute leur énergie, restèrent étendus un bon moment par terre à se tordre de rire. Puis Antonin sauta sur ses pieds et tendit la main à Jean pour l'aider à se relever.

– On se reprendra. Moé, y faut que j'aille.

Jean ne savait pas lui exprimer son bonheur. Sur le pas de la porte, il regardait son frère s'éloigner en faisant bonjour de la main. Il lui cria :

– La prochaine fois, apporte-moé mon couteau de poche. Tu sais, celui que la lame se ferme.

Antonin parti, Jean resta planté au milieu du chemin, jusqu'à ce que l'attelage disparaisse. Sa joie se changea aussitôt en mélancolie.

* * *

La journée avait été merveilleuse pour Jean, au point qu'il croyait avoir rêvé. Le fait de revoir son frère le ramenait de nouveau sur la rue Lusignan. Il ressassait les événements de son départ, la coupure brutale entre lui et les siens puis son exil. Il se sentait attristé, quand il réalisa qu'il était en train de gâcher son plaisir de revoir Antonin.

Demain il irait retrouver Angélique et il lui parlerait de la visite inattendue de son frère. À elle, il pouvait maintenant tout dire. Sa confiance envers elle était si totale qu'un jour, tout en marchant à ses côtés, il la questionna sur sa foi. Depuis la mort de sa mère, le désir de la vérité l'occupait tout entier.

Dans sa jeune enfance, il croyait tout ce qu'on lui disait, il gobait chaque parole et se laissait modeler comme une cire molle qu'on façonne, mais graduellement, avec la transition de l'adolescence, tout devenait flou. Mille questions lui trottaient dans la tête. Il refusait de croire sans preuve. Qui pourrait arriver à effacer ses doutes ? Personne ne s'aventurait jamais au-delà de ses compétences.

– Toé, Angélique, tu crois que Dieu existe ?

– Je me le demande quelquefois, mais je prie et j'assiste aux messes.

– Moé, je veux plus que ça. Je veux savoir. Je veux en avoir la certitude absolue.

Angélique devint songeuse. Comment, Jean, bon comme du pain, pouvait-il se permettre de douter ? Ça ne lui ressemblait pas.

Elle fit quelques pas, silencieuse et demanda :

– C'est donc si important pour toé ?

– Ça me revient toujours. Je veux comprendre.

– Qui détient la vérité ? Personne n'est jamais revenu, dit-elle. En tout cas, moé, je mets toutes les chances de mon côté, comme ça, si y a un ciel, je regretterai rien. De toute façon, sur terre on peut pas trouver le bonheur en faisant le malheur des gens. Tu vois, c'est toé qui me pousses à douter. Je pense qu'on est mieux de pas trop se poser de questions si on veut garder sa foi. On devrait se contenter de ce qu'on connaît et l'enseigner à ceux qui nous suivront.

– Chez nous, dit-il, c'était ma mère qui m'enseignait la religion. P'pa est un homme pieux mais y nous a jamais parlé de ces choses. Ton père à toé, y est comment ?

Angélique réfléchit un moment. Jean la prenait au dépourvu sur un sujet qu'elle n'avait jamais abordé avec personne.

– P'pa fréquente l'église comme tout le monde. Laisse-moé penser un peu ; je me suis jamais arrêtée à me poser la question. C'est un bon père, honnête et franc, mais souvent absent à cause de son travail. Il était un peu jaloux du premier amoureux de ma mère. Je sais pas si c'est pour ça qu'il courait toujours au-devant de ses caprices. Il a même été jusqu'à embaucher une bonne qui l'accompagnait dans toutes ses sorties. Après la mort de maman, la bonne est restée. J'en ai hérité.

– Crois-tu que ton père va la marier ?

– Je suis sûr que non !

– Moé non plus, j'aurais jamais pensé ça, avant que le fait me saute dans la face.

Jean sourit, enlaça tendrement Angélique et continua sa promenade. Il ne parlait plus, il se rappelait comme la vie était douce avant que son père épouse la bonne.

* * *

Ce soir-là, alors que toute la ville était endormie, Jean crut entendre des pas sur le perron, mais tout était si noir qu'il ne se décidait pas à se lever, à regarder à la fenêtre. Toutefois, il trouvait la chose curieuse et il se posait des questions. Sa tante n'avait pas l'habitude de veiller si tard.

– Ma tante ?

Pas de réponse.

En bas, il reconnut le pas traînant de sa tante. Minuit et elle ne dormait pas. Jean refusait d'y croire. Suivirent des coups légers frappés à la porte. Était-ce un rêve ? Il ne venait jamais personne et il ne se passait jamais rien dans cette maison. Il souleva la tête de sur l'oreiller et entendit Édouardina qui soulevait le loquet en douceur. C'était peut-être un de ses frères qui, comme lui, avait été mis à la porte de la maison. Peut-être Antonin avait-il eu une prise de bec avec son père ? Maintenant qu'il connaissait l'endroit où son frère demeurait... Jean s'appuya sur un coude et attendit. Plus rien. Pourtant, il était prêt à jurer que sa tante n'était pas couchée, que c'était elle qui avait marché plus tôt. Il ressentait une drôle d'impression. Est-ce qu'elle attendait quelqu'un ? Il ne pourrait jamais dormir sans savoir. Il entendait converser mais les voix étaient si basses qu'il n'arrivait pas à comprendre un mot ni à reconnaître qui parlaient. Peut-être le propriétaire venait-il collecter un loyer en retard ? Sa tante était si pauvre. Jean se promettait de l'aider si c'était le cas.

Il entendit un grincement. Le bruit lui était familier ; la porte grinçait sur toute sa grandeur et se refermait avec le son aigre d'une penture rouillée. Puis, plus rien. Jean se rendit dans le passage sur la pointe des pieds et se coucha à plat ventre le visage sur le grillage qui permettait à la chaleur de monter au deuxième, bien décidé à attendre là jusqu'à ce que quelque chose se produise. Le temps était long et il ne se passait rien. Jean luttait contre le sommeil et hésitait à aller se recoucher. Finalement, après un nouveau craquement, il fut surpris de voir un beau monsieur à la tenue impeccable sortir du salon suivi d'Édouardina. Jean recula un peu pour les garder en vue.

L'inconnu se dirigeait vers la sortie. Sur le seuil, Édouardina l'embrassa et déposa une petite enveloppe dans sa main qu'elle referma chaleureusement. Deux larmes coulaient sur ses joues maigres. Aussitôt la porte refermée, sa tante retourna à sa chambre.

Jean était intrigué. Qui était cet homme ? Sa tante aurait-elle un fils ? Pourquoi avait-elle quitté sa campagne natale pour demeurer à la ville ? Jean n'osait s'informer. Si sa tante apprenait qu'il l'avait surveillée, il se ferait remettre à sa place.

Chapitre 16

– Pas de chien dans l'épicerie, madame!

Moïse regarda son commis et ajouta amèrement:

– Faut tout leur dire.

Il y a de ces moments où le corps ne suit plus la raison et ces jours-ci, l'épicier n'éprouvait que du dégoût, du découragement. La vie qu'il menait était réellement épuisante et en plus de se démener comme un diable, il se sentait menacé par la concurrence qui était toujours une lutte constante. Quand c'était possible, il négociait directement avec les producteurs, ce qui lui permettait de baisser les prix. Il en faisait chaque fois bénéficier les consommateurs. Ainsi son succès auprès du public dépassait toutes ses prévisions. S'il n'avait pas eu la tolérance de faire tant de crédit, il aurait pu ajouter un commis et un livreur à son service et ainsi se permettre un peu de repos, mais il ne voulait pas bousculer ses clients en demandant son dû; ils étaient tous des réguliers.

Depuis le début de l'été, une clientèle de gens riches venait s'ajouter et l'achalandage occasionnait un surplus de travail. Moïse ressentait un pressant besoin de vacances. Quel grand bien ça lui ferait de rompre avec la société, avec ce travail de servitude qui le tenait à la merci du moindre coup de clochette.

Moïse n'en parlait à personne mais de temps à autre, il éprouvait un mal de tête lancinant accompagné de nausées et il en faisait porter la faute aux clients qui, à cœur de jour, lui bourraient le crâne de leurs problèmes et malaises. Il était écœuré d'entendre leurs jérémiades.

Ce jour-là, il demanda à son boucher de le suivre dans une petite pièce de réserves où les clients n'avaient pas accès.

– Ce sera pas long. J'ai juste deux mots à vous dire.

L'invitation était assez inquiétante pour affecter sensiblement Germain, un petit homme déjà nerveux. Il s'attendait à une remontrance ou à un renvoi. Il suivit Moïse à petits pas rythmés. La porte se referma sans bruit sur eux. L'assistant rongeait ses ongles. Moïse lui offrit une chaise.

– Vous devinez pourquoi je veux vous parler, Germain ?

L'employé n'était plus maître de sa respiration qui montait et descendait comme une marée. Il pencha la tête en avant, s'attendant à un reproche.

– Aucunement, monsieur Lamarche ! Si j'ai eu le malheur de faire une erreur, j'en assumerai les conséquences.

Moïse sourit.

– Non. Au contraire. Si vous êtes là devant moé, c'est que vous avez déjà gagné toute ma confiance.

Germain craignait que l'épicier exagère ses mérites pour ensuite lui montrer la porte dignement. Il savait que ça viendrait un jour ou l'autre. Ces derniers temps, le matin, son miroir lui renvoyait l'image d'un crâne déplumé.

– Vous m'appelez pas juste pour me dire ça, patron ?

– Non. Je pars me reposer à la campagne pour quelques jours, une semaine tout au plus et je compte sur vous pour prendre les rênes à ma place.

– Ma foi du bon Dieu!

Germain ne s'attendait pas à prendre la direction de l'épicerie. Sa face blême retrouva ses couleurs.

Moïse lui délégua plein pouvoir et, même s'il savait qu'il pouvait partir tranquille, il lui fit une série de recommandations superflues.

Moïse s'ennuyait du ruisseau Vacher et de ses vieux parents; c'était le temps ou jamais de s'y rendre. Juste à penser à ce voyage, sa pression tomba. Sa première intention était de partir seul mais sa mère ne lui pardonnerait jamais de laisser ses enfants à la ville. Elle les voyait si rarement. Il y avait aussi Claudia qui lui reprochait de négliger son Charles. Celle-là, elle prétendait que le petit ne connaissait pas sa famille.

On était à la mi-août et une puissante chaleur embrasait la ville. Un peu d'air frais de la campagne ferait du bien à tout le monde.

* * *

Delphine allait prendre le train pour la première fois. Devenue bourgeoise, c'était à son tour de partir en voyage comme les dames riches, les gens de classe. À grands coups d'orgueil, elle courait les boutiques de vêtements à la recherche d'un certain chic. Moïse avait insisté pour que tous les enfants soient vêtus de neuf.

Le lendemain, Delphine prépara les valises et habilla les enfants. Comme elle ne connaissait rien à la campagne, elle choisit une robe blanche pour Aurore et une rose pour

Élisa; les plus belles de la penderie. Elle voulait épater les gens du ruisseau Vacher. Depuis le temps que Moïse vantait son coin de pays. Arthur chialait, il avait faim. Ce n'était pas l'heure de manger mais son petit estomac n'avait pas de fond. Delphine le fit patienter et l'endimancha d'un chemisier blanc à col matelot et d'une culotte marine. Celui-là, un rien l'habillait. Il ressemblait davantage à un petit prince qu'à un moussaillon. Elle pressa Antonin et Benjamin.

– Dépêchez-vous, faut se rendre au dépôt avant dix heures. Si on rate le train on va perdre une journée de vacances.

– Nous, on est prêts!

Tout en laçant les chaussures d'Arthur, Delphine leva la tête et regarda par-dessus l'épaule de l'enfant. Les deux bouffons avaient gardé leurs vêtements de semaine. Elle qui s'était démenée comme un beau diable pour les endimancher et arriver à l'heure! Elle bouillait d'impatience. Une chaleur lui monta au visage. Elle leur cria d'une voix rageuse:

– Mes grands fainéants, vous le faites exprès! Allez mettre le butin neuf que je viens de vous acheter. Si vous vous grouillez pas, on va manquer le train pis on restera icitte. Vous l'aurez cherché. Allez pas penser que je vais recommencer les préparatifs par deux fois.

Ce n'était qu'une petite ruse; Delphine voulait y aller à tout prix. Ce serait un gros sacrifice pour elle de manquer ce voyage.

– Quel crime on a encore commis? Si on veut pas porter de culottes courtes; on a ben le droit!

Elle ne les regardait pas. Elle venait tout juste de se jeter à la dépense pour les habiller, tout ça pour en arriver là. Elle monta à sa chambre et se rendit à la commode. Dans le coin gauche du deuxième tiroir, elle saisit un rouleau de billets verts, hésita un peu et le remit en place. « J'en aurai pas besoin, se dit-elle, Moïse en a toujours suffisamment sur lui. »

Elle l'entendait en bas commander les garçons. Il savait si bien se faire obéir que la famille arriva sur le quai de bois à dix heures huit. Le train entrait en gare à dix heures dix. Les garçons portaient tous leurs vêtements neufs.

* * *

Le train était composé de vieux wagons démodés. Sa dernière bouffée de suie noire charriée par le vent revint sur le débarcadère et incommoda la respiration des voyageurs.

Sur le quai, on déposait les bagages sur des chariots à petites roues que des employés poussaient vers le fourgon de queue. Le premier wagon était bondé d'ouvriers qui chantaient sans égard pour les familles qui, entassées au bout du compartiment, fuyaient les bruits de la ville. Les Lamarche étaient de ceux-là. La cage était chaude et puante de la transpiration des travailleurs. Le soleil insolent s'affaissait sur toute l'étendue du wagon. Delphine, collée contre la vitre, tenait la petite Aurore sur ses genoux.

La locomotive roula à petite allure jusqu'à la prochaine gare où des passagers descendaient, d'autres montaient. Le train atteignit ensuite sa pleine vitesse et traversa les grandes prairies. Secoués par le tremblement des roues, les enfants s'endormirent, entassés les uns contre les autres. Moïse alluma un cigare. Delphine toussait et dissipait de la main la fumée qui l'incommodait. Elle trouvait le paysage ennuyeux. Il y avait bien quelques paroisses qui défilaient devant eux mais trop de champs monotones. Ici et là, presque égarées, des petites maisons au toit de chaume s'approchaient et disparaissaient aussitôt. Delphine avait hâte d'arriver au ruisseau Vacher. Là-bas, elle s'attendait à un décor incomparable.

– Quand-cé qu'on va arriver?

– Tu fais mieux de prendre ton mal en patience. Avec les arrêts, y reste encore une bonne demi-heure de train. C'est pas tout. Arrivés à L'Épiphanie, faudra trouver une voiture pour nous conduire au ruisseau Vacher.

Delphine s'en remit à Moïse. Le roulement ennuyant de la locomotive, la fatigue des préparatifs et sa grossesse eurent tôt fait de l'engourdir. Elle appuya sa tête sur son bras recourbé et s'endormit à son tour, bercée par le grondement du train qui n'en finissait plus de rouler.

* * *

Le train s'arrêta à une petite gare de campagne. Delphine sursauta, surprise d'avoir dormi. Le débarcadère était noir de tonneaux et de contenants de marchandises. Delphine se demandait ce qu'ils contenaient et où ils allaient se rendre. Malgré la chaleur écrasante, elle se promenait sur le quai de planches, la petite Aurore dans ses bras. Hors du cadre familial, la jeune femme sentait un vent de liberté. Elle croisa des familles qui attendaient qu'on vienne les chercher. Une étrangère la salua. Une autre lui adressa gentiment la parole. Ensemble, elles marchaient sur la plate-forme de chargement qui longeait la voie ferrée en causant de tout et de rien. Delphine se plaisait à côtoyer tous ces étrangers. Son émotion était intense. Peut-être était-ce dû au fait qu'à Saint-Henri, elle n'avait personne de son âge et de sa condition à qui parler? Les enfants laissés à eux-mêmes couraient d'un bord et de l'autre jusqu'à ce que le sifflet plaintif de la locomotive annonce son départ et effraie les plus jeunes. Un coup de vent gonfla la jupe de Delphine et emporta son canotier jaune. Aussitôt, Antonin l'attrapa, le lança à Benjamin et de Benjamin le petit chapeau de paille à fond plat revient vers Antonin. Delphine retint un cri. Les garnements provoquaient sa colère. « Y cherchent juste à me faire honte, se dit-elle, mais cette fois y m'auront pas. Au diable ma coiffure ! » Moïse ne voyait rien. Non loin, il repéra une barouche à trois sièges attelée à un élégant cheval. À chaque arrivée des trains, le charretier se tenait à la disposition d'éventuels clients. Il fixa un prix exorbitant de location. Moïse, un commerçant né, marchanda un peu, mais le loueur s'en prit au nombre d'enfants et au poids de la charge. Finalement, après des négociations en règle, Moïse accepta de payer un coût qu'il jugeait excessif.

– Vous m'y reprendrez plus jamais ! dit-il.

Delphine aimait mieux ne pas penser qu'ils devraient refaire le chemin du retour. Près d'elle, Moïse restait impassible. À chaque question du charretier, il répondait par oui ou par non. Il lui en voulait toujours de son prix exagéré. Finalement l'attelage se retrouva au beau milieu de la route. Des maisons à pignons apparaissaient ici et là et, sur les toits ; leurs lucarnes, la gueule grande ouverte aux quatre vents, bayaient aux corneilles. Les demeures avaient toutes des bâtiments dans l'arrière-train. Dans les prés, des vaches broutaient un trèfle dru, d'autres restaient couchées, la plupart avec un veau collé à leur flanc. Dans les champs voisins, les paysans, le chapeau de paille enfoncé sur le nez, les mains rivées au sarcloir, arrachaient leur pitance à la terre. Ils étaient de tout âge, vieillards, femmes enceintes, enfants. Ce fut assez pour que Delphine prenne conscience de sa chance. Eux, au moins, ils étaient en vacances! Dans les grands bois, les moustiques devinrent vite insupportables. Ils attaquaient en gang. À chaque piqûre la peau démangeait et enflait. La petite joue d'Aurore était déjà toute boursouflée et l'enfant n'en finissait plus de se gratter et de rechigner, ce qui ajoutait un désagrément au voyage. Dans le bois de Saint-Gérard, le cheval se mit à trotter, poussé par une descente rapide. Tout au bas, le chemin traversait une grande coulée. L'attelage devait maintenant remonter et la pente était raide. À mi-côte, l'attelage s'arrêta sans que personne ne commande l'animal. Delphine restait bouche bée. Elle observait le cocher du coin de l'œil. Il faisait tout pour la faire damner, mais elle ne dit rien. Tous attendaient au beau milieu de la route, à rôtir sous un soleil de plomb. Delphine ressentait un léger mal de tête. L'astre implacable semblait en vouloir à sa peau transparente de fille de ville. Elle retira de son sac à main des biscuits cassés et en offrit aux enfants qui les refusèrent. Finalement, excédée, n'en put plus de se taire, elle demanda combien de temps encore ils devraient attendre les caprices de la bête. Personne ne répondit. Elle fulminait comme une enfant gâtée. L'orgueil dont elle se gonflait au départ s'était perdu en cours de route et, le plus fort de l'emballement passé, elle ne tirait que du désenchantement de ce voyage. Peut-être qu'au bout du chemin tout serait différent, que le bonheur les attendait là-bas. Après une pause prolongée, le cheval reprit sa marche de lui-même.

* * *

Au ruisseau Vacher, la bête s'arrêta brusquement. De la fenêtre, Justine vit débarquer Moïse et sa ribambelle d'enfants. Delphine avait l'air aussi jeune qu'eux, si ce n'était de son gros ventre qui gonflait sa robe.

On ne se donna pas la peine de frapper; la porte de la maison s'ouvrait d'elle-même sur une immense cuisine éclairée de trois croisées grandes ouvertes.

Moïse était touché de compassion à la vue de sa mère toute menue qui trottinait à pas de souris.

Elle suspendit les chapeaux de paille aux crochets de fer vissés derrière la porte. Et tout le monde embrassa tout le monde. L'émotion était intense. Delphine elle-même se sentait émue. Elle n'était pas habituée à des accueils aussi chaleureux. Chez elle, ses parents ne recevaient jamais; leurs moyens ne le leur permettaient pas. Et comme si ce n'était pas assez de tant de visiteurs, la vieille Justine envoya Fabien inviter Azarie, Amédée et leurs familles. Les deux frères, mariés aux sœurs Melançon, demeuraient sur la terre voisine à quelques arpents seulement. Ils s'amenèrent avec des enfants sur les talons et des bébés plein les bras. Tout le monde parlait en même temps. La cuisine vibrait comme les cordes d'un violon. En un rien de temps, la table à rabats se déplia et deux autres s'aboutèrent.

Les jeunes femmes riaient en préparant le repas. Elles se lançaient des petites pointes joyeuses, très légères, pour s'émoustiller. Delphine était étrangère à leurs taquineries. On lui céda poliment la berçante. La jeune femme était gênée de tant de cérémonies. Elle allait sûrement s'y faire; la famille de Moïse avait l'air sympathique. La semaine promettait d'être agréable. Ces gens hospitaliers lui feraient sans doute oublier les inconvénients de la route.

Après un repas copieux, Moïse se rendit à l'étable où il constata que tout avait changé. Il ne trouva plus Barbiche qui donnait généreusement une pleine chaudière de lait, ni Girouette ni Brioche ventrue comme une pâte levée. Les années avaient passé et, comme chez les humains, les générations de bêtes se succédaient. Il grimpa au fenil. Cette année le foin était plus bas. La saison avait été moins fertile. Les souvenirs remontaient comme si c'était hier : Sophie le précédait dans l'échelle, la robe déformée par sa première grossesse. Il sentait sa présence rayonner dans ce vieux coin de grenier à foin. Elle le troublait encore.

Sur la luzerne fraîche, à l'endroit exact où, dix-sept ans plus tôt, ils s'étaient retrouvés, Moïse s'étendit de tout son long, les genoux relevés, les mains jointes sous sa nuque. Et même si le souvenir de Sophie lui faisait subir mille tortures, il rêvassait à elle toutes les nuits. N'était-il pas venu pour alimenter sa passion ? Moïse s'accrochait à son fantôme.

* * *

Pendant ce temps, dans le brouhaha de la cuisine, Delphine se sentait abandonnée. Presque tous ces gens lui étaient étrangers. Elle prêtait une attention bienveillante à ce qui se disait et se décevait que personne n'engage de conversation avec elle. Quand on lui parlait c'était pour lui offrir de la nourriture. Moïse demeurait le principal centre d'intérêt ; les siens n'en avaient que pour lui. Et personne n'avait remarqué les toilettes des petits. Elle qui s'était donné tant de peine à laver les cheveux, cirer les chaussures, repasser les vêtements. Pour eux, elle devait n'être encore que la bonniche des Lamarche. Elle se sentait à part des autres. Elle aurait aimé que les jeunes femmes laissent tomber leurs politesses et l'invitent à se mêler à leurs taquineries, mais c'était bien pour rien, aucune familiarité. Ses belles-sœurs la traitaient en étrangère.

Les enfants s'ébattaient dehors et Moïse l'avait encore plantée là. Il aurait dû comprendre que c'était pour lui qu'elle était venue. Où était-il passé? Il n'en finissait plus de rendre visite à l'un et à l'autre: les voisins, le curé, le forgeron, les amis. En ville c'était plus simple; à part le bistrot, c'était chacun chez soi. Delphine avait soif et s'empêchait de boire; l'eau sulfureuse avait une odeur d'œufs pourris qu'elle ne pouvait sentir et encore moins boire. La vieille Justine s'informait:

– Vous avez pas amené Jean?

Delphine reçut la question comme une insulte en pleine face. Elle rageait. Sa belle-mère était certainement au courant de toute l'histoire; Jean demeurait chez sa sœur. Delphine ne répondit pas.

Le soir venu chacun se retira. Antonin, Benjamin et Arthur couchaient trois de travers dans le même lit. Claudia jeta deux oreillers dans les bras de Moïse.

– Tiens, vous coucherez au troisième. Fabien vous laisse le grand lit.

C'était la chambre où Sophie et Moïse s'étaient aimés il y avait de ça des années. D'abord, Moïse allait reculer; Delphine était là qui l'encombrait. Puis il se ravisa. Quelque chose, comme une très forte tentation, le poussait à monter, à revivre, à affronter. Il voulait s'assurer que le souvenir de Sophie ne s'était pas effacé.

Pour accéder à la chambrette sous les combles, ils devaient emprunter un petit escalier de meunier. Delphine le précédait.

Ça l'inquiétait de coucher dans la mansarde. Pour elle, le grenier restait un endroit aux chevrons lambrissés de toiles d'araignées, où l'on remisait toutes sortes de vieilleries qui traînaient depuis des années et dont on refusait de se départir, souvent à cause d'attachement excessif. Elle poussa devant elle la petite Aurore qui montait à quatre pattes. La marche du haut donnait directement dans la chambre. Delphine s'étonna de découvrir une petite pièce propre, blanchie à la chaux. Elle déposa Aurore sur le grand lit. Elle rit avec la petite, chatouilla sa nuque soyeuse et, à chaque vêtement qu'elle laissait tomber, elle la roulait sur la paillasse. Comme elle l'aimait cette enfant ! Sa petite main innocente rencontra celle de Moïse. L'enfant le regardait de ses doux yeux d'angelot. Elle attendait un sourire, mais son père ne répondait pas aux câlineries.

– Couche-la donc, celle-là !

Delphine était vexée pour sa fille. Un nœud dans sa gorge remplaça son sourire. Moïse semblait insensible. Les sentiments, ça ne se force pas, mais pour compenser, elle embrassa Aurore avec amour, caressa son petit front moite et la déposa dans une couchette d'enfant qui avait vu dormir toute la lignée des Batissette. Placé sous la lucarne, le petit meuble prenait tout l'espace restant.

– C'est qui la femme sur la photo ?

Moïse reconnaissait madame Léonie Parizeau mais il n'avait pas le goût de converser.

– Je sais pas. Dors !

– Y fait bougrement chaud icitte !

Moïse voulait qu'elle se taise, qu'elle disparaisse pour la nuit. Devant elle, il s'efforçait de cacher le fond de ses pensées. Il ne parlait pas. Il n'avait jamais su faire semblant.

Il concentrait ses souvenirs dans ce lieu secret imprégné d'intimité. Son regard errait sans qu'il puisse le fixer. Il faisait le tour de la pièce; rien n'avait changé l'ordre des choses. Le lit faisait toujours face à la fenêtre, les rideaux et les couvertures étaient les mêmes. Il suffoquait. La sueur perlait sur son corps. Toute la chaleur de la maison s'engouffrait sous le toit. Quand ils avaient transformé le grenier en chambre, ils avaient fait l'erreur de percer la lucarne au sud. Moïse enleva ses vêtements propres et les jeta sur la rambarde de l'escalier comme dans le temps, puis il se glissa furtivement sous les draps. Ce soir, Delphine était de trop dans le grand lit. Arriverait-il à penser librement à Sophie, avec elle à ses côtés? Près de lui, Delphine gardait les yeux ouverts et une secrète malice l'amenait à lui tirer les vers du nez.

– C'était ta chambre, dans le temps?

Il ne se sentait pas obligé de lui dire toute la vérité. Toutefois, il ne mentit pas.

– C'est la chambre à mon oncle Fabien. Moé, je couchais au deuxième avec Thomas.

– Cet aveugle-là, y voit-y un petit peu?

– Non. Tais-toé pis dors! Souffle la chandelle. J'ai pas le goût de jaser.

– Pour aller inviter tes frères, y faut ben que cet aveugle voie un peu.

Elle dérangeait ses pensées. Moïse, qui ne vivait toujours que de Sophie, alimentait son souvenir et nourrissait sa passion pour ainsi ne pas l'oublier. Elle lui manquait et lui manquerait toujours. Il cacha sa figure dans l'oreiller et étouffa ses sentiments. C'était lourd pour lui de ne pas pouvoir partager ses souvenirs avec les autres. Il y avait bien Claudia. S'il descendait jaser avec elle comme dans le temps?

Ça lui ferait grand bien de se vider le cœur. Autrefois, Moïse recherchait la présence de sa sœur dans les moments difficiles, mais depuis qu'elle appartenait à Médéric, c'était différent. Moïse changea aussitôt d'idée ; le beau Médéric resterait là, à écornifler tout ce qu'ils diraient. Il avait le goût de lui tordre le cou, à ce paresseux-là.

* * *

Il suffit de quelques jours pour que Delphine s'ennuie à mourir. Les journées lui semblaient interminables, même si à la campagne on se couchait tôt. Elle les comptait, tout à sa hâte que la semaine se termine.

Elle s'étonnait de voir la mère de Moïse fumer la pipe. Elle ne ressentait aucune affinité avec cette femme. En vieillissant, Justine était devenue une sorte de mère ourse qui couvait d'une douceur maternelle, sur un pied d'égalité, chacun de ses petits-enfants. Elle leur donnait raison sur tous les points et trouvait chaque fois une échappatoire à leurs pires sottises. Delphine oublia la vieille un moment. Assise sur la berçante placée de biais à la fenêtre, Fabien retenait son attention. Cet oncle attirait la sympathie et la confiance des gens. Était-ce sa cécité qui lui donnait ce visage aimable ?

Tous les après-midi, l'aveugle prenait le large et revenait quelques heures plus tard. Il marchait d'un pas si sûr que, si ce n'avait été de son bâton, on aurait juré qu'il voyait. Les enfants sautillaient derrière lui jusqu'au pli de la route, puis revenaient sur leurs pas et entraient avec fracas à la cuisine où Claudia était agenouillée devant le poêle.

Pour elle, vider les cendres était chaque fois une humiliation et plus particulièrement aujourd'hui alors que la maison fourmillait de monde. Pourtant, elle n'avait jamais ressenti aucune gêne à se mettre à genoux pour arracher la nourriture à la terre. Les cendres étant aussi volantes que la poussière, Claudia avait pris soin au préalable de protéger le plancher d'un vieux tapis de table dédaigné.

Fasciné par l'attrait du feu, le troupeau d'enfants faisait cercle autour d'elle. Elle devait sans cesse les repousser. En tout autre temps, elle aurait fait preuve de tolérance envers eux, mais l'heure du dîner approchait et elle devait se hâter d'en finir. Il lui fallait allumer et monter rapidement la température du four pour la cuisson du pain. Elle aurait pu le cuire à l'extérieur, mais où prendre le temps d'entretenir deux feux avec la poule à bouillir, la table à dresser, l'eau à pomper et les légumes à éplucher ? Sans compter qu'elle avait tout le monde dans les jambes. Elle se demandait combien de temps durerait leur séjour à la ferme.

La petite porte de fonte était ouverte au bas du poêle et Claudia avait de la difficulté à tirer le cendrier tant il était comble. Les garçons gênaient ses mouvements. À sa gauche, Alexis, armé du tisonnier, parvenait à exciter les braises qui couvaient sous la cendre. Claudia lui enleva l'outil des mains et le remit en place. Aussitôt Benjamin le saisit et Alexis se mit à hurler en tirant sur son bout. Sa crise ne dura pas ; Alexis aperçut le grattoir, s'en empara et revient effrontément se placer entre Claudia et le poêle. Ils étaient maintenant deux devant elle, les mains noires de suie. Elle tenta de les pousser pour venir à bout de sa besogne ingrate, mais les garçons étaient collants comme de la glu. Pour comble, la petite Aurore, montée à califourchon sur ses mollets, tirait la boucle de son tablier. Claudia en avait ras le bol. Elle ne pouvait plus supporter les gamins. Delphine, qui passait la majeure partie de ses journées assise dans la berçante, aurait pu s'occuper d'eux ! Elle était là qui voyait tout et elle ne disait pas un traître mot pour les rappeler à l'ordre. « Les filles de la ville sont toutes pareilles, pensait Claudia, ça s'enveloppe dans la soie pis ça vient se faire recevoir à la campagne comme si on leur devait tout ! »

Quelques tisons, des restants de bûches du déjeuner, tournoyaient encore dans l'âtre et les enfants s'exposaient à recevoir des étincelles en pleine figure. La patience de Claudia était mise à rude épreuve. Elle avait beau aimer son frère, elle acceptait mal le charivari que sa visite lui causait. Les nerfs à fleur de peau, elle étira un soupir qui en disait long. Elle remonta ses cheveux sur son front humide, colorant sa tignasse de poussière grise de cendre, puis se leva promptement, les joues rouges de colère.

– Ah ben là, c'est le bout de la marde !

– Claudia Lamarche ! Y me semble que je t'ai pas élevée de même !

C'était Justine qui, scandalisée de sa grossièreté, rappelait sa fille à l'ordre. Mais Claudia, emportée, ne voulait rien entendre. Si elle ne laissait pas sortir la vapeur, sa cervelle allait exploser. Pourtant elle les aimait, ces petits.

– Dehors immédiatement, ma gang de teignes ! Je veux plus en voir un seul ici-dedans. Vous m'entendez ?

Élisa et Arthur, apeurés, se précipitèrent aussitôt sous la table. Les autres enfants reculèrent, surpris de voir leur tante fâchée ; ils ne la connaissaient pas sous ce jour.

Moïse s'étonnait de l'humeur maussade de Claudia. « Pourquoi s'en prendre aux enfants quand y font rien de mal ? » Il n'imaginait pas une minute que sa sœur puisse être fatiguée. Il n'aimait pas la voir s'emporter ainsi.

Justine invita les enfants sous le gros érable.

– Venez, je vais vous raconter une histoire.

Moïse intervint.

– Non, m'man. On va aller faire un tour chez Véronique à Saint-Paul. Toé, Delphine, va dire aux autres qui s'amènent.

Delphine n'avait pas prévu ce contretemps. Moïse ne lui avait pas parlé de cette visite ; à moins qu'il l'ait passée sous silence volontairement. Il savait bien que Véronique et elle étaient en froid. Bouleversée par cette sortie impromptue, elle cherchait un moyen d'échapper à la famille pour discuter en retrait avec son mari. Discrètement, elle lui fit signe de la suivre à l'extérieur. En prenant tout son temps, elle posa un bonnet sur la tête de la petite Aurore et sortit sur le perron où elle fit quelques pas sans remarquer que derrière elle, la fenêtre était ouverte. Elle n'entendait que le murmure du ruisseau.

Une fesse juchée sur la balustrade de la longue galerie, Moïse cueillait des concombres grimpants qu'il s'amusait à crever. Un liquide laiteux s'en échappait et lui collait aux mains. Il s'occupait pour éviter de regarder sa femme. Il sentait la menace dans l'air.

– Tu penses pas sérieusement à me traîner chez ta fille ? On n'a rien à se dire, Véronique pis moé. Tu le sais ben !

– D'abord, j'irai seul.

Intérieurement, Delphine regrettait. Elle aurait aimé rendre visite à Véronique et voir le lieu où elle vivait, mais les faits étant ce qu'ils étaient, elle s'y refusa catégoriquement.

– Emmène les autres ; c'est pas tous les jours qu'y ont l'occasion de voir leur grande sœur. Moé, je vais rester icitte avec Aurore.

Elle était tentée de se faire conduire chez Antoinette. À son arrivée, sa belle-sœur l'avait invitée, mais Delphine la connaissait très peu et elle se sentait mal à l'aise de s'imposer chez elle pour une journée complète. Elle retourna à la cuisine, bien décidée à attendre là, même si la situation lui pesait. Elle ressassait sa rancune. Elle était venue pour accompagner son mari dans sa famille et il l'abandonnait aux siens. Elle se considérait comme une pure étrangère dans ce milieu et elle éprouvait un violent dépit qu'elle s'efforçait de cacher, inutilement ; les élans brusques de la chaise berçante parlaient d'eux-mêmes. Delphine ne tirait aucun agrément de cette visite.

La cuisine avait retrouvé son calme. Claudia se lava les mains et sortit les légumes qui serviraient à la soupe.

– Tu refuses d'aller chez Véronique ? Vous étiez pourtant amies toutes les deux ?

Delphine prit conscience que de la fenêtre ouverte tout le monde l'avait entendue à l'intérieur. Elle serra les lèvres, déçue de ce qu'elle croyait des allusions blessantes.

– Vous savez… les relations de loin en loin… après quelque temps…

Sitôt dit, la jeune femme regretta d'avoir répondu. Claudia ne ménageait pas ses sentiments déjà écorchés. Elle l'avait prise au dépourvu. Delphine croyait que Claudia était au courant des rapports tendus entre elle et Véronique et, suite à ces insinuations perfides, elle était prête à jurer que Moïse racontait tout dans ses lettres. Lui qui n'aimait pas voir les gens se mêler de ses affaires. À son retour, elle lui rapporterait les faits. Il verrait comment elles étaient.

* * *

Moïse entra chez sa tante Marie-Louise au moment où toute la famille s'apprêtait à quitter la maison. Aujourd'hui, on présentait Véronique à Donatien. Moïse étant là, Marie-Louise l'invita avec ses enfants. « Si y en a pour dix, y en a pour vingt », dit-elle.

Moïse regardait les trois filles se disputer le même miroir.

Véronique avait renoncé à Jacques Galipeau et maintenant, le cœur prêt aux émotions nouvelles, la jeune fille cherchait à plaire. Elle mettait du temps à arranger ses cheveux en torsades sur ses oreilles. Dans un élan de coquetterie, elle fardait légèrement ses joues. Satisfaite de son apparence, elle attacha un bandeau de soie noire sur son front. Le noir se mariait bien au liséré de sa robe orangée. Moïse comparait les cousines et, en père possessif, il trouvait la sienne la plus belle. Véronique se sentait observée. Son père ne l'avait jamais regardée ainsi. Elle se tourna vers Anita.

– Comment veux-tu que je te fasse des tresses avec ça ? Tes cheveux sont ben trop courts.

– Force-toé un peu.

– Tu veux que je tire dessus ?

– Ouille ! Arrête !

– Faut savoir ce que tu veux.

Véronique avait le goût de la taquinerie. Elle tira légèrement son oreille et y colla sa bouche pour ne pas être entendue.

– Y a l'air de quoi ton cousin ?

– Tu verras ben !

* * *

Chez les Malo, Véronique entra la dernière. Au salon, les garçons étiraient le cou. On la cherchait des yeux. Des trois cousines, elle était la plus grande et la seule que la rouille n'avait pas touchée. Véronique était remarquable par son air tranquille. Elle suivit les filles au salon où trois garçons causaient tranquillement. Le plus grand se leva. Anita donna un coup de coude dans les côtes de Véronique et chuchota:

– C'est lui!

Quand Donatien vit la longue fille aux yeux verts, à la peau de soie, il en tomba aussitôt amoureux. Il fit les présentations.

– Jean-Paul, et lui, c'est Louis!

Véronique était déçue. Le garçon avait une carrure de costaud, le nez écrasé et la crinière épaisse. Une moustache raide cachait le bas de sa figure. Elle aurait dû se méfier des emballements de ses cousines. Leurs amoureux à elles étaient mieux choisis.

Donatien disait avoir l'âge de son chat. Louis semblait le trouver ridicule. Il le reprit d'un ton sérieux.

– Donatien a vingt ans.

Donatien ignora son frère et se mit à énumérer son avoir, comme si ses biens pouvaient servir à acheter une fille.

– J'ai un troupeau de quinze taures et j'élève un taurillon pour les accoupler.

Véronique le trouvait grossier. Elle était gênée de l'entendre parler d'accouplement, elle qui avait conservé son âme d'enfant sensible à la musique et aux couleurs. Donatien n'arriverait jamais à l'intéresser à sa ferme.

Près d'elle, les cousines causaient familièrement avec les frères de Donatien. Véronique n'écoutait plus Donatien déblatérer à ses côtés. Elle se demandait pourquoi tant vouloir lui coller ce dernier quand ses deux frères étaient si attirants. Elle s'amusait à faire le tri: Louis, un blond aux yeux verts, devait avoir seize ans. Son visage était régulier, ses sourcils soyeux et sa lèvre supérieure gonflée. Elle lui trouvait un petit quelque chose qui, à première vue, le rendait attachant. Véronique était portée à le regarder. Et chaque fois que leurs yeux verts se rencontraient, elle sentait son cœur palpiter.

Paul avait dix-sept ans. C'était un enjoué qui n'avait qu'à ouvrir la bouche pour propager le rire. Il était un peu osé dans ses conversations avec les cousines. Finalement, Louis était le plus jeune et pourtant, il était celui qui semblait le plus sage et certes le plus beau des trois. Ce fut sur Louis que Véronique jeta son dévolu. Mais lui, que pensait-il d'elle ?

À la table, on plaça Véronique près de Donatien. La jeune fille voyait bien que tout était arrangé. Elle se conforma au bon vouloir de ces gens. Qui donc avait choisi Donatien pour elle ? Elle se promettait au retour de questionner ses cousines. Il était là, empressé, qui la servait comme une reine : le sel, le beurre, le pain, mais il était ennuyant à mort. C'était toujours lui qui parlait et que de sa ferme et de ses animaux. Véronique le laissait radoter. Son regard faisait le tour de la table animée. Comme elle aurait aimé être assise à la place de Sarah, près du beau Louis. La chanceuse ! Si au moins les filles venaient à sa rescousse, mais non ! Comme les fanfaronnades de Donatien ne l'impressionnaient pas, elle lui coupait sans cesse la parole pour le forcer à changer de sujet.

– Vous avez là une ben belle tasse !

– Emportez-la, je vous la donne. Gardez-la en souvenir de notre première rencontre.

Véronique se raidit. Elle se fichait de son souvenir. Elle ne cherchait qu'à s'effacer. Elle ne ressentait rien pour lui.

– Non, merci. J'ai pas de maison. Je saurais pas quoi en faire.

Il fit comme si elle l'avait acceptée. Au départ, il lui mit la tasse dans les mains et lui demanda la permission d'aller la voir au salon. Les mots tombaient indifférents de sa bouche amère.

– Comme vous voudrez ! Je suis pas du coin.

Il lui déplaisait. Certes, on voulait la caser mais elle n'avait pas dit son dernier mot et ce ne serait pas avec n'importe qui. Au départ, elle oublia volontairement la tasse en porcelaine sur le coin de la table.

* * *

Pendant ce temps au ruisseau Vacher, Delphine attendait la fin des vacances avec son incapacité habituelle de se contenir. Il restait encore deux longues journées à côtoyer les parents de Moïse, à faire la tête dans une attitude renfrognée qu'elle alimentait à son gré. Dès le retour de Moïse, elle lui demanderait d'écourter sa visite. Elle allait lui déplaire c'était certain, mais est-ce qu'on la ménageait, elle ?

Quand l'occasion se présenta, elle hésita. Son mari revivait à ce qu'il appelait l'air pur de la campagne même si partout ça ne sentait que le fumier. Elle le regardait construire des châteaux de cartes avec Arthur et Élisa et se surprenait ; c'était tout nouveau pour lui cet intérêt pour ses enfants. Un air serein envahissait son visage. Et si pour le bonheur de Moïse, elle jouait l'indifférente ? Elle remit à plus tard sa décision de partir.

Le lendemain matin, Moïse fut réveillé par les coqs qui se criaient leur cocorico d'une ferme à l'autre. Il se jeta hors du lit et après un déjeuner frugal, il demanda une serviette et se rendit au ruisseau où il s'immergea jusqu'au cou. Sans cesse à la recherche de tranquillité, il profitait pleinement de chaque moment de solitude et l'eau lui apportait une paix qu'il avait oubliée. Il se revoyait écolier. Dans le temps, il venait souvent avec Thomas ici même, où le ruisseau s'élargissait. Ils avaient baptisé l'endroit la baie des Loups-garous pour effaroucher les petits voisins. La vie avait changé depuis. Ils étaient tous établis ; la plupart mariés et pères de famille. Lui-même en était rendu à son neuvième enfant. Il sortit de l'eau et s'étendit sur l'herbe fraîche. Dans la nature ses pensées étaient moins sombres. Il resta là jusqu'à ce qu'il entende remuer les broussailles. Azarie et Amédée cherchaient un coin où se baigner.

Au beau milieu de l'après-midi, Moïse prit le chemin avec Fabien. En route, son oncle lui raconta son plongeon ; toutefois, il se garda bien de parler de ses sentiments. Il craignait le mépris et l'indignation. Et si Moïse allait rire à ses dépens ? Fabien ignorait que son neveu était déjà au courant de ses visites répétées, de ses excès de propreté, de sa bouche fendue d'un sourire continu. Dans la maison, on ne parlait que de ça, en l'absence de l'aveugle.

De son côté, Moïse se faisait des soucis pour son oncle. Il présumait qu'il se préparait une grosse déception comme lui dans le temps avec Jeanne Landry. Il ne pouvait le raisonner ni l'en dissuader ; Fabien lui cachait sa passion.

Arrivés devant la maison de madame Parizeau, ils la virent, assise sur son perron. Elle invita les deux hommes à entrer et à s'asseoir à sa table. Elle s'informa auprès de Moïse de sa famille et de sa vie à la ville. Il était surpris de se faire offrir un thé. Il n'allait pas refuser ; il se souvenait que dans le temps on traitait la maîtresse de radine. Madame Parizeau prit place sur le banc et se colla étroitement contre Fabien.

Leurs genoux se touchaient. Rien n'échappait à Moïse. Tout en causant, la main de la maîtresse chevauchait celle de l'aveugle. Moïse essayait de cacher sa surprise. « Bordel ! À la maison, y voient donc rien ? » Au retour, il tirerait les choses au clair. Fabien était heureux ; qu'on lui fiche la paix !

* * *

Pendant ce temps, dans la cuisine des Lamarche, la vieille Justine secouait sa pipe dans le cendrier. Elle fixait Delphine de ses traits sévères qui criaient justice et essayait de lui entrer dans la tête que les enfants du premier lit méritaient certains égards.

La voix chevrotante de la vieille lui glaçait le sang dans les veines. Delphine voyait bien que toute la maisonnée était au courant des chicaneries survenues entre elle et les garçons de Moïse. Elle se sentait piquée au vif et aussitôt oublia ses bonnes intentions. Elle tremblait de colère. Sa belle-mère n'était qu'une vieille sotte et Moïse n'était jamais là pour la remettre à sa place. Il passait le plus clair de son temps ailleurs que dans la maison. « Ça va faire, se dit-elle. »

Les dents serrées, chiche de paroles et de regards, Delphine se leva et déposa la petite Aurore par terre. « Cette enfant-là appartient aussi à son père ; qu'y s'en occupe ! » Seule, sans effets, sans un bonjour, elle se précipita à l'extérieur et entreprit le voyage de retour à pied.

Elle marchait d'un pas décidé au beau milieu du chemin, comme si la route lui appartenait. Le combat intérieur qu'elle s'infligeait était si fort que tout ce qui se passait autour d'elle lui était indifférent. Sans se rendre compte du ridicule de la scène, elle leva le poing au ciel et cria : « Tu le fais exprès, la défunte, d'empêcher Moïse d'être heureux avec une autre ! »

Près d'elle une charrette de paysan allait la dépasser. Delphine se tourna et sursauta en voyant la tête du cheval frôler son épaule. D'une escarre, elle se jeta sur l'accotement. L'homme rit et comme elle s'éloignait, elle vit ses épaules sauter. Elle se fichait éperdument qu'il ait entendu ses chamailleries avec un être invisible. Elle l'oublia aussitôt ; Justine, Claudia et Sophie occupaient toute la place dans ses rancunes.

Dire que tout avait si bien commencé. Pour une fois que les enfants s'amusaient sans malice.

À cœur de jour Élisa et Arthur s'efforçaient de marcher dans des sabots abandonnés sur le perron. Benjamin s'occupait d'une portée de chatons trouvés dans la grange, dans un trou de paille ignoré que personne d'autre que lui n'aurait su trouver. Antonin passait ses journées à pêcher au ruisseau et à l'heure du train, il essayait de traire les vaches. À chaque tentative, il ratait son coup.

Delphine regrettait sa liasse de billets laissée au fond du tiroir. Elle en aurait besoin pour le train. D'ici là, elle avait des heures de marche devant elle. Si un attelage pouvait l'inviter à monter, elle ne refuserait certainement pas. Elle allongea le pas afin que l'air sèche les larmes qui mouillaient ses cils.

* * *

Devant ce départ tragique, Claudia s'affolait et ne savait que faire. Il lui fallait à tout prix retrouver Moïse et lui fournir des explications. Malheureusement, son frère était introuvable.

Elle l'appelait, le cherchait à l'étable, au poulailler, pour enfin le voir apparaître au bout de la route. Il revenait lentement de chez madame Parizeau. Même si elle craignait de le mettre en colère, Claudia courut au-devant.

– Moïse, Delphine est partie. Je me demande quelle mouche l'a piquée. Elle a pris le mors aux dents, comme ça, pour une niaiserie. Les gens du rang vont jaser. Une étrangère enceinte qui court la campagne. Y vont trouver ça plutôt curieux.

Moïse ne perdit pas de temps. Il détacha un cheval et monta sur son dos, sans selle, sans bride. Arrivé près de Delphine il sauta sur ses pieds, donna une tape sur la croupe de la bête et celle-ci reprit seule le chemin de l'écurie.

Au pas décidé de sa jeune femme, Moïse sentit qu'elle allait lui donner du fil à retordre. Il la saisit par les épaules et lui fit faire demi-tour.

– Qu'est-ce qui te prend de partir de même ?

– Je veux m'en retourner à la maison.

– Mais pourquoi, bordel ?

Elle ralentit le pas et le dévisagea, en proie à une rage folle. Le regard de Moïse dévia et se perdit sur l'horizon. Elle voyait son air de suffisance affiché sur sa mâchoire carrée. Elle se tut. Elle aurait pu discuter, mais ce qu'elle avait à dire n'aurait pas de poids. Seuls leurs pas bruissaient sur la route empierrée.

Jamais Delphine ne s'était sentie aussi seule, à des milles et des milles de chez elle. Elle qui croyait que tout irait bien, que Moïse lui serait reconnaissant de l'avoir accompagné, qu'il serait ravi de la présenter à sa famille, que les vacances les rapprocheraient. Il s'en fichait royalement. Ils n'avaient pas eu une seule minute à eux. Personne, même pas son propre mari, ne se souciait d'elle. « Mais bon Dieu, qu'est-ce que je leur fais tant ? » Soudain, tout ce qui tendait à déborder jaillit d'un coup. Les larmes se mirent à couler sur ses joues.

Moïse adoucit le son de sa voix. Il ne réussissait ni à l'aimer ni à la haïr.

– Tu t'en allais où, comme ça ?

– Chez nous, si seulement j'ai un chez nous quelque part. J'ai pas un seul coin où je suis la bienvenue sur cette terre. T'es jamais là quand on me questionne, qu'on insinue des accusations directes sur mon compte. T'es pareil à elles ! Tu vas brailler dans les jupes de ta mère pis j'ai horreur de ça.

– Qu'est-ce que tu rabâches là ?

Il la traitait comme une enfant capricieuse. Pas une minute il n'avait pensé que l'attitude des siens pouvait avoir quelque chose d'irritant pour sa femme. Pas une seconde il n'avait pensé qu'elle pouvait souffrir.

– Y sont pas méchantes. C'est toé qui es trop suspecte.

Une douleur la saisit au creux du ventre. Furieuse, elle tourna les talons et reprit la direction de la gare. Moïse la dévira aussitôt.

– Arrive ! On va aller chercher les enfants pis on va s'en retourner à Saint-Henri. Les garçons vont être ben déçus ; je leur avais promis de les emmener au bois. On aurait pu en profiter pour faire un pique-nique ?

– Non !

Elle était surprise qu'il ne tempête pas contre elle. Ils ne se parlèrent plus jusqu'à la maison.

La grande cuisine était maintenant de glace. Les chaudrons, la queue en l'air, débordaient de légumes. Claudia jetait ses épluchures au feu et surveillait la grande cafetière.

Tout le monde sauf Moïse était mal à l'aise. Certes, la vieille Justine se savait responsable de ce branle-bas, mais elle ne s'excuserait pas; elle n'avait dit que ce qu'elle pensait.

L'avant-veille elle avait dû assister une jeune femme en couches. Le travail pénible et long avait rogné ses heures de sommeil. Elle ne le dirait pas mais elle était au bout de son rouleau. À son âge, le rôle de sage-femme lui demandait beaucoup d'énergie. Son dévouement l'amenait à cuisiner, faire la lessive, s'occuper de la bonne marche de la maison, souvent déjà pleine d'enfants. Elle ne laissait jamais en plan les mères fraîchement accouchées.

Aujourd'hui, son humeur s'en ressentait, cependant elle ne cherchait pas la guerre.

Debout sur ses genoux, Aurore riait aux éclats.

– Tape, tape, tape; pique, pique, pique; roule, roule, roule.

Justine s'arrêta net et offrit à Delphine une pointe de tarte au sirop d'érable nappée de crème douce. Elle essayait de l'amadouer avec des petites flatteries.

Trop tard! Il n'en était pas question. Delphine repoussa durement l'assiette et la regarda d'un œil sévère. La vieille avait les épaules basses, la peau plissée comme une vieille patate et la commissure des lèvres piquée de petits poils brillants. Elle la trouvait laide. Elle se raidit et prit une attitude hostile. «La belle-mère apprendra à peser ses paroles. Je reviendrai jamais icitte!» Elle boucla ses valises, le regard à la fois résolu et absent.

Le dîner attendait sur la table et personne n'y touchait.

Sur le perron, Moïse plaça deux doigts entre ses lèvres et siffla les garçons. C'était le rassemblement. Devant le départ précipité, les enfants mécontents pestaient et refusaient de partir.

– Pourquoi ? Vous nous aviez pas promis d'aller au bois ?

Moïse les tranquillisa.

– Je sais ben, mais y a eu un contretemps.

– Quel contretemps ? s'enquit Antonin. Je peux gager que c'est encore de sa faute, à elle !

À son air rancunier, le garçon semblait échafauder un plan de vengeance, mais Moïse dérangea sa méditation.

– Filez ! Allez ramasser vos affaires pis mettez-les dans la voiture à deux sièges. Toé, Benjamin, va chercher la malle. Tu la placeras sous la banquette arrière.

* * *

Ils s'en retournaient dans leur ville. Assis sur la petite banquette à bascule qui faisait dos au cheval, les enfants boudaient. Sur le siège arrière, Delphine était malheureuse. En plus de ne pas digérer les piques de la belle-famille, elle enlevait à Moïse le bonheur de se retrouver parmi les siens et ça lui faisait mal, très mal. Elle respirait profondément. Elle n'osait pas lui proposer de s'échapper ailleurs ; s'il allait se fâcher et l'accuser de ne pas savoir ce qu'elle voulait !

Au retour, la maison lui sembla plus agréable ; peut-être à cause de l'atmosphère accablante qu'elle venait de subir au ruisseau Vacher.

Chapitre 17

Le soleil gambadait au-dessus des bancs de brume qui paressaient ventre à terre avant de se laisser gober par le sol jaune toujours inassouvi. Vers midi, ses rayons enfiévreraient les terres cultivées, les chemins et les toits de chaume.

Fabien vivait sous le charme de Léonie Parizeau. Il ne pensait qu'à elle et avait le désir de la possession exclusive. Une crainte le prenait juste à penser de la partager ou de la perdre. S'il fallait qu'elle aille éparpiller sa tendresse ailleurs!

Depuis que la température s'était adoucie, le couple passait tous ses après-midi assis sur un banc de bois installé sur le perron. Fabien ne manquait pas un rendez-vous et, chaque fois, Léonie lui offrait du pain aux épices et aux noix, ce qui faisait mentir les cancans la traitant de radine. Dans la paroisse, les gens racontaient sur son compte qu'à chaque visite, la femme recouvrait son plateau de pommes pour ne pas avoir à en offrir.

Le soir au coucher, Fabien avait toujours hâte de se retrouver seul. C'était le moment le plus propice à la rêverie; il se remémorait et analysait toutes les paroles de Léonie et il reconstituait les scènes dans sa pensée. Il allait jusqu'à rêver qu'elle lui fasse des avances, des propositions, à lui, l'aveugle.

Il était fou ! Dès qu'il lui avouerait ses sentiments, pensait-il, elle le balancerait comme un caillou que la main d'un gamin lance dans l'eau.

Vint un jour où, poussé par les sentiments, Fabien prit l'initiative de poser sa main sur le bras de Léonie. Il la sentit remuer et espéra qu'elle encourage son geste. Mais non ! Rien de surprenant. Il n'avait pas droit à la tendresse, lui, un être à part. D'un côté, le besoin d'amour, de l'autre, la peur. Il se sentait comme le jour de son plongeon, coincé entre deux rives du ruisseau. Et toujours ce désir en lui, cet inutile désir ! S'il osait s'aventurer davantage ? Il avait l'impression gauche d'être encore un élève devant son professeur et son courage tomba. Léonie Parizeau semblait si forte.

Elle s'informait de tous les siens. Elle les connaissait tous pour leur avoir enseigné le catéchisme, le calcul et la grammaire.

Fabien l'écoutait d'une oreille et songeait plutôt à ce que pourrait être sa vie avec elle. Mais chaque fois sa pensée lui coûtait quelques soupirs. Il se demandait quelle serait sa réaction s'il lui avouait ses sentiments. Elle ne dirait rien à sa face, c'est certain. Madame la maîtresse avait de l'éducation. Mais dans son dos, elle se moquerait de lui, et peut-être même en jaserait-elle ici et là ? Tout le monde le traiterait d'idiot. Au fait, les gens auraient raison, lui-même se trouvait idiot.

Après bien des hésitations, les oreilles rouges de gêne, Fabien se décida à caresser son visage. Elle se laissait toucher, sachant depuis l'école que c'était avec ses mains que Fabien regardait. Les yeux de Léonie étaient creux, ses bajoues pendantes et sa peau lisse. Il la trouvait belle en dépit de ses soixante ans.

– Si j'étais pas aveugle, osa-t-il, je vous demanderais de m'épouser.

– Et moi je vous répondrais oui.

Fabien tremblait d'émotion. Avait-il bien entendu ?

– Vous vous moquez de moé ? Vous voudriez pas refaire votre vie avec un homme qui ne voit rien ?

– Si vous êtes prêt à veiller sur moi, évidemment. Je vous prêterai mes yeux.

Fabien était prêt à tout pour elle, mais pourquoi cette retenue juste au moment où le sort jouait en sa faveur ?

– Et vous me feriez vivre à même votre portefeuille, comme un mendiant ? Je n'ai malheureusement rien à vous offrir.

– Pas exactement. Vous mériterez un peu de reconnaissance pour veiller sur moi. Rappelez-vous que j'ai dix ans de plus que vous. Vous aurez peut-être à me soigner, mais aujourd'hui, ma santé n'est pas en cause. Si j'ose m'avancer ainsi, c'est que la vie sera tellement plus agréable à deux. La solitude me pèse, vous ne pouvez imaginer à quel point. Savez-vous ce que c'est que de manger seul, de n'avoir personne à qui parler, et toute la journée n'entendre que le tic-tac ennuyant de l'horloge ?

– Je connais la solitude.

– Vous ? Vous n'avez jamais été seul !

– Oh si ! Même dans une maison pleine de monde. Mais depuis ma trempette, tout a changé. Je ne cesse de penser à vous.

Fabien s'emballait. Il y a quelques semaines, sa vie lui paraissait monotone et chaque jour semblable. Aujourd'hui tout changeait, tout devenait merveilleux. Il ne manquait plus rien à son bonheur.

– Je sais fendre le bois, mais vous devrez vous tenir loin de moé. Je sais aussi entretenir une maison et arroser les géraniums. Mon frère Jean-Baptiste me verse une rente deux fois par année. Il me fournit aussi un cheval et une voiture pour les déplacements. J'ai droit à tout ça et plus encore : l'habillement et la nourriture ; c'est écrit dans le testament.

L'aisance souriait à Léonie Parizeau. Veuve sans enfant, deux fois héritière, d'abord d'un mari meunier et ensuite d'un voiturier, elle avait enseigné pendant près de quarante ans. À ce jour, son bas de laine était bien rempli. Elle n'avait pas besoin de l'héritage de Fabien. Et pour ne pas être l'objet de mésentente chez les Lamarche, elle lui conseilla de renoncer à ses droits.

– Soit ! Si c'est ce que vous voulez.

* * *

Justine et Jean-Baptiste se seraient saignés à blanc pour Fabien. Après un débat en règle, ils convinrent de se conformer à ses demandes, sauf pour la rente. Y avait pas à s'arrêter là-dessus, Justine refusait carrément de la lui couper. Elle aurait l'impression de lui enlever sa dignité. On continuerait donc de lui verser la même rente qu'à la maison. Et avant son départ, Fabien serait habillé de neuf.

* * *

De son côté, Léonie fit part de son projet à Fabien de se débarrasser de sa ferme et d'aller habiter au village. Le souhait de tout habitant n'était-il pas de passer la fin de ses jours au pied du clocher ? Ainsi, ils n'auraient pas besoin d'attelage, ce qui voulait dire pas d'animaux à soigner ni d'écurie à nettoyer. L'argent de la transaction pourrait servir à acheter une maison. Il y en avait une à vendre, à deux pas de la nouvelle beurrerie que les frères Laurin venaient de construire.

La vie de Fabien prenait un tournant, le plus important de toute son existence. L'aveugle n'était pas sans se poser quelques questions soucieuses. Il aurait à habituer sa canne à de nouveaux lieux et il craignait qu'à la longue, ses coups répétés agacent Léonie. Il pensa à faire poser un embout en caoutchouc sur le sabot ferré pour feutrer les chocs. Il voulait tant être à la hauteur, mais aurait-il les capacités suffisantes? À l'école, Léonie était très exigeante avec ses élèves. Finalement, il se dit qu'il n'avait pas à s'en faire: avec lui, Léonie n'était que gentillesse.

* * *

Les cloches sonnaient et l'écho résonnait dans le cœur de Fabien. Dans la fière église de Saint-Jacques, Léonie Parizeau, le cœur palpitant sous un corset trop serré, et Fabien Lamarche, cravaté, le col de chemise un peu raide, s'unissaient pour la vie. C'était un homme au visage fin et distingué qui, d'une main tremblante d'émotion, glissait un anneau d'or au doigt de Léonie.

Chaque soir, avant de se vautrer dans les chairs chaudes et molles de Léonie, l'aveugle écoutait sa femme lui lire les plus belles histoires qui lui rappelaient, au temps de la petite école, celles de la lecture courante.

Et tournait la vie de tous les jours, simple et merveilleuse, une vie de paradis pour Fabien et Léonie.

Ils n'avaient qu'un même pas, un même regard, un même désir : finir leurs jours ensemble heureux et confiants.

Chapitre 18

Jean avait dix-sept ans. Il travaillait maintenant depuis quatre ans à la tannerie, entouré d'ouvriers encroûtés dans leur routine. Depuis toutes ces années aux Tanneries Flamand, le jeune homme avait gravi des échelons. Il en était rendu au glaçage des peaux.

L'enfant chétif s'était transformé. Ses bras et ses jambes démesurés s'étaient ajustés au corps musclé par le travail. L'énergie, le dynamisme et l'aisance de ses mouvements lui conféraient de l'aplomb. Jean avait conservé une belle sensibilité.

Monsieur Flamand l'avait toujours soutenu. Il lui vouait un attachement de père qui choquait les anciens employés, mais personne ne se mêlerait de le dire tout haut ; ils savaient que le grand patron, immunisé par une indépendance innée, ne s'arrêtait pas aux qu'en-dira-t-on. Jean était son seul employé à être aussi assidu. Qu'il soit grippé, enrhumé, fatigué, il n'accusait aucune absence. Souvent, monsieur Flamand le dérangeait de son poste, en plein travail. Ce jour-là, il posa sur son épaule une grande main propre, à peine veinée.

– Jean, laisse les peaux. Monsieur Coulombe va te relayer au lustrage. Tu vas m'accompagner. J'ai besoin d'un homme discret. Va te faire une toilette.

Un sourire éclaira la figure de l'adolescent.

– Je cours à la maison passer dans la cuve et enfiler une tenue convenable.

– Cette fois, va pas trop me retarder.

C'était la fête pour Jean. Ce n'était pas la première fois que monsieur Flamand usait de prétextes pour se faire accompagner aux placements et aux achats de marchandises de la tannerie. Jean voyait bien qu'il ne lui demandait rien d'autre que de l'accompagner.

Les sorties obligeaient les deux hommes à manger dans les auberges et chaque fois, c'était monsieur Flamand qui payait la note. Jean était à son aise avec lui. Il lui parlait de ses projets avec Angélique, mais taisait toujours sa brouille avec son père ; il en avait honte. En cours de route, ils discutaient des achats et des transactions. À l'occasion, Jean allait jusqu'à exprimer son désaccord, mais comme la sagesse et les connaissances du patron l'emportaient, il apprenait à tirer profit de sa sage expérience, de ses conseils et, lentement, son raisonnement s'exerçait, s'enrichissait. Jean mûrissait.

* * *

Pour le mariage d'Antonin, Jean n'avait pas reçu d'invitation. Son père frappait de nouveau et le garçon lui en voulait davantage. Il avait quand même l'intention de se rendre à l'église, histoire de revoir ses frères et sœurs. Il les imaginait tous plus hauts d'une tête. Donc, pour ne pas être reconnu de son père, il décida de laisser pousser sa barbe pendant quelques semaines.

Avant de pénétrer dans l'usine, il s'adossa un moment au mur de vieilles pierres grises où l'astre de feu dardait à plomb. À force de se chauffer le crâne au soleil, peut-être arriverait-il à brûler ses souvenirs et repartir en neuf? En proie à son idée fixe de se rendre à l'église avec l'intention de revoir les siens, Jean se dégoûtait de devoir les regarder en simple spectateur. Il se sentait deux fois rejeté. Il se rendit à son poste, la mine défaite. Tous les yeux étaient sur lui. Ce devait être cette barbe de quatre jours qui accusait une certaine négligence. Sa tante lui en avait fait le reproche le matin même. Le patron ne tarda pas à le faire passer au bureau.

– Assieds-toi et explique-moi cette tenue négligée.

Jean, bouleversé, se sentait coincé. Il regarda monsieur Flamand en face et d'une franche innocence il lui raconta tout. Le patron l'écouta sans l'interrompre et quand on vint frapper à la porte, il demanda de ne pas être dérangé. Jean finit son récit par l'emploi aux Tanneries Flamand.

– Je sais pas si vous pouvez comprendre, vous. Asteure, pas besoin de vous expliquer que pour le vieux, je suis mort.

– Ne perds jamais confiance. Forme des projets et poursuis-les malgré les faux pas. Rêver aide quelquefois à vivre.

– Mon rêve, c'est de passer ma vie aux Tanneries.

– Mêle-toi un peu plus aux jeunes de ton âge et dis-toi que t'as encore le droit de rire. Accroche-toi à quelqu'un ou à quelque chose.

– J'ai Angélique, mais elle me suffit pas. Le vieux me manque terriblement.

Pendant un long moment, plus personne ne parla. Une mouche bourdonnait dans la fenêtre.

– Maintenant que t'as crevé l'abcès, oublie cette discorde qui te tourmente, sinon elle finira par avoir raison de toi.

– Je voudrais tant être quelqu'un!

Le patron lui sourit avec indulgence.

– Quelqu'un?

– Quelqu'un de bien, d'important, de remarquable. Si j'avais pu m'instruire!

– Tout ça pour épater ton père?

– Je sais plus. Y doit croire que je sais pas comment m'y prendre pour organiser ma vie. J'ai plus de solutions, plus d'idées pour en finir avec ce froid entre nous. J'ai l'impression que le vieux me déteste.

– T'as essayé de le revoir?

– Non. Je crains d'être rabroué.

– Faudra un jour que tu redresses l'échine, que tu cesses de penser à lui. Est-ce que tu pensais toujours à lui à la maison?

– Non.

– Pourquoi est-ce si important aujourd'hui, quand lui ne cherche qu'à t'oublier? Vivre en paix n'est pas facile mais de là à mettre son enfant à la rue, y a quand même des limites. Si tous les pères montraient la porte à leur fils à chaque écart de conduite…

– Si vous le connaissiez! Mon père est un dur. Un jour, y s'en est pris à son cheval, y arrivait pas à le faire reculer. Y lui a donné un bon coup de poing sur une tempe et la bête est tombée raide morte. Des fois, je me demande si j'ai pas moins d'importance que son cheval.

– Tant que tu regarderas en arrière, t'arriveras pas à trouver une tranquillité d'esprit. Et maintenant, coupe-moi cette barbe. Elle te va mal. Si tu tiens à assister au mariage de ton frère, montre-toi sous ton vrai jour ou évite de t'y rendre. Maintenant, va!

Monsieur Flamand lui donna une tape amicale dans le dos, mais Jean ne bougea pas d'un poil.

– Je peux me servir de votre bottin téléphonique? C'est pour une adresse.

Depuis peu de temps, quelques privilégiés, marchands et professionnels, utilisaient le téléphone. Jean chercha «Dumont» puis sortit en remerciant son patron.

* * *

Les persiennes fermées gardaient la cuisine sombre et fraîche. Édouardina passait un torchon sur chaque marche d'escalier. Derrière elle, Jean était assis à la table, la tête dans les mains.

– J'irai pas au mariage d'Antonin. Je pourrais pas revoir ma famille comme ça, en retrait, sans leur dire un mot; ce serait au-dessus de mes forces.

– C'est une bonne décision que tu prends là. Ça servirait rien qu'à envenimer ta rancune envers ton père. Déjà qu'y t'a pas invité au mariage!

Les coudes sur la table, Jean s'appliquait à détester son père. Et pourtant, il ne cessait d'espérer qu'il le serre dans ses bras. Ce besoin de faire la paix ne le lâchait pas. Il perdait un temps fou à imaginer des scènes et des moyens propres à la réconciliation. Illusions, erreurs. La preuve, le mariage d'Antonin était l'occasion toute servie et son père refusait de faire son bout de chemin. Sa tante avait raison. Ça ne servait à rien. Le vieux n'était pas un émotif. Il se desséchait de mépris et d'indignation. Jamais, il n'aurait de sentiment égal au sien. Peut-être même l'avait-il complètement oublié?

Jean se sentait un moins que rien. Ennuyé de la vie, une lourde agitation le gagnait. Il ne pouvait effacer le passé sans une grande douleur. Et chaque fois, le rejet réduisait ses ambitions à rien.

Il sentit la main ridée de sa tante Dina sur sa nuque. Son bon ange était là, juste au moment où il allait sombrer. Elle recula un peu pour mieux le regarder.

– V'là que ça recommence?

– Je vous ennuie avec mes histoires, hein? Je sens que j'aurais besoin de faire une crise.

– Ben, soulage-toé donc, pour une bonne fois, si tu penses que t'en es capable; je dirai rien. Après, si tu recommences, tu seras puni.

La présence de sa tante, son soutien, son entrain le réconfortaient. Il trouvait curieux que personne ne l'encourage à retourner chez lui. Et si le patron et Édouardina avaient raison?

Les semaines filaient. Jean se sentait revivre. L'amour d'Angélique l'amenait à progresser, à former des projets. Il travaillait à se forger un bonheur à sa mesure.

Il monta à sa chambre et retira du chiffonnier la fameuse boîte dorée qui contenait ses économies. Il l'ouvrit et laissa tomber le contenu sur le lit dans un fracas de ferraille. Il fit le compte et remit le tout en place. Le total lui convenait. Il se frotta les mains de satisfaction. L'argent était la seule petite douceur de la vie qui lui servirait à combler ses désirs. Il revint à la cuisine où le souper l'attendait sur la table.

Jean s'assit sur la mauvaise chaise, celle qui avait une patte plus courte. Il mangea en vitesse sans prendre le temps de mastiquer ses aliments.

– Si on dirait pas qu'y a le feu ! Tu te vois pas ? T'avales tout rond.

– Chus pressé, faut que je me fasse une grande toilette avant d'aller voir Angélique, je voudrais pas puer le fumier de poule.

Il rasa ses poils de barbe, se trempa dans la cuve et, sa toilette terminée, il enfila ses vêtements du dimanche. Son regard devint plus vif : « Angélique, se dit-il, n'a aucune idée de ce qu'elle représente pour moé. Je l'aime, je la marie ! »

Derrière lui, la porte grinça sur ses gonds rouillés.

Jean se rendit à pied sur la rue du canal et, en cours de route, il s'amusait à former des images. Toutes se rattachaient à une famille et à un foyer chaleureux. Arrivé en face d'un pâté de maisons, il ne se souvenait plus du numéro exact.

Un vieillard presque chauve prenait le frais sur son perron. Une bouteille d'eau-de-vie était coincée entre ses cuisses. Il riait seul. Jean l'aborda poliment.

– Pardon monsieur ! Connaissez-vous la maison des Dumont ?

Le vieil homme tendit une main fripée. Sa voix était légèrement émoussée.

– C'est celle en brique rouge, là-bas.

Il désignait une superbe demeure. Jean, étonné, doutait du renseignement.

– Vous en êtes certain ?

L'homme acquiesça d'un signe de tête. La figure de Jean s'allongea de dépit.

– Ah bon… Je suis passé tout droit. Merci.

Jean voyait la maison de loin. Il revint sur ses pas et plus il approchait, plus elle paraissait jolie à l'ombre des érables joufflus. Le garçon était certain qu'il avait fait erreur. L'état du vieil homme portait à confusion. Il refusait d'accorder une importance quelconque à ses dires. Il se renseignerait de nouveau sur les lieux. Malgré ses doutes, il prit tout son temps pour admirer la superbe maison à trois pignons bedonnants. Le balcon laissait pendre une dentelle festonnée et une longue balustrade blanche lui donnait des grands airs de dignité. Jean restait perplexe. « Quelle richesse ! Angélique ne s'est jamais vantée de ça. Il existe peut-être un autre Dumont ? »

Soudain, derrière les rideaux vaporeux, il reconnut la silhouette d'Angélique qui se déplaçait entre deux fenêtres. « Angélique ! Incroyable ! » Ses illusions tombaient d'un coup. Jean était déçu de tout cet apparat. Il comprenait pourquoi elle se gardait de lui montrer sa demeure. Il toisa le petit bouquet de violettes sauvages qu'il avait cueillies spécialement pour elle. Il ne cadrait plus dans tout ce luxe. Il s'en débarrassa sur le bord du chemin.

Moins pressé, Jean traversa la rue et secoua le bas de son pantalon. Dire qu'il pensait connaître Angélique ! Cette fille avait tout d'une princesse. Il monta sur la galerie où un banc peint en vert invitait à la paresse. Jean frappa. Un monsieur dans la quarantaine le reçut. L'homme, dont l'épaule était égale à la sienne, portait un pantalon noir que des bretelles remontaient jusqu'aux aisselles. Monsieur Dumont manquait d'élégance. Il était de ceux qui n'accordent aucun intérêt à leur personne. Le commerce à lui seul brûlait tout son temps et son énergie. Le garçon faisait le lien entre lui, le père, et la fille. Quel contraste !

– Je suis Jean Lamarche. Vous êtes le père d'Angélique ?

– En plein ça, jeune homme ! Entrez.

Il lui serra la main, regarda l'heure et appela sans façon :

– Angélique !

Jean oublia le père quand la jeune fille apparut, encore plus merveilleuse dans ce décor enchanteur. Elle portait une robe aubergine aux poignets et au col ornés de délicate dentelle rose-thé. Ses cheveux retombaient en boucles sur ses épaules. Le plus joli sourire au monde et un parfum léger envoûtaient Jean à un tel point qu'il flottait dans l'irréel.

La surprise clouait Angélique sur place.

– Vous, icitte ?

Jean fit un effort pour se tirer d'embarras.

– C'est un reproche ? J'étais curieux de voir où vous habitiez.

Comme il allait tourner les talons, Angélique le retint.

Toutefois, son idée était déjà faite. Cette fille n'était pas pour lui. C'était une bourgeoise. Et dire qu'il allait la demander en mariage ! Il ne regrettait pas d'être venu la surprendre. « Faut que j'y dise qu'elle pis moé, ça pourra jamais marcher. »

Angélique lui offrit un fauteuil en cuir. Jean le tâta de la main pour s'assurer que les peaux venaient des Tanneries Flamand.

– C'est beau chez vous. Votre père doit travailler sans bon sens pour posséder une pareille maison ?

– Mon père a une manufacture de portes et fenêtres qui prend tout son temps. Et vous, Jean, vous m'avez trouvée facilement ?

– J'ai trouvé votre adresse dans le bottin de la tannerie. Vous vivez seule avec votre père dans une grande maison de même ?

– Non, y a la bonne qui reste toujours icitte. (Elle baissa la voix comme pour un secret.) Mais vous savez, une servante, ça remplace pas une mère.

Angélique était surprise de voir son père debout dans un coin du salon. Il avait l'air de la surveiller. Elle attira son ami à la cuisine.

– Jean, venez.

Jean la suivit, confus.

La table était recouverte d'une nappe pourpre. Angélique poussa le bouquet de fleurs coûteuses qui nuisait à son service. Elle apporta du thé et des brioches à la cannelle que la servante avait achetées directement du pâtissier. Jean n'en finissait plus d'admirer les tentures, les velours et les cuirs d'ameublement. Une porte entrebâillée laissait voir une baignoire blanche. Il étira le nez et fit la comparaison avec la cuve en bois de sa tante, mais Angélique, impatiente, le tira de sa contemplation.

– Revenez à la cuisine, j'ai dressé la table pour nous.

Jean la suivit, amer.

– C'était pas nécessaire de sortir vos plus jolies tasses.

Elle le regarda, étonnée.

– Mes quoi ? Qu'est-ce qu'elles ont mes tasses ?

– Oh ! Laissez !

Jean grignota une brioche. Il semblait ailleurs. Où était la jeune fille simple qu'il imaginait en robe de coton, protégée d'un tablier blanc, les cheveux relevés sur la nuque, à vaquer à sa besogne ?

– Mettez un peu de beurre dessus, vous verrez que c'est ben meilleur.

– Oui, du beurre ! dit-il distrait.

Il retrouva ses esprits et se demanda ce qu'il était venu faire là. Il se leva.

Angélique remarquait que Jean n'était plus le même.

– Vous partez pas déjà?

– Vous savez, Angélique, vous pis moé, ça pourra jamais marcher. Tout un monde nous sépare.

Elle restait là, à l'écouter, stupéfaite. Il lui semblait bien aussi qu'il mijotait quelque chose d'étrange. Elle saisit son poignet et planta son regard dans le sien.

– Et pourquoi donc? Vous m'en voulez d'avoir été surprise de vous voir icitte?

– Oh non. Comment vous en vouloir? C'est que… tout ce luxe… c'en est trop. Je suis pauvre, moé.

– L'argent, je m'en fous! Pour moé, y a rien que les sentiments qui comptent. La richesse est dans le cœur.

Elle serra sa main et releva la tête. Ses yeux brillants d'espoir s'accrochaient à Jean, le suppliaient presque. Inutile; Jean envisageait les choses d'une autre façon.

– Je me permettrai jamais de vous enlever d'icitte pour vous réduire à une vie simple. Moé, ce que je veux, c'est une femme à ma hauteur, ni plus basse ni plus haute, une femme que je pourrai étreindre en arrivant de l'usine sans craindre d'abîmer ou de salir ses vêtements. Dites, vous seriez prête à échanger cette belle robe contre un tablier?

– Je suis prête à tout pour vous, Jean.

– Ça durerait pas, Angélique. On peut pas quitter pareil confort sans que ça vous fasse mal quelque part, pis moé je voudrais pas vous abaisser ni vous causer de la peine pour tout l'or au monde. Vous me comprenez?

– Pourtant, c'est ce que vous faites en me parlant de même. Vous qui me laissiez croire que nous deux…

Jean ne la laissa pas aller au bout sa phrase.

– Vous m'oublierez.

Elle recula devant lui, les deux mains grandes ouvertes, écartées du corps comme pour lui interdire de passer le pas de la porte. Le cœur écorché, Jean avançait et dégageait sa main délicate pour se frayer un passage. Désolé, il s'éloigna d'un pas rapide et se perdit dans le dédale des rues. Tout devenait confus dans sa tête. Il ralentit le pas pour mieux assimiler sa déveine. Il se retrouvait aussi démuni qu'à treize ans, à marcher seul dans la laideur des rues. Au fait, quel âge avait-il ? Il se sentait vieux, si vieux. Il avait l'impression de démolir les unes après les autres toutes ses attaches affectives : sa mère, son père et, à la fin, son Angélique. Était-ce la bonne décision ?

Chapitre 19

Entre-temps, au-dessus de l'épicerie, les Lamarche étaient au lit. Même si Moïse savait Jean entre bonnes mains chez la tante, il n'en demeurait pas moins malheureux. Dans son for intérieur, il reconnaissait avoir agi sous le coup de l'impulsion. Toutefois, il ne ferait pas marche arrière. Son orgueil l'en empêchait et il s'entêtait dans ses rancunes. Moïse était très coriace. Demain, il allait encore se jeter corps et âme dans le travail et il n'aurait plus le temps de penser. Près de lui, Delphine luttait contre le sommeil. Elle surveillait l'heure d'arrivée de Benjamin pour s'assurer qu'il verrouille la porte. Finalement, à force de sommeiller par à-coups, elle perdit tout contrôle et s'endormit. Soudain elle sursauta. Elle croyait avoir entendu un bruit, comme un craquement léger des marches. Elle s'appuya sur un coude pour s'assurer d'être bien réveillée. Elle entendait bien des pas, mais ne reconnaissait pas la démarche décidée de Benjamin. Elle secoua l'épaule de son mari.

– Moïse, réveille-toé! Il y a quelqu'un.

Elle se leva en douceur pour s'assurer que ce n'était pas les petits qui rôdaient. Chose curieuse, les pas venaient vers sa chambre. Comme Delphine saisissait la poignée de porte, celle-ci tourna brusquement dans sa main.

Delphine serra avec toute la vigueur de ses nerfs et cria :

– Moïse, les voleurs ! Vite, ton fusil.

L'argent du tiroir-caisse était sous le lit. Chaque soir, Moïse montait les recettes de la journée à sa chambre et, par mesure de précaution, il gardait toujours une arme chargée à portée de la main. Aux cris de sa femme, il sauta en hâte du lit, et fusil en main, il courut dans l'escalier. Il suivit le voleur qui fuyait par la cave. Il fut malheureusement retardé par la trappe que ce dernier referma devant lui. Il dégringola les deux escaliers et fit feu en direction de chaque soupirail. Quand il remonta, Élisa, couchée dans un petit lit collé à la balustrade de l'escalier, s'agrippa à sa combinaison. Elle tremblait. Ses dents claquaient comme des castagnettes.

– P'pa, j'ai peur ! Y a quelqu'un qui a mis une lumière dans mes yeux. J'ai fait semblant de dormir.

– Dors. Y a pus de danger.

Deux grands yeux inquiets le suppliaient.

– Je veux coucher dans votre lit.

– Non ! À huit ans on couche pas dans le lit des parents. Dors, c'est fini.

Traumatisée, Élisa se ramassa en boule et laissa tout juste le temps à son père de retourner à sa chambre pour filer à pas feutrés dans le lit d'Arthur. Son frère dormait à poings fermés. Il n'avait eu connaissance de rien.

Le lendemain matin, lorsque Moïse descendit inspecter la cave, il fut surpris de trouver les deux soupiraux ouverts. Il en conclut que le voleur avait un complice. En examinant le contour des fenêtres, il trouva une poignée de petits boutons gris égrenés près du soupirail. Moïse les ramassa et les remit à sa femme.

– Conserve-les au cas où des preuves deviendraient nécessaires.

– Tu devrais peut-être appeler au commissariat.

– Si le coupable a été touché, y a déjà une bonne leçon.

La porte de l'épicerie avait été forcée. Moïse inspecta les étalages. Tout semblait en ordre. Il en déduisit que les bandits cherchaient de l'argent seulement. Pourtant, une chose le tracassait : de la manière dont ils avaient filé, les voleurs semblaient connaître les lieux. Sur qui avait-il tiré ? Et si c'était Jean ? « Tantôt, se dit-il, je me rendrai en personne chez ma tante Édouardina lui porter de la bouffe. J'en aurai le cœur net. »

* * *

Chez Édouardina, Jean rentrait du travail, épuisé. L'odeur qui embaumait la cuisine le mena directement sur le bout du poêle où tremblait une soupe au chou. Il souleva le couvercle du chaudron en fonte et étira le nez sur le potage vert. La vapeur brûlante lui montait au visage et l'obligeait à reculer. Il sursauta au bruit de la porte arrière puis retourna dans ses pensées. Le beau monsieur qui rendait visite à sa tante la nuit l'intriguait.

Édouardina entra, tenant dans ses mains sales un bouquet d'échalotes.

– Ah, ce jardin ! Une vraie honte ! Faudrait que j'y consacre quelques matins.

– Avec un pensionnaire, vous manquez de temps, hein, ma tante ?

– Non, ça va. C'est à cause de mes sacrés reins. Comme tu vois, je rajeunis pas. T'as faim ?

– Très ! Vous savez, je peux vous donner un coup de main le soir pour désherber. Je sais que vous comptez ben gros sur vos légumes pour remplir votre réserve.

Un sourire de reconnaissance effleura les lèvres d'Édouardina.

– La belle orpheline m'en voudrait.

– Non. Depuis deux semaines, on se voit pus.

– Vous vous êtes disputés ? Ça va, ça va ! Tu peux me dire que ça me regarde pas pis t'aurais ben raison. Fais comme si j'avais rien dit.

Il l'écoutait, muet. Un pli soucieux au front trahissait sa douleur. « Je voulais tant une famille, une vraie famille. »

Son visage fermé évoquait un mur sans porte ni fenêtre.

La tante le prit en pitié.

– Approche, viens manger. Ton père est venu porter des fruits frais avant-midi. Cette fois, les oranges sont fermes et juteuses. C'était sûrement pas pour s'en débarrasser.

Jean ne parlait pas. « Des fruits frais ! » Il ne savait que penser. Son père serait-il venu pour lui ? Pour faire la paix ? Non, il avait choisi le temps où il le savait au travail. Assis en face de sa tante, Jean grignotait une salade aux légumes du jardin et une omelette aux échalotes.

– Y a eu un vol la nuit dernière à l'épicerie de ton père. Les voleurs ont fait plus de peur que de dommages. Ton père a tiré sur eux. Il croit en avoir touché un.

Le garçon la regardait, muet. Il attendait ce qui allait suivre. Son père ne serait pas venu pour une effraction sans intérêt, quand il ne se dérangeait même pas pour son propre fils.

Devant sa mine défaite, Édouardina s'était bien gardée d'en dire plus long : que Moïse s'était informé où Jean avait passé la nuit, qu'il avait apporté des boutons qu'il lui avait demandé d'identifier, qu'elle s'était fâchée, qu'elle lui avait même offert de rapporter ses oranges. Cette fois, c'en était trop. Elle avait explosé, s'était vidé le cœur et pour la première fois, Édouardina avait vu un Moïse honteux prendre le chemin du retour après lui avoir dit en refermant :

« O.K. Ça va faire ! On n'en parle pus. »

Le lendemain, Moïse apprit par le journal qu'un jeune homme s'était présenté à l'hôpital pour se faire extraire un projectile d'une jambe et que si quelqu'un pouvait l'identifier il aiderait à élucider l'affaire et rendrait service à la police.

Moïse hésita à le dénoncer puis à la fin, il renonça.

* * *

Deux coups à la porte troublèrent l'intimité du souper.

– On frappe, dit Jean à voix basse. Laissez, ma tante, j'y vais.

Jean se demandait si c'était le beau monsieur qui venait la nuit.

Le père d'Angélique était debout sur le seuil. Il avançait avec une parfaite assurance dans le salon dénudé. Jean était gêné de la médiocrité des lieux. Il n'avait pourtant pas à s'en formaliser à entendre les grosses chaussures lourdes du visiteur qui martelaient grossièrement le plancher.

– Je veux justement causer avec vous, jeune homme.

– Prenez un siège.

L'homme se laissa choir sans manière sur une petite chaise en bois dur.

– Je vous ai remarqué l'autre jour à la maison. Je suis content qu'Angélique ait trouvé un ami de votre calibre et croyez-moé, je sais estimer la valeur de quelqu'un au premier coup d'œil. Votre simplicité, votre sagesse, c'est ce qui au fond plaît à ma fille, pis les qualités de base, ça se perd pas.

Jean restait hébété devant pareille énumération de ses qualités.

– Où voulez-vous en venir, monsieur Dumont ? Entre elle pis moé, les choses en sont restées là, pis quant à nous, monsieur, nous avons rien fait qui puisse vous mécontenter.

– Me mécontenter ? Pour ça oui, vous me mécontentez. Angélique est malheureuse et tout ça pour de l'argent que son père a gagné honnêtement, à la sueur de son front. Votre raisonnement est irréfléchi, jeune homme. Ça ne vous ressemble pas. Habituellement, c'est le manque d'argent qui cause les malentendus.

– Votre fille est au courant que…

– Laissez-moé parler ; j'endure pas qu'on me coupe la parole.

Jean n'était plus le petit garçon qui autrefois s'en laissait imposer. Il avait appris à prendre sa place. Sa force de caractère impressionnait.

– Les riches s'imaginent qu'ils peuvent tout acheter avec de l'argent même l'autorité, hein ?

– Allons donc ! Quelle est cette histoire dont on me rabat les oreilles ?

– Vous pouvez pas comprendre, vous.

Monsieur Dumont s'attendrit.

– Je veux que vous sachiez, Jean, qu'on meurt dans un palais quand le cœur y est pas. Je sais de quoi je parle. Depuis le départ de ma femme, ma maison est aussi triste qu'une prison. Et ma pauvre Angélique a mis énormément de temps à s'en remettre. Elle a repris goût à la vie quand elle vous a rencontré. Pis après des années, vlan ! d'un coup, vous décidez comme ça que tout est fini entre vous deux. Quand je pense qu'elle peut revivre un deuxième deuil, ça me rend malade. Vous avez pas le droit d'agir de même. C'est déloyal.

Jean secoua les épaules dans un geste désespéré.

– Je pourrais pas la faire vivre aussi richement. Je la rendrais malheureuse. À vrai dire, le luxe, c'est pas la vie dont je rêve. Le bonheur pour moé est ben plus à l'aise sur une table de bois ciré que sur une nappe de dentelle.

– Si c'est juste une histoire d'argent, je peux vous aider.

– J'ai mon orgueil, monsieur !

– Quand on commence à échafauder des projets, on reprend pas sa parole le lendemain. Angélique a cru en vous.

Attirée par les phrases qui s'entrechoquaient, Édouardina écoutait, peinée, mais résolue. Jean avait eu assez à souffrir par le passé sans qu'il aille gâcher une belle occasion de se bâtir un avenir solide. Elle s'approcha et étira le nez dans la porte.

– J'écoutais pas, mais j'entendais tout du fond de la cuisine. Venez prendre le thé avec nous, monsieur Dumont. L'eau chaude est là qui frémit sur le bout du poêle.

Tous les trois se mortifiaient autour de la table. Monsieur Dumont se perdait en arguments.

– Allons, mon ami, je vous propose un marché. Je peux vous donner un travail à ma manufacture, une place enviée de plusieurs. De toute façon, tout ce que je possède reviendra à ma fille. Tenez, vous pourriez commencer demain si vous acceptez.

– Ce marché serait une honte. J'ai déjà un bon travail dans une tannerie et un patron qui m'apprécie.

La tante était scandalisée. Elle qui avait subsisté de peine et de misère toute sa vie durant ne comprenait pas que son neveu dédaigne un commerce florissant appelé à devenir le sien.

– Permets-moé d'avoir une opinion différente, Jean. As-tu des sentiments pour Angélique ?

Jean baissa le front sur sa tasse.

– Ben sûr que oui, dit-il un peu gêné de mettre ses sentiments à nu.

– D'abord, prends donc le temps d'y réfléchir. C'est pas un marché mais plutôt un appui que monsieur Dumont te propose. Regarde les choses d'un autre œil. Si par exemple ton père t'offrait le même avantage avec son magasin, je présume que tu lèverais pas le nez dessus, hein ?

– Venant de mon père ce serait différent.

Jean ne discutait jamais les conseils de sa vieille tante. Il savait qu'elle ne recherchait que son bonheur. Certes, il aurait été tenté d'accepter. Lui qui aurait toujours souhaité travailler le bois, construire des maisons et par le fait même, se débarrasser de l'odeur désagréable qu'il traînait sur lui à cœur de jour.

Le visiteur s'humiliait pour l'amour de sa fille.

– Faut-il que je vous implore à genoux ?

Jean, visiblement ému, se contenait mal.

Le père d'Angélique ne cachait plus son embarras. Il le suppliait dans un regard qui demandait grâce.

– Mon Angélique est inconsolable. Faites-moé donc le plaisir de me raccompagner à la maison, vous en parlerez tous les deux.

– Votre fille s'en tirera mieux qu'elle ne pense.

Jean, aussi orgueilleux que son père, hésitait à revenir sur sa décision. S'il reprenait ses fréquentations, il devrait faire face à la musique, ce qui veut dire mener un gros train de vie. C'était donc lui qui serait tenu de changer. Était-il prêt à ce revirement, à renoncer au mode de vie qu'il s'était tracé ? Une vie simple comme du temps de sa mère. L'amour qu'il portait à Angélique en valait-il la peine ? Elle hantait continuellement ses pensées. Il la voyait partout et ne vivait plus sans elle. Peut-être avait-il été un peu rapide dans sa décision ? Il n'arrêtait pas de se questionner. Lui qui venait tout juste de fermer son cœur d'un rempart avec interdiction féroce de s'y aventurer. Depuis, une douleur lui brûlait l'estomac. Angélique aurait tout pour le rendre heureux. Il la voudrait transformée à sa façon à lui. C'était trop lui demander. Et s'il renouait ? Il pourrait se permettre de retourner la proposition dans tous les sens avec son avis à elle. Jean regrettait maintenant de lui avoir causé tant de peine. Lentement, il se leva. « J'irai la voir. Je lui dois ben ça ; au début c'était elle qui me consolait. »

Angélique avait croisé son chemin alors qu'il était en plein désarroi. Elle était entrée dans sa vie en coup de vent. Elle n'avait pas hésité une seconde à lui donner son amitié et son amour.

– Dites-lui de m'attendre ce soir.

* * *

Ce soir-là, Angélique embrassa Jean sur les lèvres.

– On se quittera plus jamais. Jurez-le, Jean !

Dans le feu des retrouvailles, Jean oubliait ses réticences.

– Je le jure ! Et maintenant, Angélique, vous êtes rassurée ?

– Tout à fait.

Les fréquentations reprirent de plus belle. Elles comblaient les heures d'ennui de Jean.

* * *

Aux tanneries, Monsieur Flamand lui laissa voir sa déception, mais il l'encouragea à accepter l'offre alléchante qui dépassait toute espérance.

– Tu serais fou de refuser. Tu laisserais passer une chance exceptionnelle de te bâtir un avenir solide.

– C'est que… je vous dois tout, jusqu'à ma survie.

– Va, regarde en avant et reviens me donner de tes nouvelles.

* * *

À la manufacture de portes et fenêtres, le bruit des scies, des marteaux et du bois en longueur qu'on jetait par terre avec fracas plaisait à Jean.

Monsieur Dumont vint à sa rencontre.

– Promenez-vous à travers l'usine et choisissez le travail qui vous plaira. S'il le faut, je déplacerai un homme au travail à la chaîne. Quand vous connaîtrez bien le fonctionnement de la manufacture, disons, par exemple, une couple de mois, vous prendrez ma relève et je m'accorderai un peu de répit.

– Y a un ouvrier qui va me détester et avec raison !

– Celui-là, je le ferai monter en grade.

Jean le remercia d'un sourire.

Il choisit de commencer au bas de l'échelle afin de bien connaître le travail de chacun. Monsieur Dumont trouvait sa décision sage.

Depuis, chaque soir, Jean ramenait dans ses vêtements la bonne odeur de bois et de mastic et naturellement un peu de bran de scie.

* * *

Le jour des fiançailles, la cuisine d'Édouardina était pleine de vie. Les frères et sœurs de Jean étaient tous là, autour d'Angélique, à se bousculer, à qui donnerait son cadeau le premier. Jean surveillait la fenêtre. Il attendait son père. La fiancée était resplendissante. Les bras chargés, elle patientait pour déballer les cartons. Elle voulait voir la tête que Jean ferait en ouvrant les boîtes. Il se tenait debout, les mains dans les poches, le regard vide. Angélique savait de quoi il retournait. Elle s'approcha, prit sa main et la balança gaiement.

– Viens ouvrir les cadeaux, Jean.

Moïse avait vu à ce que chacun apporte le sien, soit de la vaisselle ou de la lingerie. Pour Jean, c'était un bonheur mêlé de tristesse. Sa famille qui lui avait tellement manqué l'entourait, mais il était conscient que dès le lendemain, il ne les reverrait plus. Il embrassa la petite Élisa à l'étouffer. Les grands yeux ronds de la fillette lui rappelaient sa défunte mère. Il se tourna vers Angélique.

– Regarde Élisa. C'est la vraie réplique de maman.

– Elle est très jolie.

La fillette, qui n'avait que quatre ans à son départ, en avait maintenant huit. Elle restait froide face à cet étranger qu'on disait être son frère. Elle regardait la table richement garnie. Le père d'Angélique avait offert de tout payer, mais Moïse avait insisté pour fournir la nourriture. Comme si des victuailles pouvaient remplacer l'affection d'un père. Jean déduisit par son absence que la porte lui était toujours interdite. Sa figure s'assombrit.

Angélique ressentait tout. « Toujours cette vieille déchirure qui ne se cicatrise pas », pensait-elle. Elle en voulait à Moïse ; un homme de qui on disait qu'il avait le cœur sur la main. Mais que faire ? Elle se sentait impuissante. Elle cherchait un moyen de distraire son fiancé, de lui faire oublier l'absence de son père au moins le jour de ses fiançailles. Elle qui pensait apporter à Jean le bonheur parfait ! Elle ne pouvait changer l'ordre de ses pensées. Il se tenait assis près d'une petite étagère et, l'esprit ailleurs, il s'appliquait à disposer les cadeaux à sa façon pendant que sa tante, en parfaite hôtesse, s'occupait du service de table.

Jean s'entêtait dans son idée. Son père lui réservait sans doute une surprise. Il devait être retenu par des clients. Il lui trouvait mille excuses de retard pour finalement se rendre à l'évidence. « Je déraille encore. » Il suffit d'un mot d'Angélique pour le ramener sur terre. Debout derrière lui, elle posa les mains sur ses épaules, se pencha un peu jusqu'à ce que ses cheveux touchent les siens et lui souffla à l'oreille :

– Allons, Jean ! Essaie de faire bonne figure devant les tiens. Je t'aimerai pour deux.

Sa gorge se serrait. « Ça se voyait donc ? » Il ne savait plus faire la juste part des choses ; espoir, dépit, amour, rancœur, tout s'entremêlait. Il aurait voulu, entre sa fiancée et lui, un autre sentiment que la mélancolie. Sa voix sonnait faux, étrange.

– Mais oui, mais oui ! Excuse-moé.

Le fantôme de son père reculait un peu. Chacun prit sa place à la table. Jean, resté debout, baisa la bague. « P'pa viendra pas, se dit-il, il serait déjà là. » Les yeux humides, il glissa le bijou à l'annulaire d'Angélique. Heureusement, sitôt fait, tout le monde se mit à applaudir et à parler en même temps. Les rires et le bruit des assiettes prenaient le dessus. Personne n'avait remarqué les états d'âme de Jean, si ce n'était d'Angélique qui se demandait si ce voile devant ses yeux dépendait d'une douce émotion ou du rejet de son père.

Jean mangeait du bout des dents.

Dehors, la pluie poussée par le vent flagellait les vitres.

* * *

Les invités partis, Édouardina et Jean se retrouvèrent seuls dans une cuisine en désordre. Les boîtes et les papiers d'emballage traînaient un peu partout.

Jean, distrait, tentait de tout ramasser. L'absence de son père hantait toujours son esprit. Le vieux prenait encore l'avantage sur Angélique comme il l'avait fait durant toute la journée. Jean regrettait ; ce soir, seule sa fiancée aurait dû occuper exclusivement ses pensées et avoir droit à tous ses battements de cœur. Il lui fallait absolument en finir de ses accès de mélancolie répétés, les mettre au fond d'un tiroir et le fermer pour de bon.

Sa tante était assise, les traits tirés, pâle comme un drap. Jean mettait son état déplorable sur le compte du surmenage. La pauvre n'avait plus l'habitude des enfants et ce soir la fête avait été bruyante.

– Assieds-toé, Jean, je m'occuperai de tout ça demain. Asteure que tout est tranquille dans la maison pis qu'on est tout seuls on va jaser un peu tous les deux.

– Attendez que j'allume la lampe Aladin que mémère m'a donnée.

– Un vrai bijou, cette lampe! Garde-là donc pour quand vous serez en ménage.

La vraie raison était que, pour Édouardina, le sujet s'abordait mieux à la lueur d'une chandelle. Jean poussa de la main l'éclatante pièce d'argenterie à godrons.

Sa tante lui versa un thé bouillant.

– La journée a été chargée; ça va nous faire du bien de relaxer un peu avant de monter. Je veux en profiter pour te parler sérieusement. Tu sais que le mariage, c'est tout un contrat! Y mérite qu'on s'y prépare comme y faut, à commencer par mettre le bon Dieu dans tes projets. C'est la meilleure manière de commencer une vie à deux. Si tu veux un conseil, Jean, je te suggérerais d'aller faire une retraite fermée à Sainte-Anne-de-Beaupré. Je sais que t'as quelques sous de côté; ils te serviraient de manière profitable.

– Je vous promets d'y penser.

Jean n'osait pas aborder le sujet de son père; ce serait un peu ingrat de sa part. Pourtant, juste à regarder son neveu, Édouardina sentait sa détresse. Jean s'exténuait de cette lutte. Son chagrin lui ramenait un je-ne-sais-quoi au cœur, aussi fort que le jour de son arrivée chez sa tante. Il se leva.

– Je vous remercie ben gros, ma tante. Tout a été parfait.

Il mentait par reconnaissance. Il n'allait pas lui dire qu'il venait de vivre une cruelle déception.

– Vous êtes une vraie mère pour moé. J'espère pouvoir vous rendre tout ça, un jour.

– Ça va, ça va!

Jean voyait dans ses yeux cernés toute la peine qu'elle s'était donnée dans le seul but de lui faire plaisir et il lui en était infiniment reconnaissant.

– Allez vous reposer. Avec tout ce brouhaha vous devez être exténuée.

* * *

Plus rien n'allait pour Jean. En entrant dans sa chambre il s'écrasa un doigt dans la porte. Décidément, ce n'était pas son jour de chance.

À peine entre ses draps, il entendit venant d'en bas des petits coups discrets. Il écouta mieux. Était-ce la pluie qui tambourinait dans les vitres? Non, la porte grinçait. Ce devait être encore le beau monsieur qui faisait chaque fois pleurer sa tante.

On était mardi, jour du visiteur nocturne. L'homme revenait régulièrement et, à le voir rappliquer, Jean ne s'étonnait plus et n'en faisait plus de cas. Il avait même pris l'habitude de rester au lit, mais cette fois la cuisine était sens dessus dessous. Il se retenait de descendre mettre de l'ordre. Il hésitait à infliger à sa tante l'importunité de sa présence. Elle ne lui avait jamais parlé de ces visites et il s'en serait voulu de la mettre mal à l'aise.

Jean remâchait sa querelle de famille. Quel beau cadeau son père aurait pu lui faire ce soir, en assistant en personne à ses fiançailles! Quelle sorte de cœur avait-il donc dans la poitrine?

Il ne savait plus comment s'en sortir. Monsieur Flamand lui avait conseillé d'oublier, de passer l'éponge, mais pour Jean, passer l'éponge, c'était pardonner et non oublier.

* * *

Jean s'assoupit sous une lourde digestion d'idées noires quand un boum étrange vint d'en bas.

Le bruit sourd ressemblait à celui d'une personne qui s'affaisse sur le plancher. Il hésita, ne sachant pas s'il devait descendre ou attendre. Suivit un cri désespéré que le monsieur étirait :

– Maman !

Le temps d'un éclair, Jean se précipita dans l'escalier et, arrivé à la porte du salon, il trouva sa tante, gisant sur le sol, près d'une chaise renversée. Le monsieur, les yeux épouvantés, gardait les mains sur sa bouche pour retenir sa surprise. Jean s'énervait et son excitation était proche de la colère. Il secoua le visiteur et lui commanda froidement :

– Allez chercher le docteur ,et faites vite !

– Je saurais pas où le trouver. Je suis pas d'ici.

– J'y vais. Vous, attendez. Restez près d'elle et mettez le coussin de la berçante sous sa tête.

Le jeune homme s'agenouilla près d'Édouardina et tapota affectueusement sa main.

À l'extérieur, Jean n'avait pas à se fatiguer les méninges pour tout comprendre. Sa tante avait un fils. Le monsieur avait échappé un mot de trop. Jean se reprochait de ne pas avoir deviné depuis le tout début. Au fin fond de lui, il savait bien qu'il n'aurait jamais pu se permettre de juger sa tante. Maintenant tout devenait clair.

Toutefois, en dépit de l'évidence, Jean, tracassé par un scrupule excessif ne pouvait se rentrer cette histoire dans la tête. Il avait honte d'avoir entendu. Si sa tante avait pu lire dans ses pensées, elle le renierait sur-le-champ. Il fit taire ses scrupules en se répétant que chaque personne avait droit à son petit coin secret.

À l'arrivée du médecin, Édouardina ouvrit les yeux.

– Qu'est-ce que je fais par terre?

– Vous avez eu une faiblesse. Vous vous êtes évanouie.

Édouardina était consciente que sa santé lui donnait des petites inquiétudes, mais de là à s'évanouir!

Le docteur prit son poignet et compta les pulsations.

– Pendant combien de temps est-elle restée évanouie?

– Le temps d'un aller-retour chez vous.

– Le pouls n'est pas mauvais. C'est sans doute un surmenage. Vous avez l'air épuisé.

Édouardina ne contestait pas. Ce n'était pas son malaise qui lui attribuait cette humeur taciturne, mais bien le mystère qui entourait son secret.

– Ça va, ça va! Je vais pas mourir cette nuit. Craignez pas.

– Reposez-vous. Je repasserai vous voir demain.

Édouardina était préoccupée par autre chose que sa santé. Maintenant que le pot aux roses était découvert, elle imaginait les conséquences. On allait la juger, jaser dans son dos. Son orgueil en prenait un coup. Son regard inquiet se promenait de Jean à son fils et vice versa. Elle repoussa doucement ce dernier, qui n'osait l'abandonner.

– Va, Albert. On se reverra plus tard. Comme c'est là, j'ai pus de force. Jean va m'aider à me rendre à mon lit.

Jean fit mine de ne rien savoir, mais Édouardina n'était pas dupe. Elle craignait que tôt ou tard son neveu pose des questions auxquelles elle serait tenue de répondre. Elle ne pourrait faire croire à un ancien pensionnaire ; son fils et Jean avaient sans doute discuté pendant qu'elle était inconsciente. Un homme dans la maison à pareille heure ! Jean avait dû demander des explications. Si seulement elle avait su ce qui s'était dit. Maintenant, comment se sortirait-elle de ce dilemme ? Restaient deux solutions : ne rien dire ou parler. Elle n'arrivait pas à fermer l'œil. Elle qui avait tant lutté pour cacher son erreur de jeunesse. Tout ça pour en arriver là. Ce n'était pas qu'elle essayait de justifier sa conduite, c'était qu'elle ne voulait pas salir le nom des Lamarche.

Demain elle apprendrait la vérité à Jean. Lui aussi avait coupé les liens avec sa famille et il avait souffert de la solitude, de l'exil. Mais à son âge, comprendrait-il ? Maintenant sa réputation était à la merci de Jean. Saurait-il se taire ; elle en avait tant fait pour lui ?

* * *

Le lendemain, Édouardina se retrouvait seule avec Jean. Il ne lui demanda rien ; la vie privée de sa tante ne le regardait pas. Comme il allait sortir, celle-ci le retint avant qu'il n'aille ébruiter la nouvelle de son malaise.

– Jean, attends un peu ; j'ai à te parler. Assieds-toé.

Il était gêné pour elle. Si elle avait pu laisser les choses au point où elles en étaient… Mais non, elle lui livra son secret.

– Étant jeune, j'ai rencontré un nommé Lachapelle. T'as pas besoin de savoir son prénom, ça changerait rien pour toé, mais le beau garçon avait tout pour plaire. Son père était un violoneux. Je l'accompagnais dans les veillées et je dansais au son de son violon sans jamais m'épuiser. Le garçon a tout de suite remarqué ma souplesse pis peu de temps après, on s'est mis à la danse des couteaux. Quatre couteaux de boucherie à longs manches de bois, aiguisés comme des rasoirs, qu'on plaçait en croix sur le plancher. On commençait par un grand salut pis on se lançait à corps perdu dans un quadrillé. On exécutait toute une série de figures sans jamais regarder nos pieds. Tout le monde retenait son souffle. Le risque était grand mais on n'a jamais eu d'accident. Les gens se sont mis à nous demander pour les réunions de famille et toutes autres occasions. On passait beaucoup de temps ensemble. Finalement, après mille promesses, surprises et friandises (y avait rien de trop beau pour moé), mon beau danseur m'apprend qu'y doit partir pour Québec, pis que dès son retour, on se marierait. Y est jamais revenu. Te dire comme je l'ai attendu ! Y m'a laissé tous ses cadeaux, y compris celui que je portais dans mon ventre. J'ai dû m'exiler, me cacher. Au début, j'ai trouvé un emploi, ménagère chez des gens riches et généreux. Après quelques mois, devant ma détresse, et vu que j'avais nulle part où aller, les maîtres ont décidé de garder l'enfant pis de l'élever. Depuis, j'ai toujours évité de rencontrer la famille. Personne, même ton père n'en sait rien. Comme ça, je me suis exemptée les mauvais jugements.

– J'ai pas à porter de jugements sur qui que ce soit, mais si j'étais appelé à vous juger, je vous condamnerais pas. Je vous aime trop. Le reste me convient de même.

Elle s'arrêta un moment, épuisée, vidée.

– Asteure, t'as rien vu, rien entendu. Tu me comprends ben ? Fais-moé pas regretter de t'avoir ouvert ma porte.

– Oui, ben sûr ! Vous pouvez compter sur mon silence. Pis là, reposez-vous. Vous êtes toute bouleversée.

Ce soir-là, Jean embrassa sa tante pour la première fois.

* * *

Assis dans le train qui le menait à Sainte-Anne-de-Beaupré, Jean, en chemise blanche à col monté, tenait sur ses genoux une petite valise noire. À peine parti, il regrettait déjà de s'être laissé convaincre. Ces derniers temps, il voyait Angélique chaque jour et maintenant il se demandait s'il pourrait supporter cette séparation d'une semaine complète.

Son besoin d'elle, de la savoir tout près, se faisait pressant. Jean n'aurait jamais cru devoir s'en éloigner pour une retraite fermée, un caprice de sa tante. Si cela avait été possible, il n'aurait pas hésité une seconde à faire demi-tour. « Quelle idée d'aller si loin quand on peut prier à Saint-Henri à ben meilleur compte. Moé qui va avoir besoin de tout mon argent tantôt. » Tout juste sorti de Montréal, Jean s'ennuyait déjà d'Angélique. Elle lui avait demandé de lui écrire. Pauvre elle ! Elle ne savait pas que c'était interdit pendant une retraite fermée ? Angélique devrait en faire son sacrifice elle aussi par la force des choses. En fin de compte, une semaine, c'était quand même pas une éternité.

* * *

Arrivé chez les pères du Saint-Sacrement, on vint à sa rencontre au portique. Le garçon déposa sa malle, serra une main et recula d'un pas. Le père portier, un petit homme à l'air grave, l'invita à le suivre. Il le conduisit aux placards où une trentaine de garçons, tirés à quatre épingles, tous à peu près du même âge, attendaient debout parmi un amoncellement de sacs et de bagages. Un père responsable du groupe désigna une case à chacun. Ensuite, il les conduisit aux cellules où un silence rigoureux était exigé. On les isolait, sans même leur permettre de faire connaissance. Jean était déçu. Quelle belle occasion il ratait de se créer des amitiés ! Les garçons de son âge lui avaient manqué ces dernières années. Il en avait remarqué un habillé simplement, avec qui il aurait eu le goût d'entamer une longue conversation. Le jeune homme lui avait fait un petit salut à son arrivée. Mais Jean devait s'incliner devant les exigences des pères. Après tout, n'étaient-ils pas tous ici pour la prière ? Peut-être se reverraient-ils à la fin de la retraite ?

À l'intérieur de l'établissement, tout était d'une blancheur immaculée. La paix épousait le silence. On leur fit former des rangs pour se rendre à la chapelle. Jean en profita pour observer et analyser les garçons. Il cherchait la raison qui les rassemblait là. Combien parmi eux avaient une fiancée ? Peut-être était-il le seul dans cette situation ? Combien étaient là pour sonder leur âme et combien y étaient de leur plein gré ? Il ne le saurait jamais. À la fin de la retraite, ils seraient tous dispersés et il ne resterait d'eux qu'un vague souvenir.

Chaque fois que les garçons ouvraient la bouche, c'était pour prier ou chanter. Chose surprenante, Jean se sentait à l'aise entre la méditation et la prière. À l'intérieur de ces murs, il se sentait protégé, entouré, rassuré. C'était comme si le fardeau de sa jeunesse s'allégeait et soulageait son âme de tous les conflits, de tout ce que la belle Angélique n'avait pu supplanter. Le souvenir de sa fiancée l'emplissait d'une émotion douloureuse. Quand il se rappelait la jeune fille aperçue entre deux fenêtres, il éprouvait un serrement dans son estomac. Un combat s'engageait dans son âme. Au cœur de la tourmente, Jean hésitait et priait. Il semblait déjà rassasié de la vie mondaine dont il avait à peine goûté. Les affections, qui s'étaient développées autour de lui, s'étaient chaque fois dissoutes. Les jours qui suivirent, Jean s'étonna de se sentir serein. La soif de Dieu prenait l'avantage sur les sentiments qu'il éprouvait pour la petite fiancée.

Le retraitant usait d'une telle ferveur que le responsable le remarqua.

Le dernier jour, Jean fit une confession complète où il s'accusa de torts envers son père. Le confesseur découvrit chez le garçon une âme exemplaire. Il lui infligea une pénitence et lui donna l'absolution. Comme Jean allait se retirer, son directeur spirituel lui proposa un entretien avant son départ. Jean accepta; il avait tellement besoin d'être éclairé sur ses choix. Il se confia et raconta sa vie du début jusqu'à ce jour.

– L'appel de Dieu me hante. Il m'aura fallu un silence sauvage pour l'entendre.

Il prolongea son séjour. Il n'allait pas décider de son avenir en une minute; un tel engagement exigeait une longue réflexion. Il hésitait. Il s'était toujours dit que la seule chose qui comptait pour lui était un foyer. Ce n'était pas facile de renoncer à sa fiancée, à ses frères, mais un attrait irrésistible, plus fort encore que ses affections, ses attachements, ses plaisirs, l'attirait.

La misère devenait une grandeur à ses yeux, une vertu telle que les autres valeurs humaines n'étaient rien en comparaison tant elles paraissaient minimes, superficielles.

Jean opta pour les ordres monastiques.

Son directeur de conscience l'encouragea dans la voie choisie. Et, sa décision prise, Jean n'en démordit plus. Il refoula l'histoire d'Angélique dans le repli secret de son âme. Il s'éloignerait pour s'enterrer vivant.

Chez les moines, Jean savait ce qui l'attendait. Il devrait faire face au supplice du cilice qu'il porterait jusqu'à sa mort, aux privations, à la prière de nuit. Sa santé même pouvait s'en ressentir. On disait que chez les moines, peu d'aliments étaient servis, que l'esprit de Dieu emplissait mieux l'estomac vide.

Un sourire sensible sur les lèvres closes, le regard paisible, attiré librement par la prière, la relation directe avec Dieu : l'invitation était impossible à refuser.

Dans la cellule murée de rideaux blancs, assis devant une petite table, Jean écrivit à son père avec qui il n'avait jamais renoué.

Les Lamarche étaient tous de la même trempe, introvertis et lents à pardonner. Jean tenta de s'excuser, mais s'excuser de quoi ? Des volées reçues ? Des coups subis au nom de ses frères ? D'avoir été mis à la porte ? D'être séparé de tous les siens ? D'avoir perdu espoir ? D'être oublié ? Son père n'avait jamais fait un pas pour le reprendre quand il le savait chez sa tante Édouardina. Maintenant, chez les trappistes, les visites étaient interdites. Il écrivit :

Mon père,

Je quitte le monde pour me faire religieux. Je suis actuellement à Sainte-Anne-de-Beaupré où je viens de terminer une retraite fermée. En sortant d'ici, je me rendrai directement à Oka où je me ferai trappiste.

Je vous prie donc de dédommager la fiancée abandonnée pour toutes les dépenses en vue de son mariage et de l'aviser vous-même de ma dernière décision.

Je prie pour vous,

Jean

* * *

À l'heure où les gens prenaient le frais sur le pas de leur porte, Moïse, la main courante sous le bras, se retirait dans la pièce qui lui servait de bureau. Il recherchait la tranquillité. Devant lui, les lettres se chevauchaient. Il en mit une de côté qui retenait particulièrement retenu son attention. Elle l'intriguait. Il la prit et la tourna dans sa main. Elle était oblitérée de Sainte-Anne-de-Beaupré. Il l'ouvrit, lut et relut. Les mains tremblantes, les yeux accrochés au texte, il tentait d'assimiler sa surprise. « Jean ? C'est incroyable ! Lui, trappiste ? L'ordre le plus rigide imposé aux hommes. » Moïse ressentait un pincement au cœur. Jean était parti en froid avec lui et il ne l'avait jamais revu. Il gardait le souvenir d'un pauvre rachitique.

« Cet enfant-là n'était pas comme les autres. Si Sophie était là, je me demande quelle serait sa surprise. Elle qui avait tant prié pour avoir des vocations dans sa famille. Jean était toujours au-devant de ses moindres désirs, prêt à satisfaire ses volontés. » Moïse sourit pour lui seul. Il s'arrêta un moment à l'imaginer derrière les murs, encapuchonné dans son froc de moine.

Il lui restait maintenant la lourde tâche d'informer Angélique du choix de son fiancé et la chose lui déplaisait. Il n'avait jamais vu la jeune fille. Il se doutait bien qu'elle connaissait le différend qui le séparait de Jean. Il se voyait mal aller se présenter en lui apportant la triste nouvelle. Il n'aurait pas la manière. Il décida de parler à monsieur Dumont. Ce serait à lui de l'apprendre à sa fille.

Chapitre 20

Un an plus tôt, Claudia avait vu mourir son père. Il s'était endormi pour de bon, la main sur le cœur, assis sur la bergère fleurie au bas de l'escalier. Il tenait sa tête droite comme l'avait été toute sa vie.

Depuis le départ subit du pauvre homme, Médéric travaillait de moins en moins. Il se laissait vivre, abandonnant le gros de la besogne à Claudia. Aucun enfant n'était né de cette union. Pourtant, Claudia désirait ardemment devenir mère. Elle passait son temps à sonder, à surveiller son ventre et ses seins, mais les joies de la maternité lui étaient refusées. Après toutes ces années de vaines attentes, la crainte désespérée d'être stérile se changea en honte. Elle s'en ouvrit à son mari.

– Je suis si malheureuse ! Mon plus cher désir est d'être mère, comme toutes les femmes. Y me semble que j'en demande pas trop. Ailleurs, toutes les maisons sont pleines d'enfants.

– Y a pas à forcer la nature ; une femme stérile reste une femme stérile. T'as qu'à en prendre ton parti ! Après tout, un chiard, c'est ben juste un dérangement. Moé, je m'en plains pas. Comme c'est là y a assez de ton Charles ! Celui-là…

– Quoi ? Prends ben garde à ce que tu dis, Médéric Forget.

– J'ai rien dit, moé.

Claudia reconnaissait un peu de nonchalance chez son mari. Pas plus vaillant la nuit que le jour, il abandonnait le travail commencé, accusant ses éternelles douleurs rhumatismales. Claudia pensait qu'une fois père, Médéric se laisserait gagner par l'affection d'un bébé. Toutefois, elle ressentait un froissement d'amour-propre et un chagrin mêlé de colère face aux réflexions de son mari.

À quelques reprises, elle se remit à espérer de nouveau, pour chaque fois se désoler davantage. Et lentement son emballement pour Médéric tomba comme une peau qui mue pour faire place à l'amertume. Son mari n'était plus qu'une présence dans la maison. Il en était rendu là, le beau Médéric qui la faisait chanter le soir sur la traverse, la fameuse fois où il l'avait demandée en mariage. Quelle était donc forte la fièvre du début ! Maintenant, ses émois n'avaient plus l'élan des premières rencontres et elle ressentait un immense chagrin de voir son amour s'effriter.

Claudia concentrait toute son affection sur Charles, un enfant attachant aux lèvres capricieuses, aux yeux d'une grande douceur. L'enfant poussait aussi vite qu'une mauvaise herbe mais dans son âme, c'était tout le contraire ; à huit ans, la bonté se lisait déjà sur son visage angélique. Il fréquentait l'école du rang où il se faisait remarquer par ses notes élevées. Son talent était évident. Claudia s'en glorifiait.

Charles, entouré d'affection, était un enfant surprotégé et comblé. Malheureusement, en peu de temps, Médéric changea d'attitude envers lui. Il lui concéda ses propres tâches en employant un ton austère.

– Charles, va rentrer le bois, grouille, t'es capable d'aider.

Claudia sursauta à sa manière dure de commander l'enfant.

Sur le coup de la surprise, Charles perdait son sourire, hésitait et deux grands yeux qui empiétaient largement sur sa figure dévisageaient sa tante. Comme si le petit attendait son accord. Il se leva lentement et se rendit à la penderie. Claudia le suivait au pas. Elle jeta un manteau sur ses épaules.

– Viens, à deux, ça ira plus vite.

Même si elle était blessée par le ton brusque de Médéric, Claudia faisait mine de s'amuser.

– Ce sera le premier arrivé.

La porte retenue par un ressort claqua et claqua jusqu'à la dernière brassée de bois. Médéric ne démissionnait pas. Le travail terminé, il laissa à peine à l'enfant le temps de respirer qu'il le commanda de nouveau :

– Asteure, va chercher les vaches.

Comme Charles allait sortir, Claudia le saisit par un bras et le retint fermement. Elle posa les mains sur les épaules du petit et dévisagea son mari. Une poussée de rage bloquait sa respiration.

– Y a quand même des limites ! J'irai moé-même. Tu voudrais pas l'atteler à la tâche ? Tu sais comme les vaches sont folles la première fois qu'on les lâche dehors. Jamais il n'en viendra à bout, même moé…

Claudia perdait tout contrôle. Elle avait le goût d'étrangler son mari. Elle prit un air sévère, presque dur pour lui demander.

– Cherches-tu seulement à le faire brailler ?

– Tu vois comme t'es susceptible ! Y faut toujours que t'exagères.

Claudia sentait que Médéric avait des intentions bien mijotées. Il ne parlait pas pour rien, jamais un geste démesuré ou une parole inutile ; ça lui demanderait trop d'efforts.

Claudia le dévisagea, comme si elle attendait des excuses, mais son homme continuait de se bercer. Il fixait, sur le mur d'en face un cadre brodé à la main où était écrit : « Paix à nos foyers. »

La vieille Justine, l'œil soudé à son tricot, écoutait tout en hochant la tête. Elle avait encore l'ouïe sensible. Depuis qu'elle s'était donnée à rentes à sa fille elle avait appris à se taire mais son flair n'était pas diminué pour autant. « Médéric a toujours été un profiteur. Allez donc dire ça à Claudia, se dit-elle, ça mettrait la pagaille, mais que Médéric Forget ambitionne pas trop sur le jeune parce qu'y va voir de quel bois je me chauffe. Je suis pas encore morte, le gendre ! »

L'enfant écopait sans accorder d'importance aux sautes d'humeur répétées de son oncle. Il s'en remettait à sa tante qui l'avait toujours protégé.

Avec le temps, Claudia supportait difficilement le ton brusque et les ordres de son mari. Elle voulait savoir où il voulait en venir. Elle comptait bien régler l'affaire mais une crainte l'assaillait et l'amenait chaque fois à ajourner la discussion. Toujours ce doute que Médéric cherchait à se débarrasser de Charles. Au fond d'elle-même, elle savait déjà, elle sentait l'aboutissement. De jour en jour les choses se gâtaient et Claudia n'était plus la même. Elle parlait peu et réfléchissait beaucoup. La peur de perdre l'enfant revenait sans cesse l'obséder. Médéric ne semblait plus supporter le petit et ça lui crevait le cœur.

Un soir elle attendit que l'enfant soit endormi pour vider le sujet.

Médéric se leva péniblement. Ses mouvements étaient lents.

– Moé, je vais me coucher. Mes sacrés reins ! Chaque fois que je fais des excès de travail, y faut que je paie pour.

Claudia serrait les lèvres. « Lui, des excès de travail ! »

– Au fait, y a deux travées de clôture à réparer du côté des Bastien.

– Le fais-tu exprès ? Tu vois pas toute la misère que j'ai juste à bouger ?

– Patiente un peu, Médéric, je veux te dire un mot avant de te coucher. C'est au sujet du petit.

Justine enroula aussitôt son tricot, piqua sa longue aiguille en travers de sa balle de laine et se leva. La vieille ne parla pas. Elle se retira dans sa chambre comme si elle ne prenait aucun intérêt à leur conversation, mais une fois en haut, elle laissa la porte entrouverte et tendit l'oreille. Qui sait si elle n'apprendrait pas quelque chose d'intéressant ? Claudia allait peut-être lui annoncer une maternité.

Justine montée, Claudia fut soulagée. Sa mère n'avait pas à être témoin de leurs discussions. Elle emprunta un ton décidé ; ainsi son mari ne verrait pas qu'elle tremblait.

– Qu'est-ce qui te prend, Médéric ? Depuis quelque temps, t'es continuellement sur le dos de ce pauvre Charles.

– On peut se passer de lui. Retourne-le à son père.

Claudia se raidit. Une boule dure se formait dans sa gorge.

– Ben pourquoi ? Y te dérange pas. Y fait de son mieux.

– Ça fait ben huit ans qu'y trempe son pain dans notre soupe. Depuis le temps que son père est remarié, y aurait pu le reprendre. Si y te manque trop, on ira chercher un de mes neveux.

– Tes neveux ont tous leurs parents. Tu sais que j'ai adopté Charles !

– Adopté sans la loi, ça vaut rien !

– Qui t'a mis au courant ? As-tu fouillé dans nos paperasses de famille ?

– La femme a pas à cacher quoi que ce soit à son mari.

– Ma parole vaut ben un bout de papier. Je me suis engagée envers cet enfant.

Claudia se reprochait maintenant de ne pas avoir procédé à une adoption en règle, mais si peu de gens le faisaient. Ailleurs, la plupart du temps, les enfants adoptés venaient de la famille ou de connaissances, donc les ententes étaient fréquemment verbales.

Derrière la porte, la vieille Justine se mourait d'inquiétude. « C'était donc ça ! J'y avais ben pensé. »

Claudia avait l'esprit vif. Elle prenait conscience que le bien paternel était en danger et qu'il pourrait passer facilement des Lamarche aux Forget si elle négligeait de s'en occuper. Elle prit un ton maussade.

– Médéric, m'as-tu mariée juste pour hériter de la terre ?

La vieille rit. « Claudia a les yeux plus clairs que je l'aurais cru », se dit-elle.

– Non, mais va pas penser que toute la sueur que je mets à l'ouvrage serait pour un jeune avec qui j'ai aucun lien de par le sang.

Claudia, la forte, faiblit. Elle en avait gros sur le cœur. Elle se répétait intérieurement : « Toute la sueur que je mets à l'ouvrage ! » Médéric se laissait vivre et ne faisait aucun effort pour améliorer ou du moins stabiliser son état. Avec le temps, sa nonchalance, ses lamentations, ses exigences finissaient par avoir raison des bons sentiments de Claudia. Il n'aidait plus ni au train ni aux champs et, il dormait un somme sur sa chaise tous les après-midi. Elle le dérangeait chaque fois pour balayer la place. Elle ne le lui dirait pas, mais elle se passait très bien de lui. Médéric ne s'était jamais tué à la tâche. Il donnait plutôt l'impression d'un cheval qui a les pieds pris dans ses entraves.

Claudia ressassait leur relation depuis le tout début jusqu'à ce jour. Tout devenait clair dans sa tête. « La terre, notre terre est en cause, se dit-elle, j'en mettrais ma main au feu. » Emportée par sa rage, Claudia allait lui parler de la succession. Aucun papier n'avantageait Médéric. Fort heureusement, elle se ressaisit à temps.

– Je conduirai Charles à son père.

– Je savais ben que tu comprendrais le bon sens.

– Je comprends rien justement !

Elle tenta de l'éloigner un moment.

– Tu parlais de te coucher, tantôt ? Ben vas-y donc ! J'irai te rejoindre plus tard.

– Pourquoi tu viens pas ? Tu m'en veux ?

Claudia se tenait raide comme un glaçon.

– J'ai ben droit à mes humeurs ! J'ai besoin d'être seule pour digérer tout ça, pis je fais mieux d'écrire à Moïse pour le prévenir.

– Si c'est comme ça, dit Médéric d'un air entendu, moé, je va me coucher.

Dès que Médéric disparut de sa vue, Claudia s'assit à la table de cuisine, approcha la petite lampe brumeuse et retira du tiroir une plume et un encrier. Encore tremblante de sa discussion, elle ne bougeait plus. L'émotion lui serrait la gorge au point de l'étrangler. Charles, son bébé, celui que tout le monde, incluant elle-même, avait cru sien, allait la quitter. Si elle avait pu deviner ! Les souvenirs ne la lâchaient plus. Fini de le surveiller de la fenêtre qui donnait sur la cour de l'étable, fini de l'entendre courir dans l'escalier. Ce cher petit ange qu'elle avait langé, mouché, consolé. Elle prenait plaisir à se rappeler lorsque, bébé, candide et sans malice, Charles passait ses bras potelés autour de son cou et la serrait à l'étouffer. Claudia avait les larmes aux yeux à se rappeler ces douces émotions. Elle n'allait pas pleurer. Elle en voulait à Médéric, Dieu qu'elle lui en voulait ! Il avait l'air satisfait de l'avoir emporté et elle supportait mal cette suffisance qu'il affichait effrontément. Sa vie de couple perdait tout son charme et Claudia allait jusqu'à se demander si Charles en était la cause. Et puis non. L'enfant n'était responsable de rien. La nature égoïste de Médéric ne faisait que se démarquer. Claudia prenait sur elle pour raisonner plus froidement. Étant donné que la terre était un bien en propre, elle ferait en sorte qu'elle reste dans la famille des Lamarche.

Elle se moucha et trempa la plume dans l'encrier. Avec un minimum de mots, elle rédigea un testament en faveur de Charles où elle et sa mère se donnaient à rentes.

Voici le testament.

Une terre sur le lot 744, située au bas du ruisseau en la paroisse de Saint-Jacques, Seigneurie de Saint-Sulpice, de trois arpents de front sur trente de profondeur, tenant par devant au ruisseau Vacher, par derrière au lot 730 ; d'un côté à Sr. Stanislas Bastien et de l'autre à Sr. Louis-Joseph Mireault, bâtie de maison, grange et autres bâtiments.

Obligations de l'héritier légal envers Claudia Forget et Justine Lamarche :

Une rente annuelle et viagère sera composée de ce qui suit, à savoir :

12 minots de blé livrable en farine dans leur grenier

3 livres de thé

25 livres de sucre au printemps
1 minot de pois
100 livres de bon lard en décembre
10 livres de saindoux
10 douzaines d'œufs
50 livres de suif
1 agneau gras
1 minot de sel
1 quarteron de maniette
1 livre de poivre
4 poules
2 veltes de rhum
15 cordes de bois moitié bois franc, moitié bois mou.
2 livres de savon
1 quarteron de coton à chandelle
Pour l'habillement:
1 mantelet de soie tous les deux ans
Un mantelet d'étoffe tous les deux ans et une jupe de droguet tous les ans
1 paire de souliers de bœuf tous les ans
1 paire de souliers tous les trois ans
2 capelines d'indienne doublées tous les ans
2 paires de bas de laine tous les ans
2 chemises de toile du pays tous les ans
1 chapeau de soie noire tout fait et garni
1 chemise de laine
1 châle d'indienne
3 paires de sabots tous les ans
1 mouchoir de coton tous les ans
1 corset de toile
1 pinte d'huile

Des lunettes

Au besoin, aller quérir le docteur et le curé.

Au besoin, les conduire où les donateurs voudront aller aux diverses saisons excepté dans les guérets, semences et récoltes.

Les faire inhumer d'une manière honnête avec un service commun à chacun. Quatre messes basses durant la première année de leur décès.

Fait à Saint-Jacques, l'an mil huit cent quatre-vingt-sept, le dix avril.

Claudia Lamarche[1]

Les testaments du temps semblaient exagérés, mais ce n'était que pour la forme, les gens de l'époque ne s'y conformaient pas.

Claudia glissa le testament dans une enveloppe. « Comme ça, notre terre restera aux Lamarche. » Elle prit ensuite une feuille vierge pour annoncer à Moïse le retour prochain de Charles. « Pauvre enfant, pensait-elle, y se doute de rien. Comment vivra-t-il cette séparation ? » Par le passé Claudia avait toujours craint que le petit demande à retourner chez son père, mais jamais il n'y avait fait la moindre allusion.

* * *

Claudia préparait un gâteau pour la fête de Médéric. Elle le couvrit d'une glace au chocolat, mais le cœur n'y était pas comme aux anniversaires passés. Au dîner, elle le plaça au centre de la table et, le regard froid, elle lui lança un « bonne fête » hostile.

1. Thérèse Melançon-Mireault, *Le bas du ruisseau Vacher*, Sainte-Marie-Salomé, publié à compte d'auteur, 1986.

Elle se prit à en vouloir à Médéric, à regretter son mariage. Elle emménagea ses pénates dans une chambre du haut.

Médéric se désolait de faire chambre à part. Il avait tant besoin d'avoir sa femme à ses côtés pour ses moindres caprices, que ce soit pour le chausser, le laver ou pour un simple verre d'eau. Dans ces moments-là, il l'appelait. Il abusait de son dévouement et, même si elle se mettait à ses pieds, elle n'arrivait pas à le contenter. En peu de temps, il devint un as de la critique.

Chapitre 21

Depuis trois jours, au ruisseau Vacher, l'air était lourd. Les yeux durs et froids de Justine ne rataient aucune occasion de jeter un blâme sévère sur son gendre. Claudia avait perdu la parole. Sa rancœur contre son mari grandissait. Elle n'allait pas s'en plaindre : elle avait choisi Médéric, tant pis ! Ses gestes protecteurs à l'endroit du petit Charles redoublaient de tendresse. Elle n'ouvrait la bouche que pour le strict nécessaire.

– Médéric, va me chercher une volaille pour apporter à Pierrine, que j'arrive pas en visite chez elle les mains vides.

– Morte ou vivante ?

– Vivante !

– Mes pauvres jambes ! T'aimes ça me commander, hein ? Quand tu sais que j'ai toute la misère du monde à me traîner. On dirait que tu le fais exprès.

Claudia ne répondit pas. L'après-midi, elle se fit conduire à la gare de L'Épiphanie. Elle s'impatientait de voir le cheval aussi lambin que Médéric. Aucun des deux ne faisait lever la poussière. Dans la charrette, elle se raidit et prit une attitude hostile. Le voyage était silencieux et, en descendant de voiture, même si elle s'absentait pour une semaine elle ne dit pas bonjour. Médéric était en train de détruire ce qui restait de fragile entre eux.

Claudia et l'enfant montèrent dans le train. Charles se blottit contre sa tante. Le chapon était emprisonné dans un chapeau de paille dont Claudia avait ramené les bords pour l'empêcher de s'échapper. On ne voyait plus que la tête à crête dentelée et la queue qui dépassaient. L'oiseau se démenait, ne cessait de caqueter. Les voyageurs la regardaient l'œil en coin. Un rire discret se propageait. La forte Claudia gardait la tête haute; elle se fichait éperdument de ce qu'on pouvait penser d'elle. Son idée trottait ailleurs, bien loin de ces vagues jugements.

– Écoute Charles, je demanderai à ton père qu'y te laisse passer les vacances d'été à la campagne. Si y accepte, je viendrai te chercher moé-même.

– Pis si mon oncle Médéric veut pas? Je le sais que c'est lui qui veut pus me garder. Y m'aime pus.

– Tu viendras quand même! Je m'arrangerai avec lui.

Claudia serra la petite main. En peu de temps, bercée par le tremblement des wagons, la tête de l'enfant tomba sur l'épaule de sa tante. Sans lâcher sa volaille, Claudia coucha l'enfant avec précaution en travers de ses genoux et ramena ses pieds sur le siège. Elle posa sur lui un regard mêlé de tendresse et de pitié. Charles connaissait les intentions de Médéric. Ce petit comprenait tout.

Arrivé sur le quai de la gare, la grande Claudia tenait Charles d'une main et la valise de l'autre. L'oiseau effarouché, emprisonné sous son bras ramené en anse, tournait le bec de tous bords tous côtés.

Claudia décida de se rendre à pied chez Moïse et, une rue avant l'épicerie, elle s'arrêta un moment, déposa sa malle par terre et reprit son souffle.

– Regarde, Charles, c'est là que tu vas habiter.

L'enfant n'y prenait aucun intérêt. Il serrait la main qui le conduisait et regardait droit devant lui. Il ne remarquait pas les maisons entassées les unes contre les autres et ne faisait aucun cas des jeunes de son âge qui s'amusaient dans les cours. Sur la façade de l'épicerie, les marquises rayées bleues étaient déployées. Des clients entraient et sortaient.

Claudia était certaine que Moïse attendrait son fils la main soudée à la poignée de porte.

Devant le commerce elle dut se rendre à l'évidence. « Son travail ne doit lui laisser aucun répit. » Sitôt entrée, Claudia déposa sa lourde valise. Charles tentait de la pousser entre les rangées. Les clientes tournèrent la tête vers eux. Soudain, Moïse l'aperçut. Il laissa tomber son couteau tranchant et accourut, toujours heureux de revoir sa sœur. Il s'intéressait davantage à l'oiseau qu'à l'enfant. Il le lui enleva des mains.

– T'as apporté une volaille ?

– C'est pour Pierrine. Je voulais pas arriver chez elle les mains vides.

– Pauvre Claudia, t'aurais pas dû t'embarrasser d'une poule.

Il la remit au livreur.

– Tiens, porte ça chez Thomas pis dis-y que c'est de Claudia.

Il entraîna sa sœur à la cuisine.

– Tu t'en vas pas chez Thomas ? Asteure que je t'ai, je te garde !

Elle sourit. Ça lui faisait grand bien de l'entendre. Elle qui avait tant besoin de paroles réconfortantes. Seul Moïse pouvait la comprendre et partager ses états d'âme. Le petit collait sa tête contre l'épaule de Claudia et serrait sa main. Elle le fit reculer et releva son menton pour le présenter à son père. En même temps, elle mangeait ses lèvres pour les empêcher de trembler.

– Je te ramène Charles.

Le fils, gêné, regardait furtivement son père, comme un étranger. Claudia se perdait en explications.

– Charles est ben facile si on y parle doucement. Comme y est habitué de jouer seul, je sais pas comment y va s'arranger avec ses frères. Je voulais te dire aussi qu'y peut pas sentir le poisson. À part ça, y mange à peu près de tout.

– Icitte, c'est pas le choix qui manque, hein ?

– Tu sais, moé, j'ai toujours été ben tolérante avec lui.

– Voyons, Claudia, serais-tu en train de me donner la recette pour élever un enfant ?

Claudia n'avait plus aucune maîtrise. Un flot d'émotions refoulé depuis les derniers jours se déversait sur ses joues. Charles leva son triste minois sur elle.

– Pourquoi vous pleurez, ma tante ?

Elle ravala avec peine en essayant inutilement de sourire et détourna le regard. Elle qui espérait tant de son frère.

– Personne pleure, mon petit. C'est l'odeur des épices qui prend aux yeux.

Moïse regrettait aussitôt ses paroles.

– Prends pas ça de même ; je voulais pas te faire chialer.

– C'est moé qui suis trop mère poule !

Delphine apparut, souriante. Elle caressa les cheveux du gamin et l'assura qu'à l'épicerie les bonbons ne manqueraient pas. Charles l'aimait déjà.

Claudia se sentait seule avec sa souffrance. Qui donc pourrait comprendre son drame ? Justine évidemment, mais la pensée de sa mère ne venait même pas effleurer son esprit. Le cerveau bourré de sa désillusion et du deuil qu'elle devait subir ne laissait aucune place à la gaieté. Claudia devait refouler huit années de dévouement, d'amour, de tendresse que personne ne semblait estimer. La coupure n'était pas facile. Elle perdait haleine à suivre la vague déferlante de ses déceptions. Le déchirement entre Médéric et Charles, qui durait depuis quelques mois, la tuait. Pourquoi Médéric l'emporterait-il sur le petit ? À la fin tout le monde y perdait : Claudia abdiquait, Charles s'exilait et Médéric s'avilissait.

Claudia voyait bien que Moïse regardait à peine son fils et ça lui arrachait le cœur. Elle soupçonnait qu'il le traite en étranger. Par le passé, l'enfant lui avait-il manqué ? Elle reconnaissait que Moïse avait conservé dans ses allures un peu de rudesse et d'âpreté, reliquats de sa terre natale.

– Si tu le permets, je peux le ramener à la campagne chaque été.

– Tant que tu voudras !

Elle se demandait s'il en voulait de ce petit où si, indifférent, il subissait les événements éprouvants. Chose certaine, c'était visible que Moïse ne s'était pas ennuyé de Charles. Le regard vide, le gamin dévisageait l'homme qui se tenait en face de lui.

Son humeur retrouvée, Claudia tendit une enveloppe à Moïse.

– Je t'apporte mon testament. Voilà ! Avec ça tu tiens le bien paternel entre tes mains. Garde-le précieusement, sinon la terre des Lamarche passera aux Forget pis c'est pas ce que p'pa aurait souhaité.

– Pis toé, c'est ce que tu souhaites ? T'as pas toujours voulu la terre ?

– Pendant un certain temps, oui, mais la vie change et les projets avec elle. La terre sera à Charles.

Moïse regardait l'enfant. Étendu mollement sur Claudia, Charles tournait l'index sur la nuque de sa tante où quelques cheveux follets s'échappaient de sa torsade blonde. Le regard sage, le petit semblait plus confiant que les siens ne l'avaient jamais été et il se demandait si sa sœur ne détenait pas vraiment la manière d'élever un enfant. Il le prit par la main et le petit se laissa conduire à l'épicerie où son père lui laissa le libre choix en fait de gâteries. Revenus à la cuisine, il le confia à son frère. À douze ans, Arthur connaissait mille trucs pour le distraire.

– Va l'amuser.

– Toé, Claudia, profite donc de l'après-midi pour aller faire ton tour chez Thomas. Je te réserve pour le souper et la soirée.

Claudia regardait vivre Charles parmi les siens. Quel soulagement de voir qu'il prenait doucement la place qui lui revenait chez son père.

Après trois jours à Saint-Henri, le grand départ fut pénible pour Claudia. Elle essuya ses yeux embués. Charles l'embrassa et après un bref bonjour, il repartit tout heureux dans une voiturette traînée par Arthur.

* * *

Claudia revint chez elle désabusée. La maison était trop grande, trop calme. Tout laissait croire que la mort était passée et comme il s'agissait d'un enfant, le vide était encore plus grand. Elle pensa à Moïse ; pour lui non plus la vie n'était pas tendre depuis la mort de Sophie. Chez Thomas, c'était tout le contraire. Pierrine, maternelle et tolérante, ne vivait que pour rendre son petit monde heureux. Ça se voyait aux visages confiants et à l'ambiance de la maison.

Depuis le départ de Charles, Claudia passait ses journées à surveiller la cour de l'étable, le nez collé à la vitre, à se rappeler les premiers pas de l'enfant ; et l'année suivante quand le petit avait commencé à babiller, qu'il l'appelait Claudia. Hier encore elle aurait souri à ce tendre souvenir, aujourd'hui elle était portée à en pleurer. Elle entendait encore résonner le jeune rire, clair, sonnant, léger. Charles lui manquait tellement. Pour elle, la vie était devenue insignifiante.

Justine s'inquiétait pour Claudia. Elle avait perdu sa bonne humeur et elle parlait peu. Elle n'allait pas se mettre à dépérir comme au temps de sa jeunesse ! Peut-être travaillait-elle trop ? Et ce Médéric qui ne foutait rien ! Elle ferait mieux d'engager un aide.

À chaque vacance d'été, le petit Charles revenait et la maison reprenait vie. Tantôt il sautait dans les marches d'escalier, tantôt il suivait Claudia aux champs où il s'amusait à creuser des rigoles où il orientait ses vers de terre. Charles recommençait et recommençait, comme s'il pouvait dresser les bestioles à force de persévérance.

Claudia refaisait le plein de tendresse pour les dix mois d'absence. Chaque soir, le rire et la joie passaient sur les visages. Assise dans la berçante, l'enfant sur ses genoux, Claudia reprenait tout son répertoire de chansons jusqu'à ce que Charles abandonne indolemment sa tête au creux de son épaule. Elle finissait toujours par l'embrasser et lui répéter : « Mon petit, mon cher petit ! » Le jour, elle allait même jusqu'à négliger son travail pour jouer aux billes ou au brelan avec lui. Ses petites mains réussissaient mal à mêler les cartes et à les tenir en éventail. Claudia le sondait de son œil de couveuse avant de lui laisser gagner les parties. Elle poussait même jusqu'à vanter ses mérites.

– Ça prend tout un as pour me battre !

– À Montréal, quand je bats mes frères aux cartes, y m'appellent l'habitant.

– Tu t'entends ben avec eux autres ?

Charles avait l'esprit éveillé pour un enfant de neuf ans. Il sentait que sa tante s'en faisait pour lui. Il secoua la tête et mentit pour la ménager.

– Pas mal, mais à Saint-Henri, chus pas chez nous. Ma vraie maison, celle où j'aime le mieux rester, c'est icitte avec vous pis mémère.

Claudia se sentait sa préférée. Elle ressentait une joie profonde de cet aveu. Elle prit son neveu dans ses bras et murmura : « Charles, mon Charles ! »

Médéric devint ombrageux. Il voulait posséder la tendresse de Claudia exclusivement et il sentait qu'elle lui échappait, que l'enfant, à lui seul, comblait ses besoins affectifs.

Claudia n'avait qu'un reste de sympathie pour cet homme paresseux et égoïste.

Charles érigeait des échafaudages de cartes et Claudia, tel un ange gardien en rajoutait quelques-unes pour les solidifier.

– Et ta belle-mère, tu t'entends ben avec ?

– Je fais ce qu'elle me demande. Chaque fois qu'Aurore pique des crises de colère, elle se jette à terre pis elle donne des coups de tête sur le plancher. Moé, j'y mets un coussin pour pas qu'elle se blesse. Arthur, lui, y me fait des yeux gros comme mes deux poings, comme si ça le choquait. Papa dit toujours de pas m'en occuper, que ça va y passer, mais moé je peux pas laisser ma petite sœur se faire mal.

– Delphine, elle te magane pas ?

– Non, jamais ! Je m'occupe des petits pis j'y rends service. Après l'école, Élisa pis moé on y aide au souper. Arthur lui, y dit qu'on n'a pas à le faire. Des fois Élisa pis moé, on va livrer des commandes avec Antonin.

– Si ça te tente, demain on ira nous promener chez Véronique, à Saint-Paul.

– Elle, je la connais pas.

Claudia avait toujours gardé le contact avec Véronique, que ce soit par lettres ou visites.

– Ben oui, tu la connais. Essaie de te souvenir. C'est ta grande sœur. Je t'ai emmené chez elle au moins une fois chaque été. Elle a un autre bébé que t'as jamais vu. C'est agréable de visiter la famille.

Malmenée par la vie, tel un petit oiseau blessé, Véronique essayait de se fabriquer un bonheur paisible auprès d'un mari souvent absent pour son travail dans les chantiers. Certes, elle calculait un peu pour joindre les deux bouts, mais n'était-ce pas ainsi dans tous les ménages ? Elle soignait, consolait et couvait ses enfants plus que la juste mesure, comme si elle allait à son tour les abandonner. On lui avait dit que les événements se répètent dans les familles. La crainte de mourir comme sa mère et de laisser de jeunes orphelins la hantait chaque fois qu'elle posait un regard tranquille sur ses enfants.

Charles se souvenait très bien d'elle, mais comme rien ne l'attirait chez sa sœur, il feignait l'innocence.

– C'est un peu loin Saint-Paul, pis Véronique a jamais de bonbons. J'aime ben mieux aller à Saint-Jacques au magasin général.

Claudia sourit de l'entendre. Chaque fois qu'elle emmenait Charles chez le marchand, monsieur Desrochers plongeait son bras jusqu'au coude dans un grand pot de verre pour prendre les sucres d'orge qu'elle lui achetait.

– On n'a plus besoin d'aller si loin. Depuis l'hiver, le haut et le bas du ruisseau Vacher sont séparés. Asteure, notre paroisse s'appelle Sainte-Marie-Salomé. On a notre magasin général et une belle église neuve avec un grand clocher qui monte jusqu'aux nuages.

– Ben, ça se peut pas !

Ils éclatèrent de rire. Claudia lui proposa de passer chez le marchand et d'apporter de la tire d'érable aux enfants de Véronique.

À la fin de l'été, Claudia avait peine à bercer Charles tant ses jambes avaient allongé ; à chaque bascule, ses pieds touchaient le sol et freinaient brusquement les élans de la berçante.

Chapitre 22

Huit ans passèrent pendant lesquels Antonin, Benjamin, Élisa et Arthur quittèrent tour à tour la maison pour se marier. Charles étudiait chez les Frères des Écoles chrétiennes. Ses temps libres passaient à seconder son père à l'épicerie. Jean, toujours à la Trappe, ne donnait aucune nouvelle. Angélique s'était remise de son chagrin. Mariée au docteur Guertin et mère de trois filles, elle occupait toujours la grande maison des Dumont. Pour Jean, elle ne fut que l'étincelle qui remit sa vie en mouvement.

Restaient encore chez les Lamarche les quatre enfants du deuxième lit.

Delphine avait fait son trou dans la maison. Un refuge tiède, mais sécurisant. La sérénité s'était installée. Durant les longues soirées d'hiver, elle épluchait le journal du début à la fin pour repousser l'heure du coucher et ainsi se soustraire aux obligations conjugales. Avec le temps elle commençait à s'empâter d'une mauvaise graisse. Elle réussissait à tenir sa maison à l'ordre et à gagner l'estime de Moïse. Il avait pour elle une amitié de camarade. Ils semblaient goûter un peu de joie à parler de tout et de rien.

Sitôt le commerce fermé, Moïse s'assoyait et bâillait. Les journées étaient épuisantes, les semaines trop longues. Les années lui pesaient.

Aujourd'hui, un soleil effronté entrait par les fenêtres et incendiait les meubles et les boiseries.

Assis à la table de cuisine, Moïse et Delphine prenaient le thé en comptant les recettes de la journée. Moïse était préoccupé. Il mijotait d'écouler toute la vieille marchandise, mais c'était un énorme surcroît de travail que de changer les prix déjà existants. Il misait beaucoup sur l'aide de Charles pour lui alléger la tâche, mais Delphine remettait à plus tard. À cinquante-trois ans, Moïse avait le front complètement dégarni et les tempes grises. Le dimanche après la messe, il attelait un cheval fringant à son cabriolet et sillonnait les rues de la ville de Lachine. La belle bête aux oreilles dressées sautillait tout le temps de la promenade dominicale.

Si Moïse était parvenu il ne l'avait pas volé. Travailleur acharné et généreux, il avait toujours eu le geste large du semeur. Il accordait le crédit aux uns et ne pouvait refuser la charité aux autres. Comme l'argent rentrait, il supportait facilement les comptes impayés et, pour ne pas bousculer les clients, il n'en postait aucun. Il prétendait que ceux qui ne le payaient pas ne le pouvaient pas et que l'estime qu'on lui portait était plus importante que l'épaisseur du portefeuille. Delphine le secondait en disant : « À faire le bien on s'en porte pas plus mal. »

* * *

Moïse déjeunait en parcourant les pages du journal. Ainsi, il se tenait au courant des événements récents. Ce matin-là, la page couverture le frappa de stupeur.

– Ah ben, bordel ! Un feu important à la trappe d'Oka. Jean !

Il se leva en hâte et cria :

– Delphine ! Va tout de suite avertir le boucher de pas m'attendre. Qu'y s'occupe seulement de voir aux ventes et de servir les clients. Envoie le livreur avertir ma tante Dina qu'y a eu un feu la nuit passée à la trappe d'Oka, pis dis-y de revenir au plus vite surveiller l'épicerie. Moé, je pars pour Oka.

Au monastère, on ne lui cacha pas la gravité des blessures. Les nerfs ayant été atteints, son fils avait dû être hospitalisé à Saint-Jean-de-Dieu. Moïse s'y rendit. En chemin, ses genoux s'entrechoquaient. Il priait. Tard le soir, il revint chez lui, affligé, vidé, vieilli. Il s'installa à sa place attitrée au bout de la table. Sa tête appuyée sur ses coudes pesait une tonne. Delphine posa une main compatissante sur son épaule, mais Moïse la repoussa brusquement. Delphine n'était-elle pas responsable de son différend avec Jean ? Moïse ne supportait pas ses câlins. Il y avait ce feu en lui qui le consumait. Delphine s'assit sur la chaise la plus proche et le regarda. Elle sentait que Moïse faisait tout pour la tenir en dehors de sa peine. Il devait lui en vouloir à cause des vieilles querelles et avec raison ; elle-même s'en voulait. Comme Moïse ne disait rien, elle le questionna en douceur.

– Et pis ? Comment c'est arrivé ?

Il se mit à parler comme si c'était une nécessité, un besoin qui, exorcisé, pouvait soulager sa conscience.

– Je sais rien de cette nuit de feu, sauf que Jean a dû être épouvanté. Il souffre le martyre. Le docteur prétend que les dégâts sont irrémédiables pis que Jean pourra pas s'en tirer, à moins d'un miracle. Y dit qu'y est brûlé au troisième degré pis que dans son cas le cœur en prend un coup. Y peut flancher d'une minute à l'autre.

– Mon doux Seigneur!

Delphine se prenait à regretter ses comportements sévères. Pour la première fois, elle évoquait tout haut le passé qu'elle traînait comme un boulet et qu'elle n'avait jamais pu enterrer.

– Tu sais, Moïse, si c'était à recommencer avec tes enfants, les choses se passeraient autrement. J'étais si jeune en rentrant icitte, pis pas prête pantoute à quatorze ans à échouer mère de famille, du jour au lendemain. En fin de compte, tout le monde a souffert de cette situation. Ce pauvre Jean le premier. Comme je regrette mes excès de colère pis mes paroles dures. J'ai été trop exigeante. Tes enfants me le pardonneront jamais.

La tête de Moïse explosait de remords. Aujourd'hui il prenait toute la responsabilité sur lui seul et il ne voulait personne pour s'apitoyer. De quoi Delphine se mêlait-elle? Pourquoi s'acharnait-t-elle à tourner le fer dans la plaie? «Qu'elle se taise bordel, mais qu'elle se taise donc!»

Moïse refusait de la considérer comme sa complice. Delphine était trop jeune, trop vulnérable dans le temps pour mesurer la portée de ses gestes et de ses paroles. Elle en était bien consciente puisqu'elle venait de le lui dire. La souffrance de Jean c'était sa punition à lui et il n'acceptait pas que son fils subisse le sort qui aurait dû lui revenir à lui.

Delphine attendait, repentante. Elle aurait eu besoin que Moïse la secoue, l'accuse, lui fasse payer ses erreurs. Il n'en faisait rien. Il était défait. Si au moins ils avaient pu partager les torts et peut-être les alléger en les contrebalançant sur quatre épaules. S'ils vidaient le sujet, elle et lui, et allaient ensuite s'excuser à Jean ? Qui sait s'il n'était pas conscient ? Même s'il ne réagissait pas, il entendait peut-être ? Mais elle connaissait trop bien son homme ; jamais Moïse ne s'avouerait fautif devant personne.

– C'est trop tard pour avoir des regrets.

– Ce sera trop tard seulement quand Jean sera plus là.

– J'irai, moé.

– Toé, tu resteras icitte.

Moïse s'enferma dans son bureau et, la tête couchée sur sa table, seul avec sa conscience, il mit des heures à ruminer les rapports tendus entre lui et Jean. Pourquoi, dans le temps, avoir agi si inconsciemment ? Moïse arrivait à s'imputer tout le blâme. N'était-ce pas lui qui l'avait mis à la porte comme un chien ? Il croyait à une vengeance divine. Finalement le remords l'amenait à un désir d'expiation. Affligé, il se perdait en supplications : « Pas Jean, mon Dieu, pas lui ! Jean mérite pas ça. Prenez-Vous-en plutôt à moé ; lui, y a eu plus que son dû. »

Sa respiration devint bruyante. Sa poitrine s'enflammait. Pour la première fois, Moïse se faisait humble et suppliant. C'était un Moïse vaincu qui relevait la tête sur le crucifix suspendu au-dessus de la porte. « Mon Dieu, vous m'avez eu. »

* * *

Au retour du collège, Charles retrouva une maison lugubre. Il se demandait si c'était comme ça ailleurs, quand le malheur frappait ou si ce n'était pas la rumeur se rapportant à Jean dont ses frères avaient vaguement parlé. Pour la première fois il voyait son père la figure défaite, les yeux rougis. Il le reconnaissait à peine, lui habituellement coriace, hautain, intouchable. Il faisait pitié à voir.

Il s'avança et tendit une enveloppe à son fils. Sa voix était changée, elle se faisait plus calme. D'un coup, le père semblait avoir abdiqué son l'autorité.

– Tiens! C'est de Claudia. Elle dit avoir besoin de toé sur la ferme.

– Et mon oncle Médéric?

– Lui, y a pas le choix. Y se lève plus de sa chaise. Claudia te laisse la ferme en héritage, moyennant une rente. Comme la terre est un bien en propre, elle restera aux Lamarche. Lis, tu verras ce qu'elle écrit.

Un héritage! La nouvelle le surprenait agréablement. Un grand bonheur, auquel il n'aspirait pas, arrivait au bon moment. Une ferme! Un bien à lui. Une maison qui serait sienne. Il se gonflait d'orgueil. Ça prenait bien sa tante Claudia pour penser à ça!

Charles en avait ras le bol des classes, du magasin, des clients, de la maison triste, de la ville. Avant, le travail l'empêchait de mourir d'ennui; mais maintenant... était-ce la routine qui avait tout gâché? Chaque soir, sitôt rentré, c'était comme si on lui attachait des fers aux pieds. Il se sentait prisonnier du commerce et de l'étude. Depuis qu'il demeurait à Saint-Henri, les grands espaces lui manquaient. Maintenant plus rien ne le retenait à la ville.

– Qui m'aurait dit! Je m'attendais si peu! Enfin l'air pur et la liberté! Auriez-vous objection à ce que je laisse mes études pour prendre la terre en main? Je sais que vous teniez mordicus à ce que je continue de m'instruire.

– La terre te revient. Icitte, j'ai un testament qui en fait foi, donc fais comme tu l'entends.

– Si c'est comme je l'entends, j'abandonne le collège tout de suite pour la ferme.

Charles regardait son père, la mine basse. Il oscillait entre la tristesse du drame de Jean qu'il connaissait si peu et la joie de retrouver les lieux de son enfance.

Au coucher, à l'heure où il se retrouvait seul, il se permit d'être heureux, de rêver, ce qu'il s'était refusé plus tôt. Bientôt, il allait courir la campagne blanche comme le gros sel et retrouver son coin de pays aux maisons bien calfeutrées où un bon feu de bois tenait tête aux grands vents, où tous les gens étaient beaux dans l'âme. Ils n'étaient qu'une poignée de paysans, mais si riches de soutien moral. Les colons sentaient le besoin de se serrer les coudes. Comme dans toutes les petites paroisses, les gens connaissaient l'histoire de tout un chacun ; il y avait bien sûr des commérages, des jalousies aussi, mais ça ne durait pas. On n'avait qu'à les regarder partager les corvées, se voisiner, s'entraider dans le malheur pour se rendre compte de leur solidarité. Ils étaient presque tous parents par le sang ou par alliance. La campagne, c'était l'envers des villes où souvent on ne connaissait pas son plus proche voisin et où les contacts étaient presque inexistants.

* * *

Le sept janvier, Charles montait dans le train. Déjà mille projets fourmillaient dans sa tête. En ce temps de l'année, la nature était au repos. Les guérets dormaient sous un édredon blanc. De la fenêtre, le jeune homme voyait défiler les villages. Une fumée épaisse s'échappait des maisons aux toits encapuchonnés de neige.

Lorsqu'il arriva à la gare, Claudia était là qui l'attendait pour le ramener chez lui.

Dans le rang, Charles cherchait des figures familières. Il connaissait toutes les maisons et, derrière chaque porte, il pouvait mettre un nom sur chacun des cœurs vivants.

Il arriva enfin devant la vieille chaumière aux murs craquelés où, le soir, il entendait le vent siffler aux ébréchures du crépi. C'était sa maison.

Charles courut sur le perron. Près de lui les persiennes brisées battaient le mur comme des castagnettes. On ne lui laissa pas le temps de frapper. La porte s'ouvrit grande devant lui. Charles amenait le bonheur avec une rafale de neige. Il laissa tomber sa tuque, ses mitaines et une longue ceinture fléchée qui, entortillée à ses hanches, donnait une mine séduisante à sa redingote d'étoffe du pays. Toute la maison attendait son arrivée. Fabien était là, accompagné de Léonie. Et Médéric, qui passait ses journées à se plaindre, laissa tomber ses lamentations pour mieux écouter ce qui se disait.

Au souper Charles mangea avec appétit les tourtières restantes du jour des Rois. Il les arrosait généreusement de sirop d'érable. Et il en redemandait.

– J'ai dû me retenir à quatre mains pour passer les fêtes à Montréal. Ma tête était ici. J'osais pas laisser papa seul avec l'épicerie ; vous savez, avec les fricots, les clients refoulent, donc ce n'est pas le moment d'habituer de nouveaux commis. En plus, je sais que papa n'aime pas voir les employés mettre leur nez dans sa main courante. Au début de l'avent, Delphine a engagé une servante pour la cuisine et depuis, elle aide papa en s'occupant des comptes. Pour lui, la période des fêtes a été bien difficile. Papa laisse croire que jamais rien ne peut l'atteindre mais vous devriez le voir ! Il n'est plus le même homme. Pauvre lui, il en a eu plus que son dû avec l'histoire de Jean ! Vous, ma tante, étiez-vous au courant que papa aurait mis Jean à la porte quand il avait treize ans ? C'est Benjamin qui m'a rapporté ça.

– C'est une rumeur. Je veux pas t'entendre répéter ça, compris ?

Charles essaya de réparer sa maladresse en ajoutant que son père était un coriace, mais il s'enfonçait davantage. Ça se voyait à l'air renfrogné de la tablée. L'œil à pic de la grand-mère et le ton sévère employé par Claudia renforçaient davantage les dires de Benjamin. Charles assumait sa déconfiture. Il baissa la tête et passa une main lente sur sa bouche pour masquer un sourire retenu. Il était conscient qu'il n'avait pas frappé à la bonne porte pour se renseigner.

– Compris, dit-il.

Il baissa le ton pour ne pas être entendu de Médéric qui gardait la chambre.

– Quelle bonne idée vous avez eue de me léguer la terre ! J'étais loin de m'y attendre et c'est arrivé au moment où j'avais le goût de tout flanquer en l'air ; un de ces jours où on n'a plus envie de rien.

– Pourquoi ?

– J'ai presque dix-sept ans, ma tante. Papa tenait mordicus à ce que je fasse mon cours classique ; je n'osais pas l'affronter même si j'avais le goût d'autre chose. Je n'ai encore jamais rencontré de filles.

– Pourtant dans la grande ville, c'est pas ce qui doit manquer ? reprit Claudia.

– Chez les frères je n'en ai jamais vu ; sauf la cuisinière et les ménagères. Rien que des vieilles !

La lumière de la lampe jouait sur les visages heureux.

Claudia, exubérante, débordait de paroles.

– Y a ben de l'ouvrage qui t'attend, mon garçon. Tu sais, quand on prend possession d'une ferme, on prend ce qui va avec. Y a toujours des petites réparations restées en suspens. Tu penses pas revenir icitte pour épointer mes crayons à gribouiller sur les murs, hein ?

– J'ai fait ça, moi ?

– Pas rien qu'une fois. Tu crayonnais des barbouillages dans toutes les contremarches.

– Vous ne m'avez donc pas élevé ?

– Vous avez vu ça, vous, hein, mon oncle Fabien ?

Fabien, l'aveugle, reconnaissait les taquineries de Claudia. Il aimait bien qu'on s'occupe de lui, qu'on lui prouve qu'il existait.

– J'ai tout vu.

Les rires résonnaient. La joie remplissait les cœurs et la vieille Justine était transportée d'admiration devant ce beau jeune homme qui était son petit-fils.

– Je vois que t'as oublié ton langage de par icitte.

– Peut-être, mais je vous ai jamais oubliée, vous.

– C'est donc ben beau d'être instruit !

D'étudiant, Charles passait à paysan. Il avait conservé sa petite âme terrienne et sa terre, il l'aimerait plus que ses livres. Au fait, ses frères n'avaient pas complètement tort dans le temps de le surnommer l'habitant.

En peu de temps, le jeune homme constata que tout s'en retournait sur la ferme. À peine revenu à la terre, il devait subir sa loi : rafistoler, salir ses chaussures, user ses vêtements à la corde.

Il passa le reste de l'hiver à préparer son été, à mettre de l'ordre, à réparer et à graisser l'outillage agricole.

– Ma tante Claudia, si vous voulez faire huiler votre machine à coudre tandis que j'ai la burette en main, c'est en plein le temps d'en profiter. Ensuite, si vous avez des commissions je dois me rendre à la meunerie et à la forge. Le loquet de la porte de l'étable est fini ; le bois a été tellement réparé qu'il ne supporte plus de rapiéçage. Une bonne clenche en métal devrait régler le problème pour de bon.

– Si tu vas à Saint-Jacques, oublie pas d'apporter le paquet de Pierrine à madame Blouin, pis par la même occasion, passe donc au magasin général, j'ai besoin de mélasse.

* * *

Une neige tranquille tombait à gros flocons. Charles sauta de la carriole et attacha son cheval au piquet. Il se demandait si les Blouin allaient le reconnaître. Viateur et Hector étaient-ils mariés ? Toutes ces retrouvailles étaient autant de petits bonheurs pour lui.

Devant la forge, Charles s'étonna de trouver une façade terne, des vitres mornes, pires que si on y avait appliqué une peinture à plancher gris foncé. Dans la boutique, rien n'avait changé sauf que c'était presque impossible de s'y retrouver tant le désordre y régnait.

Monsieur Blouin, le dos voûté, leva sur le garçon un visage cuivré à force de tournicoter devant le fourneau d'affinage. Il dévisageait Charles pendant que celui-ci passait sa commande. Monsieur Blouin avait sa manière bien à lui de demander les noms de ses clients.

– Tiens, encore un étranger ! J'aime ben ça être capable de mettre un nom sur les visages.

– Moi, un étranger ? Vous me décevez. À Montréal, ça pourrait aller, mais ici, ça me porte à rire parce que je suis chez moi. Je suis Charles à Moïse Lamarche.

– Ah ben ! Un petit Batissette ! Viens t'asseoir un peu.

– Oh non ! Je ne peux pas supporter plus longtemps une pareille chaleur.

– C'est l'habitude, mon jeune. Si c'est comme ça, t'as ben beau aller attendre de l'autre bord.

Charles abandonna le forgeron à son travail et traversa au logement, son colis sous le bras.

Des yeux, il fit le tour de la grande cuisine. La pièce avait gardé son humeur invitante. Charles s'y sentait aussi familier que s'il était parti de la veille.

Tout au fond de la pièce, une jeune fille fraîche émoulue d'un couvent se berçait, silencieuse. D'une réserve hautaine, elle se distinguait par sa grâce et sa perfection. Une robe de soie marine à fleurs délicates maquillait son corps. En la voyant, Charles comprit que toute son existence était sur le point de changer. « Cette fille doit être intouchable. » Il lui vouait un respect exagéré.

– Tenez, madame Blouin, ma tante Pierrine vous envoie ce ballot. Elle fait dire que tout va bien chez elle.

Au coup d'œil qu'elle lui lançait à la dérobée, le jeune homme sentait que la femme du forgeron ne le reconnaissait pas. Il s'en amusait. Elle dénoua la ficelle du colis et pendant qu'elle tâtait les camisoles et les caleçons en cachemire venus directement de la grande ville, Charles sourit galamment à la belle inconnue. La jeune fille détourna le regard pour dissimuler son malaise.

Madame Blouin leva la tête comme si elle venait de prendre conscience de l'existence de son visiteur et, dans un élan de pudeur, elle replia les sous-vêtements et les fit disparaître sous l'empaquetage.

– Coudon, toé ! Tu serais pas un Batissette, un des garçons de Moïse à Batissette ?

– Eh oui ! Charles, le plus jeune. J'ai été élevé chez mes grands-parents dans le bas du ruisseau Vacher.

– Si j'ai deviné, c'est ben juste à cause de la commission de Pierrine. Faut dire que tu ressembles pas à ton père pantoute. Lui, y avait le visage rond tandis que toé tu l'as ovale.

Elle se tourna vers son fils.

– Toé, Hector, l'avais-tu reconnu ?

– Non, mais c'est pas surprenant, à cet âge-là, ça change tellement. Ça doit ben faire un bon dix ans que t'es parti ?

– Environ ! Moi-même c'est à peine si je reconnais les figures.

– Je voyais ben aussi que t'avais pas le parler de par icitte. T'es instruit, toé ? Tire-toé donc une chaise à côté de la table, je vais te servir un café. Tu nous rapportes sûrement des nouvelles fraîches de la ville ?

Au même instant, monsieur Blouin s'amenait et lui tendait un petit morceau de métal.

– Tiens, ton loquet. Ç'a été une affaire de rien. Je pense ben qu'y fera l'affaire. V'là aussi quelques vis, avec ça y tiendra mieux.

Charles lui présenta un dix sous.

– Tenez, payez-vous.

L'homme le repoussa.

– Garde ton argent ! Depuis que ton oncle Thomas a marié ma fille, je te considère de la famille, pis à la famille je charge jamais rien.

À la vue des mains rugueuses et ridées par le dur métier, Charles insista.

– J'apprécie vos faveurs, mais j'ai pour mon dire que les mercis n'ont jamais enrichi personne.

Charles ne se pressait pas. La présence de la jeune fille le retenait, même si celle-ci l'évitait du regard. Était-ce de l'indifférence ou de la réserve ? Ce n'était pas très clair pour lui. Il allait jouer le grand séducteur quand il prit conscience que son pantalon était percé sur le genou. Il posa sa casquette sur la déchirure pour la masquer. Comme il regrettait de ne pas s'être endimanché ! Hector voyait son manège. Celui-là, il ne pensait qu'à s'amuser. Il lui retira la coiffure du genou et la suspendit au crochet.

– Donne, je vois ben qu'elle t'incommode !

Charles sourit à sa taquinerie et croisa les jambes dans le but de dissimuler à nouveau l'accroc. La jeune fille, prévenante, céda la berçante à monsieur Blouin. Elle s'approcha de la fenêtre sans un geste, sans un mot. Il y avait bien une chaise près de Charles, mais la gêne l'en éloignait. Le garçon la remarquait mieux dans la clarté crue du jour. Des cheveux noirs arrangés en nattes roulées sur ses oreilles, des yeux pervenche légèrement enfoncés, doux à faire rêver, et ce rose qui lui montait aux pommettes. Une beauté à en couper le souffle. Toutefois sa perfection accusait orgueil et sévérité. Charles se leva et s'en approcha.

La tête à barbe bien rasée, les longues mains aux ongles propres, le langage soigné figeaient la jeune fille. Charles était habitué de côtoyer le public. Avec une aisance parfaite, il abordait les gens d'une façon simple qu'on aurait pu qualifier de familière. Il se pencha au-dessus d'elle.

– Vous êtes d'ici ?

Une émotion, jusque-là inconnue d'elle, la troublait. Sa figure à la peau fine rougissait. Elle leva les yeux sur lui.

– Je demeure au ruisseau Saint-Georges. Aujourd'hui, je suis en visite chez ma tante Orize.

– Comme ça, je tombe juste au bon moment ?

Une énergie presque sensuelle émanait des lèvres de Charles quand il lui parlait. Elle lui trouvait la stature d'un dieu. La jeune fille avait presque tous les garçons à ses pieds et toujours elle détournait la vue aux regards intéressés, ce qui lui valait souvent d'être traitée d'arrogante par les soupirants éconduits.

Son cousin Hector se mêla effrontément à leur conversation.

– À vrai dire, la famille de Catherine vient de Montréal. Son père avait une terre par icitte, mais y a jamais pu s'y faire. Là, y vient d'acheter l'abattoir des Forest. Y s'en vient au village pour de bon le mois prochain. Y va vendre de la viande de porte en porte dans tout Saint-Jacques et Sainte-Marie. Y va même passer dans votre rang.

Charles concentrait tout son intérêt sur la jeune fille. Il lui adressa un large sourire.

– Comme ça, vous seriez la cousine de ma tante Pierrine. Je lui devrai des reproches pour m'avoir caché votre existence.

– Dans les petites paroisses, tout le monde est cousin, commenta Hector.

Catherine dédaignait qu'Hector soit témoin des attentions de Charles et qu'il y ajoute son grain de sel ; son embarras ne faisait que grandir. Cet étranger l'impressionnait.

Derrière la casquette défraîchie et le pantalon percé, la jeune fille entrevoyait une âme noble, un garçon délicat et cultivé.

Charles lui demanda, d'une éloquence sans emphase aucune :

– Je tiens à vous revoir, mademoiselle Catherine. Si je passais vous prendre dimanche prochain pour la messe de neuf heures, vous accepteriez de m'accompagner ?

– Vous pouvez toujours passer.

Il la regardait d'une façon profonde qui la gênait un peu.

– Je serai ici dimanche dès huit heures et j'ose espérer que vous ne me décevrez pas.

Hector s'immisça de nouveau.

– Penses-tu que le curé de Sainte-Marie va voir d'un bon œil que ses paroissiens fréquentent une autre église ?

Charles haussa les épaules.

– Si c'est de même, en revanche, t'auras qu'à aller me remplacer. Notre banc est au numéro trente-deux.

Les jours qui suivirent, la belle Catherine occupait toutes ses pensées. Toutefois il n'était pas sûr qu'elle partageât ses sentiments. Il se promettait de l'apprivoiser, de la gagner. Catherine l'attendrait-elle le dimanche suivant ? « Si elle vient, ce sera un jour merveilleux. »

Chapitre 23

Le soleil de mars réchauffait agréablement la nature. L'eau dégoulinait des glaçons menaçants suspendus aux toits de tôle.

Les gens de Saint-Henri, affligés par un hiver trop long, sortaient de leur hibernation et prenaient la rue d'assaut. Les femmes profitaient du redoux pour passer chez le marchand jaser avec tout un chacun.

À l'épicerie des Lamarche, les clients faisaient la file à la caisse et la clochette d'entrée ne dérougissait pas. Moïse en profitait pour écouler au rabais les produits alimentaires stockés. Depuis le temps qu'il se promettait de changer les étiquettes ! Delphine et Aurore en avaient fait leur affaire. Les étagères se vidaient. La journée s'annonçait bonne au comptant comme au crédit.

Pendant que les ménagères se promenaient sur les trottoirs, Delphine passait son temps à faire la navette du commerce à la cuisine.

On frappait à la porte du logement.

– Aurore, va ouvrir !

L'adolescente fit face à un homme qui s'entêtait à ne pas entrer. Il tenait quelque chose dans sa main qu'il refusait de lui tendre. Elle appela :

– M'man, un monsieur demande p'pa.

Delphine leva la tête.

– Ton père est occupé.

Delphine avait toujours la même réaction quand on dérangeait Moïse. Le garçon insistait.

– J'ai une dépêche pour lui et j'ai ordre de lui remettre en main propre.

– Une dépêche ? Grand Dieu !

Delphine, intriguée, avertit Moïse et lui colla aux talons.

Le messager lui remit une missive et un petit sac. Il s'en retourna aussitôt sans prononcer une seule parole. Moïse s'installa les coudes sur la table encore humide du dernier coup de torchon. D'un air fiévreux, les mains tremblantes, il ouvrit l'enveloppe et lut.

Monsieur Moïse Lamarche,

J'ai la pénible tâche de vous informer du décès de votre fils, frère Simon-Pierre.

Notre frère est retourné vers le Père. Il s'est éteint en Dieu, à cinq heures.

Il a été une âme exemplaire, tant par son obéissance que par sa piété.

Nous en gardons un très bon souvenir.

Veuillez accepter les condoléances de tous ses frères trappistes.

Père Jacques Filion,
Prieur de l'Abbaye d'Oka.

Moïse, le visage livide, renversa le contenu du sac devant lui. Le cilice et le chapelet de Jean s'étalaient douloureusement sur la table. Il murmura :

– C'est fini ! Quelle vie de souffrance !

Et il restait là, la lettre à la main.

Il la relut, espérant toujours s'être trompé. Finalement il replia la feuille. Moïse ne bougeait pas ; on l'aurait cru cloué à sa chaise. Ses yeux secs visaient un point fixe. Le passé remontait en lui. Il se prenait à réviser la vie de Jean, de ses premières culottes à la robe de bure.

Dans la même cuisine une vingtaine d'années plus tôt, entre Sophie et les enfants du premier lit, Jean courait en tout sens dans la maison en claquant les portes sans pitié pour ses pauvres oreilles. Chaque fois, le petit allait échouer sur Sophie. Sa mère caressait sa tête blonde et le gratifiait d'une petite tape sur une fesse. Il repartait aussitôt. Au moins dix fois par jour il traversait pieds nus au magasin pour quémander des bonbons. Moïse se souvenait quelquefois avoir pris sa petite main pour le reconduire à la cuisine et, sitôt rendu à la porte, le petit le tirait vers l'épicerie. « Cet enfant-là, il n'y avait jamais moyen de le faire chausser. Chez les trappistes, il a dû être à son aise de marcher pieds nus. Par la suite, je l'ai si mal connu ! » Moïse se reprochait de ne pas avoir pris le temps de s'occuper de ses enfants, de leur parler, de les écouter. Il se disait que d'en haut, Sophie devait lui en vouloir ! Sa seule consolation, c'était de savoir Jean avec sa mère ; il avait toujours été si proche d'elle.

Moïse était soulagé. Jean ne souffrait plus, toutefois il condamnait sa hâte d'aller retrouver sa mère alors qu'il était encore en pleine jeunesse.

Il regrettait de s'arrêter à lui, maintenant seulement, alors que tout était fini.

* * *

La famille de Moïse ne tarda pas à sympathiser. Ils étaient sept à descendre du train : Justine, Claudia, Marie-Anne, Azarie accompagné de son épouse, Charles et Catherine. Les autres suivraient le lendemain.

Basané par le soleil, fouetté par le vent, Charles avait à peine eu le temps de gonfler ses poumons de l'air de la campagne qu'il lui fallait revenir à la ville. Il était accompagné d'une charmante brunette.

– Mademoiselle Catherine, vous allez enfin connaître les miens.

– Si vous n'y voyez pas d'inconvénients, je préférerais filer directement chez ma cousine.

– Ma tante Pierrine peut bien attendre ; il faut que vous voyiez d'abord le lieu où j'ai passé mon adolescence. Vous me feriez une grande peine si vous refusiez.

Il se retenait de la serrer contre lui, de la couvrir de baisers. Quand il osait passer un bras autour de sa taille, Catherine se dégageait doucement. Chaque tentative de l'embrasser semblait vouée à l'échec. Toutefois, les obstacles lui donnaient chaque fois une énergie nouvelle.

– Ce décès me met si mal à l'aise, dit-elle.

– N'ayez aucune crainte ; je resterai près de vous. Ce n'est pas ce que vous pensez ; le corps de Jean ne quittera pas la Trappe et là, personne n'est autorisé à y entrer. Papa dit que chaque jour de sa vie, Jean creusait une pelletée de terre pour sa fosse. Vous voulez connaître le rituel ? On l'expose sur un brancard sans être embaumé. Pour l'enterrer, un moine le recevra dans la fosse revêtu de sa robe de bure où il le couchera sans cercueil. Il déposera ensuite un linge blanc sur son visage, puis il commencera par enterrer les pieds. C'est ainsi que ça se passe chez les trappistes. Depuis la Révolution française en 1789, fini les honneurs. Les moines vivent séparés des hommes.

Catherine frissonnait.

– Ah ! De grâce, taisez-vous Charles ! Vous me donnez froid dans le dos.

– Ce Jean, je l'ai vu si peu souvent que je me demande si je le reconnaîtrais.

– Pourquoi ?

– Il est parti tout jeune de la maison. On m'a raconté qu'il était malheureux. Moi je pense que tout le monde a été plus ou moins malheureux chez nous. Si un jour j'ai des enfants, je me promets de les choyer.

– Je n'ai jamais entendu un homme parler de même. Vous devez avoir bien souffert ?

– Chez mes grands-parents, j'étais bien. Tante Claudia me couvait et chaque soir elle me berçait. Je me rappelle encore toutes les chansons qu'elle me fredonnait. Elle me répétait : « T'es le plus chanceux des sept. » Mais à huit ans, mon oncle Médéric ne voulait plus de moi. Je suis retourné chez mon père qui était devenu un pur étranger pour moi. Je me sentais de trop chez lui. Je n'ai jamais vraiment eu ma place dans la famille. Les années passées à la ville, j'essaie de les oublier… Regardez là-bas les grandes vitrines : c'est l'épicerie de mon père.

– Où ça ?

– Vous voyez, vis-à-vis les hautes cheminées où le drapeau flotte à mi-drisse sur le toit?

– C'est immense. Votre père doit être riche?

– Pour ce que ça peut servir, la richesse. Ça ne nous a pas redonné notre mère. Et puis vous verrez comme papa a l'air malheureux.

Elle écoutait sans interrompre d'un mot ou d'un bruit ses réflexions.

Jean avait raison. Son père restait immuable, la face crispée d'une trop grande douleur retenue. Tout dans sa vie se précipitait et changeait à contresens. Des clients venaient le réconforter. Ils ne faisaient que passer dans le salon où, sur un guéridon recouvert d'une nappe blanche, un cierge se consumait devant une photo de Jean enfant, placée près d'un crucifix. À tout moment le curé récitait un chapelet.

La cuisine était pleine de monde, de bruits, de peine. La famille au complet entourait Moïse. Véronique lui présenta son petit dernier, un blondinet de deux ans aux yeux bleus. Moïse lui accorda un regard distrait.

Trois longues tables étaient aboutées au profit des adultes et on avait dû en dresser une petite tout contre l'escalier pour les plus jeunes.

Delphine retira du four le chapon farci, bardé de lard, et ajouta des carottes en tranches. Les repas succulents, même légèrement arrosés, étaient pénibles; la souffrance de Jean flottait dans l'air. On avait si peu à dire du disparu, sauf que c'était un saint. Antonin et Benjamin en gardaient mille bons souvenirs. Dans le temps, ils partageaient avec lui la chambre à trois lits; c'était donc eux qui l'avaient le plus côtoyé.

Antonin ne pouvait se permettre d'étaler son histoire au grand jour à cause du curé assis à sa droite. Il en voulait mortellement à son père. Il doutait de la peine qu'il affichait. Pourquoi Jean aurait-il plus d'importance mort que vivant? Il se demandait si Jean lui avait pardonné avant de mourir. Il lui en voulait tellement.

Antonin retenait sa rancœur. Qui, autour de cette longue table, connaissait mieux que lui le cheminement de Jean, sa misère, ses coups reçus, ses silences, son rejet? Chacun devait le deviner à sa façon, mais pouvait-on imaginer la réalité? Que pensait la Delphine de cette réunion de famille brisée? Après leur départ, les enfants du premier lit n'avaient pas remis un pied chez leur père. C'était la première fois qu'ils étaient tous là, à faire semblant qu'ils formaient une vraie famille. Véronique était nerveuse. Ses mains jouaient avec le coin de la nappe. L'épaule penchée vers son mari, elle lui disait un mot que personne n'entendait. Louis Malo était un grand mince à l'air tranquille. Il ne parlait pas; tout le monde lui était étranger. Véronique et Delphine se faisaient face. Elles ressemblaient à deux étrangères qui n'avaient rien à se raconter. Deux contrastes: Delphine, élégante et robuste; Véronique, maigrichonne, de santé fragile, vêtue simplement. Comme Véronique,, Antonin avait dû marcher sur ses sentiments. Si Laura, sa femme, n'avait pas tant insisté… Elle lui prêchait toujours le pardon.

Antonin regardait Delphine qui jouait l'hôtesse accomplie, sans doute pour couvrir ses erreurs devant la parenté et montrer qu'elle avait changé. « Comme si on pouvait oublier », se dit Antonin. Elle était là qui avait l'air parfaite à déployer toute son énergie au service des visiteurs, mais si elle avait su comme tout le monde la détestait! « Recule un peu dans le temps, la Delphine, souviens-toé de la vie d'enfer que tu nous as fait subir à nous, les enfants du premier lit. Aujourd'hui c'est pas en te fendant en dix devant les invités que tu vas te racheter. Notre jeunesse s'effacera pas d'un coup de torchon. »

Plus Antonin pensait, plus il rageait. Son sang bouillait dans ses veines. La langue lui démangeait. « Si je me retenais pas, j'étalerais l'histoire de la famille au grand jour ! Benjamin pourrait appuyer mes dires. » Puis, Antonin s'amusa à compter les innocents, ceux qui ne savaient pas, ceux qui seraient surpris d'apprendre. Il sursauta à la demande de sa jeune femme.

– Passe-moé le pain.

– Quoi ?

– Le pain. T'es dans la lune ?

– C'est à peu près ça.

L'assiette de Charles débordait de bœuf braisé et de haricots verts que Catherine picorait un à un à petits coups de fourchette. Charles clignait de l'œil et un sourire de complicité les rapprochait. Entre eux les plus petites choses prenaient un sens extraordinaire.

Sitôt le repas terminé, Véronique, Benjamin, Arthur et Élisa se retirèrent. Antonin les avait invités à finir la soirée chez lui et ils avaient accepté d'emblée. Charles n'était pas des leurs. Charles n'avait pas souffert avec eux.

Les gens de la campagne veillaient très tard le soir. Parmi tout ce monde, seuls Catherine et Charles semblaient heureux. Ils ne se quittaient plus que pour dormir. Les heures filaient trop vite. À la fin, la séparation devenait imminente.

Dans le train, un prêtre inconnu monta derrière le jeune couple et s'assit en face d'eux. Il sentait le tabac à plein nez.

L'effilochage au bas de l'ourlet et le lustré aux coudes accusaient l'âge avancé de sa soutane. Il levait sans cesse les yeux de son bréviaire, attentif aux moindres mouvements des deux tourtereaux.

Catherine était mal à l'aise. Le prêtre semblait s'être assis en face d'eux spécialement pour les chaperonner. Elle se sentait accusée d'avance comme si elle était sur le point de commettre un péché mortel.

Le train sifflait, mordait et avalait les rails. Les champs défilaient à une allure folle sous les cages. Quelques heures encore et ce serait la séparation pour les amoureux. La tristesse de l'éloignement rendait Charles mélancolique. S'il avait pu freiner cette locomotive écervelée, indifférente à son bonheur, du moins la modérer. Le jeune homme préférait le train à l'endroit où il le menait. Comment faire durer les grands moments de bonheur ? Peut-on suspendre le mouvement, arrêter les heures, modérer la marche du soleil ? C'est alors qu'il réalisa qu'il était en amour. Il n'avait plus de temps à perdre ; le voyage achevait.

Il pencha la tête vers Catherine, colla la bouche à son oreille et lui murmura :

– Je passerais ma vie avec vous.

Catherine sentait le souffle chaud de Charles sur sa figure et les yeux froids du prêtre qui la dévisageait. Elle leva son regard vers Charles et lui demanda d'être plus réservé.

La terre pouvait bien sauter, rien ne comptait plus pour Charles que la belle Catherine. Il lui vola un court baiser sur la joue, sans égard pour le religieux qui se raclait la gorge dans l'intention de rappeler le jeune couple à la décence.

Catherine, honteuse, baissait la tête. Elle se revoyait au couvent alors que les religieuses se démenaient à chaque visite d'un ecclésiastique afin que tout soit parfait. Elle avait appris d'elles la vénération, les marques de politesse, l'obéissance. Le curé pouvait-il aller jusqu'à les sermonner devant tous ces gens? Quelle humiliation ils subiraient! Pourquoi fallait-il que ce prêtre les honore de sa présence juste au moment où elle sentait Charles sur le point de lui dévoiler ses sentiments? Ne venait-il pas de lui dire qu'il passerait sa vie avec elle?

Le train entrait en gare et restituait ses passagers sur le quai de bois. La petite station était surmontée d'un toit à quatre pentes dont la chute se terminait en galerie soutenue au moyen d'arbalètes.

Charles tenait la main de Catherine, le temps que les voyageurs se dispersent, puis il l'entraîna un peu à l'écart. Il plongea ses yeux droit dans les siens.

– Il m'est si difficile de vous quitter, Catherine. Ce voyage a été merveilleux mais hélas trop court. Puissiez-vous en dire autant!

Catherine soufflait sur ses mains pour les réchauffer. Elle plongea son regard dans celui de Charles. Un grain de sagesse germait au bon moment dans sa tête et la prévenait de ne pas se montrer trop pressée.

– Il fait si froid! Si on entrait à la chaleur?

Ses yeux étaient d'une douceur irrésistible. Charles la retint. Il s'exposait à essuyer une rebuffade en la serrant contre lui, mais il était de ceux qui aiment les entreprises hasardeuses. Il savait qu'il risquait gros en l'embrassant fougueusement. À l'encontre de sa pensée, Catherine s'assouplit et son abandon renforça l'assurance de Charles.

– Depuis le premier jour, je ne pense qu'à vous, dit-il.

– Et si ce n'était qu'une passade?

– C'est beaucoup plus que ça.

Charles lui fit miroiter qu'avec lui la vie serait belle si elle voulait bien devenir sa femme. Catherine ne sentait plus le froid mordre ses joues. Son pouls plus rapide fouettait son sang dans ses veines. Elle laissa tomber son sac à main dans la neige pour se pendre à son cou. Le temps s'arrêta. Le couple restait là, incapable de se dessouder, le cœur au chaud, les pieds au froid.

Puis Charles recula d'un pas, fouilla dans la poche de son veston et sortit une montre attachée à une chaîne qu'il déposa dans la main gantée de Catherine.

– Prenez ceci, elle sera pour nous le gage de nos accordailles. Et à chaque heure, chaque minute, chaque seconde, vous penserez à moi.

– Je vous le promets, Charles, mais je pensais déjà à vous, sans cesse.

Elle déroula son écharpe de laine blanche et tenta d'attacher à son cou la chaînette en argent qu'elle n'arrivait pas à dégrafer. Les doigts gelés étaient maladroits. Les mains se mêlaient, se caressaient et, à chaque tentative échouée, les amoureux riaient de leur lenteur. Finalement les doigts l'emportèrent sur le froid et la montre glacée trouva un peu de chaleur sur le cœur de Catherine. Charles était le plus heureux des hommes.

Le train, prêt à reprendre sa marche en sens inverse, sifflait un dernier appel. Catherine sursauta et tira Charles par la main. Dans sa tête, elle réentendait comme un refrain les paroles qui la soulevaient de bonheur. « Je passerais ma vie avec vous ! » Catherine la puritaine serait-elle devenue rêveuse ?

Le départ de la locomotive ébranlait la petite gare pour disparaître à travers les champs.

Le jeune couple, resté sur le quai, entra sagement dans la station.

Dans la salle des pas perdus, les amoureux, la tendresse rentrée au fin fond de leur cœur, piétinaient devant la fournaise à charbon. Leur figure rosie par le froid reflétait un bonheur qui faisait plaisir à voir. Arriveraient-ils à dégeler leurs pieds avant l'arrivée du traîneau qui les ramènerait à Sainte-Marie? Charles parlait à voix basse. Il venait d'apercevoir le curé à la soutane rapiécée assis sur un banc.

– Catherine, nous avons un curé à portée de main pour nous marier.

Catherine rougit. Dans sa poitrine son cœur sautait. Ça lui faisait tout drôle de savoir que Charles serait son mari et ça lui demandait un certain temps pour se faire à cette idée.

La gare enfumée empestait la pipe. Les voyageurs en supportaient l'odeur comme étant naturelle. Quelques enfants, pour qui l'attente s'éternisait, couraient en tous sens. Finalement, un homme, le nez dans la porte, cria à tout venant:

– Un attelage!

On s'accrochait aux fenêtres. Le bruit des ongles, en s'attaquant au givre des vitres, donnait des frissons. Claudia s'avança et domina deux gamins pour mieux voir.

– C'est monsieur Blouin. C'est pour nous autres.

Sur la banquette, un homme accompagné d'une femme enceinte et d'un jeune enfant espérait profiter d'une occasion pour se faire conduire à bon compte. Entre paysans, tout le monde se rendait service gratuitement. L'homme bondit comme un ressort. Il sortit et s'adressa à monsieur Blouin.

– Vous allez où?

– À Sainte-Marie pis à Saint-Jacques.

– Vous auriez pas deux places de libres ? Je tiendrais le petit sur mes genoux.

– J'aimerais ben vous accommoder mais comme c'est là, la voiture est ben pleine. J'en ramène déjà sept. Si vous êtes trop mal pris, je peux revenir mais vous devrez attendre pas moins de quatre ou cinq heures.

– Un deuxième voyage ? Oh non, c'est trop demander. On tâchera de s'arranger autrement.

Charles, témoin de leur conversation, s'approcha de monsieur Blouin.

– Catherine et moi on peut laisser notre place. Avec un enfant, le couple va peut-être trouver le temps un peu long.

– Non, embarquez ! Je vous ramène comme prévu.

Charles cachait sa déception de ne pas réussir à étirer le voyage.

On rangea les malles à l'arrière de la voiture et les voyageurs s'entassèrent dans le traîneau, quatre par siège. Charles se réjouissait de la situation ; sa belle n'était que plus près de lui. La route était longue. Les patins de la carriole résistaient aux ornières durcies et berçaient les voyageurs ; à tout moment le poids de Catherine pesait agréablement sur lui. Le charretier laissait la bride sur le cou de la bête qui connaissait le chemin de sa crèche. Les occupants épuisés récupéraient le sommeil des derniers jours.

Pour les amoureux, les heures étaient comptées. Charles glissa un bras autour des frêles épaules de Catherine et remonta la robe de carriole qui, très lourde, ne cherchait qu'à descendre. Il ouvrit son col et en cacha la figure adorée pour la protéger de la neige qui s'entassait déjà sur ses cils. Chaque fois qu'il approchait sa bouche pour l'embrasser, Catherine repoussait délicatement ses ardeurs. Ils se contentaient d'être là, bercés par la route, sensibles à leurs corps, sans besoin de se parler.

Chapitre 24

Le matin était frisquet. Les maringouins rejoignaient les fourmis au centre de la terre.

Aujourd'hui, dernier samedi de septembre de l'an mil neuf cent, Charles allait offrir son nom à Catherine. Avec le tournant du siècle, leur vie allait changer pour le meilleur. Pour l'occasion, les érables s'étaient fardés d'or et de pourpre, mais une pluie battante s'entêtait à les démaquiller. Derrière la fenêtre du salon, Catherine essuyait une larme.

– Comme si on avait besoin de pluie!

Sa mère tentait de la consoler. La température étant incontrôlable; la femme prenait le parti de s'en moquer.

– Va pas gâcher ta journée pour une ondée, Catherine. On dit: «Mariage pluvieux, mariage heureux!» Pis asteure, essuie tes yeux. Aujourd'hui c'est pas un jour d'enterrement.

Les invités arrivaient des quatre coins de la paroisse. Le perron de l'église prenait un air de véritable fête foraine avec ses parapluies, tous plus colorés les uns que les autres.

La mariée avançait, resplendissante au bras de son père. Elle emplissait les regards de sa beauté. Elle portait une robe en fin lainage de couleur coquille d'œuf. Les manches bouffaient, de l'épaule au coude où elles se resserraient jusqu'au poignet par un chapelet de petits boutons recouverts de même tissu. Un col montant bordé d'un volant descendait jusqu'à la ceinture. Le corsage ajusté démarquait la taille élancée de la jeune fille. Son chapeau en feutrine était garni de plumes d'autruche.

Claudia tendait l'oreille aux commentaires.

« C'est pas surprenant, quand la mère est modiste ! »

« Cette mode est pas d'icitte, elle vient sûrement de la ville. » « Vous avez vu le tissu ? J'aimerais ben y toucher. »

Fière du rôle de belle-mère qu'elle s'attribuait, Claudia avançait lentement, la tête haute, à la suite de Moïse et de Delphine.

* * *

Les deux familles fêteraient durant trois jours chez les parents de Catherine. Dès le premier jour, les flonflons de la noce retentirent dans tout le patelin. Le soir même, alors que tout le monde était exténué de manger, chanter et danser, Charles enlaça sa jeune femme et l'entraîna au bas de l'escalier. Assis sur le nez de la deuxième marche, les mariés ressemblaient à des gamins. La musique enterrait les voix. Charles colla ses lèvres à l'oreille de Catherine.

– Ramasse quelques vêtements, dit-il, on va prendre le train pour Montréal. Il doit bien y avoir moyen de dénicher une petite auberge pas trop chère pour se remettre en forme avant de reprendre le mancheron.

– Montréal en train ! C'est le plus beau cadeau de mariage qu'on peut s'offrir. Et puis c'est la belle affaire pour se sauver du tintamarre.

Catherine boucla une petite malle en vitesse et vint retrouver les invités avant qu'on ne remarque son absence.

Les jupes virevoltaient. Les tout-petits engourdis par la musique dormaient, les uns couchés sur la table, les autres sur deux chaises rapprochées. Les ménétriers, archet en main, ne s'accordaient aucune pause. Quand les doigts étaient déliés, ils ne savaient plus s'arrêter.

Moïse vint déranger les confidences de Charles et de Catherine. La danse le faisait suer à grosses gouttes. Il sortit un mouchoir blanc de sa poche et le passa sur son front.

– Hourra, les jeunes! Venez danser. À cinquante ans, vous regretterez de pas avoir swingué quand c'était le temps.

Charles entraîna Catherine au centre de la pièce.

– Viens, une dernière danse et on s'éclipse. Je n'ai qu'à faire un signe à mon oncle Amédée pour qu'il vienne nous conduire au train de six heures.

Moïse les regardait tourner. Le repli secret de son âme le ramenait une trentaine d'années en arrière et le rendait mélancolique. Personne ne devinait qu'il reculait dans sa jeunesse, au temps où il tournait avec Sophie dans les bras. « Dieu que le temps passe ! Si Sophie était là, comme elle les trouverait beaux. »

* * *

À Montréal, Charles conduisit sa femme dans une joyeuse auberge de Saint-Henri située à quelques rues de chez son père.

– T'es sérieux, Charles ? C'est une vraie folie que de manger si tard le soir.

– C'est le temps des folies. Le travail viendra bien assez vite.

Dans le restaurant, toutes les tables étaient recouvertes d'une nappe à carreaux et, sur chacune, on avait déposé une chandelle et une jarre d'eau. Charles choisit la moins éclairée, la plus isolée, celle sous la fenêtre. Près d'eux, l'eau tambourinait agréablement sur la vitre. Catherine frissonnait. Toute l'humidité du dehors était restée collée à ses vêtements.

Tout au fond de l'établissement, dans une petite pièce attenante à la salle à manger, un musicien attaquait un air entraînant. Des consommateurs, debout, le verre en l'air, battaient la mesure, les uns avec les pieds, les autres avec les mains. Les corps se déhanchaient en suivant le rythme.

À la table voisine, des indifférents mangeaient sans se soucier des autres clients.

Catherine avait encore la tête pleine des bruits de la noce et voilà que ça recommençait. Elle passa la main sur son visage comme pour chasser une fatigue. Charles la saisit au vol. Elle lui semblait toute chaude et frémissante et ses yeux bleus rencontrèrent les yeux pervenche de Catherine.

– T'es fatiguée ? T'es toute pâle.

– Non. Ça va. C'est ce bruit. Mais qu'importe, la noce a été bien réussie, c'est ce qui compte. Tout s'est passé sans anicroche. Charles, tu n'écoutes rien de ce que je te dis. À quoi rêves-tu ?

– Le soir après l'école, je venais livrer des commandes ici. Et maintenant, je veux montrer à tout Saint-Henri que j'ai épousé la plus belle fille au monde.

Elle le regardait comme s'il tombait du haut des nues.

– Voyons, tu te moques !

– Aucunement. J'ai une faveur à te demander et ne va surtout pas dire non. Je voudrais te faire peindre sur toile.

Je me suis dit qu'un coup rendus à Montréal, ce serait le temps ou jamais.

– Pourquoi donc ? Ça me paraît bien inutile. Et ça coûte des sous.

– Mon père m'a donné une petite somme. Il connaît mon intention. Moi je n'ai aucun souvenir de ma mère, même pas un visage et ça me manque au point de m'obséder. Dieu que je donnerais cher pour la connaître. Si tu acceptes, ton portrait restera pour la progéniture.

Elle le regardait, profondément touchée et l'émotion mouillait ses yeux.

– Je ne me vois pas répondre non à ton premier désir ; ce serait assombrir le plus beau jour de notre vie.

Charles couvrit le dos de sa main de mille petits baisers, mais Catherine la retira doucement. Si on allait les remarquer. Elle s'amusait à déplacer et à replacer les ustensiles pour occuper ses doigts. Charles retenait un sourire devant tant de réserve. N'étaient-ils pas mari et femme ? En campagne, les qu'en-dira-t-on pouvaient bien se faire aller, mais ici, à Montréal, personne ne surveillait son voisin. Toutefois, à bien y penser, n'était-ce pas cette réserve qu'il avait remarquée chez elle et qui l'avait attiré au tout début ? Certes, la beauté y était aussi pour beaucoup. Même si la longue main de Charles était en retenue, leurs regards et leurs sourires s'embrassaient.

– J'ai faim, dit Catherine, toute la journée je n'ai fait que grignoter.

– Les tables étaient pourtant bien garnies : des cretons, des tourtières, du foie gras.

– Je sais, mais un mot à un, un mot à l'autre, j'en oubliais de manger.

Un serveur s'approcha avec une serviette pliée sur le bras. Il déposa les assiettes fumantes devant eux.

Charles adressa un sourire à Catherine. Leurs yeux brillaient au-dessus de la terrine de veau. Ils se mirent à causer avec une familiarité charmante.

Catherine insistait pour rendre visite à sa cousine Pierrine qu'une jaunisse clouait au lit mais Charles s'y opposait.

– Non ! Cette fois, c'est un voyage juste pour nous deux. Elle, on ira la voir à notre prochain voyage.

– Quand nous serons vieux ?

– Pierrine viendra nous voir à la campagne.

– Quand ma tante Orize va me demander des nouvelles de Pierrine, dit-elle, j'aurai l'air de quoi ? Tu m'entendrais lui répondre : « Mon mari voulait me garder pour lui seul ? »

– Comme tous les jeunes mariés.

Catherine ne lui dit pas, mais elle aurait aimé partager son bonheur avec Pierrine. Elle l'aimait bien cette cousine devenue sa tante par alliance.

Charles appuyait son coude à la fenêtre. La pluie s'était lassée de cogner aux vitres et un vent orageux prenait la relève et giflait effrontément les passants. Les arbres se dénudaient et mille feuilles d'or s'aplatissaient au sol. C'était l'automne, le vrai ; celui qui vous bascule tout un décor.

Un attelage passait au trot. À travers le pianotage on entendait les roues et les fers des chevaux sur le gravier. Charles consulta sa montre de poche. Il essuya ses lèvres sur sa serviette de table, recula sa chaise et se leva.

– Allons, Catherine ! C'est le temps de partir.

C'était l'heure de la fermeture. Le restaurateur, un grand sec au nez crochu, se mit à renverser les chaises sur les tables.

Soudain, il s'arrêta net et regarda le couple avec insistance. Charles se leva avant qu'on ne lui montre la porte.

– Oui, oui. J'ai compris ; nous allions partir.

– Prenez tout votre temps. Si je vous regarde, c'est que votre visage m'est pas inconnu. Vous êtes des alentours ?

– Oui. Je suis un Lamarche. Mon père tient épicerie à trois coins de rues d'ici.

– Bon ! Je me disais ben aussi. Moïse Lamarche ! J'ai à y parler, à celui-là. Dites-y donc que je passerai demain.

– Il ne sera pas là. Il est à la noce. Il a marié un de ses garçons aujourd'hui.

L'homme les regarda de nouveau. Leur habillement pompeux parlait de lui-même. En un instant, tout devint clair dans sa tête. Il les pointa de l'index.

– Pas vous deux ?

Charles sourit. L'aubergiste fit de grands gestes des bras pour rassembler les fêtards qui traînaient dans la pièce d'à côté et dont quelques-uns étaient un peu grisés par l'alcool. Il criait :

– Mes amis, des nouveaux mariés du matin !

À l'instant, le piano se tut et toute la belle jeunesse s'approcha. Les chaises retombaient sur leurs pattes et les jeunes pétulants formaient un cercle autour du couple. Ils applaudissaient fort. Les vœux de bonheur fusaient. Un grand sans-gêne se jucha sur une table et siffla d'admiration. Ses yeux démesurément agrandis fixaient la mariée. Catherine se leva et saisit son sac à main et son parapluie. Ces jeunes exubérants n'allaient pas les envahir, peut-être même les embrasser ou les suivre ? Allez savoir !

– Excusez-nous ! La nuit vient. Il faut partir.

Catherine désirait la paix. Toutefois, elle inclina la tête froidement pour remercier et fila vers la caisse où Charles réglait l'addition en continuant de parler à l'un et à l'autre. Catherine tira doucement sa manche. Charles voyait bien qu'elle ne voulait voir personne ; son air déçu parlait de lui-même.

Sitôt dehors, elle respira plus à l'aise. Une pluie fine s'était remise à tomber.

– Charles, l'hôtel va coûter une fortune. Si tu voulais être plus raisonnable on coucherait plutôt chez tes parents vu qu'ils sont à Sainte-Marie pour quelques jours.

– On n'aura qu'à marchander un peu. Et puis je tiens à te faire prendre la diligence. Tu vas voir comme le charretier est tout un phénomène.

Le couple partit à la recherche d'une auberge. Comme Lachine comptait une trentaine d'hôtels, ils n'auraient que l'embarras du choix.

C'était l'heure de fermeture des théâtres. Il y avait plein de gens dans la rue. La pièce terminée, les spectateurs riaient encore. La ville nerveuse bourdonnait de voix. Des garçons montés à cheval passaient en file, solennellement, devant les curieux. Puis, plus rien. La nuit venue, les gens entraient chez eux. Le jeune couple attendit un bon moment sous leur parapluie avant d'apercevoir la diligence.

Catherine s'accrocha au bras de Charles qui faisait de grands signes au cocher. Celui-ci arrêta l'attelage à leur hauteur et, en dépit du crachin, il se leva et sonna le clairon.

Catherine devança son mari et monta dans un landau digne d'une reine. Cinq autres personnes étaient du trajet. Le cocher, juché haut à l'avant, fit claquer son fouet dans les airs et tout le monde sursauta au bruit de la détonation qu'il produisit. Catherine tourna vers Charles son beau visage heureux que les lanternes clignotantes éclairaient.

– Voilà un cocher exubérant, dit-elle!

Charles s'occupait de surveiller le nom des rues et Catherine, confiante, s'en remettait complètement à lui.

– Dans ce coin de la ville, tu m'écarterais facilement, mais dans l'est, je m'y connais mieux que personne. Regarde, Charles, l'annonce: «Au Coin du Paradis, chambres à louer». Fais arrêter la diligence.

Pour ne pas déplaire à sa jeune femme, Charles plia à son caprice. Le conducteur les regarda descendre. Il leur adressa un sourire complice que Catherine prit pour des insinuations. «Il croit peut-être que nous ne sommes pas mariés.» Et elle positionna ses mains de façon à faire remarquer son jonc. Charles, lui, hésitait à coucher dans une maison de chambres.

– Je connais un hôtel superbe.

Catherine insistait.

– Pourquoi pas ici, si c'est moins cher? Regarde comme c'est chic.

En moins de deux ils gravissaient les quatre marches. Des lampes à gaz éclairaient une double porte à vitraux colorés. Charles tourna la sonnette de cuivre. Un domestique vêtu de noir ouvrit et reçut froidement les nouveaux venus. Catherine avait un don spécial pour tout détecter. Elle chuchota:

– Il a l'air méfiant.

– Il nous croit peut-être pas mariés, vu que tu ne fais pas ton âge.

Charles demanda une chambre. L'homme les regardait de son œil noir.

– Pour deux?

Charles sourit.

– Naturellement!

Était-il besoin de lui étaler les anneaux sous le nez?

– Un moment. Je reviens.

Le chasseur les soulagea de leurs valises pour les déposer sur les dalles et leur demanda poliment de patienter. Il disparut dans la pièce d'à côté.

Dans l'attente, Catherine prenait le temps d'admirer le long escalier en fer à cheval d'où deux hommes descendaient pour disparaître aussitôt au fond d'un long couloir. Ils ne se parlaient pas. Ils avaient l'air de deux étrangers. Une porte claqua. À son tour, une toute jeune fille vêtue de rose traversa le corridor. Catherine, étonnée, la suivait des yeux. Elle murmura tout bas:

– Charles, regarde, un bonbon!

Charles retenait une envie de rire. Une fille très poudrée la suivait de près, la jupe serrée fendue jusqu'aux cuisses. Elle criait à la première:

– Attends-moé, je vais prendre une bouchée avant le prochain. Y faut que je te raconte…

Charles était préoccupé. Il se demandait s'il devait partir ou rester. Et s'il se trompait? Catherine, elle, se moquait de ce qu'elle croyait être une tenue un peu spéciale. Pour elle, ces filles bizarres devaient s'occuper du ménage et de l'entretien. Elle chuchota à l'oreille de Charles:

– Si on dirait pas qu'elle est tombée dans un sac de farine! Dans le temps que je restais en ville, les filles s'affichaient pas de même. En tout cas, pas dans notre quartier. Qu'est-ce que tu dirais de me voir étriquée comme ça?

Charles, impatient, échappa un long soupir.

– L'affaire semble donc bien compliquée. C'est à se demander s'ils vont en finir.

– Ils doivent nous avoir oubliés.

– Et si on partait ?

Finalement, une femme vêtue de noir de pied en cap s'avança vers eux.

– Si c'est pour la nuit ce sera cinquante sous.

– Oui, c'est pour la nuit.

La réplique de Charles sortit si sèche que Catherine craignait qu'il conserve son humeur maussade. Ils suivirent la dame en noir.

La porte s'ouvrit sur une magnifique chambre peinte d'un vert mousse. De riches boiseries claires encadraient le plafond. La fenêtre à rideaux légers donnait vue sur le canal. La jeune femme n'avait pas trop de ses deux yeux pour admirer le décor.

– Superbe ! Ça valait la peine de venir ici même si c'était juste pour voir ça. Les meubles viennent sûrement d'un autre monde. Oh ! Regarde un peu par ici : une pièce pour la toilette avec une grande cuve sur pieds.

– C'est une baignoire. Tu vois le réservoir d'eau au-dessus ? On n'a qu'à tourner la petite clé et l'eau se met à couler.

– Ah bon ! Je ne repars pas d'ici avant de l'avoir essayée. Qui sait, je ne reverrai peut être jamais ça de ma sainte vie.

Charles s'étendit sur le couvre-lit à minuscules fleurs saumon. Au bruit de talons hauts qui martelaient le plafond il leva les yeux. Puis plus rien. Devant le miroir ovale, la belle Catherine dénouait ses cheveux. Elle prenait son temps, comme pour donner à chaque geste une importance majeure.

– J'ai l'impression de jouer la dame riche dans un palais.

– Avec tes cheveux, comme ça sur le cou, t'as plutôt l'air d'une petite fille. Tiens, on te donnerait pas plus de douze ans.

Catherine pencha la tête et sourit.

– Quand même, Charles !

Elle ignorait qu'elle était adorable. Charles se retenait de la soulever dans ses bras, de la serrer contre lui pour mieux la sentir sienne. Tantôt, il aurait toute la nuit pour l'enlacer. Il sauta sur ses pieds et s'empressa de faire couler l'eau du bain. Catherine retira une jaquette de la valise et l'étendit sur le lit. Surprise ! Le bas de la chemisette blanche était cousu de fil rouge sur toute sa largeur. Mal à l'aise, la jeune mariée la replia discrètement. Quelqu'un lui avait joué un vilain tour. « Si on pense que je vais coucher nue, se dit-elle ! » Catherine ne badinait pas avec la pudeur. Elle prit ses précautions pour que Charles ne se rende pas compte de sa gêne. Assise sur le côté du lit, elle lui tournait le dos et s'acharnait à tirer les fils récalcitrants. Si elle arrivait à saisir celui de dessous, ce serait plus facile mais non, dans sa hâte, elle ne faisait que resserrer les points. Elle s'énervait et avait chaud. « Dieu que ça va mal ! » Elle n'arriverait jamais à rien toute seule.

– Charles, passe-moi donc ton rasoir.

Le nouveau marié riait dans sa barbe. Il lui fallait garder son sérieux ; Catherine ne trouvait rien de drôle à cette méchanceté gratuite.

– Il me le paiera !

– Qui ça ?

– Je reconnais les platitudes d'Hector, mais je me demande bien comment il aurait pu mettre la main sur mes vêtements.

– N'accuse pas trop vite ; tu pourrais te tromper.

– Tu aurais eu vent de la chose, toi ?

– Tu sais bien que non ! Mais je me demande bien qui, à part une femme, aurait pu avoir accès à ta valise.

Soudain, ils entendirent un fracas dans le corridor. On aurait dit une armée. On frappait brusquement à toutes les portes.

– Police ! Ouvrez !

Des coups impatients faisaient trembler la porte. Catherine, effrayée, se tenait debout tout contre Charles.

– Qu'est-ce que c'est que cette histoire ?

Charles la rassurait par son calme.

– Attendez, défoncez pas ! J'arrive .

Deux policiers affichaient leur plaque de métal à la hauteur de leurs yeux.

– Escouade de la moralité ! Suivez-nous au commissariat.

– Pourquoi ? Je veux bien, si j'ai mal agi, mais je pense que non.

– Tu causeras au poste, le jeune.

Un policier saisit Catherine par un bras. Elle perdit un soulier.

– Si ça de l'allure… une gamine ! Quand ton père l'apprendra, la petite, je donne pas cher de ta peau.

Un pied chaussé, l'autre nu, Catherine, mécontente, secouait les épaules. Elle ne parlait pas, mais Charles la sentait bouillir.

– Un peu de respect, monsieur ! Si vous malmenez ma femme, vous vous en repentirez.

L'agent s'en amusait. Il riait. Ils étaient venus à dix. Derrière chaque porte, le même phénomène se reproduisait. Des couples surgissaient. Des jeunes filles qui n'arrivaient pas à agrafer leur soutien-gorge étaient poussées par les policiers. D'autres en cotillon et jarretelles étalaient leur chair blanche. Elles couraient en tous sens, un petit bout de chemise en main. Catherine était scandalisée. Des filles à demi nues s'exhibaient sans pudeur devant son mari. « Ces gorges provocantes, ces croupes gonflées de vice, c'est le diable tout pur ! » Au garde-à-vous, Catherine surveillait pour que les moindres gestes des agents ne frôlent pas son corps. Elle saurait se défendre. On entendait des pleurs, des cris, des jurons. Les éclats de voix s'engouffraient dans les corridors pour se perdre aux étages. Des parfums communs empestaient l'air et pinçaient le nez. Charles tenta à nouveau de s'expliquer. Des deux policiers, le plus petit se montrait plus attentif. Il demanda des papiers. Charles lui présenta un reçu de la chambre et son porte-monnaie. Rien qui ne puisse l'identifier.

– C'est tout ce que j'ai sur moi, mais attendez, vous connaissez sûrement mon père, Moïse Lamarche ? Les policiers viennent souvent à l'épicerie. Mon père est l'épicier le plus connu de Saint-Henri.

L'agent s'en moquait.

– Ce sont ceux-là, les pires.

Charles s'indignait pour son père.

– Mon père est un homme irréprochable. Quand il saura… Et puis, à quoi bon !

Un gendarme le poussa vers la sortie. Vint le tour de Catherine. Elle refusait de se laisser toucher.

– Saleté de saleté ! Lâchez-moi.

On la bousculait et elle répondait par de brusques coups d'épaules. Sitôt après, elle tremblait. On les poussa à l'arrière de la fourgonnette, entassés contre une vingtaine de prostituées et de clients. À la seule pensée de monter dans le fourgon blindé des criminels, un frisson de mort courait dans les veines de Catherine. Charles, lui, faisait le rapprochement avec les fourgons de porcs qui arrivaient à l'épicerie pour aboutir à l'abattoir. Il n'évoqua rien de cette comparaison ; sa jeune femme était déjà assez éprouvée.

Le charretier commanda ses chevaux. Un ivrogne carambola et heurta deux filles. Son haut-le-cœur provoquait une répulsion. Des filles peinturées de poudre de riz et de fard pleuraient, d'autres siphonnaient leur cigarette au rythme de leurs angoisses. À part leur tenue légère, elles avaient toutes en commun un rouge à lèvres criard. L'odeur de parfums bon marché que leur chair dégageait choquait l'odorat.

Les hommes étaient gênés. La plupart, qu'on aurait cru des notables, essayaient de se faire oublier par leur silence. Dans le coin de la boîte, une fille en jupon demeurée pieds nus par la précipitation des événements claquait des dents. Pliée en deux, jambes et bras croisés, elle toisait avec dédain Catherine, assise près d'un élégant jeune homme.

– Heille, la sainte-nitouche ! T'es nouvelle icitte ? T'as commencé quand ?

Catherine ne répondit pas. Elle n'allait pas se mesurer à ces filles. Elle mordait les lèvres et fixait le plancher. La catin reprit :

– T'as pas à nous regarder de haut ! Crois-tu que ton cul vaut plus cher que le nôtre ? Voleuse de clients !

Catherine frissonnait à ce grossier langage. Fortement révoltée, elle se demandait où en était la vertu. Comment des filles pouvaient-elles se permettre de pareilles bassesses ? Elle gardait une dignité si glacée qu'on aurait dit un garde du corps.

Les autres putains criaient des hourras encourageants. La fille se leva et se mit à se déhancher de tout son corps, à la manière disgracieuse d'une couleuvre. Comme elle allait se ruer sur Catherine, Charles lui exécuta un croc-en-jambe. Dans l'espace restreint, la prostituée tomba la figure sur la bottine d'un client. Elle se releva avec peine. Son nez saignait abondamment dans sa main. Ce fut l'accalmie ; seuls les yeux bougeaient. Le chasseur, recroquevillé, regardait Catherine. La jeune femme aurait voulu le gifler. Charles le dévisageait, l'œil sévère ; il lui en voulait de lui avoir gâché sa première nuit.

– Pourquoi nous avoir loué si vous étiez au courant des activités de la maison ?

– J'ai rien fait sans demander au grand patron, moé. J'y ai juste dit que vous étiez un inspecteur de la moralité. Y m'a ordonné de vous donner une chambre, d'être ben discret pis d'avertir les filles de se tenir tranquilles. C'est ce que j'ai fait. Quand vous nous avez dénoncés…

– Non ! Vous faites erreur. Nous sommes simplement en voyage de noces et c'est comme ça, en passant devant ce qu'on a cru être un hôtel, que l'annonce a attiré notre attention.

– L'annonce, c'est juste un couvert pour cacher les activités.

– J'aurais dû me méfier aussi.

Au commissariat, Catherine, assise sur une chaise inconfortable, se prit à regarder les pauvres filles ensommeillées. La plupart auraient pu être désirables pour des maris si ce n'avait été de leurs vêtements osés et de toute cette peinture dont elles barbouillaient leur visage. Et ces hommes qui les fréquentaient n'étaient guère mieux. Peut-être avaient-ils une femme et des enfants qui les attendaient à la maison ? Pour eux, les sentiments, l'amour, la sensualité devenaient marchandage, laideur, bestialité. Catherine entretenait une grande désillusion face à ces bassesses. Dans sa tête, mille questions restaient sans réponses. « Tous les hommes fréquentaient-ils ces maisons ? » Désormais cette terrible réalité ne pourrait jamais plus s'effacer de sa mémoire. « Et si Charles... »

Avec le sommeil refoulé, la fatigue et la musique de la noce qui bourdonnait encore à ses oreilles, Catherine déformait la réalité. L'ennui de son lit se faisait de plus en plus pressant. Finalement, l'idée d'un voyage n'était pas si bonne.

Charles, plié en deux sur sa chaise, s'était assoupi. Aux petites heures, un soleil rosé filtra à travers les carreaux. Les regards étaient vides, les épaules voûtées, les esprits calmés. Une blonde qui tenait tête au sommeil détaillait Catherine :

– Tu l'as pris où, ta robe ?

La jeune mariée baissa les yeux sans répondre. Le plancher était sale ; les policiers devaient cracher par terre. La porte s'ouvrit enfin sur un grand monsieur d'une tenue impeccable. Catherine souffla à l'oreille de son mari :

– Regarde, Charles, je crois que c'est un avocat.

Un court instant, elle crut à la liberté. L'homme traversa la salle d'attente en vitesse et, sans regarder personne, alla s'entretenir avec le commissaire de police. Impossible de comprendre un mot de leur conversation. Après une longue discussion à voix basse, on put le voir à travers les barreaux tendre quelques billets au chef de police et disparaître. Ce dernier revint vers les détenus.

– Pour cette fois, tout le monde est relâché mais qu'on vous y reprenne plus. À l'avenir on appliquera la règle plus sévèrement.

Alors on n'entendit plus que les portes qui claquaient et livraient les filles à la rue.

Catherine frotta un peu ses yeux puis s'accrocha vigoureusement au bras de Charles.

– Bon, maintenant il faut aller chercher nos valises. Je ne peux pas croire qu'on va se retrouver là encore une fois! Tu sais, je ne voyais plus la fin. Je nous imaginais sous les verrous, sans aucun moyen de nous en sortir.

Le jeune couple retourna «Au Coin du Paradis». Des clients attendaient devant la porte cadenassée. Ils ne savaient donc pas que les filles avaient été arrêtées et que la maison était sous clef? Ils tuaient le temps en marchant pour éviter de se parler. À la fin, la porte déverrouillée, les filles retournèrent aux chambres et reprirent leurs activités comme si rien ne s'était passé. Charles était sidéré.

– Ma foi, elles sont toutes revenues à leur poste. C'est la preuve que l'argent peut tout acheter, hein? Sortons d'ici au plus vite.

—Dire qu'on allait coucher dans leurs draps. On l'a échappé belle. Tu sais, j'ai eu une peur bleue quand la fille allait se jeter sur moi dans le fourgon. Tu l'as arrêtée juste à temps. Je pensais pas que tu prendrais ma défense. Tu l'as pas mal maganée, hein!

– Je sais être méchant quand c'est nécessaire. J'ai cru qu'elle allait te cracher au visage.

Suite à leur mauvaise aventure, le jeune couple renonça à l'hôtel pour se retrouver chez Moïse. Comme ils n'avaient pas la clé, ils entrèrent par le commerce. Ils arrivaient juste à l'heure d'ouverture de l'épicerie. Après un bref salut au boucher, Charles poussa sa jeune femme à la cuisine. Le logement était désert; la famille fêtait toujours à la campagne.

– Viens, on va coucher dans mon ancienne chambre audessus de la cuisine. De là, on n'entendra pas les bruits de l'épicerie. Comme ça, si papa revient plus tôt que prévu, on sera pas dérangés.

Charles sortit et l'instant d'après, il revint avec une jaquette à fleurs de sa belle-mère.

– Tiens, je sais que tu seras plus à l'aise avec ça.

– Merci, Charles, mais j'oserais pas la porter sans sa permission. Donne-moi plutôt des ciseaux ; j'en aurai pour deux petites minutes. À la fin, le coup de la jaquette a tourné à mon avantage ; ça m'a permis d'être habillée à l'arrivée des policiers.

– Tu iras remercier le coupable.

– Oh, pour ça, jamais ! J'espère que tu ne souffleras pas un mot à personne de cette aventure stupide. On se moquerait.

Charles sourit.

– Sûr que non. T'as faim ?

– Non.

– Moi, oui. Viens découdre ta jaquette à la cuisine.

Charles laissa Catherine devant la table, fila à l'épicerie et revint les bras chargés de fruits, de biscuits et de confitures. Catherine riait d'en voir autant.

– T'as vraiment une si grosse faim ?

La grande aiguille de l'horloge eut le temps de faire un tour complet avant que les nouveaux mariés sortent de table. Catherine regardait la vaisselle décourageante. Elle bâillait.

– Bon, je vais tout nettoyer avant de monter.

– Non, laisse, tu es mon invitée. Je ferai ça demain.

– Voyons, Charles, on ne va pas laisser la cuisine à l'envers ; si tes parents revenaient plus tôt…

Charles faisait fi de sa résistance. Il l'embrassa et la poussa vers l'escalier.

– Tu sais que papa te trouve superbe ? C'est rare qu'il complimente.

– Allons donc ! C'est toi qui lui as demandé comment il me trouvait ?

– Bien sûr !

– Il s'est senti obligé de complimenter parce que tu l'avais pris de court.

– Oh non ! Si tu le connaissais ; on ne lui fait pas dire ce qu'on veut.

Les mariés, exténués de fatigue, se glissèrent entre les draps. Catherine se blottit, roulée en boule contre son mari. Le contact de sa chair tenait Charles en éveil, sur le point de la posséder pour la première fois. Mais déveine : Catherine, épuisée, dormait profondément. Charles hésitait à la réveiller. Sous l'effet de son désir violent, son raisonnement fonctionnait mal, mais il arriva à se maîtriser ; il n'allait pas prendre sa femme sans son consentement. Il passa un bras sous son cou et s'endormit sur son appétit.

Chapitre 25

Quelque part, au pays des pommes de terre, Claudia errait comme une âme en peine.

Du fond de la chambre, Médéric l'appelait :

– Femme, arrive !

– Quoi ! T'as besoin de quelque chose ?

– Reste avec moé.

Claudia ressentait du mépris pour son mari, seulement du mépris. L'irritation montait en elle.

– J'ai de l'ouvrage, moé.

– Je savais que tu dirais ça. Je t'ai rien fait. Tu peux me parler.

– Même de loin, ça m'empêche pas de causer.

– Tu viens jamais quand je te crie.

– Tu cries tout le temps ; on t'entend du village. Pis là, y a encore plein de miettes de pain sur la table. Je dois nettoyer. J'ai pas de temps à perdre ; le docteur doit passer dans le courant de l'avant-midi. Y a aussi Charles pis Catherine qui peuvent arriver d'une journée à l'autre. Y faut que je dépoussière leur chambre.

– Mon Dieu que je souffre ! J'ai de la misère à bouger pis toé tu trouves juste à me parler des nouveaux mariés, comme s'ils étaient plus importants que moé. Regarde mes pauvres jointures.

Claudia se tut pour éviter des discussions à n'en plus finir. Elle les avait vues cent fois, ses jointures. À cœur de jour Médéric se lamentait et elle essayait de ne plus l'entendre. Elle s'occupait à la cuisine.

– C'est ça, sans-cœur, laisse-moé tout seul avec mon mal.

C'était chaque fois la pitié qui ramenait Claudia vers le lit de cuivre. Elle tourna son mari sur le côté. Il hurlait de douleur.

– Je vais mourir! Mourir, tu m'entends?

– Oui, mais pas aujourd'hui, tu cries encore trop fort.

Médéric se soulageait dans son lit. Claudia le lavait, le changeait et aérait la pièce. Elle en prenait soin comme d'un bébé.

Alors qu'elle revenait à la cuisine, le médecin entrait pour sa visite routinière. Heureusement la pièce avait retrouvé sa fraîcheur. Il examina le malade et lui parla de tout sauf de son mal.

– Continuez de prendre vos médicaments. Je repasserai dans le courant de la semaine prochaine.

– Vous allez pas me laisser souffrir de même?

– C'est votre faute, vous ne suivez pas mes conseils. Jamais d'exercice, vous restez cloué à votre lit, je peux même deviner que vous mangez de la viande.

– Oh! Juste un petit peu de graisse de rôti de temps à autre, confessa Médéric. C'est pas ce qui peut tuer un homme.

– C'est ce que je disais. Moi, je ne peux pas faire mieux. Je ne possède pas de remède miracle.

Il se tourna vers Claudia.

– Continuez ses médicaments : une cuillerée aux quatre heures. Et surtout surveillez sa diète.

Claudia eut un sursaut d'indignation.

– Si vous croyez que je peux l'empêcher de manger, vous vous trompez. Y est de plus en plus malcommode, pis par-dessus le marché, y grogne entre chaque bouchée quand moé, je fais tout pour avoir la paix dans la maison. Pour le calmer, je plie à ses caprices, c'est ça ou ben y va m'avoir à l'usure. Si y abuse, qu'y paie pour !

– T'en contes des belles, intervint Médéric ! On voit ben que c'est pas toé qui endures. Pis t'as pas à afficher notre vie privée en public ; t'arrives juste à ennuyer monsieur le docteur.

Le médecin suivit Claudia à la cuisine où elle versa deux tasses de thé. Il la transperçait de son œil connaisseur qui savait détecter les blessures des cœurs autant que celles des corps. Il connaissait bien Claudia pour l'avoir mise au monde et l'avoir vue grandir.

– Ma pauvre fille, la vie n'est plus ce qu'elle était, hein ? Et pas question de m'en conter !

Claudia baissa les yeux, gênée que le soigneur devine l'aboutissement de son bonheur.

– Oh ! Arrêtez de me regarder de même, docteur. Si vous saviez… Médéric m'en fait voir de toutes les couleurs.

* * *

C'était l'été indien. Les nouveaux mariés revenaient avec les derniers rayons du jour qui tombaient sur les terres jaunes. On aurait dit un sol en feu.

Catherine et Charles eurent beau essayer de convaincre Claudia qu'ils n'avaient pas faim, celle-ci se décarcassait pour leur préparer un repas convenable. Ils racontaient leur voyage et, à tout instant, Catherine craignait que son mari relate l'histoire du bordel. Elle se faisait un sang de punaise. Devant eux, le fromage de tête stagnait sur la table.

Charles monta et fit glisser les malles sur le plancher du passage. Dans la chambre, il se déchaussa, s'assit sur le bord de l'étroit lit de fer et attendit pour se dévêtir que Catherine monte le rejoindre. À l'instant même où la jeune mariée allait passer devant la chambre de la vieille Justine, celle-ci l'appela d'un signe de la main. Catherine crut qu'elle l'attendait.

– Essayez d'être discrets, dit la vieille, icitte, les cloisons ont des oreilles ; tout le monde entend ce qui se dit dans la pièce d'à côté. Pis je sais pas si vous viendrez à boutte de dormir, avec le beau Médéric qui se lamente continuellement.

– Ne vous en faites pas pour nous ; après s'être fait brasser dans le train, on tombe de fatigue.

Au même moment, des lamentations montaient d'en bas.

– Vous voyez ? Je vous avais prévenus ! En plus, c'est souvent difficile de dormir une première nuit dans une nouvelle maison.

Catherine souhaita une bonne nuit et se retira.

Elle fila à sa chambre retrouver son mari avec une légèreté telle qu'on n'entendait pas le bruit de ses bottines sur le plancher de bois.

– Ta grand-mère a l'air comme il faut. J'ai cru qu'elle avait envie de jaser mais je m'endors tellement ; ce doit être la fatigue du voyage.

– Elle jasera demain. Ferme la porte.

Catherine faisait le tour de la chambre des yeux. Elle n'y était jamais entrée. Cette pièce serait dorénavant son petit coin intime. Elle s'y sentait tout à fait chez elle, mais certes, elle y mettrait la main. Elle sourit de voir le juponnage que Claudia avait installé à la coiffeuse. Le travail était mal réussi ; le surfilage était visible et irrégulier. La tante avait la main plus heureuse derrière la charrue. La pièce dégageait une douceur malgré une légère odeur de renfermé.

Catherine essaya d'entrouvrir la fenêtre mais les volets résistaient. Charles s'approcha et tira avec vigueur. Rien.

– L'humidité doit avoir renflé le bois, dit-il.

Il frappa à petits coups de poing répétés et les carreaux ne tardèrent pas à obéir. Une poussée d'air d'automne souleva le voilage blanc et balaya l'odeur de fond de tiroir.

Catherine était soulagée d'arriver chez elle après tout le brouhaha des derniers jours. Elle détacha ses cheveux que son chapeau avait ébouriffés et souffla la lampe ; un reste de pudeur lui interdisait de se montrer nue. Elle laissa tomber ses vêtements pour sa nuisette brodée. Charles pouvait distinguer au clair de lune les traits gracieux de sa jeune femme. À quoi pouvait bien penser sa bien-aimée ? Elle se coucha près de lui et, amoureuse, prit sa main, attendant qu'il devance ses attentes. Il se blottit contre elle. En cette nuit étoilée, toute sa passion et ses désirs retenus explosaient tendrement.

L'astre de la nuit avait déjà fait un grand pas quand Charles posa une main sur la figure adorée pour fermer les yeux pervenche.

* * *

Les semaines filaient. Catherine remarquait qu'il se passait en elle quelque chose de merveilleux. Son corps se transformait; ses seins s'alourdissaient. Elle portait un enfant et en ressentait une grande joie.

Le ciel de novembre s'était accoutré de sa pèlerine ardoise. Enveloppée dans un peignoir qui frôlait le sol, Catherine se rendit à la fenêtre où elle s'emplit la vue. Quelques gros flocons dansants venaient se coller gentiment à la vitre. La première neige remuait chaque fois en elle quelque chose de nostalgique. La jeune femme rêvait au temps des fêtes, à la messe de minuit, aux fricots, puis à son enfance, lorsque, insouciante, elle se roulait dans la neige. Charles, assis sur son côté de lit chaussait ses grosses bottines. Sa salopette bleue flottait sur ses flancs.

– La maison est déjà chaude. Ma tante Claudia doit avoir allumé plus tôt que d'habitude.

– Si je m'écoutais je flânerais toute la journée comme quand j'étais petite. À Montréal, aux premières neiges, tous les enfants se retrouvaient dans la rue. On sortait les traîneaux puis on glissait dans les escaliers au grand désespoir de nos parents. Souvent, une heure plus tard, toute la neige était disparue. Je me souviens encore de ma déception d'enfant comme si c'était hier.

– Cette fois non plus elle ne durera pas; le sol n'est pas gelé. T'as l'air mal en point ce matin, toi.

Une certaine gêne empêchait Catherine de se confier.

– La tarte à la farlouche a laissé dans l'air une odeur de mélasse qui m'incommode. Tu ne sens pas ça, toi?

Charles renifla par deux fois.

– Non. Si tu veux te reposer je peux me passer de toi, tu sais.

– Mais non, voyons! Qu'est-ce que les tiens penseraient de me voir traînasser?

Depuis quelques jours la paresse gagnait Catherine, tout comme la terre au repos. La jeune femme avait une tendance irrésistible à s'assoupir. Elle se retenait de s'enrouler dans une couverture chaude et de descendre paresser dans la berçante que le poêle tenait au chaud, mais comme elle vivait avec la belle famille... Elle pensait à une maison à eux seuls. La pièce tanguait autour d'elle. Elle n'en finissait plus de bâiller, de s'étirer. Charles lui proposa, l'air taquin:

– L'hiver, l'ouvrage pousse pas. Si t'aimes mieux te rouler dans la neige.

Elle s'efforçait de sourire.

– Si ç'a de l'allure!

– On se retrouve au déjeuner?

– Je ne sais pas si je pourrai manger. C'est comme si j'étais en bateau sur de grosses vagues.

– Tu ne vas pas être malade?

– Sûrement pas. Ça va passer. Je ne suis pas une personne à me dorloter. Je file un peu drôle, c'est tout!

Au même instant, une poudrerie passa comme une ombre devant ses yeux. La pièce se mit à tourner et tout devint noir. Catherine s'évanouit.

Chapitre 26

Le printemps suivant, Médéric mourait après de longs mois de souffrances. La maison plongea dans le silence, un silence oublié, un silence bienfaisant. Claudia prit le temps de refaire ses forces. Le docteur l'avait prévenue, quinze jours plus tôt:

– Prenez garde, ma fille! Quand une femme soigne un mari malade, elle s'épuise et c'est souvent elle qui part la première.

Par chance, Catherine était là pour la seconder et Charles rôdait autour des deux femmes, toujours prêt à rendre service. Quelques semaines suffirent à la remettre sur pied. Puis, un bon matin, elle sortit de sa chambre toute souriante.

– Je vais vous laisser la chambre du bas; ce sera plus commode pour vous deux, mais avant, y faudrait la blanchir à la chaux. Pis, un coup parti, si on blanchissait les autres pièces itou?

Charles se moquait d'elle.

– Quand ma tante Claudia parle de commencer son grand barda, c'est qu'elle se porte bien.

– Toé, Catherine, avec tes doigts de fée, tu pourrais rembourrer les deux fauteuils pendant que je chaulerais les murs?

J'ai remarqué tes mains ; elles sont d'une agilité surprenante. Ta mère était une bonne couturière, tu dois tenir ça d'elle.

– C'est pas rien ce que vous me demandez là, mais si vous voulez me guider un peu, j'essayerai.

Catherine mesurait la longueur de tissu nécessaire au recouvrement pendant que Claudia arrachait l'étoffe usée.

– Regardez-moé donc ça ! C'est fini ce tissu-là, y se déchire rien qu'à le regarder.

Les lambeaux déchiquetés, couverts de taches sombres, ne résistaient pas. Une poussière s'en échappait et prenait au nez. Catherine éternuait et tournait la tête pour s'empêcher d'étouffer. Soudain, les deux femmes se regardèrent, surprises ; des billets s'échappaient de toutes parts. Claudia crut tout deviner. Elle était insultée.

– C'est-y possible ! Ce doit être Médéric qui a caché cet argent dans le rembourrage, sûrement pour les siens au cas où je partirais la première. Je vous dirai pas le fond de ma pensée parce que vous allez me trouver méchante. Asteure qu'y est mort, je voudrais pas qu'y vienne me tirer les orteils.

– Il faudra surveiller ; il en a peut-être caché ailleurs.

Les deux femmes se regardèrent un moment, démontées, puis pouffèrent de rire.

* * *

Sur la ferme, le travail ne manquait pas. Le grand ménage terminé, les femmes tricotèrent des chaussettes et des chandails. Le temps des nausées passé, Catherine retrouva son énergie de jeune fille. Elle assembla deux courtepointes pour l'enfant qui viendrait. Une bleue pâle et une à petites fleurs multicolores chaînée en blanc. Elle broda ensuite un trousseau de baptême blanc et ourla des langes. Elle ne vit pas l'hiver passer.

La terre réclamait sa pitance.

Charles se levait à la barre du jour.

Aujourd'hui le vingt-huit mai, il comptait en finir avec les semences de pommes de terre, un travail qu'il remettait de jour en jour à cause de la mauvaise température. Et voilà que le ciel, encore chargé de gros nuages gris, s'entêtait à contrarier la bonne marche de sa journée. Quand Charles se sentait prêt, il n'aimait pas que les choses traînent. Claudia, elle, était plus hésitante.

– Y s'agit qu'on monte au bout de la terre pour qu'y se mette à mouiller sitôt rendus.

– On ne fondra toujours pas. Il ne reste qu'une trentaine de rangs. Après on n'en parlera plus.

– Y me semble entendre p'pa ; les mêmes réflexions, le même ton. Bon, ça va !

Charles et Claudia poussaient chacun une brouette de patates germées, coupées en quartiers. À maintes reprises, ils s'arrêtaient, déposaient leur charge un moment et repartaient. Derrière eux, Catherine portait les trois pioches. Aujourd'hui, elle suivait à contrecœur. Dans le cinq arpents, Charles passait en tête et, le dos courbé sur la terre jaune, d'un bras solide il donnait trois coups de pioche pour chaque fosse. Sa femme le suivait de près et, sans se pencher, déposait un tubercule dans chaque sillon. Derrière eux, Claudia refermait le rang de deux ou trois coups de pioche.

* * *

Pendant ce temps, à la maison, la vieille Justine piquait une troisième courtepointe de bébé. Trois dans un même hiver; il fallait le faire! À chaque aiguillée, l'œil accroché à la fenêtre, la vieille surveillait le travail des champs. Elle plissait les yeux, allant jusqu'à forcer sa vue; sa vision n'était plus ce qu'elle était.

Cet après-midi-là, Fabien lui tenait compagnie. Comme Léonie se rendait chez une nièce, l'aveugle avait profité de l'occasion pour se faire conduire à la maison paternelle. Assis dans la berceuse, il flattait Bobinette, la chatte blanche que Claudia avait su imposer à sa mère. La petite bête avait sauté effrontément sur les genoux de Fabien.

Après avoir rapporté les nouvelles du village, l'aveugle s'informait de Catherine.

– Les gens disent qu'elle ne supportera pas la campagne.

– Laisse les gens à leurs ragots, dit Justine.

– Je dis pas ça pour critiquer, hein! Vous le savez, Justine, tout le monde dit rien que du bien de Catherine. C'est une jeune femme sage.

– Le fait qu'elle parle peu, on l'écoute davantage.

Fabien donna une tape à Bobinette et monta à son ancienne chambre piquer un roupillon. Il conservait les mêmes habitudes qu'au temps où il demeurait dans cette maison.

Soudain, au beau mitan de l'après-midi, Justine vit apparaître Catherine au bout de l'étable. La jeune femme revenait seule. Elle s'arrêtait, se penchait le temps d'une minute et se redressait avec peine, poussant à deux mains sur ses reins brisés. La pauvre avançait de quelques pas et le même manège recommençait.

Justine sortit et laissa battre la porte pour courir à son aide. Elle en avait vu d'autres dans toute sa vie de sage-femme, pourtant elle était dans un état de grande nervosité. Elle qui avait toujours eu la force de la rapidité et de la concision, cette fois, elle était aussi petite dans ses souliers que lorsqu'elle avait joué son rôle d'accoucheuse pour la première fois.

– Venez, Catherine, je vais m'occuper de vous.

Catherine, à croupetons sous la force d'une crampe, se redressa, gênée de sa tenue. Elle cherchait à justifier son besoin de s'accroupir.

– Vous allez trouver que j'ai l'air drôle mais j'ai des crampes qui me font plier en deux. Ça me prend comme ça dans le ventre et ça traverse aux reins. Je dois avoir mangé quelque chose qui ne me fait pas.

– Allez pas vous en faire pour quelques simagrées, c'est pareil pour toutes les mères.

– Vous pensez que… ? Il me reste un bon mois.

Justine la soutenait et la conduisait du coude. Elle contenait mal ses impressions.

– Sainte-Bénite ! Huit mois ; ça va faire jaser.

Catherine sentait une accusation blessante dans le regard courroucé de la vieille.

– Vous savez… ce n'est pas ce que vous croyez.

– Qu'est-ce que Claudia a pensé de vous laisser descendre tout seule du champ ? C'est impensable ! Charles aurait dû vous ramener en charrette.

Et comme pour excuser son petit-fils, la vieille se reprit :

– Vous savez, y faut pas y en vouloir ; les hommes connaissent rien aux accouchements.

– Non, c'est moi qui l'en ai empêché pour ne pas laisser Claudia seule avec l'ouvrage. Ils achèvent de semer la dernière planche près de la pièce de luzerne.

– Y vont-y avoir assez de patates pour finir ?

– Je ne sais pas. Ayoye, mes reins!

– Pauvre enfant, je suis là à vous parler de patates, quand vous êtes en train de faire des efforts pour mettre un enfant au monde! Surtout, inquiétez-vous pas.

À regarder les deux femmes marcher, l'ordre des âges semblait inversé.

– Je regrette, je pourrai pas vous accoucher; y a belle lurette que j'ai donné ma place à la mère Coderre, mais si je peux vous aider d'une autre façon…

Sa sieste terminée, Fabien descendit et offrit son aide. Justine le pressa.

– Va donc chercher Charles au champ, pis dis-y de se grouiller.

Justine conduisit Catherine à la berçante, le temps de changer la literie. Elle voyait la jeune femme trembler de peur. Elle la prit en pitié.

– Vous êtes en avance sur votre temps. Peut-être qu'avec un peu de repos les douleurs cesseront.

C'était dans le but de la distraire que Justine lui parlait ainsi. Aux grimaces de Catherine, elle voyait bien qu'il n'était pas question de fausses douleurs.

Quand Claudia, Charles et Fabien apparurent au bout du deux arpents, Justine sortit sur le perron et fit de grands signes de la main pour les presser, puis elle prit aussitôt conscience de sa nervosité. La peur du ridicule la ramena dans sa maison. Elle espérait ne pas avoir été vue des voisins qui surveillaient sans cesse ses moindres faits et gestes.

– Claudia, va me chercher la Coderre, pis toé Charles, monte au village pis ramène le docteur au plus vite. Tu y diras que les douleurs sont régulières aux dix minutes. Comme ça, y va comprendre que ça presse.

Charles était désarçonné.

– Quoi! Le bébé va arriver avant son temps? Les langues sales ne manqueront pas de se faire aller.

Justine le poussa vers le perron.

– Chut, chut! Catherine pourrait t'entendre, pis aujourd'hui les cancans y seront d'aucune utilité. Va! Fais ce que je te dis, pis grouille!

Charles n'avait vu qu'une fois sa grand-mère s'imposer avec tant de gravité; c'était le jour de son arrivée, quand il s'était informé du départ de Jean.

Avant de passer à la chambre, la vieille mit une bûche dans le poêle pour chauffer l'eau. Catherine gémissait.

Les douleurs avaient augmenté brusquement d'intensité. Justine tentait d'encourager la jeune femme.

– Dites-vous ben que chaque douleur est un pas de bébé. Essayez donc de marcher. Ça pourrait vous aider.

– Non. Laissez-moi la paix.

Catherine se ressaisit aussitôt, gênée d'être si dure envers la grand-mère qui ne demandait qu'à l'aider.

– Excusez-moi, dit-elle, je ne sais pas ce qui m'a pris, mais là, j'ai peine à m'endurer moi-même.

– Tout vous est permis aujourd'hui, ma petite, et personne ne vous en tiendra rigueur.

Catherine cherchait un coin où se terrer, où cacher sa peur. Elle ressentait le besoin de se retrouver seule, de se faire un nid. Elle aurait voulu Charles à son côté, seulement Charles. Elle aurait aimé accoucher seule avec lui sans penser que tantôt, elle aura besoin d'aide, qu'elle devrait s'en remettre complètement aux soins du médecin. Elle s'inquiétait du déroulement de la naissance; elle ne connaissant rien à ces choses.

Justine revint à la cuisine et planta ses doigts dans quatre cannes de conserve vides qu'elle souleva.

– Tiens, Claudia, va en mettre une sous chaque pied de lit.

– Pour quoi faire ?

– Pour empêcher les roulettes de bouger. Ça facilitera le travail du docteur.

La sage-femme et le médecin entrèrent en même temps. Justine baissa les bras. Dieu qu'elle était soulagée ! Elle parlait bas :

– Le travail avance pas pis la petite se décourage. Si au moins elle voulait marcher ! Mais non, elle s'entête. On dirait qu'elle veut pas s'aider.

– Faites bouillir de l'eau ; j'en aurai besoin tantôt.

– C'est fait.

Le docteur passa à la chambre et referma la porte sur lui.

Soulagée, Justine céda sa place à la relève. À la brunante, elle alla déposer une lampe à gaz sur le chiffonnier. Le docteur attendait, assis au pied du lit, les bras croisés.

Les lamentations de Catherine se changeaient en cris. Claudia la regardait par la porte laissée entrouverte. Elle frissonnait. Elle aussi ignorait tout des accouchements et comme elle n'était plus une enfant, elle comptait sur sa mère pour lui en expliquer le déroulement, mais la vieille Justine ne parlait pas. Claudia se réfugia dans sa chambre. Elle n'en pouvait plus d'entendre sa nièce gémir. À son grand désappointement, les sons perçants traversaient les murs et les étages. Incapable de rester en place, Claudia descendit voir si toutes ces souffrances achevaient.

Les plaintes commençaient par un faible gémissement qui, au début, ressemblait au cri du loup, s'étirait, montait, et se terminait en un hurlement puissant. À chaque cri, Bobinette, la chatte blanche, ouvrait l'œil et dressait les oreilles. Assise dans le coin le plus reculé de la cuisine, Claudia remerciait le ciel de ne pas lui avoir donné d'enfant. « Vous saviez, mon Dieu, que j'aurais jamais pu supporter autant de souffrances. Mais faites donc quelque chose pour elle ! Elle va mourir. »

La nuit avançait, longue et pénible. Dans la chambre du bas, Catherine était en nage. Assis près du lit sur une petite chaise dure, le médecin restait calme ; il en avait vu d'autres. Il observait à loisir les reflets dansants que la lampe projetait aux carreaux.

Charles ne savait plus à quoi s'occuper. Il tournait en rond dans la cuisine d'été. Quelquefois, sans se faire voir, il venait jeter un coup d'œil à la fenêtre extérieure de la chambre pour retourner aussitôt près de Fabien qui se désolait.

– Je peux pas supporter ces maladies de femmes. Ça me rappelle Justine dans le temps ; je souffrais autant qu'elle. J'avais beau m'éloigner ces jours-là, j'aurais préféré être sourd plutôt qu'aveugle. Si on m'avait dit que je revivrais ça…

Charles le ramena au présent.

– Si c'est un garçon, on l'appellera Moïse en mémoire de papa.

* * *

Deux semaines plus tôt, le dimanche s'annonçait semblable aux autres. Les cloches des églises carillonnaient. La chaleur s'infiltrait dans tous les recoins de la ville. Moïse attelait sa pouliche à un élégant cabriolet pour sillonner les rues de Lachine. Arrivé à une intersection, quelqu'un lui cria de prendre garde. On ne saura jamais si Moïse n'avait pas entendu ou s'il avait mal calculé son espace et son temps, mais un tramway le heurta de plein fouet et le tua sur le coup. Moïse rendait l'âme à l'âge de cinquante-sept ans.

* * *

Claudia alla retrouver Charles et Fabien dans la cuisine d'été. Elle cherchait du réconfort auprès de chacun. Pourtant, dès son entrée dans la pièce, elle ne savait plus que leur dire. À chaque cri, l'envie la prenait d'accuser Charles, de le blâmer. Elle le tenait seul responsable des souffrances de Catherine. C'était la peur, l'inquiétude, les hurlements qui la faisaient penser ainsi. Elle retourna sur ses pas, se rendit à la cuisine et regarda l'horloge ; le docteur avait dit : « Il faut laisser faire le temps. » Mais combien de temps ? L'aiguille des secondes traînassait, silencieuse, indifférente, et Catherine n'en finissait plus de souffrir. Claudia, désespérée, demanda à sa mère :

– Quand-cé que ça va finir toutes ces souffrances ?

La vieille ne dit rien. Claudia se répondit :

– Ça finira jamais, pis moé, j'en peux pus !

– Tout finit par finir, ma fille.

– Quand ?

– Ah ça, je sais pas. Y a pas deux accouchements pareils !

Quelle réponse ! Claudia ne tenait plus en place. Elle se demandait si sa mère avait autant souffert pour la mettre au monde. Elle se retenait de le lui demander ; ses réponses étaient toujours si évasives. La nuit s'étirait dans la vieille chaumière. Claudia monta les mèches des lampes. Dans un va-et-vient du crucifix à la statue de la vierge, Justine priait. Entre ses doigts, les grains de chapelet s'épuisaient à force d'Ave non exaucés. Le sommeil lui manquait. La tête de la vieille cognait sur son épaule ; comment pourrait-elle fermer l'œil ?

Finalement, après douze heures de travail, en ce 29 mai 1901, un petit garçon de six livres émettait son premier cri. Toute la maison attendait ce moment. Catherine cessa net de crier et se mit à causer de son ton le plus calme. Claudia ne pouvait imaginer que tant de souffrances puissent cesser aussi subitement. Excitée, elle courut annoncer la nouvelle à Charles.

– T'es papa ! C'est un garçon.

Le docteur croisa le père à la porte de la chambre et lui serra la main.

– Allez près d'elle. Moi, je vais attendre un peu à la cuisine. Si quelque chose d'anormal survient, vous saurez où me trouver. Je crois bien que j'ai travaillé aussi fort qu'elle.

– Pourtant je vous ai pas entendu crier, vous.

Charles entra en douceur dans la pièce où Catherine reposait, les mains allongées mollement le long de son corps, les cheveux mouillés de tous ses efforts désespérés. Elle avait l'air épuisée ; pourtant un sourire triomphant éclairait sa figure. Charles lui sourit. Il caressait ses cheveux et sa main s'attardait sur sa joue.

– C'est un vrai tour de force ; je n'aurais jamais cru que ça pouvait être si difficile.

– Moi non plus, je ne l'aurais pas cru.

– De temps à autre, je venais écouter à la fenêtre ; j'ai bien essayé de forcer avec toi, mais ça n'a rien donné ! T'as l'air crevée ! Si t'as le goût de dormir, je peux revenir plus tard.

– Non, reste ! Je pourrais pas dormir ; j'ai le cœur qui se démène comme un beau diable.

– Attends que j'en glisse un mot au docteur avant qu'il parte.

– Non! Il le sait. Il dit que c'est l'émotion et il a sûrement raison; il n'y a pas de mots pour décrire un si grand bonheur.

Les yeux de Catherine allaient du père à l'enfant. Charles contemplait le petit être de chair rose à cheveux bruns qui s'étirait paresseusement, comme pour lui faire comprendre que ces derniers temps l'espace lui avait manqué. Il prit l'enfant et le leva à bout de bras.

– Bienvenue dans notre maison, mon petit Moïse!

Catherine lisait l'adoration dans le regard du papa. Charles s'assit sur le lit et se glissa près de Catherine. Elle appuya sa tête sur le cœur de son mari. Au même instant, le petit pied du bébé vint effleurer son cou. La porte s'ouvrit sur le charmant spectacle. C'était la mère Coderre qui venait chercher le poupon pour son premier bain.

Charles prit la main de Catherine et la caressa doucement. Il ouvrit une parenthèse sur leur nuit de noces, histoire de plaisanter.

– Notre bébé est beau comme un ange. Peut-être vient-il de quelque «Coin du Paradis?»

Catherine, contrariée, détourna le regard vers la fenêtre.

– Si tu te penses drôle, Charles Lamarche!

– T'as perdu ton sens de l'humour, ma belle?

– Non, mais je n'aime pas l'humour noir.

– Efface ce que j'ai dit et je te jure de ne plus en parler.

Elle lui sourit faiblement.

– Je vais essayer de te croire.

– Attends, j'en ai pour une minute.

Charles sortit dans la nuit fraîche. Il n'eut qu'à se pencher à la balustrade de la galerie et tendre la main pour cueillir des lilas. Il revint vers Catherine, les bras chargés d'énormes grappes de fleurs mauves. Un parfum le suivait et embaumait la petite pièce.

– Tiens ! Pour toi, belle Catherine ! Quelqu'un a dit que l'amour ne fleurit que dans la souffrance.

Charles déposa un baiser sur ses lèvres.

– Merci pour notre petit Moïse !

– Tu tiens toujours à ce prénom-là ? Toi qui disais que les Lamarche ont toujours détesté le surnom de Batissette, aujourd'hui tu voudrais le changer en Moïsette ?

Charles lui cloua le bec d'un baiser.

FIN

Épilogue

Le petit Moïse poussait comme le chêne vert que Charles avait planté dans la cour. Vingt et un mois plus tard, soit le 18 février 1903, Catherine donnait naissance à un deuxième enfant, une petite fille cette fois. Une brunette chevelue que ses parents prénommèrent Mathilde et qui, aujourd'hui âgée de quatre-vingt-quinze ans, a treize enfants, quarante petits-enfants et cinquante-deux arrière-petits-enfants.

Grâce à toi, Mathilde, le cœur des Batissette continue de battre.

De la même auteure :

Les Batissette, roman, Éditions Au Pied de la Lettre, 1998 (réédition sous le titre *L'épicier, Les Batissette T. 1,* Les Éditions Coup d'œil, 2013; Les Éditions Goélette, 2019).

La Fille du sacristain, roman, Éditions Au Pied de la Lettre, 2002 (réédition Les Éditions Coup d'œil, 2012).

Joséphine Jobé, Mendiante T. 1, roman, Éditions Au Pied de la Lettre, 2003 (réédition Les Éditions Coup d'œil, 2012).

La chambre en mansarde, Mendiante T. 2, roman, Éditions Au Pied de la Lettre, 2005 (réédition Les Éditions Coup d'œil, 2012).

L'affaire Brien, 23 mars 1834, roman, Éditions Au Pied de la Lettre, 2007 (réédition Les Éditions Coup d'œil, 2012).

Marie Labasque, roman, Éditions Au Pied de la Lettre, 2008 (réédition Les Éditions Coup d'œil, 2014).

Évelyne et Sarah, Les sœurs Beaudry T. 1, roman, Les Éditions Goélette, 2012 (réédition Les Éditions Coup d'œil, 2015).

Les violons se sont tus, Les sœurs Beaudry T. 2, roman, Les Éditions Goélette, 2012 (réédition Les Éditions Coup d'œil, 2015).

Faut marier Héléna, La grange d'en haut T. 1, roman, Les Éditions Goélette, 2013 (réédition Les Éditions Coup d'œil, 2016).

L'exode de Marianne, La grange d'en haut T. 2, roman, Les Éditions Goélette, 2013 (réédition Les Éditions Coup d'œil, 2016).

Les orphelins irlandais, roman, Les Éditions Goélette, 2014 (réédition Les Éditions Coup d'œil, 2017).

Victorine, La petite maison du Sixième Rang T. 1 , roman, Les Éditions Goélette, 2017.

Rose, La petite maison du Sixième Rang T. 2, roman, Les Éditions Goélette, 2018.

Le secret de Mathilde, roman, Les Éditions Goélette, 2019.